Brianna Gray

Clans of New York - Verraten

Band 1

BRIANNA GRAY

CLANS OF NEW YORK

VERRATEN

EDEL ELEMENTS

Impressum

Edel Elements
Ein Verlag der Edel Verlagsgruppe

Neumühlen 17, 22763 Hamburg
www.edelelements.de

Lektorat: Vera Baschlakow
Korrektorat: Julia Kuhlmann
Umschlaggestaltung: Designomicon, München

Printed in Germany

ISBN 978-3-96215-447-9

PROLOG

EKATERINA

„Nur noch den Mantel und den Schal, Solnyschka." Mama zieht meine langen Haare vorsichtig aus dem Kragen des Steppmantels. „So, jetzt haben wir es."

„Sind wir rechtzeitig zurück, damit ich die Sterne anschauen kann?" Ich darf am Wochenende etwas länger wach bleiben und vom Dachboden aus mit dem Teleskop den Himmel beobachten.

„Wenn du die Augen noch aufhalten kannst, dann ja. Du weißt, dass heute ein besonderer Tag ist, oder?"

Ich nicke eifrig. Mama spricht seit Tagen von nichts anderem mehr. „Ja, wir besuchen heute eure Freunde, die Iwanows."

„Ganz genau. Freust du dich schon?"

„Ja."

Wir fahren alle zusammen in Papas Auto. Neben mir sitzen meine Geschwister, Sergej und Oksana. Sergej in der Mitte, während Oksana und ich aus den Fenstern schauen können. Wir wohnen in Westwood, einem kleinen schönen Ort in

Connecticut. Papa hat gesagt, die Iwanows wohnen nicht weit entfernt, auf der anderen Seite des Waldes. Papa hat auch gesagt, dass die Familie uns sehr ähnlich ist.

Wir haben ein großes Haus in Westwood, aber Mama und Papa gehört auch ein noch größeres Haus in der Stadt, wo Vater arbeitet und übernachtet, wenn es besonders spät wird. Manchmal sind Mama, Sergej, Oksana und ich dort, aber Mama mag Westwood lieber und sagt, dass es für uns Kinder schöner ist. Die Iwanows sollen auch ein Haus in Manhattan haben, aber meistens in Connecticut wohnen.

Nach einer Weile halten wir vor einem großen Haus mit einem hohen Zaun und einem riesigen Vorgarten. Das Haus ist unserem wirklich ziemlich ähnlich. „Sind wir da?"

„Durak!", tadelt Sergej mich. „Würden wir sonst anhalten?"

Papa dreht sich um und in einer schnellen Bewegung landet seine Hand auf Sergejs Wange. Papa sagt immer, Sergej muss seine Grenzen kennen, weil er eines Tages in seine Fußstapfen treten wird. „Was habe ich dir gesagt, Sergej? Halt den Mund!"

Mama schaut zu uns nach hinten. „Ja, Ekaterina. Wir sind jetzt da."

Das Haus ist von innen genauso schön wie von außen. Die Iwanow-Familie hat den gleichen Geschmack wie meine Eltern. Es sieht ein bisschen aus wie in einem Märchenschloss, mit großen Kronleuchtern und mit Samt bezogenen Sesseln.

Die Mutter heißt Sonja und ist sehr hübsch. Sie hat lange blonde Haare, wie eine richtige Prinzessin. Der Iwanow-Vater ist ein bisschen gruselig, mit seinem Vollbart und den hellblauen Augen, aber das sind viele Männer. Mein Papa ist manchmal auch gruselig, und der Weihnachtsmann ist auch ein bisschen gruselig, also ist das schon in Ordnung so. Ihre Kinder heißen Aleksandr und Natascha. Aleksandr ist ungefähr so alt wie Sergej, hat die hellbraunen Haare seines Vaters und auch seine blauen Augen. Bei ihm sehen die Augen aber nicht ganz so gruselig aus, vielleicht, weil sie noch nicht viel Schlimmes gesehen haben. Mama sagt immer, die Augen sind der Spiegel zur Seele eines Menschen, und je mehr Leid sie gesehen haben, desto mehr Kälte liegt in ihnen. Natascha hat auch blaue Augen, aber sie sind ganz warm und freundlich. Sie hat außerdem die gleichen langen blonden Haare wie ihre Mutter. Ich bin ein bisschen neidisch. Meine Haare sind einfach braun. Sie haben die Farbe von Haselnüssen oder, wie Sergej immer sagt, von Schlamm.

Wir sitzen alle an einem langen Tisch. Es gibt so fast das gleiche Essen wie zu Hause. Mama guckt immer wieder zu mir herüber, damit ich manierlich und nicht zu viel esse. Sie sagt stets: "Damen schlagen sich nicht den Bauch voll.", und das tue ich auch nicht. Ich bin ja auch eine richtige Dame, immerhin bin ich schon sechs und weiß genau, was sich gehört. Die Erwachsenen unterhalten sich, während wir essen. Ich mag am liebsten Piroggen und ich glaube, Aleksandr auch. Wir sitzen uns direkt gegenüber und ich kann die ganze Zeit genau auf seinen Teller gucken. Manchmal schaut er komisch zu mir rüber, so als ob ich etwas von der Soße im Gesicht hätte.

Nachdem wir aufgegessen haben, dürfen wir Kinder zusammen spielen. Natascha und ich wollen verstecken spielen, aber Oksana versteht es mal wieder nicht so richtig und erschreckt uns immer, bevor wir sie finden. Sergej sitzt mit Aleksandr vor dem Kamin und die beiden spielen mit Autos. Mama hat gesagt, dass sie sich schon durch gemeinsame Treffen kennen, bei denen sie nur mit unseren Vätern zusammen waren. Sie wirken so, als wären sie wirklich gute Freunde. Mama hat auch gesagt, dass Aleksandr mal das Geschäft seines Vaters übernehmen wird, genau wie Sergej.

„Dürfen wir mitspielen?", fragt Sergej uns irgendwann.

„In Ordnung." Obwohl er mich im Auto Dummkopf genannt hat, will ich nicht nachtragend sein. Das gehört sich nämlich nicht.

„Wir könnten auch im Garten verstecken spielen", schlägt Aleksandr vor.

„Ich darf aber nicht allein raus." Natascha verschränkt die Arme vor der Brust.

„Mit mir zusammen darfst du aber raus, also sei keine Nuss und komm."

Wir folgen den Jungen in den Garten, der unter einer weißen Schneedecke liegt. Auf der großen Wiese sind viele Hecken, fast wie in einem Irrgarten. Der Garten verschmilzt mit dem Wald. Auch das kenne ich von unserem Haus, deswegen weiß ich, dass ich nicht allein in den Wald laufen darf. „Ihr Mädchen versteckt euch, und wir suchen euch", schlägt Sergej vor. „Bis zehn müsst ihr versteckt sein."

Die beiden drehen sich zum Haus um und fangen laut an zu zählen. „Eins." Ich überblicke den Garten und suche nach dem besten Versteck.

„Zwei." Oksana läuft schon los und versteckt sich hinter einem Liegestuhl, während Natascha sich auch noch umsieht und dann losrennt.

„Drei." Ich laufe ein Stück auf die Wiese und drehe mich im Kreis.

„Vier." Natascha verschwindet hinter einem kleinen Gartenhaus.

„Fünf." Ich renne zwischen den Hecken entlang.

„Sechs." Langsam brauche ich wirklich ein Versteck.

„Sieben." Eine große Trauerweide steht am Waldrand. Eigentlich darf ich nicht in den Wald, aber mir fällt nichts Besseres ein.

„Acht." Mein Herz pocht ganz schnell.

„Neun." Ich presse mich mit dem Rücken fest gegen den Baumstamm.

„Zehn." Ich halte den Atem an.

Nach kurzer Zeit höre ich wie Oksana laut „Buh" ruft und Sergej sie auslacht, weil sie das Spiel einfach nicht versteht. Dann wird es viel, viel leiser, weil sie bestimmt nach mir und Natascha suchen.

Ich weiß nicht, wie viel Zeit vergeht, bis ich knirschende Schritte im Schnee höre, aber mir ist schon ziemlich kalt vom langen Stehen. Ich versuche, so flach wie möglich zu atmen, aber die Atemwolke, die jedes Mal aus meinem Mund kommt, lässt sich nicht verbergen. Die Schritte kommen näher, und ich glaube, dass er mich gleich finden wird. Ich sehe, dass es Aleksandr ist. Ich folge ihm um den Baumstamm herum, damit er mich nicht sofort findet. Ich kann Aleksandr nicht mehr sehen. Entspannt atme ich aus.

Ohne dass ich es habe kommen sehen, legt sich eine Hand von hinten über meinen Mund und erstickt meinen Aufschrei. Aleksandr hält mich eng an seinen Körper gepresst und mir wird endlich wieder warm. „Hab dich, Zájka." Bisher hat mich noch niemand außer meinen Eltern oder Sergej Häschen genannt. „Ich lass dich los, wenn du mir versprichst, nicht zu schreien. Ich mag keine Schreie."

Ich mag auch keine Schreie. Ich nicke, so gut ich kann, dann löst sich seine Hand von meinem Mund. „Du darfst mich nicht Zájka nennen."

„Wieso nicht?"

„Weil wir Fremde sind und sich das nicht gehört."

Er lächelt mich an. Nicht so, wie ein großer Junge ein kleines Mädchen anlächelt, wenn es etwas Dummes gesagt hat, sondern eher neugierig. „Wir sind uns gar nicht fremd. Wir sind einander versprochen, weißt du das denn nicht?"

„Einander versprochen?“ Manchmal habe ich das in letzter Zeit bei Mama und Papa gehört, aber mich nie weiter damit beschäftigt.

„Ja, wir sind einander versprochen. Papa sagt, schon bevor wir geboren wurden, waren wir das.“

Ich mustere misstrauisch sein Gesicht. Er sieht nicht wie jemand aus, der unehrlich ist. „Was heißt ‚einander versprochen‘?“

„Das heißt, dass ich dich für immer beschützen und mich um dich kümmern werde, und dass du für immer mir gehörst.“

Ich traue mich nicht zu fragen, wie man jemandem gehören kann. Ich will kein dummes kleines Mädchen sein. „Also sind wir keine Fremden?“

„Nein, sind wir nicht. Also darf ich dich jetzt weiter Zájka nennen, oder soll ich immer Ekaterina sagen? Dein Name ist so lang.“

„Dein Name ist doch auch lang.“

„Du kannst mich Aleks nennen.“

Mama und Papa sagen immer, dass ich vorsichtig bei Fremden sein muss, und ich bin mir auch nicht ganz sicher, was ‚einander versprochen‘ bedeutet, aber wenn es das ist, was er sagt, und er sich immer um mich kümmern und mich beschützen wird, dann kann es nicht so übel sein. „In Ordnung, Aleks.“

„Du darfst erst loslassen, wenn wir uns verabschieden.“ Er nimmt meine Hand und hält sie ganz fest. Es fühlt sich sicher an, wie er mich durch den Wald führt. „Und, Zájka, lauf nicht wieder allein in den Wald. Im Dunkeln leben Monster.“

KAPITEL EINS

EKATERINA

ZEHN JAHRE SPÄTER

Die Qualität des Biologieunterrichts der Midtown Private Highschool hat während des Schuljahres um einiges nachgelassen. Mister Spooner redet ungefähr in derselben Geschwindigkeit, in der Nacktschnecken einen Berg hinaufkriechen. Ich hoffe wirklich, dass das mein letzter Kurs bei ihm ist und ich im nächsten Jahr einen anderen Lehrer habe. Genetik ist sterbenslangweilig. Anders als in Mathematik ergeben Minus und Minus hier kein Plus, sondern es bleibt meistens bei einem dicken Minus.

Etwas trifft mich am Hinterkopf, und ich fische eine kleine Papierkugel aus meinem Zopf. Ich brauche mich gar nicht umzudrehen, um zu wissen, dass sie von Keela sein muss. Natascha, die neben mir sitzt, räuspert sich leise und lacht in sich hinein, als Mister Spooner kurz den Faden verliert.

Nächstes Wochenende haben wir sturmfrei, und Niall plant eine große Party. Wehe, ihr kommt nicht!

Auch wenn ich nicht wie eine durchschnittliche sechzehnjährige Amerikanerin lebe, ist meine Freude über eine gute Party doch mindestens genauso groß. Ich stoße Natascha an und lasse sie an der Nachricht teilhaben, was sie mit einem erhobenen Daumen quittiert. Dann nicke ich Keela zu. Natürlich kommen wir.

Niall ist Keelas älterer Bruder und hat die Schule bereits verlassen. Im Abschlussjahr hat man ihn nicht oft zu Gesicht bekommen, weil die Iren ziemlich häufig in Europa waren und Niall zu dem Zeitpunkt schon voll ins Geschäft seines Vaters eingebunden war. Aber das ist nicht schlimm, sondern normal bei uns, und es ist auch nicht so, dass einer von uns den Schulabschluss wirklich für seine Zukunft benötigte.

Ich visiere die Zwillinge Liliana und Luca an. Die beiden könnten grundverschiedener nicht sein. Während Luca sich zu dem ein oder anderen geschmacklosen Scherz erdreistet, ist Liliana still und spricht eher wenig. Beide wirken ziemlich unnahbar und bleiben meist für sich. Die Party bei den Iren werden aber auch sie sich kaum entgehen lassen wollen, also ziele ich auf Lilianas Hinterkopf.

Mister Spooner bemerkt unseren Ungehorsam, sagt aber nichts. Er weiß genau, wer wir sind und zu wem wir gehören. Er weiß, dass ein falsches Wort ihn vielleicht nicht nur seinen Job kosten könnte.

Die Midtown Private Highschool in Manhattan gehört, wie auch so ziemlich der ganze Rest der Stadt, der Mafia. Neben zahlreichen Kids der normalen High Society, besuchen deswegen auch sämtliche Nachkommen aller Clans die Schule. Mein Vater sagt immer, dass sie das für uns tun, damit wir ein bisschen Normalität bekommen.

Da Besuche in Clubs für uns Mädchen nicht die Norm sind, zumindest war ich noch nie in einem, in denen Aleks und Sergej ihre Geschäfte machen, mag keine von uns darauf verzichten, auf eine der exklusiven Partys der Familien zu gehen. Diese Möglichkeit bestand auch nicht immer, aber seit vor zehn Jahren Frieden zwischen den einzelnen Clans geschlossen wurde, und alle unter der schützenden Hand von Tommaso Romano zusammenkamen, funktioniert es ganz gut zwischen uns. Normalität eben – ein bisschen davon.

New York ist unter vier großen Familien aufgeteilt. Ich bin eine Markow. Wir sind einer der zwei russischen Clans in der Stadt. Dann gibt es noch die Callaghans, eine ziemlich alte Familie, die zur irischen Mafia gehört. Zu ihnen gehören meine Freundin Keela und ihre Brüder Niall und Sloan. Die Iwanows sind der andere russische Clan. Meine Freundin Natascha ist eine Iwanow und natürlich Aleks. Und dann gibt es noch die Romanos, die zur italienischen Famiglia gehören. Sie machen Geschäfte in ganz New York und mischen überall mit, weswegen sie die Familie mit der größten Macht sind. Neben den Zwillingen Liliana und Luca gibt es noch die jüngste Schwester Emilia und ihren älteren Bruder Giulio.

Die Pausenglocke dröhnt laut. Ich schiebe das Biologiebuch in meine Handtasche und klemme mir meinen Ordner unter den Arm, als Natascha sich auch schon bei mir unterhakt. „Wir müssen vorher auf jeden Fall shoppen."

„Passt noch ein einziges Kleid in deinen Kleiderschrank?"

Sie zieht einen Schmollmund. „Aber wir sehen uns doch diesen Samstag auch schon alle, und ich will auf keinen Fall, dass man mir nachsagt, zweimal das Gleiche zu tragen." An dieses Wochenende versuche ich so gut es geht nicht zu denken, auch wenn mir immer klar war, dass Aleks und ich irgendwann offiziell verlobt sein würden. Dabei geht es gar nicht darum, dass ich ihn nicht will, sondern dass ich jedes Mal nervös bin, wenn alle Clans aufeinandertreffen. Das bleibt wohl nicht aus, wenn alle Männer bis unter das Kinn bewaffnet sind.

„Du bist zu verwöhnt."

„Meinst du etwa meine kleine Schwester?" Aleks schlingt seinen Arm um meine Taille, auch wenn es sich genau genommen nicht gehört. Er achtet in letzter Zeit sehr wenig auf die Dinge, die sich gehören.

„Natürlich meint sie mich", antwortet Natascha.

„Habe ich etwas verpasst?" Keela stürmt wie immer als Letzte aus dem Klassenzimmer. Sie ist schon ein bisschen chaotisch.

„Kleiderprobleme", antworte ich.

„Solltest du nicht nur dein Verlobungskleid im Kopf haben?" Sie verdreht die Augen. Keela ist niemand, den man einfach verloben oder gar verheiraten könnte, auch wenn sie bestimmt längst versprochen ist. Sie ist ganz anders als die üblichen Mafiatöchter und auch ganz anders als ich. Doch gerade deswegen liebe ich sie.

„Stell dir vor, mein Kleid hängt fein säuberlich in einer Kleiderhülle im Schrank meiner Mutter. Es geht natürlich wie immer um Natascha."

„Wenn das so ist, könnten wir drei ja die Woche noch zusammen shoppen gehen", schlägt Keela vor, obwohl sie sich nichts aus exquisiter Kleidung macht. „Mir fehlen nämlich sogar noch beide Kleider."

Wir schlendern zur Schulcafeteria. Wie immer sitzen Oksana, Emilia und Sloan schon an unserem Stammplatz. Seit wir alle auf der Schule sind, verbringen wir unsere Pausen gemeinsam. Mein Vater sagt immer, es ist eine gute Botschaft, die wir an die anderen Mafianachkommen senden, wenn die zukünftigen Clanbosse und deren Geschwister zusammensitzen.

„Wo ist Sergej?", frage ich Aleks.

„Bespricht noch was mit Giulio. Geschäfte – du weißt schon. Bist du aufgeregt wegen Samstag?" Er legt seine Hand auf mein Knie. „Du wirst ja wohl keinen Rückzieher machen, wenn ich dir den Ring an den Finger stecke?"

Die Berührung ist nicht unangenehm, trotzdem greife ich seine Hand und lege sie zusammen mit meiner auf die Tischplatte. „Das würde ich nie tun, das weißt du." Auch wenn ich weiß, dass es nur ein Scherz war, und er genau weiß, dass diese Option für mich gar nicht besteht. Für ihn ja eigentlich auch nicht. Am Ende hat doch keiner eine Wahl von uns und wir müssen uns alle den Plänen der Mafia fügen.

„Ich weiß, Zájka." Aleks lächelt und legt seine Hand zurück auf meinen Oberschenkel, wo sich seine Finger fest um mein Knie schließen.

Mein Blick verfinstert sich, als mein Bruder zusammen mit Giulio die Cafeteria betritt. Ich bin nicht naiv – jeder der hier anwesenden Jungen über vierzehn ist voller Sünde. Die meisten haben schon gefoltert oder gemordet. So ist ihre Welt und keiner hier ist unbefleckt, aber Giulio ist ein wahres Monster unter den Monstern und ich bin nach jeder Pause dankbar, so schnell wie möglich seinen Aktionsradius zu verlassen.

Der Romano-Clan gilt unter allen als besonders kompromisslos. Irgendwann wird jeder Junge in die jeweilige Familie eingeführt, und obwohl die Clans sich unterscheiden, ist der Initiationsritus im Endeffekt doch immer derselbe, denn niemand geht unschuldig in die Mafia. Jedes neue Mitglied verlangt einen Tod. Es sind meist Verräter, die sie erschießen müssen. Oft wird vorher das Gesicht ihres Opfers verhüllt, damit es ein bisschen einfacher ist. Bei Giulio soll es ganz anders gewesen sein.

Man erzählt sich, dass es an seinem zwölften Geburtstag, mitten auf seiner Feier, war, als sein Vater ihn mit in das Haus der Familie Bianchi nahm, die die Romanos verraten hatten. Giulio benutzte keine Pistole und es wurden auch nicht die

Gesichter seiner Opfer verdeckt. Obwohl es nur der Vater und der älteste Sohn waren, die Verrat begangen hatten, hat Giulio jedem Familienmitglied die Kehle aufgeschlitzt. Selbst vor der jüngsten Tochter, die fast noch ein Baby war, soll er keinen Halt gemacht haben. Lange Zeit wusste ich nicht von seiner Grausamkeit, und es irritierte mich, warum alle Abstand zu ihm hielten, doch dann erzählte Aleks mir, warum Giulio eine lebende Legende ist. Ein lebender Albtraum. Ein Monster.

Die meisten weiblichen Blicke folgen Sergej und Giulio durch den Raum. Besonders Giulio, der um die einsfünfundneunzig messen muss, steht im Mittelpunkt der Aufmerksamkeit. Natürlich weiß er das genau und streicht sich seine fast schwarzen, immer leicht chaotischen, Haare aus der Stirn, bevor er sich neben seine Geschwister setzt. Als Sergej neben mir Platz nimmt, zieht Aleks seine Hand von meinem Knie weg. Obwohl Sergej weiß, dass wir manchmal Händchen halten oder er seinen Arm um mich legt, würde Aleks diese Dinge niemals vor den Augen meines Bruders machen, einfach aus Respekt.

„Hast du von der Party bei Niall gehört?", fragt Luca seinen älteren Bruder.

Giulio zieht eine seiner dunklen Brauen hoch und sucht das Tablett nach etwas Essbarem ab. „Sí."

„Gehen wir hin?", fragt Emilia ihn. Emilia ist erst vierzehn, genau wie meine Schwester Oksana, und Partys sind noch tabu für sie.

„Ich werde gehen, aber für dich ist das noch nichts", antwortet Giulio. Emilia zieht einen Flunsch und schmollt, weswegen Oksana sie aufheitert und am gleichen Wochenende eine Pyjamaparty bei uns vorschlägt. Im Gegensatz zu mir kann Oksana etwas mit den Italienern anfangen und ist eng mit Emilia befreundet. Emilia sieht ihren Bruder fragend an, woraufhin sein Blick direkt weicher wird.

Mir ist schon früher aufgefallen, dass Giulio eine besondere Schwäche für seine jüngste Schwester hat. Da sind wir uns ganz ähnlich – das war es dann aber auch schon mit den Gemeinsamkeiten. Giulio mustert skeptisch Sergej, der ihm zunickt, woraufhin Giulios Miene sich wieder entspannt.

Wir vertrauen uns alle gegenseitig nicht, auch wenn die Clans schon lange zusammenarbeiten. Dass Aleks und ich einander versprochen sind, ist ein Relikt aus der Zeit vor dem Frieden, als die russischen Familien noch besonders zusammenhalten mussten. Die Verbindung wurde einfach nur nie gelöst. Und wenn ich Aleks mit meinem Bruder, mit Niall oder Giulio vergleiche, dann bin ich wirklich mehr als dankbar dafür, denn mein zukünftiger Verlobter ist das Beste, was mir in unserer Welt passieren kann.

KAPITEL ZWEI

ALEKSANDR

Ich ziehe noch einmal kräftig an meiner Zigarette, während der Kubaner hinter mir heult und schreit wie eine kleine Jungfrau, die kurz davor ist, hart gefickt zu werden. Er jammert wirklich wie ein kleines Baby, und sein klägliches Geheule pisst mich jetzt schon seit einer Stunde an. Ich hasse es, wenn Verhöre sich unnötig in die Länge ziehen und einfach nur noch nerven. Im Gegensatz zu manch anderen Männern in unserem Clan, finde ich wenig Freude an Schmerzensschreien oder Gebettel. Es gibt sogar Männer, die die größte Form von Unterhaltung darin finden, wenn ihr Gegenüber sich kurz vor dem Tod einpisst. Für sie ist das das sichtbarste Zeichen von Todesangst, und sie genießen diesen Triumph ganz besonders. Für mich ist das alles irrelevant. Mich interessiert das Leid anderer Leute nicht. Ob generell vorhanden oder durch mich verursacht, spielt dabei auch keine Rolle. Es ist mir einfach egal. Mir bereitet das hier kein Vergnügen. Das würde es höchstens aus Rache, aber das hier heute ist keine. Zumindest keine persönliche.

Der Kubaner dealt für uns mit Koks und verkauft das Zeug in einem von Callaghans Clubs. Davon weiß Callaghan natürlich nichts, aber das muss er auch nicht. Obwohl wir Frieden haben, probiert natürlich trotzdem jeder Clan, den größten Profit für sich rauszuholen. So ist das Geschäft. Leider hat der Kubaner dabei in seine eigene Tasche gewirtschaftet. Wenn es etwas gibt, das wir gar nicht mögen, ist es, beschissen zu werden.

„Bitte – bitte. Das war nur ein Missverständnis", jammert er mit starkem spanischen Akzent. Ich mag den spanischen Akzent noch weniger als den italienischen oder den irischen. Ich mag die Spanier allgemein nicht. „Ich bitte Sie, Sir, ich gebe Ihnen alles – alles, was Sie wollen." Der Kubaner baumelt am Baukran. Dimitrij und ich haben ihn schon vor einer Stunde hier aufgehängt und lassen ihn vom Dach des Rohbaus zappeln. Hier entsteht nach und nach ein komplett neuer Gebäudekomplex. Hier hört niemand seine Schreie und wenn doch, würde sich ohnehin keiner dafür interessieren.

„Bist du tätowiert, Amigo?"

Der baumelnde Haufen Abschaum schaut panisch zwischen mir und Dimitrij hin und her. „Ich trage das Wappen meiner Familie am Herzen."

Ich nicke Dimitrij zu, der das Hemd des Kubaners bis zum Bauchnabel aufreißt. Das Familienwappen seiner kleinen Pissgang prangt direkt auf seiner Brust. Die verschnörkelten Ranken sind nicht einmal sonderlich gut gestochen. Aus meiner Jackentasche ziehe ich mein Messer und lasse die Klinge aufspringen. „Festhalten", weise ich Dimitrij an, der kräftig auf den Boden spuckt, bevor er den zappelnden Fisch an der Angel fixiert. Ja, der Kubaner schreit wirklich wie ein kleines Baby, als ich mit der Klinge die Haut von seinem blutigen Fleisch löse und die hässliche Tätowierung von seinem Körper schneide. Die Haut ist das größte Organ des

Menschen und einen handgroßen Teil davon abgetragen zu bekommen, tut beschissen weh. Leider muss ich ein Zeichen setzen, damit seine Gang weiß, wer ihn zur Rechenschaft gezogen hat. Das Häuten ist irgendwie zu meinem Markenzeichen geworden.

„Fällt dir jetzt vielleicht noch etwas ein?" Der Kubaner schüttelt seinen ramponierten Schädel und fängt an zu beten. Gebete helfen ihm jetzt auch nicht mehr. Ich nehme mir noch eine Zigarette. Ich überlege wirklich, ob es Sinn macht, ihn noch weiter zu foltern, aber der Typ will einfach nicht gestehen und uns auch sonst keine Informationen preisgeben. Ich gebe Dimitrij ein Zeichen, dass er ihn fliegen lassen soll, woraufhin der Typ wieder wie ein Fisch an der Angel zu zappeln beginnt und weiter lautstark um sein Leben bettelt. Jetzt ist der Moment gekommen, in dem er sich einpisst – aber wie gesagt, das ist mir egal. Das wird kein besonders hohes Gebäude, kein Wolkenkratzer oder so, aber hoch genug, damit der Kubaner nie wieder aufwacht. Als ich den Treppenabsatz erreiche, höre ich hinter mir einen lauten Schrei, als Dimitrij ihn vom Haken lässt. Ich gehe mit ruhigen Schritten die Treppe herunter.

„Hast du alles erledigt?", fragt Sergej als ich durch die schwere Eingangstür ins Foyer der Markows trete.

„Erledigt." Die Markows und die Iwanows hängen meist zusammen in allen Geschäften drin, und der Kubaner hat nicht nur unser Geld in seine eigenen Taschen gesteckt. „Ist sie wieder auf dem Dachboden und schaut sich die Sterne an?"

„Ich wusste, dass du nicht nur kommst, um mich zu besuchen. Sie schläft, aber ich kann sie wecken."

„Nein, lass sie schlafen." Ekaterina hat einen gesunden Schlaf. Den hatte ich auch, als ich noch nicht so tief im Geschäft steckte.

„Du solltest mein großzügiges Angebot annehmen. Ich drücke viele Augen bei euch zu." Die meisten von uns lernen sich erst am Tag ihrer Verlobung kennen. Ekaterina und ich kennen uns schon unser ganzes Leben lang.

„Dann lass mich nur kurz nach ihr sehen."

„Du hast fünf Minuten." Sergej macht es sich im Salon bequem. „Und Aleks?"

„Ja?"

„Lass deine Finger bei dir!"

Wie immer brennt ein kleines Licht auf ihrem Nachttisch, weil sie sich in der Dunkelheit fürchtet. Ihr braunes Haar breitet sich wie ein Fächer auf ihrem Kissen aus. Ekaterina hat wirklich sehr langes Haar, das ihr fast bis zum Po reicht. Man müsste blind sein, um ihre Schönheit nicht zu erkennen. Ekaterina ist so ziemlich das schönste Mädchen der ganzen Stadt. Von uns allen ist sie eine der wenigen, die ihre Seele noch reinhalten konnte. Umso schlimmer ist es, dass sie ausgerechnet mir versprochen wurde. Ich lasse sie schlafen und ziehe ihr ein Buch aus der Hand, mit dem sie eingeschlafen ist. Sie liest einen russischen Liebesroman, den Natascha ihr vor Kurzem geliehen hat. Meine Schwester und Ekaterina haben ihre ganz eigene Vorstellung von der Zukunft. Nichts davon entspricht der Realität, aber ich lasse sie noch träumen. Dann ziehe ich ihre Decke etwas höher, bevor ich zurück zur Tür gehe. Als ich die Klinke herunterdrücke, höre ich ihr Kissen hinter mir rascheln. „Aleks", murmelt sie, obwohl sie noch tief und fest schläft. In meiner Brust breitet sich das befriedigende Gefühl aus, dass es für sie nur mich gibt, selbst in ihren Träumen.

Ich lasse meine schlafende Bald-Verlobte in ihrem Zimmer zurück und fahre auf direktem Weg mit Sergej ins Aayusha, eines der Bordelle, die der Iwanow-Clan betreibt. Obwohl Sergej Ekaterinas Bruder ist, versteht er das. Immerhin ist er genauso kaputt wie ich. Unser Lebensstil lässt es nicht zu, lange Kind zu sein. Teenager hingegen sind wir nie. Wenn man nach seinem ersten Mord in eines der Bordelle getrieben wird, um sein letztes bisschen Kindheit aus dem Körper zu ficken, wie soll man dann bitte jahrelang darauf warten, dass man verheiratet wird und vögeln darf?

Das Aayusha befindet sich in Brooklyn, in der Nähe des Navy Yards. Es ist einer der besseren Clubs und keine dieser Spelunken, in denen die Nutten vollgepumpt mit Koks und völlig neben der Spur sind. Die New Yorker Clans haben im Friedensvertrag vereinbart, dass wir weder Menschenhandel noch Zwangsprostitution betreiben, weswegen die Prostituierten unserer Bordelle nicht total auf Drogen sind. Natürlich ziehen sie sich die eine oder andere Nase oder rauchen mal einen Joint, aber mehr eben auch nicht. Sergej und ich kommen oft hierher. Es ist der einfachste Weg. Natürlich sprechen uns auch Mädchen an der Midtown an. Sergej fickt manchmal eine der Upper-East-Side-Schülerinnen, aber meistens gibt das nur nerviges Theater, weswegen ich gerne darauf verzichten kann.

Sergej verschwindet mit seiner Stammhure direkt in eines der Zimmer. Eigentlich dachte ich, dass wir noch einen Drink zusammen nehmen, aber sein Tag war scheinbar deutlich besser als meiner. Ich lasse mich auf einen der Barhocker am Tresen gleiten und bestelle mir bei der dicktittigen Rothaarigen einen doppelten Wodka. Nadescha ist nicht sonderlich gesprächig, aber dafür wurde sie hier auch nicht eingestellt. Unter der Woche ist im Aayusha nicht allzu viel los, und so verbringt Nadescha ihre Nachtschicht damit, die verschiedenen Spirituosen neu in die Auslage zu sortieren.

„Sascha sagte, dass du meine Gesellschaft wünschst", säuselt eine melodische Stimme in feinem Singsang in mein

Ohr. Ohne sie anzusehen, weiß ich, dass sie heute Nacht genau die Richtige für mich ist.

Langsam drehe ich mich in ihre Richtung. Sie hat lange blonde Haare. Ihre Augen sind strahlend blau, und ihr Gesicht ist zart wie das einer Puppe. Sie hat einen rosafarbenen Mund, hohe Wangenknochen und eine kleine Stupsnase. Sie ist der perfekte russische feuchte Traum. Genau das Klischee, was sich jeder Amerikaner unter einer Russin vorstellt. „Wie ist dein Name?"

„Diana."

Ich leere mein Glas in einem Zug. „Schön, Diana. Lass uns gehen."

Diana bläst wie eine verdammte Göttin. Ihre rosafarbenen Lippen pressen sich perfekt um meinen Schwanz, und sie saugt, als würde es bei diesem Job um ihr Leben gehen. Ich mag es, wenn sich unsere Mitarbeiterinnen Mühe geben und ihre Arbeit ernst nehmen.

Sie ist perfekt. Sie gibt mir wirklich die Illusion, als wäre ich der Eine, auf den sie die ganze Nacht sehnsüchtig gewartet hat. Selbst als sie mich tief in ihren Rachen gleiten lässt und würgt, unterbricht sie unseren Blickkontakt nicht. Sie umklammert meine Eier und krault die Unterseite mit ihren langen pinken Fingernägeln. Ich werde Sascha anweisen, sie zu befördern.

„Komm hoch!" Das ist das Gute an der Sache mit den Nutten. Man kann sich das ganze Drumherum einfach sparen.

Diana steht auf. Sie ist nicht besonders groß und reicht mir trotz ihrer High Heels nur gerade bis an die Schulter. Ihr makelloser cremefarbener Po steckt nur noch in einem winzigen weißen String. Ihre rosigen Knospen stehen hart von ihren Titten ab, als ob sie darum betteln würden, dass ich mit ihnen spiele. Diana stöhnt leise, als ich ihre Brustwarze kneife und ein bisschen in die Länge ziehe. Sie mag es gerne etwas fester? Das kann sie haben. Ich zerre ihr den lächerlichen String von ihren Hüften und beuge sie dann über das Bett, bis sie auf allen vieren vor mir steht. Dann schiebe ich ihre hellen Schenkel ein Stück weiter auseinander. Blyad! Ihre Muschi ist genauso rosa wie ihre verdammten Nippel, und zwischen ihren kleinen cremefarbenen Pobacken schauen einige Glieder einer Perlenkette hervor.

Was zu Hölle? Ich knalle meine flache Hand auf ihren Hintern und schiebe ihre Pobacken auseinander. Diana lacht. Sie lacht, weil sie genau weiß, was ich sehe – was jeder sehen würde, wenn sie so vor einem kniet und man ihre beiden unteren Körperöffnungen offenlegt. Aus ihrer pinken Rosette schaut eine Perlenkette hervor. Sascha hat wirklich Feingefühl bei seiner Auswahl für heute bewiesen. Ihre kleine Pussy ist schon einladend feucht. Ich ziehe mir ein Gummi über und spiele mit meiner Eichel an ihrer glitzernden Öffnung rum. Ich kann förmlich spüren, wie sie nach mir bettelt und mich am liebsten tief in sie hineinziehen würde. Ohne sie vorzuwarnen, schiebe ich meine volle Länge mit einem kräftigen Stoß in ihre Öffnung.

Diana keucht überrascht. Schön, dass ich der langweiligen, routinierten Nacht, dieser kleinen Hure, mit meinem Schwanz etwas Nervenkitzel einhauchen kann. Ich ziehe mich bis zur Eichel heraus, nur um mich dann wieder bis zum Anschlag in ihr zu versenken. Diana schreit bei jedem meiner Stöße. Nach einigen Stößen wird aus Dianas Schreien ein Keuchen und dann ein Stöhnen. Die kleine Perlenkette baumelt vor mir herum und als ob sie nicht wüsste, warum sie dieses Ding ausgerechnet bei mir trägt, ziehe ich die Kette aus ihr heraus, als sich ihre inneren Muskeln um mich herum verkrampfen und sie kommt.

Dann gleite ich aus ihr heraus und drücke mich gegen ihre kleine pinke Rosette. Diana ist wirklich der perfekte Abschluss dieses Tages.

KAPITEL DREI

EKATERINA

Die Woche an der Midtown High verläuft im gewohnten Trott und fast alles ist wie immer. Mister Spooner hält nach wie vor ätzend langweiligen Biologie-Unterricht, und weil er diese Woche noch öder ist, schauen wir einen Film. Wir sitzen in der Pause gemeinsam in der Cafeteria und lästern über irgendwelche Lehrer und andere Mitschüler. Das Leben dreht sich einfach weiter, nur dass ich jetzt diesen wirklich großen Ring an meinem Finger trage, der das einfallende Licht der Deckenspots einfängt und kleine leuchtende Reflexionen an die Wand zaubert.

Aleks legt seine Hand auf meinen Oberschenkel. Die Berührung fühlt sich durch die Verlobung nicht wirklich besser an. „Gefällt er dir?"

„Natürlich."

Ich spiele noch ein bisschen mit dem Licht, während ich die anderen beobachte. Aleks hat wie immer sein Putenbrustsandwich innerhalb von drei Minuten verputzt und unterhält sich angeregt mit Dimitrij, dem Sohn eines

Captains, einer der ranghöheren Mafiosi, mit dem er enger befreundet ist. Natascha und Keela haben nur noch die kommende Party im Kopf und reden so schnell, dass mir beinahe schwindelig wird. Meine kleine Schwester ist mit Emilia und Sloan beschäftigt. Sergej sitzt derweil etwas abseits am anderen Tischende und unterhält sich angespannt mit Giulio.

Ich mag es nicht, dass Sergej in letzter Zeit so oft mit Giulio zusammen ist. Mein Bruder war schon immer furchteinflößend. Sergej hat sehr früh seine Unschuld verloren – in jeder Hinsicht. Es wäre töricht zu sagen, dass Sergej ein guter Mann ist. Er ist ebenso ein Monster wie jeder andere in unseren Reihen, aber er ist eben auch mein Bruder und ich liebe ihn. Dass er neuerdings so oft allein mit Giulio ist, versetzt mich in Unbehagen, obwohl ich natürlich weiß, dass Giulio irgendwann der oberste Boss der Stadt wird und dann, anstatt seines Vaters, über alle Clans herrscht. Sergej wäre in seiner Position dumm, wenn er sich nicht mit ihm gutstellen würde. Ich beobachte die beiden eine Weile aus dem Augenwinkel. Es ist ein Gespräch unter Killern.

Als Giulios tiefdunkle Augen sich auf mich legen, schaue ich ertappt weg. Es kann tödlich enden, wenn das Monster einen beim Beobachten erwischt. Trotzdem muss ich schnell einen weiteren Blick riskieren, um mich abzusichern, dass ich aus seiner Schusslinie bin, doch seine Augen sind immer noch auf mich gerichtet. Als unsere Blicke sich treffen, zuckt sein Mundwinkel kurz und es sieht beinahe so aus, als würde er lächeln. Als hätte er irgendeinen Grund dazu. Ich blicke schnell weg und lege meine Hand auf die von Aleks, die immer noch auf meinem Bein ruht.

Ich bin nicht so naiv zu denken, dass Aleks ein Mörder ist, aber ansonsten unschuldig. Es gehört zum Ritual, die Jungen nach ihrem ersten Mord in eines der Bordelle mitzunehmen.

Man kann nicht auf der einen Seite töten und auf der anderen Jungfrau sein. Bei uns Mädchen ist das natürlich ganz anders. Wir morden nicht, aber selbst wenn, wäre unsere Unschuld zu kostbar, um sie einfach zu verschwenden. In unserer Welt wird sehr viel auf die Unversehrtheit bei Eintritt in die Ehe gegeben. Es bedeutet sogar fast alles, wie früher im Mittelalter. Hier ist einiges wie im Mittelalter. Aber wie sagt mein Vater so gerne? Ein bisschen Normalität kann uns nicht schaden. Bei dem Gedanken muss ich fast laut loslachen.

Der Rest der Woche vergeht zum Glück relativ schnell, sodass wir heute alle auf die Party bei den Callaghans gehen. Dank meines älteren Bruders und Aleks darf ich seit meinem fünfzehnten Geburtstag fast überall mit hin. Für meinen Vater ist es praktisch, dass ich zwei Aufpasser habe, und für Sergej ist es noch praktischer, da ich ihm durch Aleks kaum zur Last falle und er sich nicht um seine nervige kleine Schwester kümmern muss.

Gemeinsam mit Sergej fahre ich zu den Iren. Aus der Stadtvilla der Callaghans dröhnt laute Musik. Aleks' weißer BMW steht nicht in der Auffahrt. Sergej registriert sein Fehlen ebenfalls. „Bis er kommt, bleibst du am besten bei mir."

„Sonst konnte ich mich doch auch immer zu Keela setzen, solange Aleks nicht da war."

„Da warst du aber auch noch nicht seine Verlobte. Außerdem will ich mir nicht vorwerfen lassen, dass ich dich allein mit dem irischen Wildfang gelassen habe und nicht auf dich aufgepasst hätte." Keela genießt aufgrund ihres rebellischen Naturells keinen besonders guten Ruf bei meinem stets disziplinierten und hoch konzentrierten Bruder.

„Natürlich."

Wir begrüßen die anderen Gäste und Sergej holt uns etwas zu trinken. Ich beobachte Mariella Rizzo verstohlen dabei, wie sie mit einem von Aleks' Soldaten flirtet. Die Soldaten sind die rangniedrigsten Mitglieder der Mafia und kümmern sich um die Drecksarbeit, wie das Eintreiben von Geldern oder das Aufräumen hinter einem der höherrangigen Mafioso. Mariella flirtet so offensichtlich, dass es mir fast die Schamesröte ins Gesicht treibt. Sie ist eines dieser Mädchen, die keineswegs unschuldig in die Ehe gehen, und daraus macht sie auch kein Geheimnis. Die ganze Schule weiß, dass sie mit Giulio schläft.

Ein kalter Schauer überzieht mich, als ein großer schwarzer Schatten hinter Sergej auftaucht und Giulio sich zu uns stellt. Ich rücke automatisch ein Stück näher an meinen Bruder, der sofort anfängt, mit ihm über das Geschäft zu reden. Meine Anwesenheit stört die beiden gar nicht. Natürlich ist es auch so, dass ich keine Ahnung von den Geschäften habe und größtenteils ohnehin nicht weiß, worum es geht. Mein Vater und Sergej halten Mutter, Oksana und mich aus allem heraus. Für meinen Bruder und Giulio ist es, als würden sich zwei Professoren vor einem Kindergartenkind über komplizierte Gleichungen unterhalten. Es würde die Worte alle genau hören und dennoch nichts davon verstehen.

Als Niall irgendwann auf uns zusteuert und Sergej bittet, ihn einen Moment unter vier Augen sprechen zu können, gefriert alles in mir. Giulio nickt meinem Bruder zu, so als sei das völlig in Ordnung, dass er für den Moment auf mich aufpasst und er sich mit Niall zurückziehen kann. Ich bin mir sicher, dass Sergej das Unbehagen in meinen Augen erkennen kann. Trotzdem folgt er Niall und lässt mich mit Giulio zurück. Auch wenn ich schon früh gelernt habe, dass man vor einem, mit den Zähnen fletschenden, Hund niemals Angst zeigen darf, versteife ich mich augenblicklich. Ich traue mich kaum, Giulio in die Augen zu sehen, und weiß überhaupt nicht, wie ich mich verhalten soll. Zu groß ist meine Angst vor ihm. Nach einer guten Minute Schweigen stöhnt Giulio gequält. „Ekaterina." Ich erschrecke beim Klang meines Namens. Bei ihm hört er sich beinahe italienisch an. Ich recke mein Kinn, sehe ihm aber nicht in die Augen. Ich kann nicht. „Sieh mich an." Sein Tonfall ist gereizt. Ich zwinge mich, ihn anzublicken, kann mir die Tränen aber nicht verkneifen. Ich muss trotz High Heels meinen Kopf ganz in den Nacken legen, damit unsere Augen sich begegnen können. Er ist einfach so riesig, dass unser Größenunterschied beinahe schon lächerlich ist. Sicherlich würde ich darüber aus vollem Hals lachen, wenn ich nicht vor lauter Angst erstarrt wäre. Es bedarf nur einer seiner gekonnten Bewegungen, um mich hier und jetzt zu töten. „Merda", zischt er leise und verdreht die Augen. Ich kenne sonst niemanden, der solche dunklen Augen hat. Ich muss wieder an den Spruch meiner Mutter denken. Wie viel Schlimmes müssen seine Augen schon gesehen haben, dass sie so dunkel und eiskalt sind? Wie düster muss seine Seele sein, wenn seine Augen diese ohne jeden Funken Licht widerspiegeln? „Ekaterina, ich bin nicht hier, um kleine Mädchen zum Heulen zu bringen, und auch nicht, um dich zu töten. Ich habe deinem Bruder mein Wort gegeben, auf dich aufzupassen, während er mit Niall redet. Also hör auf dich zu verhalten, als wollte ich dich fressen." Ich nicke hektisch und wische mir die Tränen aus den Augenwinkeln. „Kannst du nicht sprechen?"

Ich nehme meinen ganzen Mut zusammen. „Doch. Natürlich, entschuldige."

„Schon besser. Das ist eine Party, Ekaterina. Du solltest dich zumindest so verhalten, als würdest du dich amüsieren."

„Ich amüsiere mich."

Er lacht lauthals. Ich habe ihn noch nie lachen hören. In all den Jahren nicht. „Du amüsierst dich so lange, bis ich neben dir auftauche." Ich traue mich nicht, etwas dazu zu sagen. Meine Lüge würde er sofort bemerken, und die Wahrheit ist absolut indiskutabel. Ich habe mich mit ihm zu amüsieren. Jeder von uns hat sich mit Giulio zu amüsieren, wenn er das verlangt. „Sag es. Sprich die Wahrheit aus."

Ich kneife meine Lider zusammen, um die erneut aufsteigenden Tränen zu unterdrücken. Wieso zwingt er mich denn dazu, diese Dinge zu sagen, die mich mein Leben kosten könnten? „Ich habe Angst vor dir."

„Warum?"

„Wie kannst du mich das nur fragen?"

„Dann formuliere ich meine Frage genauer. Wieso hast du so eine riesige Angst vor mir, obwohl du ständig von Männern wie mir umgeben bist? Dein Vater ist ein Mörder, dein Bruder ist ein Mörder … dein Verlobter ist ein Mörder. Bei keinem dieser Männer weinst du, wenn du ihnen gegenüberstehst."

Ich würde ihm am liebsten sagen, dass keiner dieser Männer jemals ein Kind ermordet hat. Dass jeder von ihnen die Ehre und die Barmherzigkeit besessen hätte, die Kinder zu verschonen. Stattdessen antworte ich etwas ganz anderes. „Ich weiß es nicht."

„Seltsam." Er nickt in Richtung Foyer. „Du bist erlöst. Dein Verlobter ist eingetroffen."

Aleks steuert zielstrebig auf uns zu. Er sieht alles andere als glücklich aus. Mich hingegen flutet bei jedem seiner hastigen Schritte das befreiende Gefühl von Erleichterung. „Giulio", begrüßt Aleks ihn wortkarg und greift grob nach meinem Arm.

„Sergej musste geschäftlich mit Niall ins Büro. Er bat mich, in der Zeit und deiner Abwesenheit auf deine Verlobte zu achten."

„Jetzt bin ich ja da." Aleks zieht mich zu Natascha und gräbt seine Fingerspitzen dabei schmerzhaft in meine Haut.

„Gott, Ekat, was wollte Giulio von dir?", fragt diese mich sofort.

„Er wollte demonstrieren, wer hier über den Dingen steht“, antwortet Aleks. „Ihr beide könnt euch jetzt mit Keela amüsieren. Ich gehe zu Sergej.“

Wir trinken Champagner und einige Longdrinks. Manche der Soldatentöchter koksen außerdem. Irgendwann wird ein Joint herumgereicht, an dem ich ziehe. Als ich schon ein bisschen benebelt bin, spüre ich eine warme Hand auf meiner Schulter. Ich muss mich gar nicht umdrehen, um zu wissen, dass es Aleks ist. „Komm.“

Keela sieht mir hinterher, als ich Aleks auf die volle Tanzfläche begleite. Er zieht mich näher zu sich heran, und wir bewegen uns zu den elektronischen Vibes der Musik. Bei jeder unserer Bewegungen reiben unsere Körper aneinander. Mein Kleid ist heute deutlich kürzer und figurbetonter, wodurch sich die neue Art von Berührung noch intensiver anfühlt. Bisher haben wir auf keiner der Partys so zusammen getanzt. Zum Glück kann ich Sergej nirgendwo sehen. Wenn er das mitbekommen würde, gäbe es ein Eklat zwischen ihm und Aleks. „Er ist noch im Büro, Zájka.“ Manchmal denke ich, er kann meine Gedanken lesen. Dann zieht er mit seinen Lippen eine Spur von meinem Ohr bis zu meinem Hals hinunter.

Das. Ist. Auch. Neu.

Und zu meinem Bedauern fühlt es sich äußerst unbehaglich an, so von ihm berührt zu werden. Es fühlt sich einfach nicht schön an, obwohl es sich doch eigentlich so anfühlen sollte, und das bereitet mir zusätzliches Unbehagen. Vielleicht stimmt mit mir etwas nicht. „Entpann dich.“

Ich fühle mich doch sonst so wohl mit Aleks, und ich bemühe mich wirklich, etwas entspannter zu werden. Vielleicht muss ich mich einfach erst nur an all das gewöhnen und darf mich nicht so anstellen. Entspannt zu sein ist nichts, was meine Mutter mir bei ihren etlichen Lektionen über das Dasein als Mafiagattin mit auf den Weg gegeben hat. Eine

Weile tanzen wir noch, bevor Aleks mir zuflüstert, dass ich mitkommen soll. Er schnappt sich eine Flasche eiskalten Wodka, bevor er mich durch die Hintertür in den Garten zieht. „Was machen wir hier draußen?"

„Ein bisschen frische Luft schnappen." Er legt mir einen Arm um die Taille. „Und ein bisschen Zweisamkeit genießen." Ein ungutes Gefühl breitet sich in meinem Bauch aus. Ich hoffe, Aleks zieht die Art von Zweisamkeit vor, die wir seit unserer Kindheit miteinander teilen, und versucht nicht wieder, mir nahezukommen.

Es ist nicht so, dass ich Aleks nicht attraktiv finde oder keine Gefühle für ihn hätte. Aleks ist unglaublich gutaussehend. Er hat den kantigen Kiefer, der für die meisten russischen Männer üblich ist, und dazu sehr feine Gesichtszüge. Problemlos könnte er irgendwo als Model arbeiten. Er ist körperlich mehr als anziehend. Es ist eher, dass ich mir das immer für einen späteren Zeitpunkt vorgestellt habe und einfach noch nicht so weit bin. Auch wenn Aleks sich nicht für mich aufgespart hat, will ich dennoch seine Frau sein, wenn wir diese Sachen zum ersten Mal machen und nicht bloß das Mädchen, das sich irgendwo im Garten der Callaghans von ihm befummeln lässt. So ist es eben üblich bei uns Russen, und so wurde ich mein Leben lang erzogen. Vielleicht klammere ich mich aber auch nur an diese Regeln, weil ich einfach noch nicht will.

„Du bist plötzlich so still."

„Ich glaube nicht, dass wir heute Abend schon sonderlich viel gesprochen haben." Genau genommen war ich erst Sergejs Anhängsel, bevor dieser mich an Giulio abgeschoben hat. Dann kam Aleks, um mich von Giulio zu befreien, nur um mich dann ohne jeden großartigen Wortwechsel bei meinen Freundinnen zu parken, wo ich auch gut und gerne von Anfang an hätte sitzen können. Abgesehen von meinen

Freundinnen hatte ich die längste Konversation des Abends tatsächlich mit Giulio.

„Da hast du recht, Zájka." Aleks hebt die Flasche hoch. „Aber das mache ich wieder gut. Versprochen."

„Wir haben gar keine Gläser." Ich überlege kurz, trinke dann aber einen kleinen Schluck aus der kalten Flasche.

„So macht das eine richtige Russin", sagt er lachend. „Vielleicht bist du doch kein Häschen, sondern eher eine Tigerin."

„Vielleicht."

„Weißt du noch, als wir vor einiger Zeit mal über unsere zukünftige Ehe gesprochen haben und die anderen Mädchen?"

Mein Magen zieht sich unwohl zusammen. Ich weiß, dass es so ist, und ich lebe mit der Tatsache. Trotzdem hasse ich dieses Thema. „Ja."

„Ich sagte dir, dass ich damit aufhören werde." Ich nicke ihm zu. Er greift nach meinem Kinn und zieht mein Gesicht zu sich, bis ich ihn direkt ansehe. „Ekaterina, ich will diese Mädchen nicht mehr."

„Du willst auf Sex verzichten?" Es ist nicht so, als hätten wir nie darüber gesprochen. Abgesehen von der Tatsache, dass ich auf Schritt und Tritt überwacht werde, bin ich eben doch eine normale Sechzehnjährige.

Er lacht und schüttelt den Kopf. „Nein."

„Aber du schläfst mit diesen Mädchen."

„Falsch. So falsch, Zájka. Ich habe diese Mädchen gefickt, mehr nicht. Sie waren nicht von Bedeutung."

„Und jetzt willst du sie nicht mehr ficken?" Das Wort sollte mir eigentlich auf der Stelle die Zunge verknoten.

„Nein, Ekaterina. Jetzt will ich nur noch dich."

Mein Puls beginnt zu rasen. Ich will Aleks nicht von mir stoßen, und ich will eigentlich nicht, dass er sich mit anderen

Mädchen trifft oder in die Bordelle geht, aber ich will auch noch nicht mit ihm schlafen. „In unserer Hochzeitsnacht werde ich all diese Dinge mit dir machen, versprochen", erkläre ich ihm.

Er lächelt, aber sein Lächeln erreicht seine Augen nicht. „Wir sind doch ohnehin verlobt. Du wirst all das sowieso nur mit mir machen. Niemand würde bemerken, ob du in der Hochzeitsnacht noch Jungfrau bist. Wozu also der Aufschub?"

Ich bin entsetzt. Ich dachte, es würde hier in erster Linie nur um einen richtigen Kuss gehen. Gott, wenn mein Vater oder mein Bruder von diesem Gespräch hier wüssten, hätte das ganz bestimmt Konsequenzen für Aleks. Sie würden ihn bis zu unserer Hochzeit nicht mehr allein mit mir lassen, und je mehr ich darüber nachdenke, wäre das vielleicht gar nicht die schlechteste Option für mich. Auf der anderen Seite möchte ich Aleks auch nicht vor den Kopf stoßen, denn immerhin ist er in dieser Welt das Beste, was mir passieren kann. „Ich möchte es einfach nur richtig machen. Bitte, lass uns warten."

Irgendwie muss ich mich aus diesem Dilemma herausreden können, und die starren Regeln unserer Welt kommen mir da gerade recht. Ich will es einfach nicht. Ich muss mir sogar eingestehen, dass die Vorstellung von Aleks mit irgendwelchen Prostituierten mir mehr behagt als die, mit ihm zu schlafen, was mir wiederum ein ziemlich mulmiges Gefühl beschert.

Sollte es nicht anders sein?

Sollte ich nicht eifersüchtig sein?

Sollte ich nicht sogar mit meinem Verlobten schlafen wollen?

Ihn zumindest berühren oder küssen wollen?

Warum will ich das denn nicht?

Ich kann ihm deutlich ansehen, dass er etwas anderes von mir erwartet hat. Trotzdem wird sein Ausdruck etwas weicher. „Dann lass mich dich wenigstens endlich küssen."

Mein Magen krampft sich zusammen. Aber was ist schon ein Kuss, wenn hier gerade noch meine Jungfräulichkeit zur Diskussion stand? Ein Kuss ist etwas Harmloses. Die anderen Mädchen auf der Schule tun es ständig, und auch viele der Soldatentöchter haben schon längst jemanden geküsst. Es wird schon nicht so schlimm sein. „In Ordnung."

Auf seinem Gesicht bildet sich ein zufriedenes Grinsen. Vielleicht nicht ganz so zufrieden, wie es gewesen wäre, wenn ich ihm heute Nacht, oder in absehbarer Zeit, meine Unschuld geschenkt hätte. Aleks zieht mich etwas näher an sich heran. Einerseits fühlt sich die körperliche Nähe zu ihm gut an, irgendwie vertraut und sicher, so wie es sich auch bei Sergej anfühlt. Auf der anderen Seite ist da dieses Gefühl, dass es einfach nicht richtig ist. Vielleicht, weil es in unserer Welt eigentlich nicht so laufen sollte. In gar keiner Welt sollte es so sein, dass man sich dazu gedrängt fühlt, jemanden zu küssen. Aleks wartet jedoch schon so lange, und in letzter Zeit stoße ich ihn wirklich oft vor den Kopf, obwohl er doch mein Freund ist.

Er streicht mir eine Strähne hinter das Ohr und verweilt dann mit seiner Hand an meinem Kiefer. Mein Atem geht schneller und mein Herz rast, so als würde mich jemand verfolgen. Ich dachte immer, alles würde in vorfreudiger Erwartung kribbeln, kurz bevor man geküsst wird, und kleine Stromstöße würden durch den ganzen Körper blitzen. Aber nichts davon passiert. Es fühlt sich eher so an wie dieser Moment, wenn sich der Waggon einer Achterbahn in Bewegung setzt und man realisiert, dass es eine ganz schlechte Idee war, wirklich damit fahren zu wollen, weil man eben doch nicht so schwindelfrei und stark ist, wie man dachte.

Ich muss mich wirklich lockerer machen. Das ist doch nur ein harmloser Kuss. Er streicht mir mit dem Daumen über meine Unterlippe und beugt sich ein Stück zu mir herüber, bis unsere Lippen sich ganz unschuldig berühren. Es fühlt sich einfach nicht gut an, dabei küsst er mich ja noch gar nicht richtig. Ich greife sein Handgelenk und weiche ein Stück zurück, aber Aleks zieht mich wieder zu sich.

„Aleksandr." Endlich weicht er von mir zurück und wendet sich dem Schatten im Verborgenen zu.

„Giulio."

Giulio tritt aus der Dunkelheit und wirft seine Zigarette zu Boden, die er mit der Spitze seiner schwarzen Chelseaboots austritt. „Sergej wird nicht erfreut sein, wenn du seine Schwester in eine solche Situation bringst. Und Igor wird noch viel weniger erfreut darüber sein."

„Du hast kein Recht dazu, dich hier einzumischen. Das hier ist nicht Sache der Famiglia."

„Alles, was in New York passiert, ist Sache der Famiglia."

„Was innerhalb der Ehen passiert, ist nicht eure Angelegenheit."

„Und das ist der Punkt, Aleks. Sie ist nur deine Verlobte und noch nicht deine Frau. Und solange sie nicht deine Ehefrau ist und Sergej mich bittet, in seiner Abwesenheit ein Auge auf Ekaterina zu haben, habe ich das auch. Das schließt dein Verhalten ihr gegenüber ein."

„Ich bin sehr wohl in der Lage, allein auf meine Verlobte aufzupassen." Aleks steht direkt vor Giulio und obwohl er ganz und gar kein kleiner Mann ist, überragt Giulio ihn trotzdem um einiges. In meinem Kopf dreht sich alles, wenn ich mir ausmale, was gleich passieren könnte.

„Das sehe ich. Ich hatte allerdings das Gefühl, dass du nicht ganz Herr über dich selbst bist."

„Spar dir deine Spielchen, Giulio. Glaub mir, ich bin sehr wohl Herr über mich und weiß genau, was ich tue. Ekaterina gehört mir. Sie gehörte mir, bevor sie überhaupt geboren wurde."

„Du denkst also, ich spiele gerne?" Giulios ausdruckslose Miene regt sich und kurz blitzt etwas wie Zorn darin auf. In aller Ruhe zieht er einen Revolver, der irgendwie antik aussieht. Fast ein bisschen wie in einem dieser alten Filme. Er zielt genau zwischen Aleks' Augen. „Jetzt spielen wir, Aleks. Ich hörte, es ist sogar das Lieblingsspiel von euch Russen."

„Oh Gott!" Meine Stimme ist nur noch ein weinerliches Schluchzen.

Aleks regt sich nicht. Natürlich ist er bewaffnet. Jeder Mann hier ist das, aber niemand, wirklich niemand, würde jemals seine Waffe auf Giulio richten. Giulio hingegen kann sich als zukünftiger oberster Boss alles rausnehmen. Aber es kann unmöglich sein Ernst sein, Aleks zu töten. „Was soll die Scheiße, Giulio?"

Giulios düstere Augen richten sich jetzt auf mich. „Du wirst die Glücksfee für die erste Runde sein, Ekaterina. Der Revolver hat fünf Patronenlager. Vier davon sind leer."

„Was?"

„Sag stopp, Ekaterina." Giulio dreht die Trommel und sieht mich auffordernd an.

„Du übertreibst maßlos!" In Aleks' Stimme schwingt Ernst mit. „Wegen so einer Lappalie willst du also russisches Roulette mit mir spielen?"

„Sag stopp, Ekaterina!"

„Ich kann das nicht." Ich breche in Tränen aus. Das kann er unmöglich von mir verlangen.

„Sag stopp." Giulios Stimme klingt gefährlicher als alles, was ich jemals gehört habe.

Obwohl ich Aleks nicht auf diese Weise verraten will, obwohl ich nicht die sein will, die seinen Tod verursacht, verlässt mich der Mut, mich weiter gegen Giulio aufzulehnen. Es ist aussichtslos, sich mit dem größten aller Monster anzulegen. „Stopp."

Die Trommel rastet ein und Giulio spannt den Hahn, bis das Magazin schussbereit ist. Aleks ist die Ruhe selbst. Er hat es gelernt, dem Tod stets ins Auge zu sehen. Das haben alle Männer der Mafia. „Runde eins, Aleks." Dann drückt er den Abzug, und die Pistole geht los. Das hohle Klicken eines Fehlschusses ertönt. „Die nächste Runde."

„Bitte nicht, Giulio. Bitte verschone ihn!" Während ich um Aleks' Leben weine, steht dieser weiter nur starr vor Giulio, macht keine Anstalten seine Waffe zu ziehen oder sich irgendwie zur Wehr zu setzen und nimmt seinen Tod in Kauf.

„Runde zwei." Giulio dreht die Trommel, spannt den Hahn und drückt den Abzug. Die Pistole geht los und wieder ist es ein Fehlschuss, der von dem hohlen Geräusch begleitet wird. „Noch drei Runden, Aleks. Dann ist es geschafft." Während ich vor Angst meine Arme um mich schlinge, macht Giulio den Revolver erneut schussbereit. Fehlschuss.

„Es reicht jetzt!" Aleks erwacht aus seiner Starre. „Wenn du mich abknallen willst, weil ich meine Verlobte küssen wollte, dann tu es doch einfach sofort und lass dieses Theater, Giulio."

„Vielleicht mag ich diese Art von Theater." Giulio spannt erneut den Hahn. „Vielleicht unterhaltet ihr beide mich sogar ganz ausgezeichnet." Wieder betätigt er den Abzug, und wieder ist es ein Fehlschuss.

Vier Fehlschüsse.

Es ist noch eine Kammer übrig, und in dieser muss die Patrone stecken. Mein Herz rast so sehr, als würde es mir jeden Moment aus der Brust springen. Giulio betätigt wieder die Trommel und spannt den Hahn. Die Waffe liegt starr in seiner

Hand, und der Lauf zeigt bedrohlich auf die Stelle zwischen Aleks' Augen. Plötzlich senkt er seinen Arm, sichert den Revolver und steckt ihn sich in den Bund seiner Jeans. „Halte deine Pfoten bei dir, bis sie deine Frau ist, Aleks. Nicht jeder von uns hat so eine Engelsgeduld, wenn es um seine Schwestern geht, wie unser guter alter Sergej."

Meinen Lungen entweicht jede Luft. Erleichterung flutet meinen verspannten Körper. „Du solltest jetzt gehen, Aleksandr. Deine Schwester sitzt da drin und kifft sich ihre letzten verbleibenden Hirnzellen weg – nicht, dass Natascha je viele davon gehabt hätte. Jemand sollte sie sicher nach Hause bringen. Sofort!"

Aleks dreht sich zu mir herum und nickt in Richtung Tür, als wäre all das hier eben nicht passiert. Ich stehe auf und folge ihm. „Ich fahre Ekat und Natascha nach Hause."

„Nein. Ich fahre Ekaterina zu den Markows. Sergej wird noch einige Zeit mit Niall brauchen und hat mein Wort, oder willst du die letzte Runde noch spielen?"

Obwohl ich einerseits froh bin, Abstand zu Aleks gewinnen zu können, ist es für mich das deutlich größere Übel, allein mit Giulio durch Manhattan zu fahren. Als ich nach meinen Sachen greife, kommt Giulio mir zuvor und will mir in meinen Mantel helfen. Manieren hat er, aber das haben sie hier meistens alle. Zumindest, bis sie ihre Waffe ziehen und einen kaltblütig erschießen. Vielleicht will er die letzte Runde russisches Roulette aber auch einfach nur mit mir alleine spielen, weil ihn der Tod einer wehrlosen Frau mehr unterhält, so wie ihn schon einmal der Tod eines wehrlosen Kindes unterhalten hat.

Giulio spricht kein Wort, weist mir aber den Weg nach draußen zu seinem Wagen. Ich kann deutlich die Blicke von Keela spüren, die sich in meinen Rücken brennen. Bei jedem anderen, der mich ohne ausdrücklichen Befehl oder die

Erlaubnis meines Bruders aus dem Haus führen würde, wäre hier die Hölle losgebrochen. Aber niemand würde Giulio aufhalten, also folge ich ihm, ohne zu zögern in die Dunkelheit und steige in seinen schwarzen Audi.

Wenigstens fährt er ganz passabel und mir wird nicht flau im Magen, so wie es manchmal bei meinem Bruder der Fall ist. Ohne etwas dagegen tun zu können, versteife ich mich. Dass ausgerechnet er Aleks und mich in dieser eindeutigen Position vorgefunden hat, ist schlimmer, als hätte Sergej uns entdeckt. Meinen Bruder hätte ich vielleicht besänftigen können, ohne dass er die ganze Geschichte gleich unserem Vater erzählt. Giulio hingegen hält nichts zurück, dieses, in seinen Augen, anstößige Verhalten preiszugeben. Auch wenn Aleks für meinen Geschmack zu forsch gewesen ist, ertrage ich den Gedanken trotzdem nicht, dass er nach Giulios kranker Art der Bestrafung noch zusätzliche schwere Konsequenzen tragen muss. Ich hingegen kann mit Hausarrest rechnen, bis wir unsere Ehegelübde ablegen. Vater wird mich nie wieder auf eine Party lassen.

„Du tust es schon wieder."

„Was tue ich?" Meine Stimme ist ein leises Schluchzen.

„Du versteifst dich aus Angst."

„Entschuldigung."

„Und jetzt entschuldigst du dich, weil du Angst vor mir hast. Ich habe dir vorhin gesagt, dass ich dir nichts tun werde, also entspann dich endlich."

Ich nehme meinen ganzen Mut zusammen. „Wie soll ich mich entspannen, wo du eben Aleks mit einer Waffe bedroht hast? Wo ich es sein sollte, die über sein Leben entscheidet? Wie soll ich mich entspannen, wenn du gleich meinem Vater von dem Kuss erzählen wirst und ich weggesperrt werde?"

„Das war kein Kuss." Der Spott in seiner Stimme ist nicht zu überhören. „Wer sagt außerdem, dass ich vorhatte, deinem Vater davon zu erzählen?"

Ich drehe mich zu Giulio und mustere sein zugegeben wirklich perfektes Profil. „Hast du nicht?"

„Nein. Obwohl es der einfachste Weg wäre, um Aleksandr dauerhaft in seine Schranken zu weisen. Allerdings hängt zu viel damit zusammen."

„Wie meinst du das?"

„Vielleicht gefällt es mir nicht, dass dich dein Vater die nächsten zwei Jahre für eine Sache einsperrt, die du nicht einmal wolltest. Stattdessen habe ich mir überlegt, dass ich dich zu Hause absetzen werde, als wäre nichts von all dem passiert. Sergej habe ich vorhin eine Nachricht geschickt, dass ich dich nach Hause fahre, weil du müde geworden bist und sich Aleks um die zugekiffte Natascha kümmern muss."

„Das ist sehr großzügig von dir. Danke." Ich bin mir unsicher, womit ich diese Reaktion verdient habe. Wenn ich eines weiß, dann dass es bei der Mafia grundsätzlich nichts umsonst gibt.

„Um Aleksandr kümmere ich mich allerdings noch mal persönlich."

„Bitte, tu ihm nichts." Erneut sammeln sich Tränen in meinen Augenwinkeln.

„Merda!"

„Wie bitte?"

„Das heißt Scheiße", sagt er genervt. „Tu das nicht immer."

„Was mache ich denn?"

„Heulen! Heul nicht ständig, wenn du mit mir sprichst."

Ich wische mir hektisch die Tränen weg. „In Ordnung. Ich bemühe mich."

„Ich werde ihn nicht umbringen. Aber ich werde ihm ein bisschen drohen, capiche?" Ich nicke ihm zu. Ein wenig hat

Aleks das auch verdient, aber das sage ich nicht laut. Er ist mein Verlobter, und ich darf ihm nicht in den Rücken fallen.

Giulio hält den Wagen gegenüber unserer Stadtvilla, die von einer hohen Backsteinmauer umgeben ist. „Wir sind da." Er folgt mir über die Straße. Ich spüre seinen Blick in meinem Rücken. Es fühlt sich an, als würde mir ein böser Schatten folgen. Mit jedem meiner Schritte werde ich schneller. Mit jedem meiner Schritte wird auch er schneller. Mit jedem meiner Schritte beschleunigt sich mein Puls. Mit jedem meiner Schritte wächst meine Furcht.

Adrenalin.

Angst.

Aufregung.

All das wird von dem Pochen meines Herzens durch meine Venen gepumpt. Es ist eine berauschende Furcht. Es ist das Gefühl, wenn man um sein Leben rennt.

Giulios leises Lachen hallt hinter mir her. „Es ist eine Schande, Ekaterina." Er holt mich ein und drängt mich mit einem festen Ruck gegen die Mauer. Er ist mir so nah, dass ich seinen Atem auf mir spüren kann und sein Duft mich völlig einhüllt. Ich glaube, ich habe nie darüber nachgedacht, wie irgendein anderer Mensch riechen könnte. Trotzdem hätte ich mir Giulios Duft ganz anders vorgestellt. Vermutlich unangenehm oder monströs, aber er duftet wie frisch gewaschene Wäsche und noch nach etwas anderem – ein bisschen herb und holzig. Seine Hand legt er vorsichtig unter mein Kinn und hebt es so an, dass sich unsere Blicke begegnen. „Es ist eine Schande, dass Aleksandr es nicht zu Ende bringen konnte." Er überwindet die letzte Distanz zwischen uns und presst seine warmen Lippen auf meine.

Es ist ganz anders als zwischen Aleks und mir. Ganz, ganz anders. Adrenalin strömt durch meine Venen, verteilt aber nicht nur Furcht, sondern auch etwas anderes. Etwas

Verbotenes, Falsches. Etwas, das sich grandios anfühlt, obwohl es das ganz und gar nicht sollte.

Ich bin wie versteinert, doch als Giulios Zunge sich gegen meinen Mund drängt, öffne ich meine Lippen. Sein Kuss nimmt mich völlig in Besitz. Ich liege in seinen Armen, während mein ganzer Körper bebt und von meiner Kopfhaut bis in die kleinste Zehenspitze kribbelt. Zu viele Emotionen und Gedanken prasseln auf mich ein. Vor lauter Endorphinen und Adrenalin, die miteinander um die Oberhand kämpfen, kann ich kaum noch stehen.

Ich sollte schreien und mich irgendwie zur Wehr setzen. Ich sollte damit beschäftigt sein, wie ich diesen Kuss verhindern kann, so wie ich es immer zwischen Aleks und mir versucht habe. Doch nichts davon geschieht. Er greift grob in meine Haare, und zieht sich komplett von mir zurück. „Es ist richtig, dass du vor mir Angst hast. Es ist durch und durch berechtigt. Aber vergiss nicht, dass du vor jedem Mann diese Angst haben solltest. Und eins noch ..." Er zieht den Revolver, hält ihn sich an die Schläfe und drückt den Abzug. Erschrocken fahre ich zusammen, als die Waffe losgeht und statt eines lauten Schusses abermals ein hohler Fehlschuss losgeht. Giulios kehliges Lachen hallt durch die Nacht.

Nichts von dem war echt.

Es war nur ein Spiel für Giulio.

Weil Giulio ein Monster ist.

KAPITEL VIER

EKATERINA

EIN JAHR SPÄTER

Wie jedes Jahr, bevor die Vorweihnachtszeit beginnt, steht der Winterball der New Yorker Clans auf dem Programm. Die Feierlichkeit dient dem Erhalt des Friedens sowie seiner Zurschaustellung nach außen, denn es kommen nicht nur die Mitglieder der vier großen Clans, sondern auch ausgewählte Geschäftspartner. Die Romanos haben in Connecticut ein altes Herrenhaus in ihrem Besitz, das der Veranstaltungsgröße gerecht wird.

„Du siehst wunderschön aus, Zájka." Ich fahre mit Aleks zur Veranstaltung. Er hält meine Hand und streicht über den Ring, den ich seit unserer Verlobung nicht mehr abgenommen habe. „Trotzdem kannst du nicht überspielen, wie nervös du heute wieder bist." Ich nicke ihm zu. Er nimmt mein Gesicht in seine Hände und unsere Lippen berühren sich für einen flüchtigen Kuss.

Es ist nicht der erste Kuss seit der Party bei den Callaghans im letzten Jahr. Einige Wochen später habe ich Aleks doch nachgegeben. Es wäre dumm gewesen, es ihm weiter zu verwehren, wo es ja ohnehin nicht mehr mein erster Kuss war. Irgendwie hat es meine Gewissensbisse ein bisschen beruhigt, als ich ihm diesen Teil von mir gegeben habe. Und dann war da noch dieses komische Gefühl in mir, weil sich die Nähe zu Giulio völlig anders angefühlt hat wie alles, was ich je bei Aleks gefühlt habe. Leider wurde dieses Gefühl durch die Küsse mit Aleks nur noch stärker, denn egal, was er macht, es fühlt sich einfach nie so an wie mit Giulio.

Ich versuche, diesen Vorfall so gut es geht zu verdrängen. Seit dem besagten Abend habe ich Giulio kaum noch gesehen und auch nicht mehr mit ihm gesprochen. Er hat kurze Zeit später zusammen mit Sergej und Aleks seinen Schulabschluss gemacht, wodurch unsere Begegnungen seltener wurden. Einzig bei offiziellen Anlässen oder Partys sehen wir uns, ignorieren uns aber.

Dezente Musik empfängt uns, als wir das imposante Haus betreten. Wie jedes Jahr ist der Festsaal kostbar und aufwendig geschmückt. Die Romanos lassen es sich einiges kosten, jährlich diese Veranstaltung zu organisieren. Es gibt große Eisskulpturen, erlesen gedeckte Tische und die feinsten italienischen Köstlichkeiten. Natürlich nur italienische – die Romanos würden niemals russische oder irische Gerichte servieren.

Ich begleite Aleks zu unserem Tisch. Die Kellner servieren nach und nach das Dinner. Ich persönlich mag die italienische Küche, halte mich mit meinem Lob allerdings zurück, weil sowohl mein als auch Aleks' Vater dieses Essen nicht besonders schätzen. Gar nicht so sehr, weil es ihnen nicht schmecken würde, sondern einfach nur, weil es italienisch ist.

„Möchtest du tanzen, bevor ich mich den Geschäften widme?“ Geschäfte – natürlich geht es auch heute darum. Immerhin dient diese Veranstaltung im Endeffekt hauptsächlich dazu, allen von außerhalb zu zeigen, dass sich die einzelnen Clans nicht gegenseitig abknallen, und um Geschäftsbeziehungen zu knüpfen. Sergej hat mir diese Details verraten, damit ich entspannter bin. Einerseits amüsiert ihn meine übertriebene Angst, wie er immer sagt, andererseits kann Sergej nicht einfach so dabei zusehen, wenn ich mich fürchte. Er sagt immer, niemand wird den anderen auf dem Winterball in den Rücken schießen, weil er eine Art Vorzeigeveranstaltung der Familien ist.

„Gerne.“

Nachdem Tommaso, das Oberhaupt der Romanos und Giulios Vater, zusammen mit seiner Frau Alessandra den Eröffnungstanz getanzt hat, kommen die ersten anderen Paare auf die Tanzfläche. Aleks zieht mich in die Mitte, und wir finden den richtigen Takt zu dem langsamen Walzer. Wir müssen beide kichern und werfen uns vielsagende Blicke zu, als Natascha mit Niall an uns vorbeitanzt und ein Gesicht wie sieben Tage Regenwetter zieht. Ich bin glücklich, dass es zwischen uns so unbeschwert ist.

Giulio tanzt mit Mariella. Sie genießt die Aufmerksamkeit, die ihr von allen Seiten zuteilwird. Mariella ist wie gemacht für ein Leben an Giulios Seite, und es wundert mich, dass die Verlobung noch nicht offiziell ist. Ihre Verbindung wäre aus taktischen Gründen ideal, und sie geben auch optisch ein beeindruckendes Paar ab. Mariella ist groß gewachsenen. Sie ist bestimmt einsfünfundsiebzig groß – ohne Schuhe versteht sich – und hat auch sonst die Figur eines Models. Neben Giulio wirkt sie weder klein noch unterlegen. Sie hat das sprichwörtliche südländische Feuer in sich und ist mit ihren lockigen schwarzen Haaren, den braunen Augen und der goldschimmernden Haut eine klassische italienische Schönheit. Sie schafft es zwar auf eine andere Art als Giulio, ist aber trotzdem genauso einschüchternd wie er.

Nachdem der Tanz zu Ende ist, führt Aleks mich zurück zu unserem Tisch. „Ich gehe jetzt ins Hinterzimmer."

Ich werfe ihm ein Lächeln zu und richte den Kragen seines Hemdes. „Ich setze mich so lange zu Keela und Natascha. Wir haben uns eine Menge zu erzählen."

„Wie immer." Er tritt von mir zurück und hält meine Hand so lange, bis wir die Distanz nicht mehr überwinden können und sich unsere Fingerspitzen trennen. Wir müssen beide lachen, weil das ein Spiel aus unserer Kindheit ist. Es ist unsere Verabschiedung.

Nach einer Weile verlassen auch mein Vater, Maghnus Callaghan, Tommaso Romano, Pjotr Iwanow und Giovanni Rizzo, Tommasos rechte Hand, den Ballsaal. Die wichtigsten Männer folgen ihnen in das Hinterzimmer. Zurück bleiben die Frauen und älteren Kinder, aber auch einige Bodyguards und viele andere Mafiosi. Das ist typisch für solch eine Veranstaltung.

Ich ziehe mich auf eine der seitlichen Terrassen zurück, die nicht von Menschen belagert ist und genieße die kalte Nachtluft, die sich auf meine nackten Unterarme legt und für eine Gänsehaut sorgt. Außerhalb der Stadt hat man einen viel besseren Blick auf die Sterne, weil die tausenden Lichter ihnen nicht die Show stehlen. Früher in Connecticut habe ich mir oft die Sterne angeschaut. Ich hatte sogar ein Teleskop und ein Buch mit den verschiedenen Sternbildern. Das Teleskop steht jetzt auf dem Dachboden unseres Hauses in Manhattan, allerdings ist es nachts viel heller und man erkennt vielleicht nur die Hälfte von dem, was man außerhalb der Stadt erkennen kann, weswegen ich meinem Hobby nur noch selten nachgehe.

„Es ist zu kalt hier draußen.“ Seine Stimme lässt mich noch ein paar Grad kälter fühlen. Kälter und aufgeregter.

„Ich stehe noch nicht lange hier, danke.“

Giulio tritt näher an mich heran. „Ich weiß. Ich bin dir gefolgt.“

„Warum?“

„Weil du nicht allein hier draußen stehen solltest und weil es zu kalt ist.“ Er zieht sein Jackett aus und legt es mir ungefragt über die Schultern. Es ist der gleiche Duft wie im letzten Jahr, der mich umgibt und mich auf Gedankenreise mitnimmt. Es duftet einfach nach Giulio, und ob ich will oder nicht, schießen mir die Bilder unseres Kusses durch den Kopf.

Giulio, der mich verfolgt.

Giulios harter Körper, der mich gegen die Mauer presst.

Sein Atem auf meiner Haut.

Seine warmen Lippen.

Seine heiße Zunge.

Giulio – überall auf mir.

Mir wird schwindelig, wenn ich an die Gefühlsachterbahn dieses Abends zurückdenke. Auch nach all der Zeit weiß ich nicht, wie man gleichzeitig große Angst vor jemandem haben und ihn dennoch als aufregend empfinden kann.

Giulio löst seine Hände ruckartig von meinen Schultern, als hätte er erst jetzt bemerkt, dass er mich noch berührt und sich soeben an mir verbrannt. „Du solltest wieder reingehen. Hier draußen ist nichts.“

„In der Stadt sieht man nie richtig die Sterne.“

Er lacht herablassend. „Und das interessiert dich?“

„Ja. Erstaunt dich das?“

„Die meisten Frauen interessieren sich für andere Dinge. Ist das dein Hobby?“

Ich lasse mich nicht von ihm beirren und deute in den Himmel. „Das da zum Beispiel ist der große Bär.“

„Den kennt jeder. Den kenne sogar ich. Das macht dich noch nicht zur Astronautin."

„Astronomin, meinst du." Schnell halte ich mir die Hand vor den Mund. „Entschuldige."

„Und da ist sie wieder, die panische Angst, dass ich dich auf der Stelle häuten könnte." Bei der Erwähnung von Häuten wird mir schlagartig übel, und jede Erinnerung an unseren Kuss erlischt. Dafür tritt die Erinnerung an die panische Angst wieder in den Vordergrund, die ich hatte, als Giulio mit Aleks' Leben gespielt hat. Zum Glück. Vielleicht brauchte ich genau das, um mich daran zu erinnern, dass Giulio ein Monster ist und es immer bleiben wird, und dass auch diese Unterhaltung hier nichts anderes für ihn ist als eine weitere Partie russisches Roulette.

„Beruhige dich! Jemandem das Fell abzuziehen ist keine meiner bevorzugten Methoden. Daran ergötzen sich eher andere und jetzt lass uns reingehen. Ich muss zurück ins Hinterzimmer." Ich spüre deutlich die Augenpaare, die sich auf uns legen, als wir gemeinsam den Ballsaal betreten und Giulio mir seine Jacke von den Schultern streift. Während ich mich unter den neugierigen Blicken immer unwohler fühle, scheinen sie ihm überhaupt nichts auszumachen. „Du solltest zu deiner Schwester gehen und bei ihr bleiben." Sein Tonfall ist wieder gewohnt kalt. „Drinnen. Keine Sternbilder mehr für heute."

„Was wollte er von dir?", flüstert Oksana mir zu, als ich zurück an unseren Tisch komme.

„Ich weiß es nicht." Das ist die Wahrheit. Was will Giulio? Mir Angst machen? Mich durch die Nacht jagen? Mich küssen? Oder will er mich töten?

„Von allen hier ist er der Schlimmste."

„Ich weiß." Ich atme angespannt durch, und Oksana legt ihren Arm um mich.

„Meinst du, du könntest mir noch etwas zu trinken besorgen?“ Sie grinst spitzbübisch. „Sloan will Emilia und mir seit Stunden nichts mehr geben.“

Ich drehe mich mit einem Ruck zu ihr. „Sloan gibt euch Alkohol?“

„Na klar!“ Oksana kichert. „Und wir rauchen heimlich unten im Keller.“

Ohnehin sind die drei zu einem ständigen Gespann geworden, und ich kann mir nur zu gut denken, was Sloan den beiden Mädchen erlaubt. Ich kenne es immerhin von Aleks und mir. Es wird mehr sein, als Oksana verträgt. „Ich denke, du hast genug für heute.“

„Wirklich? Ich könnte Sergej natürlich auch erzählen, was du und Aleks heimlich macht.“

„Willst du mich etwa erpressen?“ Dieses kleine Schlitzohr. Sie hat viel zu viel von unserem Vater. Viel mehr als ihr guttut.

„Ich meine ja nur, dass ihr euch küsst und so …“

Ich kann ihr den Versuch nicht übelnehmen. Irgendwie gehört es dazu, solange Spaß zu haben, wie es uns nur möglich ist. „In Ordnung. Ich organisiere euch eine Flasche Wein. Ach, und Oksana?“

„Ja?“

„Es waren nur Küsse. Kein und so!“

An der Bar tummeln sich einige Frauen und unterhalten sich angeregt. Ich beobachte den Kellner dabei, wie er hinter der Schwingtür zu den Vorräten verschwindet, und bin in Gedanken schon bei Aleks und unserer Heimfahrt. Warum widmen sich die Männer den Geschäften heute so ungewöhnlich lange?

Als die Flügeltür zum Hinterzimmer aufgerissen wird und allen voran Tommaso Romano, dicht gefolgt von Giulio, in den Saal schreiten, fahre ich ruckartig zusammen. Alle marschieren nacheinander in den Saal. Mein Magen verkrampft sich in dem Moment zu einem harten Knäul, als zwei italienische Wachen Pjotr Iwanow und Aleksandr abführen.

Sergej entdeckt mich und packt mich grob am Arm. „Geh zu Mutter und Oksana. Geht mit Maksym zum Wagen und verschwindet von hier!"

„Was ist los, Sergej?" Mein Blick gleitet wieder in die Mitte des Saals, wo bis vor wenigen Minuten noch getanzt wurde und nun Aleks und sein Vater von einigen Männern festgehalten werden. „Was ist mit Aleks und Pjotr? Warum behandelt man sie wie Gefangene?"

Sergej presst die Lippen aufeinander, während er mich zu Oksana schleift und sie ebenfalls am Arm mit sich zieht. Erst jetzt registriere ich, dass so ziemlich jeder Mann des Iwanow-Clans von anderen Wachen festgenommen und nach draußen geführt wird. Dahin, wo ich noch vor wenigen Minuten stand und die Sterne beobachtet habe. Von draußen ertönen Schüsse, und alle Anwesenden geraten in Panik.

„Sergej, was ist hier los?", fragt meine Mutter angsterfüllt.

„Ihr geht jetzt raus und setzt euch in den Wagen. Sofort!"

„Was passiert mit Aleks?", frage ich panisch.

Sergejs Blick ist hart. Ich erkenne meinen Bruder nicht wieder. Ich habe ihn schon oft in diesem schlimmen Zustand gesehen, wenn er von dem Menschen, der mich mein ganzes Leben lang begleitet, in den Monster-Modus switcht und unberechenbar wird. Aber noch nie hat er so ausgesehen wie in diesem Moment.

„Maksym." Einer der jüngeren Soldaten meines Vaters kommt zu uns. „Nimm die Frauen mit. Fahr sie nach Hause und warte dort mit ihnen, bis wir zurückkommen."

„Aleks!", schreie ich. Endlich treffen sich unsere Blicke, doch der von Aleks ist kalt. Voller Verbitterung und Abscheu.

Warum sieht Aleks mich mit Abscheu an? Er kann unmöglich mich meinen. Maksym packt mich an den Schultern, bevor er mich vor sich aus dem Saal schiebt.

Als wir vor unserem Auto stehen, drängt er mich auf die Rückbank, neben meine Mutter und Oksana. „Was geht hier vor sich?“ Maksym ignoriert mich einfach. Das Gesicht meiner Mutter ist voller Gleichgültigkeit. Sie ist einfach nur dankbar, dass wir von hier verschwinden. Oksana hingegen wirkt zutiefst verstört. Doch ganz gleich, wie unterschiedlich beide reagieren, so bleibt am Ende doch die Apathie, mit der sie sich der Situation hingeben.

Mein Blick heftet sich auf meine Hände. Ich kann Aleks' Berührung noch auf meinen Fingerspitzen fühlen, so wie er sich Tausende Male in unserem Leben von mir verabschiedet hat. Doch Aleks ist immer wieder zu mir zurückgekommen. Und das heute soll die letzte Wiederholung dieser kindlichen Geste gewesen sein? Unsere letzte Berührung? Unser Abschied?

Maksym fährt über den zugeschneiten Parkplatz. Alle paar Meter muss er stark abbremsen, weil ihm jemand vor den Wagen läuft. Es herrscht das pure Chaos. Als ich bemerke, dass die Tür nicht verschlossen ist, ergreife ich meine Chance. Ehe Maksym reagieren kann, springe ich aus dem Wagen und renne zurück zum Herrenhaus. Ich weiß nicht, woher ich den plötzlichen Mut nehme, aber ich muss zu Aleks. Das muss alles ein riesiges Missverständnis sein. Ich dränge mich durch die flüchtenden Frauen und Kinder. Es sind zu viele Soldaten unterwegs, die mich einsammeln würden, bevor ich überhaupt in den Saal komme. Also wähle ich einen der seitlichen Eingänge.

Als ich die Tür erreiche, fallen zwei Schüsse. Aleks stürmt an mir vorbei und rennt auf die eingeschneite Terrasse. Er reagiert gar nicht auf mich und läuft einfach an mir vorbei, obwohl er mich gesehen hat. Er rennt um sein Leben. Ich habe Aleks noch nie vor etwas weglaufen sehen.

Es fällt ein erneuter Schuss, und dann geht er um Sauerstoff ringend zu Boden. Er zuckt einige Male und aus seinem Mund rinnt Blut, das den Neuschnee dunkelrot einfärbt. Seine Augen weiten sich schlagartig, als das Leben seinen Körper verlässt.

Und dann ist Aleks tot.

Einfach so.

Die letzte Berührung.

Der endgültige Abschied.

Ich drehe mich wie in Zeitlupe zum Herrenhaus. Im Eingang steht Giulio. Das Licht des Ballsaales umrahmt ihn und lässt ihn wie den Teufel höchstpersönlich aussehen, als er seine Waffe zurück in den Hosenbund schiebt und die Szene vor sich beobachtet.

Kein russisches Roulette.

Kein Fehlschuss.

Kein Spiel.

KAPITEL FÜNF

EKATERINA

Ich kann es nicht kontrollieren, als die Tränen aus mir herausbrechen und ich laut schluchzend zusammenbreche. Am Rande bekomme ich mit, wie Sergej dazukommt und sich ein Wortgefecht mit Giulio darüber liefert, was ich hier zu suchen habe. Niemand nimmt Notiz von Aleks, als wäre sein Leben völlig unbedeutend gewesen.

„Aleks!" Ich sacke auf meine Knie. Der Schnee frisst sich durch die dünnen Stoffschichten meines Mantels und der Abendrobe.

„Scheiße, Sergej, habe ich dir nicht gesagt, dass du deine Schwester als Erstes hier wegschaffen sollst?" Giulios Stimme donnert durch die Nacht.

„Sie war weg! Ich bringe sie zu unserem Vater. Kümmere du dich um Aleksandr", antwortet Sergej.

„Nein! Fass ihn nicht an!" Giulio beachtet mich nicht weiter und bückt sich stattdessen über Aleks. Ohne darüber nachzudenken, was ich da eigentlich versuche, hämmere ich gegen seinen harten Rücken, bis er endlich zurücktritt. Schützend beuge ich mich über Aleks.

„Wir tauschen", beschließt Sergej und zieht mich von Aleks herunter. Dann nickt er Giulio zu. „Bring meine Schwester von hier fort. Ich kümmere mich um ihn."

Ich will nicht, dass er mich anfasst, und in diesem Moment sind mir die Konsequenzen so egal, dass ich mich mit allen Kräften wehre, die mir zur Verfügung stehen. Es ist ohnehin alles verloren. Ich bin verloren. Mit Aleks' Tod wurde mir meine Zukunft und jede Sicherheit genommen. Ich trete und schlage um mich, wie ein gefangenes Tier, das man in einen zu kleinen Käfig gesperrt hat. Doch egal, wie stark ich ihn treffe, Giulio zuckt nicht einmal zusammen. Es ist, als würde er von meinem Zorn und meiner Verzweiflung nichts mitbekommen.

Als wir das Haus verlassen und allein sind, drückt Giulio mich gegen die Wand. Es ist beinahe wie im letzten Jahr, nur dass seine Augen heute um ein Vielfaches kälter sind. Die Augen eines Killers. Die Augen einer Bestie. Sanft legt sich seine Hand unter mein Kinn. Er tut mir nicht weh, aber er zwingt mich trotzdem, ihn anzusehen. „Beruhig dich, Ekaterina! Ich weiß nicht, ob ich die Courage hinter all deinen Tränen loben soll, oder ob du einfach doch nur mehr Mut als Verstand hast, dass du dachtest, ihn retten zu können. Aber wenn meine Männer sehen, dass du dich so dermaßen gegen mich zur Wehr setzt, zwingst du mich zum Handeln, und glaube mir, gerade heute will das niemand. Also geh jetzt einfach mit mir zum Auto und lass dich von einem meiner Männer nach Hause fahren."

Er schleift mich zu einer der Limousinen und zieht mich mit sich auf die Rückbank, bis ich direkt auf seinem Schoß sitze. Ich will ihn am liebsten treten. Ihn schlagen. Ihm das gleiche Leid zufügen, das er Aleks angetan hat. Doch ich kann nichts tun. Stattdessen erstarre ich regelrecht, als ich seinen harten

Körper unter mir fühle, und breche in hysterisches Schluchzen aus.

Ich wusste immer, dass Giulio ein Monster ist. Er würde jeden von uns töten, ohne mit der Wimper zu zucken. Es zu wissen, oder es mit eigenen Augen zu sehen, ist aber noch mal ein Unterschied. Hatte ein winziger Teil von mir nach dem Kuss doch noch angenommen, dass irgendwo hinter Giulios eiskalter Fassade ein Fünkchen Menschlichkeit schlummert, so ist dieser Gedanke heute mit Aleks gestorben.

Giulio gibt einem seiner Männer ein Zeichen, der auf den Beifahrersitzt steigt und ein kleines Etui aus seiner Manteltasche zieht. Sein Griff um mich wird stärker, und er schiebt den Saum meiner langen Abendrobe bis zu meinem Oberschenkel hoch. Seine Fingerspitzen berühren den nackten Streifen Haut oberhalb meiner Strümpfe, doch hinterlassen sie heute kein Kribbeln, sondern pure Furcht. Ich fange unkontrolliert zu zittern an. „Dir passiert nichts", flüstert er mir zu.

Ich sehe noch, wie der Mann auf dem Beifahrersitz eine Spritze aufzieht, als diese auch schon in meinem Oberschenkel landet. Augenblicklich bin ich benebelt. Durch den dichten Dunst in meinem Kopf höre ich noch, wie Giulio dem Mann etwas auf Italienisch sagt, bevor alles um mich herum schwarz wird und ich im Griff des größten Albtraumes bewusstlos werde.

Als ich langsam zu mir komme, dringt ein Lichtstrahl in mein Zimmer. Jemand streicht mir sanft eine Haarsträhne aus dem Gesicht, und ein warmer Körper kuschelt sich von hinten an mich. Langsam realisiere ich, was geschehen ist.

Aleks.

Aleks ist tot.

Tränen quillen aus meinen Augen, als die harte Realität mich einholt und mit sich in den Abgrund zieht. „Psst. Ist ja gut", flüstert Oksana mir zu.

Ich richte mich vorsichtig auf. „Ich muss ins Bad."

„Brauchst du Hilfe? Vielleicht solltest du noch nicht allein aufstehen."

„Nein. Es geht schon. Ich komme sofort zurück." Im ersten Moment fühlen sich meine Beine ein bisschen wie Pudding an, aber dann laufe ich wie ein Roboter ins Bad. Ich sehe wirklich miserabel aus. Meine Augen sind vom Weinen krebsrot und dunkel unterlaufen. Meine Haut ist käsig blass. Ich sehe aus wie ein Gespenst. Ich erbreche einen Schwall bitterscharfer Flüssigkeit. Mein Magen verkrampft sich, während ich mich übergebe und irgendwann nur noch trocken vor mich hin würge.

„Sicher, dass ich nicht reinkommen soll?"

„Nein, warte bitte auf mich." Ich will jetzt einfach nur für mich sein. Und ich will so lange wie möglich die schützenden vier Wände meines Zimmers nicht verlassen, weil ich die Welt da draußen ohne Aleks an meiner Seite einfach gar nicht kenne.

Wer bewahrt mich jetzt vor allem Bösen?

Wer tröstet mich, wenn ich einen schlechten Tag hatte?

Aleks ist die letzten Jahre immer für mich da gewesen. Er hat diese ganze Welt erträglich für mich gemacht. Auch wenn ich im klassischen Sinne vielleicht nicht verliebt in ihn gewesen bin, so war er doch meine erste Wahl. Ich war zufrieden, mit ihm verlobt gewesen zu sein, und ich war zufrieden über die Aussicht, ihn zu heiraten. Aleks hätte mich bis an mein Lebensende beschützt.

Wie soll ich ohne ihn leben?

Wie soll ich ohne ihn überleben?

Nachdem ich eine gefühlte Ewigkeit eine Dusche genommen habe, gehe ich wieder in mein Zimmer. Ich schnappe mir eine schwarze Jeans und einen gleichfarbigen Pullover. Oksana deutet auf ein kleines Tablett auf meinem Nachttisch. „Ich habe dir Tee und Kekse bringen lassen."

„Ich will nichts", sage ich, obwohl meine Kehle staubtrocken von dem langen Schlafen und meiner Brechattacke im Bad ist. „Ich will wissen, warum Aleks tot ist."

Oksana zieht ein mitleidiges Gesicht, aber nicht so, wie es aussehen sollte, wenn man einen Menschen betrauert und Mitleid mit seinen Hinterbliebenen hat. Eher peinlich berührt. „Es tut mir so leid, Ekat."

„Oksana, was ist hier los? Haben wir jetzt Krieg?" Es muss eigentlich Krieg sein. Giulio hat Aleks umgebracht. Sie haben seinen Vater ermordet und seine Wachen hinrichten lassen. Sie haben die Iwanows mehr oder weniger komplett ausgelöscht.

„Vater will mit dir sprechen."

„Oksana, verrate mir, was du weißt."

„Nichts Genaues. Aber Mutter sagt, dass der Frieden bestehen bleibt und alles wieder gut wird."

„Dass alles wieder gut wird?", fauche ich meine Schwester an, obwohl sie gar nichts dafür kann.

Als ich das Büro unseres Vaters betrete, kommt er schon auf mich zugestürmt und zieht mich in seine Arme. Es ist selten, dass es so zwischen uns ist, aber es werden auch nicht oft Menschen, die mir nahestehen, vor meinen Augen ermordet. „Es tut mir so leid, Solnyschka." Er gibt mir einen Kuss auf die Stirn, bevor er mich in den Sessel vor seinem Schreibtisch drückt und dann dahinter Platz nimmt. „Es ist eine riesige Katastrophe, Ekaterina."

„Sind wir wieder im Krieg?"

„Es ist schwierig und noch sehr fragil, aber es sieht danach aus, dass wir weiterhin Frieden mit den Italienern und den Iren haben."

„Aber Aleks' Tod muss gerächt werden."

„Es tut mir so leid, Ekaterina." Mein Vater zieht ein betrübtes Gesicht. Er sieht mich an, als wäre ich bedauernswert. Seine Augen ruhen ähnlich auf mir wie die von Oksana. „Pjotr und Aleksander haben uns verraten. Ihr Tod war gerechtfertigt."

In meinem Kopf überschlagen sich die Gedanken. Aleks soll uns verraten haben? Mein Aleks? Ein Verräter? Niemals! „Das kann nicht sein!"

„Es tut mir so leid. Es gibt viele erdrückende Beweise." Er umrundet den Schreibtisch und lehnt sich gegen die Tischplatte. „Ich will es dir erklären, auch wenn ihr Mädchen eigentlich nichts von diesen Dingen wissen braucht. Pjotr war über die Jahre nie wirklich zufrieden mit dem Waffenstillstand und dem Abkommen in der Stadt. Ich habe an die Zukunft gedacht. Von außen gibt es genug Bedrohungen. Jeder von uns hat so viele Feinde, Ekaterina. Pjotr hat letzten Endes zugestimmt, und es hat ein Jahrzehnt funktioniert."

„Was haben sie getan?" Ich muss die Wahrheit wissen, auch wenn ich es nicht glauben kann.

„Sie haben Beziehungen mit dem Wasilijew-Clan in Philadelphia aufgebaut."

„Wasilijew? Das sind Feinde."

Die Wasilijews und die Markows verbindet eine lange Familienfehde. Soweit ich weiß, verdienen die Wasilijews ihr Geld mit Menschenhandel, was mein Vater und die anderen New Yorker Clans kategorisch ablehnen. „Ganz recht, Ekaterina. Sie sind unsere Feinde, und trotzdem sind die Iwanows diesen Weg gegangen. Pjotr und Aleksandr war ihr

Groll gegen das Abkommen mehr wert als die Beziehung zu unserer Familie."

Ich kann nicht glauben, was mein Vater mir hier erzählt. Dass Pjotr nach all den Jahren Hass zu so etwas fähig wäre, kann ich mir sogar vorstellen. Aber Aleks? Er hätte gar keinen Grund dazu gehabt. Aleks hasste Angst. Hätte er jemals die Wahl gehabt, hätte er sich dieses Leben niemals ausgesucht. „Pjotr hat ihn da hineingezogen."

„Selbst wenn es so gewesen ist, ändert es nichts daran. Aleks hat alle New Yorker Clans betrogen. Deswegen musste er mit seinem Leben bezahlen."

„Wie geht es jetzt weiter?" Eigentlich will ich fragen „Was geschieht jetzt mit mir?", aber ich traue mich nicht.

„Wir verhandeln noch."

Ich nicke nur. „Und die Beerdigung?"

„Es wird keine große Trauerfeier geben. Nur ein einfaches Begräbnis. Es ist für nächste Woche geplant. Deine Mutter und ich haben beschlossen, dass wir Markows hingehen werden."

„Stand das je außer Frage?"

„Sie haben uns alle verraten. Nicht nur die Romanos, um sie zu stürzen. Nicht nur die Callaghans, um über sie zu herrschen. Sie haben auch uns betrogen. Trotzdem haben wir viele Jahre den gleichen Weg bestritten – wenn auch nur oberflächlich. Deswegen gehen wir hin."

Plötzlich drängt sich mir eine Frage auf, über die ich noch gar nicht nachgedacht habe. Zu sehr war ich mit mir und meiner Trauer beschäftigt, als dass ich an etwas anderes hätte denken können. „Was ist mit Natascha und Aleks Mutter Sonja?"

In den Augen meines Vaters spiegelt sich Bedauern. „Ich weiß es nicht. Die Romanos haben sie mitgenommen."

KAPITEL SECHS

GIULIO

Mein Leben ist eine Summe aus Brutalitäten. Brutalitäten, die andere mir antaten, und Brutalitäten, die ich anderen antat. Es ist nicht mehr und nicht weniger. Ich lebe in der Dunkelheit. In gewisser Weise bin ich vielleicht sogar dieses Monster, vor dem sich Kinder nachts fürchten, und vor dem ihre Eltern sie warnen, ihm bloß nicht die Hand zu reichen, weil es sie sonst mit sich in die Finsternis zieht.

Und obwohl ich vom Tag meiner Zeugung an dazu verdammt war, in der Finsternis zu leben, werde ich doch von purem Licht angezogen. Ich weiß nicht, ob es der Kontrast ist, der mich fasziniert, oder das prickelnde und wohlige Gefühl von Wärme auf meiner Haut. Ich weiß nicht, warum ausgerechnet ich von diesem Licht geblendet wurde. Ich weiß nur, dass ich es nicht wollte und dass es seit diesem einen Tag doch da ist und mich immer begleitet.

Ich erinnere mich noch genau an den Tag, als dieses Licht mich fand und die Finsternis einfach so durchbrochen hat. Ich kenne noch jedes Detail. Es ist über die Jahre meine Lieblingserinnerung geworden.

Ich war dreizehn und ein Jahr Mitglied der Mafia. Ich war ein Jahr ein Mörder und durch meine Taten schon eine Legende. Und obwohl die Dunkelheit mich längst gefangen hatte, war ich an meinem ersten Tag an der Midtown Highschool bloß ein übervorsichtiger Junge. Immerhin waren wir bis kurz davor im Krieg. Mein Vater hat früh mit meiner Erziehung zu seinem Nachfolger begonnen. Sehr früh. Viel früher, als es bei den anderen Söhnen der Fall ist. „Auge um Auge, Zahn um Zahn" – diesen Spruch hat er mir permanent eingebläut. Er sagte mir immer wieder, dass jeder in unserer Welt nur eines will, und zwar meinen Tod. Und plötzlich sollte ich genau mit diesen Leuten Tag für Tag beisammensitzen und so etwas Banales wie Geschichte oder Biologie lernen – als würde ich dieses Wissen jemals brauchen. Natürlich konnte ich meine Bedenken niemandem mitteilen. Mein Vater hätte mich zu dem Zeitpunkt bereits für die bloße Annahme, dass ich Angst haben könnte, so hart bestraft, dass der Tod durch die Hand eines anderen Clan-Nachkommens dagegen eine Erlösung gewesen wäre. Also ging ich in diese Schule und tat das, was ich immer tat. Ich sah mich um. Ich sprach nicht. Ich war allen überlegen, so wie mein Vater es mich gelehrt hat. Obwohl es unser aller erster Schultag war, fanden sich erstaunlich schnell kleine Gruppen zusammen. Da waren die Clansöhne, zu denen ich an diesem Tag aber noch nicht gehören sollte, und da waren die Töchter, die ebenfalls direkt zueinanderfanden. Den Mädchen fiel es sogar deutlich leichter als den Jungen. Und dann war da ich.

Sie sahen mich alle mit Panik in den Augen an. Jeder von ihnen begegnete mir mit Angst, denn sie wussten, wer ich bin und was ich getan hatte. Ich konnte ihre Angst förmlich riechen. Irgendwann machte ich ein Spiel daraus und suchte gezielt den Blickkontakt zu ihnen, nur um dann zu sehen, wie sie mir voller Angst auswichen. Da waren blaue Augen, grüne Augen, braune Augen und graue Augen, alle waren sie ganz verschieden und doch sahen sie alle gleich aus: von Angst erfüllt, panisch und bloß darauf bedacht, meinen Blicken auszuweichen – den Blicken des Jungen, der schon als Kind zum Mörder eines Kindes wurde. Den Blicken des Monsters. Sie wichen mir alle aus.

Alle, bis auf ein Paar graue Augen, die so klar und leuchtend waren, dass ich mein eigenes Spiel unterbrechen musste, denn es konnte ganz unmöglich real sein, dass sich dort etwas anderes als Respekt, Panik oder Angst in ihnen spiegelte. Doch es war real. In diesen Augen lag Herzlichkeit. Es waren die Augen von Ekaterina Markow. Und als hätte es nicht gereicht, dass dieses kleine russische Mädchen mich in meinem eigenen Spiel geschlagen hat, fing sie auch noch an zu lächeln.

Nach der Pause blieb sie mit mir zurück. „Du hast gar nichts gegessen", hat sie gesagt und hielt mir einen roten Apfel hin, der aussah wie aus dem Märchen Schneewittchen, und ein bisschen sah Ekaterina auch aus, als wäre sie einem Märchen entsprungen, eine fleischgewordene Prinzessin, mit ihren langen Haaren, die sich wie flüssige Schokolade über ihre Schultern ergossen. Ich liebe Schokolade.

Kurz habe ich darüber nachgedacht, ihr Angst zu machen, damit sie und ihr Licht einfach aus meinem Kosmos verschwinden und nie wiederkommen würden. Ich war so wütend, weil da plötzlich etwas anderes in mir war als die übliche Dunkelheit. Weil sie einfach so, ohne es überhaupt darauf anzulegen, etwas so Gravierendes verändert hatte. Ich wollte ihr am liebsten wehtun, bis sie um Hilfe schreien und sich genauso verloren fühlen würde wie ich. Aber ihre Wärme hat mich schon binnen weniger Augenblicke völlig abhängig gemacht, und ich konnte sie unmöglich wegstoßen. Stattdessen nahm ich wortlos den Apfel, bevor wir zusammen zurück zu unseren Klassenzimmern gingen.

Dies war der Tag, an dem sich Ekaterina ganz unbeabsichtigt und ohne es zu wissen in meinen Gedanken eingenistet hat. Mit ihrer Unschuld und Reinheit hat sie meinen Geist vergiftet. Ich bin hoffnungslos infiziert von ihr und leide seit Jahren stillschweigend an meiner Krankheit, die mich gleichermaßen quält, wie sie mich aufrechterhält.

Und heute, ganz ohne dass sie etwas davon weiß, wird ihr Schicksal besiegelt. Besiegelt in einem Hinterzimmer von einem Haufen alter Männer.

Und von mir.

„Ihr steckt doch alle unter einer Decke. Wem willst du eigentlich etwas vormachen, Igor? Du warst schon vor dem Frieden mit Pjotr verbunden und jetzt, wo er uns alle verraten hat, willst du uns weismachen, dass du nichts davon wusstest?" Maghnus Callaghan ist heute mal wieder besonders streitlustig.

„Die Wasilijews sind seit Generationen unsere Feinde", schreit Igor Markow über den Verhandlungstisch hinweg. „Sie wollen nichts mehr, als uns sterben sehen."

„Ach ja? Ihr Russen löst doch gerne durch Heirat Feindschaften auf und seid plötzlich die besten Freunde. Soweit ich weiß, hast du noch eine andere Tochter." Giovanni Rizzo ist gut in diesen Dingen. Er weiß, wie er andere provozieren kann. Nicht umsonst ist er der Consigliere meines Vaters. Ich hasse ihn mindestens genauso sehr, wie ich meinen Vater verabscheue.

Die Verhandlungen ziehen sich jetzt schon seit Tagen hin. Meistens schreien alle wild durcheinander und gehen sich gegenseitig an die Gurgel. Genug Zündstoff haben sie, denn seit dem Bekanntwerden vom Iwanow-Verrat, gleicht die

Stadt einem Pulverfass. Es ist nicht einfach nur die Tatsache, dass Hochverrat gegen uns begangen wurde und Philadelphia es auf uns abgesehen hat. Durch den Zwiespalt innerhalb der Clans erschienen wir kurzzeitig geschwächt, was kleinere Gangs und unwichtige Drogenkartelle als Anlass genommen haben, die mächtigsten New Yorker Familien anzugreifen. Wir hatten tatsächlich gute drei Tage Kriegszustand auf den Straßen, als wir gegen die vielen kleinen Angriffe auf unsere Geschäfte vorgehen mussten. An diesem Verrat hängt so viel mehr, als es auf den ersten Blick scheint, und der Rattenschwanz, den er hinter sich herzieht, konnten wir noch nicht endgültig abschlagen.

„Lass meine Töchter aus dem Spiel, Giovanni", empört sich Markow und klammert sich mit seinen fetten Pranken an die Tischplatte.

Mein Vater bedeutet seinem Consigliere mit einem vielsagenden Blick, dass er sich zusammenreißen soll, aber Rizzo ist in diesen Dingen sehr forsch und genießt viel zu sehr das Vertrauen meines Vaters. „Was ist mit deiner Tochter, die mit dem Iwanow-Sohn verlobt war?"

„Was soll mit Ekaterina sein? Sie trauert natürlich." Selbstverständlich trauert sie. In mir brodelt es, wenn ich nur daran denke, wie sie ihn ständig in der Schule angesehen hat. Als wäre er ihr personifizierter Engel gewesen. Dabei war Aleksandr alles andere als das.

„Sie stand Aleksandr nahe. Die Frage ist nur, wie nahe?", fällt Maghnus Callaghan jetzt mit in Giovannis Verschwörungstheorie ein.

Niall räuspert sich neben seinem Vater. „Sie stand ihm ziemlich nah, wenn ich bedenke, wie sich die beiden in der Schule gegenseitig verschlungen haben. In Russland lehrt man seine Töchter wohl nicht nur damenhafte Zurückhaltung."

„Das ist unerhört, was ihr hier andeutet! Sowohl die Anschuldigung, dass meine Tochter an einem Hochverrat beteiligt sein könnte, als auch ihre Tugend und damit unsere ganze Familienehre anzuzweifeln." Markows bulliger Kopf wird lila vor Wut. Ziemlich lange war ich mir sicher, dass Aleks Ekaterina schon lange vor der Verlobung gefickt hat. Sie war so vernarrt in ihn, dass ich mir sicher war, dass er alles von ihr bekommen könnte, würde er nur darum bitten. Allerdings weiß ich, dass sie ihn bis zum letzten Jahr nicht einmal für einen Kuss rangelassen hat. Das weiß ich ziemlich sicher, weil ich es war, der ihren ersten Kuss gestohlen hat. Sie hat noch viel besser geschmeckt, als ich es mir je ausgemalt habe – und ausgemalt habe ich es mir ziemlich häufig.

„Wir müssen etwas mit ihr machen. Ein Zeichen setzen", verlangt Maghnus.

„Sie war ihm über Jahre viel zu nah. Man könnte sie einfach nach Russland schicken", schlägt Luca, dieser kleine Pragmatiker, vor. „Dann ist das Problem gelöst."

Giovanni lacht. „Probleme löst man endgültig, und Zeichen setzt man hier mit Blut."

„Nein!", sagt Markow laut und knurrt dabei in Giovannis Richtung.

Diskutieren wir gerade wirklich darüber, ob man Ekaterina töten sollte? Meinen diese alten Idioten etwa, dass ein kleines russisches Mädchen, das sein ganzes Leben von jedem Problem abgeschirmt wurde, Hochverrat an drei Mafia-Clans, darunter auch noch ihre eigene Sippschaft, begangen hat, nur weil Aleks ein bisschen Händchen mit ihr gehalten hat?

Markow knallt seine dicke Faust mit dem goldenen Siegelring, auf dem das geschwungene M, das Symbol des Markow-Clans, prangt, auf den massiven Holztisch. „Das Leben meiner Tochter ist nicht verhandelbar!"

Zur Abwechslung sehe ich das genauso. Ohnehin glaube ich nicht, dass Markow am Verrat beteiligt war. Er würde sich eher erschießen, als sich mit dem Wasilijew Clan zu verbrüdern. Dieser Hass sitzt viel zu tief, als dass eine seiner Töchter diese Fehde beenden könnte. Und mein Vater weiß das auch. Aber mein alter Herr ist clever und lässt die beschissene Situation für sich arbeiten. Markow ist in eine dumme Position getappt – ganz ohne großartig etwas dazu beigetragen zu haben. Die anderen machen Druck auf ihn, weil sie ihm nicht mehr vertrauen. Ein Wort meines Vaters und diese Diskussion könnte beendet sein. Aber mein Vater sagt nichts, wippt nur leicht seinen Fuß unter dem Tisch und nimmt immer wieder einen kleinen Schluck Espresso. Er saugt die Lage bis auf den letzten Tropfen aus. Markow wird jetzt so ziemlich alles geben, nur um wieder das Vertrauen der anderen zu gewinnen.

„Wir verschonen das Leben des Mädchens", beschließt mein Vater endlich und erlöst den Russen ein bisschen. „Aber wir wollen einen Vertrauensbeweis, Igor."

„Ihr bekommt jeden Beweis, den ihr wollt. Ich habe euch niemals betrogen."

„Wir wollen deine Tochter. Aber die, die nicht abgetragen ist", stellt Giovanni die Forderung, die er im Vorfeld mit meinem Vater besprochen hat. Wäre Markow scharfsinniger, dann wüsste er spätestens jetzt, dass er in eine Falle getappt ist. Zum Glück ist er aber nicht so intelligent. „Oksana Markow wird Luca Romano heiraten."

Meinem Bruder springen fast die Augen aus dem Kopf. Da hat wohl jemand vergessen, ihn in die Geschäfte einzuweihen. Sein Blick richtet sich Hilfe suchend auf mich. Ich zucke nur mit den Schultern.

Callaghan lacht. „Sie ist fünfzehn und er siebzehn. Wann soll dieser Vertrauensbeweis erfolgen? Wenn die Stadt in Schutt und Asche liegt?"

Mein Vater kräuselt die Stirn. Widerspruch gibt es hier selten, aber die Dinge haben sich dank Iwanow geändert. Die Iren trauen hier niemandem mehr. Uns sogar noch weniger als den Russen, aber das sagt hier niemand laut. Jetzt muss mein Vater Callaghan zufriedenstellen.

„Nach unseren Gesetzen kann Oksana mit sechzehn verheiratet werden", versucht Giovanni ihn zu beruhigen.

„Und er?" Maghnus deutet auf Luca, dem das Wasser sichtlich bis zum Hals steht. „Ist es nicht Tradition der Romanos, dass die Nachfolger frühestens mit zwanzig heiraten?" Von mir aus kann Luca noch morgen heiraten und mit Oksana nach Nowosibirsk ziehen. Ich vermisse meinen Bruder bestimmt nicht. Wir kommen zwar gut miteinander aus und ich vertraue ihm, aber er knallt sich seinen Schädel zu oft zu und ich muss ihn aus üblen Situationen befreien, weil er das pure Chaos ist und sich selten im Griff hat. Liliana kann er von mir aus auch mitnehmen, obwohl Oksana sicherlich Emilia bevorzugen würde.

Der Blick meines Vaters richtet sich nun auf mich. „Giulio wird Oksana heiraten. In etwas mehr als einem Jahr, wenn sie sechzehn und er zwanzig ist." Luca sieht jetzt wieder zufrieden aus, dafür ist Giovannis Miene unzufrieden. Natürlich, er spekuliert schon lange darauf, dass ich seine kleine Schlampentochter Mariella heirate.

„Meine Tochter muss die Schule beenden. Das war immer unsere Bedingung, ob bei den Iwanows oder jetzt hier."

„Als ob du in der Position wärst, Bedingungen zu stellen, Igor", schnaubt Giovanni, und er hat recht. Igor kann keine Bedingungen stellen.

„Ich bestehe darauf", schreit Markow nun wieder durch den Raum. Sein russisches Temperament geht mit ihm durch, dabei sagt man uns Italienern doch immer nach, wir wären laut. Ich will Oksana nicht heiraten, die Idee ist geradezu lächerlich. Eigentlich will ich gar nicht heiraten. Allerdings bin ich mir sicher, je länger ich damit warte, umso schmackhafter wird Giovanni meinem Vater seine Tochter machen. Mariella will ich mindestens genauso wenig, wie ich Oksana will. Die, die ich immer wollte, war ihr ganzes Leben lang außerhalb meiner Reichweite. Längst versprochen und zu tief verworren in dieses russische Geflecht von Familien. Aber das ist sie jetzt nicht mehr, denn ich habe Aleksandr getötet.

Die Stimmen werden immer lauter, und irgendwann besteht jede Unterhaltung nur noch aus lautem Gebrüll, bis ich aufspringe und mit einem festen Stoß mein Messer in die Tischplatte krachen lasse. „Schön, dass ich eure ungeteilte Aufmerksamkeit habe." Alle erstarren. Alle, bis auf meinen Vater. Mein Vater grinst. Als sein Nachfolger kann ich mir so ziemlich alles erlauben, und mein Vater liebt meine dramatischen und aggressiven Ausbrüche. Mein Vater mag alles Furchteinflößende. Markow ist vielleicht nicht in der Position, um Forderungen zu stellen, aber ich bin es. „Unsere Familien werden sich verbinden. In einem Jahr heirate ich deine Tochter Ekaterina – nach ihrem Schulabschluss. Ich bin dann zwanzig und sie wird achtzehn sein, was beide Seiten zufriedenstellen sollte."

„Giulio, du kannst keine Frau wählen, die schon jemandem gehörte – die womöglich nicht einmal mehr unschuldig ist", merkt Rizzo an. „Wenn das die Familie in Italien erfährt, wird dich niemals jemand ernst nehmen."

Mein Vater richtet seinen Blick auf mich. „Er hat recht."

„Sie hat ihm nie gehört. Die beiden waren ein Jahr verlobt, aber aus sicheren Quellen weiß ich, dass Ekaterina nie anderweitig mit ihm zusammen war.“ Merda! Wenn sie nach unserem Kuss doch mit ihm gefickt hat, weiß ich nicht, was ich mache. Eigentlich ist dieses ganze Ding, sich bis zur Ehe aufzusparen, totaler Unsinn und wird nur so fortgesetzt, weil die Mafia von alten Männern regiert wird, die allesamt Traditionalisten sind. Andererseits macht mich die Vorstellung rasend, dass Aleks seine Pfoten auf ihr hatte. Ich will, dass Ekaterina genauso von mir infiziert ist, wie ich es von ihr bin. Ich will, dass sie nur noch für mich isst und trinkt. Dass sie für mich schläft und atmet. Ich will, dass sie mir gehört. Ganz alleine mir.

„Und deine Quellen sind?“

„Andere Frauen“, lüge ich.

„Du kannst dich in dieser Hinsicht nicht auf Weibergewäsch verlassen“, tadelt mich Giovanni und lacht. Ich hasse es, wenn dieser Pisser lacht. Er wird alles tun, damit ich frei für seine kleine Schlampe bin.

„Meine Tochter ist Jungfrau, wie es sich gehört. Sie war mit Aleks befreundet, mehr nicht“, beteuert Markow.

Mein Vater hat seinen Blick gesenkt. Er grübelt. Ich weiß genau, dass alles für eine schnelle Verlobung und Heirat mit Ekaterina spricht. Er sieht hinüber zu Callaghan.

„Ich bin für die schnellere Lösung“, sagt Maghnus. „Vertrauen muss man sich verdienen, und bei Giulio ist die russische Verräterin in guten Händen.“ Innerlich bedanke ich mich bei Callaghan, dass er meinem Vater jetzt so zusetzt.

„Giulio wird Ekaterina im nächsten Jahr nach ihrem Schulabschluss heiraten. In Anbetracht der Tatsache, dass wir eine schnelle Lösung unseres Vertrauensproblems brauchen, werden die beiden sich noch diese Woche verloben. Aufgrund der aktuellen Lage wird eine nachträgliche Verlobungsfeier nur im Rahmen der New Yorker Clans stattfinden – eine Feier wird uns allen guttun.“ Mein Vater wirkt entschlossen.

„Was ist mit ihrer Unschuld?“, fragt Giovanni erneut mit einem schmierigen Grinsen auf seinen Lippen. Es kotzt mich dermaßen an, wie oft er während dieses Gespräches schon an Ekaterinas Muschi gedacht hat, dass ich ihm am liebsten quer über den Tisch seinen hässlichen Kopf wegschießen würde. Soll er sich lieber um die Pussy seiner eigenen Tochter kümmern. Ich bin mir sicher, dass er damit mehr als genug zu tun hätte.

„Die Unschuld von Ekaterina wird vor der Eheschließung medizinisch festgestellt“, beendet mein Vater die Diskussion.

Es ist bereits Abend, als ich zu unserem Anwesen in der Stadt fahre. Es war zwar nie mein Plan, aber nach dem heutigen Tag fügen sich die Puzzleteile aus dem eher zufälligen Mord an Aleksandr Iwanow, meiner jahrelangen Obsession für Ekaterina und der Position als Nachfolger meines Vaters, nahtlos zusammen. Ich bin kein Mensch, der an Schicksal oder eine göttliche Fügung glaubt. Für mich ist jeder seines eigenen Glückes Schmied, aber für diese neue Konstellation der einzelnen Teile, sollte ich mich vielleicht heute vor dem Schlafengehen bekreuzigen.

Gedankenverloren schiebe ich die Tür zu meiner Wohnung auf. Der große Wohnbereich liegt in totaler Dunkelheit und nur das gedimmte Licht der Laternen in unserem angrenzenden Privatpark erleuchtet schemenhaft den Raum.

„Was hast du hier zu suchen?“ Ich hasse es, wenn jemand ungebeten meine vier Wände betritt und hier herumlungert. Ganz besonders sie sollte sich eigentlich lieber von mir fernhalten, weil sie mich meistens einfach nur zu Tode nervt, aber Mariella wäre nicht Mariella, wenn sie sich den Anordnungen irgendeines Menschen fügen und einfach mal parieren würde.

„Scheiße, Giulio. Kannst du jetzt schon im Dunkeln sehen?“

„Vermutlich besser, als du es kannst, aber eigentlich habe ich dich an deinem aufdringlichen Parfüm erkannt, das den ganzen Raum verpestet.“ Ich wurde dazu erzogen, höflich zu Damen zu sein. Trotz all meiner schlechten Eigenschaften bin ich kein Vollidiot, wenn es um Frauen geht und weiß mich sehr wohl zu benehmen. Doch genau das ist der springende Punkt, denn Mariella ist keine Dame. Mariella ist ihrem Vater sogar ähnlicher als ihr älterer Bruder Vito, der derzeit in Italien einige Dinge für uns erledigt. Zumindest rein charakterlich. Optisch hat sie gar nichts von Giovannis Ekelgenen mitbekommen, was ihr einziger Trumpf im Leben ist.

„Aber, aber“, sagt sie in tadelndem Tonfall, und ich brauche gar kein Licht, um zu wissen, dass sie dabei einen Schmollmund zieht. „Warum bist du denn so angespannt?“

Ich knipse die Deckenspots entlang der Fensterfront an. Mariella hängt mehr oder weniger in einem meiner Sessel. Anders kann ich ihre Pose kaum beschreiben. Die langen nackten Beine hat sie über eine der Lehnen gelegt und überkreuzt, während ihr Kopf über der anderen Armlehne des Sessels baumelt und ihr langes schwarzes Haar dabei fast den Boden berührt. Ich weiß genau, was sie hier will. Sie ist nicht besonders subtil, wenn es um ihre Absichten geht. Mariella ist ein ziemlich offenes Buch, in dem jeder nach Bedarf lesen kann. Oft schreit sie einem die geschriebenen Worte sogar schon aus zehn Meter Entfernung entgegen, ob man sie hören will oder nicht. Das Einzige an Mariella, was noch offener ist als ihre Absichten, ist ihre Pussy.

„Giulio, tu nicht so. Selbst wenn du scheiße zu mir bist, willst du mich ficken.“ Manchmal frage ich mich wirklich, wo die Frau ihr grenzenloses Selbstbewusstsein hernimmt. Ich würde gerne behaupten, dass zu ihrem Verhalten mir gegenüber eine große Portion Mut gehört, denn keiner spricht normalerweise so mit mir, aber bei ihr ist es einfach bloße

Dummheit. Dummheit, weil sie mich zu kennen glaubt. Weil sie glaubt, durch die Position ihres Vaters unantastbar für mich zu sein. Sie wähnt sich in Sicherheit, die gar nicht wirklich existiert.

„Komm schon", winkt sie mich zu sich heran. Die kleine Bitch trägt immer noch ihre Schuluniform, mit dem unerhört gekürzten schwarzen Faltenrock und dem weinroten Strickpullover, der sich wie eine zweite Haut um ihre ausladenden Kurven schmiegt.

„Seit wann befiehlst du mir etwas?"

Sie zuckt mit den Schultern. „Vielleicht steh ich ja darauf."

Es braucht nur zwei Sekunden, bis ich den Raum durchquert habe und sie an ihren Haaren von meinem Sessel gezogen habe. Ich hasse es, dass diese Schlampe so vorlaut ist und denkt, dass ich sie leben lasse, einfach weil sie eine Rizzo ist. „Es interessiert mich einen Scheiß, auf was du stehst." Ich schleife sie zur Fensterfront. „Es interessiert mich noch viel weniger, wer dein beschissener Vater ist."

„Ich wusste, dass du mich vögeln willst", sagt sie und windet sich unter meinem festen Griff. Ich mag schöne Haare und es gibt viele Möglichkeiten, eine Frau an den Haaren zu halten, ohne ihr dabei wehzutun. Mariellas Haare mag ich aber nicht. Sie sind viel zu dunkel und gar nicht schokoladig, sondern eher wie Teer.

Ich schiebe die Tür zum Balkon auf und stoße sie in die Kälte. „Es ist kalt hier, was soll das eigentlich?" Ich reagiere gar nicht auf ihr dämliches Geplapper. Sie ist hergekommen, weil sie gefickt werden will. Das kann sie von mir aus haben, denn zu mehr ist die Frau ohnehin nicht zu gebrauchen. Mit einem festen Ruck drücke ich sie gegen die verschnörkelte Balustrade und beuge sie so weit darüber, dass sie gerade noch den Halt auf ihren übertriebenen High Heels behält. Sie hat unter ihrem vulgären Schulmädchenoutfit mal wieder ganz aus Versehen ihren Slip vergessen. „Scheiße, Mariella! Immer das Gleiche mit dir."

„Was, wenn uns jemand sieht?" Sie tut gar nicht erst so, als würde sie irgendetwas davon ernst meinen. Diese Bitch besitzt sogar noch die Frechheit zu lachen.

Ich befreie meinen harten Schwanz, aber nur so, dass ich die Knopfleiste öffne. Es ist echt ganz schön kalt hier draußen, und ich will hier nicht mit entblößtem Arsch stehen. Dann ziehe ich mir ein Gummi über, was bei dem Besucherandrang in ihrer Muschi auch dringend nötig ist. Eigentlich sollte ich beim Sex mit ihr einen Raumanzug tragen. „Ich empfehle dir, leise zu sein und dich gut festzuhalten."

„Aber Giulio ..." Mit einem festen Stoß schiebe ich mich von hinten in Mariellas Muschi. „Als ich sagte, dass du leise sein sollst, meinte ich damit auch jeden deiner Versuche, mir weiter etwas vorzuheulen. Und jetzt halt endlich den Rand und lass uns ficken."

„Dein Wunsch sei mir Befehl." Mariella hält endlich ihre dumme Klappe und krallt sich an dem vereisten Geländer fest. Es ist echt kalt, und ich bemühe mich, schnell fertig zu werden. Mariellas Körper ist nichts, worin ich mich gerne lange aufhalte oder verliere. Ihr Vater wird sie noch nicht über die jüngsten Ereignisse informiert haben, sonst wäre sie heute nicht zum Vögeln bei mir aufgetaucht, sondern höchstens für eine ihrer nervigen Szenen.

„Hey, ich bin noch gar nicht gekommen", beschwert sie sich, als ich mich sofort aus ihr zurückziehe und mein bestes Stück wieder in der Wärme meiner Jeans verstaue.

„Sollte mich das interessieren?" Mariella zieht ihren Rock über ihren Hintern und folgt mir in die Wohnung.

„Eigentlich wollte ich mich nur bei dir bedanken, weil du mir heute echt den Arsch gerettet hast, aber nach deiner kleinen Vorstellung auf dem Balkon sollte ich wohl eher Beifall klatschen." Luca hat es sich in dem gleichen Sessel bequem gemacht, auf dem vorhin die Schlampe gesessen hat.

„Hast du uns etwa beobachtet?", schreit Mariella gespielt schockiert. Als würde sie es wirklich stören – nie im Leben.

Ich verdrehe die Augen. „Warum kommt denn wirklich jeder ungefragt in meine Wohnung?"

„Mehr hast du dazu nicht zu sagen?", faucht Mariella mich an.

„Meinst du, irgendetwas von deinem nackten Arsch ist neu für mich?" Mein Bruder ist einer der wenigen, die Mariella nicht gefickt haben. Zumindest wäre mir das neu. Allerdings hat sie sich von einem der Soldaten filmen lassen und dieser war ziemlich großzügig mit dem Videomaterial.

„Giulio, jetzt weise ihn endlich zurecht. Er kann nicht so mit mir sprechen."

Ich zünde mir genüsslich eine Zigarette an. „Soweit ich weiß, steht Luca über dir."

„Noch." Auf ihren Lippen bildet sich ein siegessicheres Grinsen ab.

„Oh, sie weiß es noch gar nicht?", fragt Luca süffisant. „Hat dein Papi sich nicht sofort bei dir ausgeheult?"

Mariella zieht eine unsichere Fratze und blickt verstohlen auf ihr pinkfarbenes Smartphone. „Scheinbar nicht", sage ich beiläufig und lasse Luca die Ehre zuteilwerden, Mariella über die neuesten Entwicklungen zu informieren. Er hasst Mariella wirklich abgrundtief, und ich will ihm den Spaß nicht verderben.

Luca strahlt wie ein verdammtes Atomkraftwerk. „Giulio wird heiraten." Mariellas Miene erstarrt. Kurz glaube ich, darin so etwas wie Vorfreude zu erkennen, weil ein Teil von ihr immer noch glaubt, dass sie die Auserwählte sein könnte. Als würde ich meine Zukünftige vor aller Augen bei Eiseskälte auf dem Balkon ficken. „Und wir werden alle Zeugen davon, wie er Ekaterina Markow zu seiner Frau macht."

Mariellas Gesicht wird bleich wie das einer Leiche. „Du wusstest es! Du wusstest es die ganze Zeit, kommst hier rein und fickst mich einfach?"

„Darf ich dich daran erinnern, dass du in meiner Wohnung auf mich gewartet hast, damit ich dich ficke?"

„Dafür wirst du bezahlen, Giulio!"

„Droh mir noch ein Mal, Mariella, und ich schwöre dir, ich stelle dich auf einen Scheiterhaufen." Sie schluckt hart und nickt mir stumm zu, während sie ihren Kram nimmt und verschwindet. „Endlich Ruhe" Ich setze mich zu Luca. „Dieses Weib ist die totale Nervensäge."

„Und trotzdem fickst du sie immer wieder."

Ich mache eine gleichgültige Bewegung mit den Händen. „Wird nicht das letzte Mal gewesen sein."

KAPITEL SIEBEN

EKATERINA

Die Tage nach Aleks' Tod sind meine persönliche Hölle. Ich bleibe die meiste Zeit nur im Bett. Mein Vater war die letzten Tage kaum zu Hause. Er hat sich mit den Callaghans bei den Romanos aufgehalten und über die Situation diskutiert. So sehr ich Aleks' Tod rächen will, denn ich kann nach wie vor nicht glauben, dass er uns verraten haben soll, so sehr weiß ich auch, dass der Frieden wieder gefestigt werden muss. Ein normales Leben in dieser Stadt wäre für uns nicht möglich, wenn die Callaghans, die Romanos und die Markows sich wieder bekriegen. Für uns als Familie käme dies dem Ausnahmezustand gleich. Für mich persönlich ist der Ausnahmezustand schon seit Aleks' Tod real.

Ich streife mir einen flauschigen Hoodie über und schlüpfe in meine gefütterten Boots. Ich brauche dringend frische Luft, bevor ich das Porridge, das Oksana mir zum Frühstück gebracht hat, auch noch ausbreche. Ich gehe mit langsamen Schritten über den Weg, der sich durch unseren Garten schlängelt. Die Kälte hat längst meine dicke Kleidung durchdrungen und brennt sich in meine Haut, aber auch das ist gleichgültig. Seit Aleks mir genommen wurde, fühle ich mich taub. Ich fühle mich so abgestumpft, dass mir der scharfe Schmerz der Kälte, der sich durch meinen Körper frisst, sogar eine willkommene Abwechslung ist. Es ist besser, als gar nichts zu spüren.

Als ich den Weg nach oben einschlagen will, um mich wieder in meinem Zimmer zu verkriechen, vernehme ich hinter mir ein Räuspern. „Du solltest bei der Kälte da draußen einen Mantel überziehen." Ich erstarre, noch während mein Gehirn registriert, dass er wirklich hier ist. Gänsehaut überzieht meinen Körper, und ich wünschte, ich könnte einfach vor ihm fliehen. Aber ich kann es nicht. Es gibt keinen Ausweg vor den Romanos – zumindest nicht lebend.

„Was tust du hier, Giulio?"

„Es ist unhöflich, mit jemandem zu sprechen, während man der Person den Rücken zuwendet."

Vorsichtig drehe ich mich um. Er lehnt lässig an der holzvertäfelten Wand. Seine Hände hat er in den Taschen seiner schwarzen Jeans vergraben. Sein muskulöser Oberkörper steckt in einem grauen Hemd. Er sieht aus wie immer.

Kalt.

Tödlich.

Schön.

Seine Augen gleiten über meinen Körper und heften sich dann auf mein Gesicht. „Ich hätte nie gedacht, das einmal gerade über dich zu sagen, aber du siehst fürchterlich aus. Du solltest dringend mehr essen, Ekaterina." Verzweifelt suche ich nach dem Scherz hinter seinen Worten, mit denen er mich verhöhnen will, aber da ist nichts. Er meint es wirklich ernst. Der Mörder meines Verlobten sorgt sich um mein Wohlergehen, als wäre all das nicht ganz und gar seine Schuld.

„Gerade dich wundert das?“ Trotz meiner Angst kann ich meine Abneigung ihm gegenüber kaum verbergen.

„Viele Frauen wären glücklich, käme jemand und würde den Verlobten erschießen, den sie nie frei wählen durften.“

„Aleks war vielleicht nicht meine freie Wahl, aber doch hätte ich ihn jedem anderen vorgezogen.“

„Du hättest seinen Tod nicht sehen sollen.“

„Geh einfach, Giulio. Wozu bist du überhaupt hier? Musst du mich mit falschen Beileidsbekundungen verspotten?“

„Ich bin nicht hier, um mich über dich lustig zu machen oder dich zu quälen. Ich meinte es ernst, als ich sagte, dass du das nicht hättest sehen sollen.“

„Es spielt keine Rolle, ob ich dabei war. Aleks ist durch deine Hand gestorben, mehr muss ich nicht wissen. Bitte entschuldige mich jetzt. Mein Vater wird mit Sicherheit in seinem Büro sein und Sergej ist eben Sergej, und wenn er nicht hier unten ist, dann wird er in einem der Clubs oder Bordelle sein.“

„Ich will nicht zu Igor oder Sergej. Ich will zu dir.“ Er sieht wirklich nicht aus, als würde er sich über mich lustig machen wollen. Er sieht auch nicht so aus, als würde er lügen. Aber so ist das eben bei Giulio. Er präsentiert immer die gleiche kalte Maske, auf der sich selten eine Emotion ablesen lässt.

„Ich glaube, es ist Zeit für dich zu gehen, Giulio.“ Sergej schlendert auf uns zu und wirft Giulio einen Blick zu, der nach Vorsicht geradezu schreit.

„Sicher.“ Über Giulios finstere Miene huscht ein schmallippiges Lächeln. „Wir sehen uns dann. Ciao.“

Ich entspanne mich, sobald er verschwindet. „Kann man nichts dagegen unternehmen, dass er in unser Haus kommt?“

Sergejs Blick verhärtet sich. „Nein. Jetzt nicht mehr. Vater wünscht dich zu sprechen. Es ist dringend.“

Als ich an Vaters Büro klopfe und er mich hereinbittet, sitzt er in seinem Ledersessel hinter seinem Schreibtisch und pafft eine dicke Zigarre. Sein Glas enthält eine klare Flüssigkeit und ich muss nicht daran riechen, um zu wissen, dass es Wodka und kein Wasser ist. „Nimm Platz." Er schenkt ein zweites Glas ein. Dann schiebt er es mir herüber, bis es direkt neben meinen Händen zum Stehen kommt. Er hat mir noch nie Wodka angeboten. „Die Iwanows haben Hochverrat begangen. Dadurch ist die Lage hier komplett eskaliert – alles ist ungewiss. Die Italiener trauen den Russen nicht mehr und die Iren trauen gar keinem mehr. Pjotr und Aleks haben die komplette Ordnung New Yorks auf den Kopf gestellt. Es herrscht das totale Chaos, Ekaterina." Mir gefällt nicht, dass Vater seine Sorgen so offen mit mir teilt. Das hat er noch nie getan, und normalerweise weiß nur Sergej, wie es um die Geschäfte bestellt ist. „Alle wollen Rache – immer nur Rache. Du willst auch Rache für Aleks. Es geht nur um Rache. Nach dem Hochverrat der Iwanows sind wir in einer ziemlich ernsten Situation. Wir sind Russen und wir waren schon vor dem Friedensvertrag Verbündete der Iwanows. Dann kommt noch deine Verlobung mit Aleks oben drauf, die, wie du weißt, nie akzeptiert, sondern immer nur toleriert wurde. Zwei russische Mafiafamilien, die sich in einer Stadt durch Heirat verbinden, sieht niemand gerne."

„Aleks ist tot. Die Verbindung ist damit auch gestorben."

„Ja, das ist wohl wahr. Aber du, Ekaterina – du lebst noch." Ein dicker Kloß bildet sich in meinem Hals. Ich lebe noch – heißt das, dass ich nicht mehr lange leben werde? „Es ist so, es kamen viele Fragen auf, ob du oder gar unsere ganze Familie auch mit den Iwanows zusammengearbeitet haben. Der Verdacht liegt einfach nahe und mir war sofort klar, dass wir uns diesen Anschuldigungen würden stellen müssen."

„Aber das haben wir nicht."

„Nein. Und wir wissen das, aber die Iren und die Italiener sind misstrauisch. Sie wollen einen Vertrauensbeweis."

Mir wird schwarz vor Augen. Ich weiß genau, was diese machthungrigen, zutiefst besitzergreifenden und gewalttätigen Männer denken. Ich weiß es deswegen so genau, weil mein Vater, der mich großgezogen hat, einer dieser Männer ist. Weil der Bruder, mit dem ich aufgewachsen bin, einer dieser Männer ist. Und weil mein Verlobter, mit dem ich mein ganzes Leben geteilt habe, einer dieser Männer war. Diese Männer vertrauen niemandem. Diese Männer sehen überall Betrug und Intrigen. Und diese Männer wollen, dass für Verrat bezahlt wird. Und bezahlen kann man nur mit Blut.

Sie wollen mein Blut.

Sie wollen meinen Tod.

Weil ich Aleks' Verlobte war. Mehr noch – ich war seine Vertraute. Mein Blut wird das Ansehen meiner Familie reinwaschen. „Wer wird es machen?"

„Was machen?"

„Mich töten."

„Dich wird niemand töten."

„Warum sitze ich dann hier? Warum erzählst du mir das alles?" Tränen rinnen über meine Wangen, denn das kann nichts Gutes für mich bedeuten.

Das Gesicht meines Vaters wird kreidebleich. Er deutet wieder auf das Glas Wodka vor mir. „Ekaterina, du wirst dieser Vertrauensbeweis sein. Um den Frieden wiederherzustellen, verlangen sie eine Fusion der Familien."

Mein Blick, der bis eben noch auf das Glas Wodka gerichtet war, findet jetzt die Augen meines Vaters. „Was?"

„Glaub mir, ich hätte dir damit noch Zeit gelassen, aber die Umstände drängen nach einer Lösung."

„Aleks liegt noch nicht unter der Erde!" Es ist selten, dass ich die Stimme gegen ihn erhebe. „Er ist nicht einmal begraben, und wir sitzen hier und reden darüber, mich einfach weiterzureichen?"

„Glaube mir, das hier fällt mir nicht leicht. Die Iwanows waren Jahre unsere Freunde und ich weiß, was Aleks dir bedeutet hat."

„Das ist absolut ekelhaft!"

Er schlägt mit der Faust auf die Tischplatte. „Zwing mich nicht, dir noch mehr wehzutun, weil du dein Temperament nicht unter Kontrolle hast, Ekaterina!" Ich greife nach dem Wodka und nehme einen kräftigen Schluck. Die Flüssigkeit brennt sich den Weg in Richtung meines Magens. „Ihr wart sehr vertraut miteinander. Ich habe euch immer gelassen – andere Väter hätten euch nicht einmal in eine Schule zusammen geschickt. Ich dachte immer, du gehörst so oder so ihm." Er reibt sich das Kinn. „Ich hoffe, ihr wart nicht zu vertraut miteinander, als dass du jetzt Probleme bekommen könntest?" Ich bin wie versteinert. Passiert das hier wirklich? Fragt mein Vater mich eben tatsächlich, ob ich mit Aleks geschlafen habe? „Antworte!"

„Ich bekomme keine Probleme." Vermutlich werde ich jetzt an einen irischen oder italienischen Captain verscherbelt. Irgendjemand Belanglosen, dem es nichts ausmacht, eine abgetragene Verlobte zugeschoben zu bekommen. Es geht einfach nur darum, mich als Druckmittel in einer anderen Familie unterzubringen, damit mein Vater keine dummen Entscheidungen trifft. „Es ist also schon beschlossen?"

„Ja. Nach deinem Schulabschluss. Bei diesem Punkt habe ich mich auf keinen Kompromiss eingelassen."

„Wer?", traue ich mich endlich die entscheidende Frage zu stellen.

„Giulio Romano."

KAPITEL ACHT

EKATERINA

Es ist geschmacklos, als Giulio und Tommaso, dicht gefolgt von Giovanni Rizzo und Luca, einen Tag vor Aleks Beisetzung in unserem Haus auftauchen, um das Geschäft abzuschließen. Das Geschäft, das sie mit mir machen. Mein Vater hat mich bereits gestern angefleht, Aleks' Ring abzunehmen. Heute muss ich natürlich nachgeben, denn mit einer Unterbrechung von fünf Minuten wird ab heute ein anderes Schmuckstück meinen Finger zieren und mich fortan als Eigentum brandmarken.

Die ganze Prozedur ist kurz und schmerzlos. Erst nachdem Giulio meine Hand loslässt und sich mit seinem Vater auf Italienisch unterhält, riskiere ich einen Blick auf meinen Finger. Es ist ein zu schöner Ring, der mein Todesurteil besiegelt, denn diese Ehe wird zwangsläufig das Ende meines Lebens bedeuten. Als ich Giulios Blick auf mir bemerke und ein selbstgefälliges Lächeln kurz über seine Mundwinkel huscht, schaue ich schnell von dem Ring weg. Das hier ist durch und durch geschmacklos und eine nachträgliche Entehrung der Iwanow-Familie.

„Ekaterina, du solltest jetzt vielleicht genau zuhören und sieh mich an." Ich straffe meine Schultern und hebe meinen Blick, bis meine Augen auf Giulios schwarze Iriden treffen. „Es sind knappe acht Monate bis zu deinem Schulabschluss. Die Hochzeit findet danach auf unserem Anwesen in den Hamptons statt. In deinem Elternhaus vertraue ich auf die Sorgfalt deines Vaters und Sergej, wenn es um deine Unversehrtheit geht." Unversehrtheit betont er besonders, und ich bin mir sicher, dass er damit nicht nur mein Wohlergehen meint. „In der Schule wird sich mein bester Mann, Leonardo, um dich kümmern. Er wird dich auch im privaten Bereich bei Ausflügen und offiziellen Anlässen begleiten. Gewöhn dich an ihn, denn er wird nach der Hochzeit dein Bodyguard."

„Ich darf nur mit ihm das Haus verlassen?"

„Ja. Er wird dich überall hinfahren und mich darüber in Kenntnis setzen." Ich frage lieber gar nicht, was ist, wenn Leonardo keine Zeit hat. Er wird es einrichten. Immer. Ich gebe ihm mit einem Nicken zu verstehen, dass ich seine Worte registriert habe.

„Dann ist für heute alles gesagt." Giulio nickt meinem Vater und Sergej zu, bevor die Romanos das Haus verlassen.

Nachdem Aleks und Pjotr letzte Woche beigesetzt wurden, muss ich ab heute wieder meinen Schulalltag aufnehmen. „Was möchtest du essen?", fragt Leonardo mich. Er ist mein neuer Schatten. Leonardo ist genauso alt wie Giulio und war schon fertig mit der Schule, geht jetzt aber wieder mit mir in einen Jahrgang und besucht sämtliche Kurse mit mir. Ich muss ihm lassen, dass er wirklich freundlich ist und sich bemüht. Leonardo ist keineswegs aufdringlich oder wirkt herrisch. Er macht einen ganz normalen Eindruck und gibt sich die größte Mühe, ein ungezwungenes Verhältnis zu mir aufzubauen.

Trotzdem ist er tödlich.

Trotzdem wurde er direkt vom Monster geschickt.

Trotzdem ist er der Feind.

„Ich habe keinen Hunger, danke."

„Giulio lässt ausrichten, dass du wieder mehr essen sollst."

„Du kannst Giulio ausrichten, dass ihn mein Essverhalten nichts angeht."

„Er wünscht es aber."

Ich verdrehe die Augen. „Was Giulio sich wünscht, ist mir ziemlich egal."

Leonardo holt sich ein Tablett mit diversen Snacks und reicht mir wortlos ein Truthahnsandwich, eine Dose Cola und eine Schale mit Obstsalat. Mariella zieht eine wütende Fratze, als sie uns beobachtet. Ich schaue schnell wieder weg und blicke konzentriert auf meinen Obstsalat, bei dessen Anblick mir schlecht wird.

„Jetzt sag mir nicht, diese Bitch ist auch noch eifersüchtig?" Keela setzt sich zu mir. „Es ist ja nicht so, als hättest du ihn dir ausgesucht, obwohl, rein optisch einige Attribute durchaus für Giulio sprechen." Leonardo ignoriert unser Gerede und tut so, als würde er nicht zuhören, aber natürlich tut er genau das und wird – so nett er auch ist und so viel Mühe er sich auch gibt – alles brühwarm Giulio erzählen. „Für sie wird das keinen Unterschied machen, ob ich ihn mir ausgesucht habe oder nicht."

„Meinst du, das hält sie davon ab, sich an ihn ranzuschmeißen?" Keela blickt angeekelt in Mariellas Richtung. Natascha, Keela und ich kamen nie besonders gut mit Mariella aus, denn sie ist einfach nicht nett.

„Soll er lieber sie nehmen als mich." Keela kichert leise in sich hinein, während sich mein Magen unwohl zusammenzieht. „Hast du gehört, wo sie sein könnte?"

„Natascha? Nein. Keine Ahnung. Ich habe versucht, es aus Niall und Sloan herauszukitzeln, aber angeblich wissen die beiden nichts."

„Meinst du, sie lügen dich an?"

„Niall vielleicht, aber Sloan kann mich nicht anlügen."

Mir kommt plötzlich eine Idee. Ich wende mich Leonardo zu, der stoisch die hineinkommenden Schüler mustert. „Leonardo, du weißt doch bestimmt, wo unsere Freundin Natascha und ihre Mutter sind?"

„Ich wusste, dass so was kommt", sagt er und hebt die Hände. „Von mir erfahrt ihr nichts." Wäre er nicht Giulios bester Mann, könnte ich ihn wirklich mögen.

Keela beugt sich zu Leonardo hinüber, den die plötzliche Nähe deutlich nervös macht. Abgesehen von ihrem ständigen Chaos ist Keela eine wunderschöne Frau. „Du warst doch auch Jahre lang mit ihr auf einer Schule. Du musst doch einen Funken Mitgefühl für sie haben. Die beiden sind unschuldig."

„Niemand hier ist unschuldig." Und damit hat er leider recht. „Ich kann euch dazu nichts sagen."

„Du kannst nicht, du willst nicht oder du darfst nicht?", treibt Keela ihn weiter in die Enge.

Leonardo fährt sich durch seine dunkelbraune Haarpracht. „Ich weiß gar nicht, warum ihr gerade mich danach fragt."

„Wen sollen wir denn bitte sonst fragen?"

Er sieht mich an, als wäre ich auf den Kopf gefallen. „Naja, du bist jetzt mit Giulio verlobt. Frag ihn doch einfach."

„Auf gar keinen Fall."

Die nächsten Wochen vergehen, und der Alltag kehrt wieder in mein Leben ein. Keela und ich sehen uns täglich in der

Schule. Leonardo begleitet mich außerhalb unseres Hauses auf Schritt und Tritt. Ich kann nicht leugnen, dass er sich mit seiner lockeren Art irgendwie Keelas und meine Gunst erschlichen hat und wir seine Anwesenheit jetzt akzeptieren. Er kann ja eigentlich nichts für die ganze Situation.

Von Natascha und Sonja haben wir weiterhin nichts gehört. Ich würde zu gerne wissen, was meiner Freundin und ihrer Mutter zugestoßen ist, weiß aber nicht, wen ich noch fragen soll. Selbst wenn ich Giulio fragen wollte, könnte ich es nicht. Ich habe weder seine Handynummer, noch hat er sich in den letzten Wochen blicken lassen. Letzteres stimmt mich sogar froh. Jeder Tag ohne Giulio ist ein guter Tag – so gut es eben geht.

Aleks' Tod reißt nach wie vor ein riesiges Loch in mein Leben. Es ist nicht nur, dass ich ihn schrecklich vermisse und mich nach meinem besten Freund sehne, dem ich alles anvertrauen konnte, sondern auch, dass ich mich grässlich fühle, weil ich jetzt seinen Mörder heiraten soll. Ich bereue es, mich für die Ehe mit Aleksandr aufgespart zu haben. Ich bereue es zutiefst, nicht all die Jahre über mit Aleks geschlafen zu haben und nun bald Giulio das geben zu müssen, was ich Aleks verweigert habe. Ich hasse den Gedanken.

Gerade, als ich in Leonardos Wagen steigen will, fährt Sergejs Mercedes neben mir auf den Schulparkplatz. Er lässt sein Fenster herunter und nickt Leonardo zur Begrüßung zu. „Ekaterina, du fährst heute mit mir."

„Davon weiß ich nichts", mischt Leonardo sich ein. Natürlich tut er das. Er muss ja.

„Interne Markow-Sachen. Ich übernehme sie jetzt." Mir passt es nicht, dass mein Bruder mich übernimmt – so als wäre ich ein kleines Kind.

„Gibt es Probleme, von denen Giulio wissen müsste?", erkundigt Leonardo sich.

„Nein. Sofern ihn der runde Geburtstag unserer Tante Evelyn in Moskau interessiert und er sich um ein Geschenk kümmern möchte, kann er aber gerne diesen Ausflug mit meiner Schwester übernehmen und mit ihr durch die Boutiquen der Stadt ziehen." Leonardo mustert Sergej kurz kritisch, winkt dann aber ab.

„Was sollte das?" Wir wissen beide, dass wir kein Geschenk für Tante Evelyn kaufen und sich Mutter wie jedes Jahr darum kümmert.

„Vertrau mir, Schwesterherz."

Wir fahren eine ganze Weile, bis wir die Stadt verlassen. Aus den Hochhäusern und Wolkenkratzern werden kleine Vororte, bis wir irgendwann bei unserem alten Haus in Connecticut ankommen, das verwaist in der verschneiten Landschaft liegt. Die letzten Jahre waren wir nur manchmal im Sommer hier. „Was machen wir hier?"

Sergej drückt mir einen kalten, glatten Gegenstand in die Hand. Ich lasse die Pistole panisch fallen, als ich registriere, was er mir da gegeben hat. „Vorsichtig!"

„Sergej, was ist das?" Es ist nicht so, als hätte ich noch nie eine Waffe aus nächster Nähe gesehen. Das ist normal bei uns. Bei Sergej und Aleks lagen ständig irgendwo Waffen herum. Aber gehalten habe ich noch nie eine. Wozu auch?

„Das, liebe, unschuldige Schwester, ist eine Glock. Und heute wirst du deine erste Lektion in Sachen Schießen lernen." Er hebt die Pistole auf und legt sie zurück in meine Hände.

„Ich verstehe nicht."

„Ich habe beschlossen, dir nicht beim Sterben zuzusehen. Verstehst du mich jetzt?"

Ich folge ihm in den weitläufigen Garten unseres alten Anwesens, bis wir die Waldgrenze passieren. In einigen Metern Entfernung hat er eine rote Zielscheibe an einem Baum angebracht. In meiner Hand halte ich die Glock, von der Sergej sagt, dass sie sich selbst nachlädt. „Und jetzt rauf mit dem Arm." Ich zittere wie verrückt. Sergej stöhnt genervt. „Ekaterina, das ist kein verdammtes Spiel!" Seine derbe Wortwahl lässt mich zusammenzucken. So spricht mein Bruder sonst nie mit mir. „Wir haben kein ganzes Jahr mehr Zeit, um dir das beizubringen. Also überwinde das und hör endlich auf zu zittern wie eine ängstliche Jungfrau!"

„Ich bin eine ängstliche Jungfrau."

„Ich weiß", sagt er sanfter. „In allen Belangen bist du das. Aber in dieser einen Sache wirst du nicht unschuldig in diese Ehe gehen. Ich will, dass du tödlich bist."

Und dann fange ich an zu schießen.

KAPITEL NEUN

EKATERINA

Die Weihnachtsferien taten mir mehr als gut, allein schon, weil ich mich die meiste Zeit in meinem Zimmer verkriechen konnte. Am Weihnachtsmorgen erwartete mich neben den üblichen Geschenken auch ein Päckchen von Giulio. Wie widerlich kann ein Mensch sein, mir Geschenke zu machen, nachdem er meinen Verlobten erschossen hat? Einzig Vaters strenger Blick konnte mich davon abhalten, die Schachtel mit dem Diamantarmband nicht direkt in den Kamin zu werfen.

Sergej und ich haben es mehrmals heimlich nach Connecticut geschafft, um weiter an meinen tödlichen Fähigkeiten zu tüfteln. Niemand weiß davon. Weder meine Eltern noch Oksana. Er betritt mit dem Schießtraining sehr dünnes Eis für mich und ich will ihm keine Probleme machen, indem ich jemandem davon erzähle. Außerdem weiß ich genau, wofür es gut ist. Er geht ebenso wie ich davon aus, dass die Romanos mich eines Tages loswerden wollen. Jeder, der davon wüsste, wäre zum Tode verurteilt. Doch, obwohl Sergej mich auf mein drohendes Unheil vorbereitet, kann er mich nicht vor allem beschützen, und so sehr mein Bruder sich auch bemüht, reicht sein Schutz nicht bis in die Welt meiner Träume.

Seit der Verlobung ist es jede Nacht die gleiche Szene, die mich quält und aus meinem Schlaf schrecken lässt. Es ist die Panik, die sich durch meine Venen frisst, während ich vor Giulio wegrenne. Ich laufe um mein Leben, werde von ihm bei Nacht und in strömendem Regen durch die dunklen Seitenstraßen der Stadt getrieben. Immer wieder falle ich und richte mich panisch wieder auf, renne unter Schmerzen weiter, nur um dem größten aller Monster zu entkommen.

Doch jede Nacht endet seine Treibjagd damit, dass ich in einer Sackgasse gefangen bin. Jede Nacht nehme ich mir vor, in der darauffolgenden anders abzubiegen und doch lande ich immer wieder in seiner Falle. Und dann spielt er mit mir. Er dreht die Trommel. Er spannt den Hahn. Er drückt den Abzug und die Pistole geht los. Ein hohles Knacken begleitet den Fehlschuss. Es ist immer ein Fehlschuss, bis die Waffe irgendwann losgeht.

Selbst das kleine Licht, das ich in meinem Zimmer brennen lasse, kann mir nicht helfen, denn das ist das Problem mit den echten Monstern. Sie verfolgen einen nicht einfach nur, sie dringen auch in den entlegensten Winkel der Seele ein, um einem den letzten Funken Frieden zu rauben und ihn komplett unter ihre Kontrolle zu bringen. Vor echten Monstern kann man sich nicht verstecken, auch im hellsten Licht nicht. Sie ziehen einen immer mit sich in den Abgrund, egal wie gut man sich zu schützen versucht. Und Giulio ist ein echtes Monster.

„Du isst wieder nicht." Leonardo deutet auf meinen vollen Teller. „Und du hast weiter abgenommen."

„Mein Appetit lässt zu wünschen übrig, seit mein jetziger Verlobter meinen vorherigen Verlobten kaltblütig von hinten erschossen hat, entschuldige." Wie soll ich auch hungrig sein, wenn Giulio mich Tag und Nacht verfolgt und ich genau weiß, was mich mit ihm erwartet?

„Du weißt, dass ich ihm das sagen muss?“

„Bitte. Ich halte dich nicht auf.“

Keela und ich stehen auf und gehen zur Sporthalle, während Leonardo uns langsam hinterhertrottet. Ich beneide ihn nicht um seine Aufgabe. Überhaupt nicht.

Einige Mädchen, die am Rand des Flures an ihren Spinden stehen, tuscheln aufgeregt, als wir an ihnen vorbeilaufen, und lachen, sobald wir ihnen den Rücken zukehren. Ich kenne diese Mädchen. Sie gehören zu den italienischen Soldatentöchtern und gehen in die Stufe meiner Schwester. „Kinder.“ Keela wirft sich ihre Sporttasche über die Schulter. „Machen wir heute mit?“

Wir sind Königinnen, wenn es darum geht, den Sportunterricht zu schwänzen. Physisch sind mir meistens anwesend, haben aber die schönsten Entschuldigungen parat, weswegen wir nicht schwitzen müssen. „Ich weiß noch nicht so recht. Vielleicht habe ich meine Tage.“

„Schon wieder? Hattest du nicht erst vor den Ferien deine Tage?“

„Na und?“

„Das ist erst zwei Wochen her.“

„Meinst du, sie wird nachsehen?“ Keela lacht schelmisch.

Wir gehen in den Umkleidebereich, und Leonardo ruft mir zu, dass er hinter den Herrenkabinen auf mich wartet. Obwohl ich nicht mitmachen werde, streife ich mir meine schwarzen Stiefel ab und ziehe meine Sportschuhe zu meiner Schuluniform an. Miss Meyers ist penibel, was Straßenschuhe in ihrer heiligen Turnhalle angeht.

„Du bist so scheiße klein, dass man deine Schuhe fast gar nicht unter deinem Rock hervorblitzen sieht. Manch einer kürzt sich die Uniform, um wenigstens ein bisschen Sexappeal in den Schulalltag zu bringen. Du hingegen musst aufpassen, nicht über den knielangen Rock zu stolpern." Mariella zieht in einem figurbetonten Sportdress an mir vorbei, das sich perfekt um ihre Kurven schmiegt. „Traurig, dass Aleks auf so was gestanden hat. Obwohl, eine wirkliche Wahl hatte er ja auch nicht. Giulio hat es gerne mit etwas mehr Klasse, aber das wird er dir sicherlich noch einprügeln."

„Wenn es um Klasse geht, kannst du mit deinen Nuttenklamotten wohl kaum mitreden", fällt Keela ihr ins Wort.

„Ich kann bei vielen Dingen mitreden, von denen ihr beide nicht die geringste Ahnung habt. Lass es dir gesagt sein, Rotschopf – du und dein vorlauter irischer Drecksclan stehen ganz oben auf unserer Abschussliste, nachdem Ekaterina schon verschont wurde." Mit wiegenden Hüften verlässt Mariella die Umkleidekabine und wirft uns ein fieses Lächeln über die Schulter zu.

„Was für eine riesige Bitch!" Keela zieht mich mit sich in Richtung der Sporthalle.

Ich wurde bisher noch nie so richtig angezickt, weil es sich niemand getraut hätte und eine so offene Feindseligkeit bei uns Russinnen nicht Sitte ist. Ich wurde gelehrt, mich immer freundlich und zuvorkommend zu verhalten, aber nicht, wie ich mich zur Wehr setzen kann. Es schmeckt bitter, bereits dann zu versagen, wenn man nur mit Worten beschossen wird. Wie soll ich mich erst wehren, wenn es sich dabei um richtige Kugeln handelt?

Nach dem Sportunterricht haben wir noch Biologie. Auf dem Weg in den Kursraum laufen wieder die tuschelnden Mädchen der Unterstufe an uns vorbei und ich werde das Gefühl nicht los, dass sie über mich reden.

„Kann ich dich kurz sprechen?“ Oksana ist hörbar außer Atem. Die Unsportlichkeit liegt definitiv in den Genen der Markow-Frauen. „Es ist dringend!“

„Klar.“

„Unter vier Augen?“

Ich gebe Leonardo ein Zeichen, damit er uns etwas Privatsphäre gönnt und forme lautlos das Wort Mädchenkram. „Was ist los?“

Ihre Wangen färben sich rot. „Du darfst dich jetzt nicht aufregen und eigentlich kann es dir egal sein. Trotzdem muss ich es dir sagen, weil sie das einfach nicht darf. Es ist respektlos und sie steht in der Hierarchie einfach weit unter dir.“

„Was ist los, Oksana?“

„Mariella – sie ist mit einigen Soldatentöchtern aus meiner Stufe befreundet. Sie erzählt Dinge über sich und Giulio.“

„Was betrifft mich das?“ Natürlich weiß ich, dass Giulio mich jetzt leider sehr wohl betrifft.

„Naja, es betrifft dich schon. Sie erzählt jedem brühwarm, dass er sie Silvester in den Himmel gevögelt hat. Sie erzählt jedem, dass er dich schon vor der Hochzeit betrügt und dass du nur durch das Wohlwollen der Romanos überhaupt noch lebst. Außerdem erzählt sie ...“

„Was?“ Obwohl Giulio mir egal ist, kann ich nicht leugnen, dass die Gerüchte mich demütigen. Sie degradiert mich an der Schule zu etwas Wertlosem und immerhin müssen ihre Geschichten genügend Zuhörer finden, sonst würde nicht schon den ganzen Tag auf den Fluren über mich gelacht werden.

„Sie erzählt, dass du eine russische Verräterin bist und unter seiner Würde und dass er dich überhaupt nur heiraten wird, um unseren Vater zu bestrafen. Sie erzählt, dass er dich quälen und foltern wird. Dass er dir jeden Tag deines Lebens zur Hölle macht, bis er sich langweilt und dann ...“ Mir wird schlecht. Ich halte ihr meine Hand als Zeichen hin, dass sie nicht weitersprechen soll. Ich kann es nicht hören. Ich will es nicht hören. Ich will nicht hören, wie Giulio mein Ende bereits geplant und besiegelt hat. Doch Oksana kennt kein Halten mehr. „Sie erzählt, dass er dich blutig ficken wird, bevor er dich umbringt." Mein Puls beschleunigt sich, und ein Schweißfilm bildet sich auf meiner Stirn. Ich glaube, ich breche gleich zusammen.

„Was ist hier los?" Leonardo ist meine Reaktion nicht entgangen. Keela stellt sich nun ebenfalls zu uns und schaut neugierig in meine Richtung.

„Nichts."

„Du solltest es ihm sagen", drängt Oksana.

„Was sagen? Was ist hier los? Ekaterina, ich bin zu deinem Schutz hier, auch wenn du das nicht immer so sehen willst. Sag mir sofort, was passiert ist."

„Ja. Sag es ihm, und er kann es seinem Boss sagen. Soll er ruhig wissen, was er anrichtet und was sie daraus macht."

„Oksana!" Meine Schwester spielt mit dem Feuer und bemerkt nicht, wie heiß es bereits ist.

Oksanas Gesicht ist rot vor Zorn. „Diese italienische Hure verbreitet üble Geschichten, das ist los!"

Leonardo verdreht die Augen. „Mariella?"

„Mariella?", wiederholt Keela. „Was hat sie jetzt wieder getan? Reichte ihr Spruch in der Umkleidekabine nicht?"

Leonardo sieht nun wieder mich an. „Was war beim Sport? Du musst mir erzählen, wenn dich jemand belästigt."

Keela schnaubt. „Mariella hat Ekaterina ohne Respekt von oben herab angesprochen und ihr deutlich gemacht, dass sie unter Giulios Würde ist."

„Außerdem erzählt sie den Mädchen aus meiner Stufe, dass sie die ganzen Ferien mit Giulio gefickt hat und was er mit Ekat zu tun gedenkt, wenn er sie erst in die Finger bekommt."

Leonardo zuckt nicht einmal bei der derben Wortwahl meiner kleinen Schwester zusammen. „Es ist ein Skandal, wie er meine Schwester demütigt. Als könnte Ekaterina irgendetwas dafür, dass sie ständig mit den falschen Männern verlobt wird."

„Schluss jetzt! Ihr geht jetzt alle in den Unterricht. Sofort!" Ich folge Leonardo in den Biologieraum und weiß jetzt schon, dass all das ein übles Nachspiel für mich haben wird.

Als ich nach dem Unterricht meine Sachen in meine Tasche packe und mich auf den Weg zum Parkplatz mache, dringt ein lauter Schrei durch das Schulgebäude. Reflexartig renne ich los, um die Quelle ausfindig zu machen.

Je näher ich dem Ausgang komme, umso ohrenbetäubender werden die Schreie. Ruft da jemand um Hilfe? Als ich auf dem Treppenabsatz stoppe, dreht sich mein Magen um. Bevor ich sie sehe, habe ich den Gestank nach Verbranntem in der Nase. Jede Frau, die sich ihre Haare einmal zu lange mit dem Lockenstab bearbeitet hat, kennt diesen Geruch.

Mariella schreit. In ihrem Gesicht spiegelt sich der blanke Horror. Ihre langen Haare stehen in Flammen, während ihr Bodyguard aufgeregt versucht, das, was davon übriggeblieben ist, mit einem Handtuch zu löschen.

Daneben steht Giulio, lässig wie eh und je, an seinen Audi gelehnt und zündet sich genüsslich eine Zigarette an. Mariella, die mittlerweile gelöscht wurde und wie durch ein Wunder bis auf die abgefackelten Haare unverletzt scheint, sitzt weinend auf dem Boden. „Verpiss dich!", schreit sie schluchzend in Richtung des Bodyguards, der die sichtlich überforderte Mariella vom Boden zieht und mit sich zu seinem Auto schleift.

„Du solltest dir überlegen, wem du ans Bein pisst, Mariella", ruft Giulio ihr gelassen zu. „Hexen müssen brennen, das war schon im Mittelalter so, und ich habe dir gesagt, dass ich dir noch einen Scheiterhaufen bauen werde."

„Du bist ein Monster, Giulio!"

„Und du bist tot, wenn du ihr noch einmal zu nahekommst. Haben wir uns verstanden?" Mariella nickt, bevor sie sich auf die Rückbank des Autos gleiten lässt und ihr Bodyguard mit ihr davonfährt. Giulios Blick richtet sich auf mich. „Leonardo, bring Oksana nach Hause." Ich weiß genau, was das bedeutet. Ich muss mit ihm fahren. Als könnte er meine Gedanken lesen, schnippt er mit seinen Fingern und nickt mir zu. Ich bin wie ein Köter für ihn, der deutlich unter seiner Würde ist. Und ich frage mich, wie weit er dieses Spiel noch mit mir treiben wird, bevor es ihn langweilt und er es beendet.

Hastig steige ich in seinen Wagen, als er mir die Beifahrertür aufhält. Wer weiß, was er mir antut, wenn ich ihm zu langsam bin, wo er doch soeben seine Langzeitgeliebte vor aller Augen in Brand gesteckt hat. Die ersten Minuten der Fahrt sprechen wir kein Wort. Er greift in seine Manteltasche, und ich zucke automatisch zusammen. Die Männer der Mafia haben selten etwas Gutes in ihren Taschen. Vielleicht wird er mein Leben jetzt schon irgendwo beenden, damit er sich nicht die öffentliche Blöße geben muss, mich zu heiraten. Vielleicht ist der Tod auch nicht die schlechteste Option für mich, in Anbetracht der dunklen Zukunft, die auf mich wartet.

Als er mir stattdessen einen dunkelroten Apfel unter die Nase hält, entspannt sich mein ganzer Körper. Die Szene erinnert mich an etwas, das schon einige Jahre zurückliegt und sich hinter den vielen Brutalitäten, die Giulio begangen hat, in meinen hintersten Gedanken versteckt hat. Es ist eine Szene meiner Kindheit. „Iss."

„Danke, aber mir ist übel."

„Leonardo ist nicht zum Spaß bei dir. Er berichtet mir seit Wochen, dass du kaum isst. Und wenn ich dich so ansehe, glaube ich ihm das. Also iss." Sein Ton ist bestimmend und rau. Aus Angst vor seiner Unberechenbarkeit, beiße ich in den Apfel. Als das saure Fruchtfleisch auf meinen leeren Magen trifft, zieht sich dieser grollend zusammen und macht ein lautes, knurrendes Geräusch. „Merda." Giulio reißt an der nächsten Kreuzung das Lenkrad rum, und ich zucke abermals zusammen. „Die Iren machen Druck, die Gangs sind immer noch nicht gänzlich still, mein Vater liegt mir mit den Motorradclubs in den Ohren und du kannst nicht mal allein essen."

„Entschuldigung."

„Du zitterst, während du dich entschuldigst. Ich habe Aleks erschossen, und du entschuldigst dich bei mir wegen eines Apfels. Du entschuldigst dich nur, weil du Panik hast, das wissen wir doch beide."

„Entschuldigung", flüstere ich noch mal, halte mir aber sofort den Mund zu für meine Dummheit. Stattdessen schießen mir die Tränen in die Augen.

„Du tust es wieder", sagt Giulio jetzt etwas leiser und greift noch mal in seinen Mantel, was mich abermals erstarren lässt. Dann zieht er ein säuberlich gefaltetes Taschentuch heraus und reicht es mir. „Und hör auf zusammenzuzucken, wenn ich in meine Taschen greife. Du tust jedes Mal so, als würde ich gleich meine Waffe ziehen."

Ich wische mir die Tränen aus den Augenwinkeln. „Danke", flüstere ich ihm leise zu.

Wir fahren in eine Tiefgarage. Für heute sehe ich nur noch schwarz.

KAPITEL ZEHN

GIULIO

Jeden Tag bekomme ich Nachrichten von Leonardo. Er schreibt jeden Morgen, wenn er Ekaterina abgeholt hat und sie zur ersten Schulstunde gehen. Er schreibt in jeder Mittagspause, wenn sie neben ihm am Tisch sitzt und ihr Sandwich nur anstarrt. Er schreibt, wenn sie auf dem Rückweg im Stau stecken, und dann, wenn er sie bei den Markows abgeliefert hat. Er schreibt, wenn er nachmittags mit ihr zu den Callaghans fährt und sie sich mit Keela trifft. Jeden Tag das Gleiche.

Als heute außerplanmäßig eine Nachricht bei mir eingegangen ist, wusste ich genau, dass irgendeine Scheiße passiert sein muss. Und die Scheiße hat einen Namen: Mariella.

Mariella ist ein Plagegeist, der mich schon seit meiner Kindheit verfolgt. Sie hatte mit mir und den anderen Kindern der Famiglia Privatunterricht, bevor wir alle auf die Midtown High verfrachtet wurden. Durch die Stellung ihres Vaters ist sie auf jeder verdammten Familienfeier, auf jedem Event und einfach überall da, wo ich auch sein muss. Sie ist genau wie ihr Vater ein Parasit, der sich in unserem Haus eingenistet hat und es sich dort bequem macht.

Sie ist schön – zumindest nach italienischen Maßstäben. Ach Scheiße, Mariella ist nach so ziemlich allen Maßstäben dieser Welt schön. Ansonsten ist sie einfach nur nervig, und auch ziemlich bitchig, seit sie in die Pubertät gekommen ist. Trotzdem habe ich sie an ihrem sechzehnten Geburtstag gevögelt und – oh Wunder – ich war nicht der Erste. Ich tat es, weil ich zur Abwechslung mal stockbesoffen war und ihrem dämlichen Vater eins auswischen wollte. Seitdem, und einigen unspektakulären weiteren Ficks mit ihr, klebt sie mir am Arsch. Natürlich tut sie das, ist es doch der Traum von ihr und Giovanni, dass ich sie eheliche und die Rizzos sich über mich an die Spitze der Famiglia schlafen können.

Natürlich habe ich auch nach meiner Verlobung gefickt. Nicht nur Mariella, aber leider auch sie und zu meiner Schande auch mehr als bloß einmal. Nachdem sie angepisst war, dass ich Ekaterina heirate und sie sich wieder beruhigt hatte, habe ich mich Silvester dazu hinreißen lassen, sie noch mal zu vögeln. Diese Dummheit sehe ich heute selbst ein, wo Mariella doch die indiskreteste Bitch der gesamten Mafia ist und jeden Tag mit Ekaterina in diese verfluchte Schule geht. Und natürlich hasst sie Ekaterina.

Heute ist Mariella aber deutlich zu weit gegangen, und da sie tatsächlich noch dümmer als schön ist, hat sie meine Verlobte öffentlich gedemütigt. Also habe ich Mariella kurzerhand in Brand gesteckt.

Ekaterina presst sich das Taschentuch an ihr verheultes Gesicht und sagt keinen Ton mehr. Sie ist diese Art von Durchgreifen nicht gewohnt. Von wem auch? Ihr Vater und Sergej halten jegliche Art von Geschäften von ihr und ihrer kleinen Schwester fern. Auch wenn ich ihr jetzt ein Problem vom Hals geschafft habe, hat sie immer noch Angst vor mir. Wie könnte sie auch nicht, nachdem ich ihren Aleks erschossen habe? Aber auch in dieser Sache wird sie eines Tages begreifen, dass ich ihr einen Gefallen getan habe.

Sie zittert am ganzen Körper, als ich in die Tiefgarage des Marino-Towers fahre und den Wagen parke. Das Gebäude gehört der Mafia, zwar nicht direkt uns Romanos, aber einer verschwägerten Familie und wir verdienen mit daran. Zögerlich steigt sie aus und hakt sich widerwillig bei mir unter, als ich ihr den Arm anbiete. Ich hasse es, dass sie so panisch auf mich reagiert. Das muss sich ändern – am liebsten jetzt.

Der Fahrstuhl fährt uns nach ganz oben, und Ekaterina erstarrt neben mir zu einer Säule. Es kostet mich meine ganze Selbstbeherrschung, jetzt nichts zu tun. Hinzu kommt, dass ich kleine Räume wirklich hasse und mich jedes Mal innerlich verkrampfe, wenn ich Aufzug fahren muss. Nur bin ich solch ein Monster, dass es mir niemals jemand ansehen würde. Also lasse ich einfach diese ewig lange Fahrt über uns ergehen, schlucke das Engegefühl in meiner Brust ein paarmal hart herunter und hoffe, dass sie mit der Zeit auftauen wird. Der laute Gong kündigt an, dass wir oben angekommen sind, und als sich die Tür endlich öffnet, ziehe ich sie mit mir aus der Kabine.

„Ein Restaurant?“ Sie ist sichtlich irritiert.

„Das Marino‘s gehört einem meiner Cousins mütterlicherseits.“

„Dient bestimmt anderen Zwecken als nur guter Pizza.“

Ich lehne mich ein Stück zu ihr herüber, bis ich den Vanille-Duft ihres Shampoos in der Nase habe. Was würde ich jetzt dafür geben, einfach meine Nase in ihren seidigen Strähnen zu vergraben. „Auch. Wir waschen hier zum Teil unsere Gelder vom Waffenhandel in Manhattan, aber es gibt tatsächlich sehr gutes Essen hier. Und wir sind heute nicht der Geschäfte wegen da."

Ich ziehe ihr den Stuhl vor, auf dem sie, immer noch steif wie ein Brett, Platz nimmt, bevor ich mich ihr gegenüber niederlasse. Einer der Kellner kommt in unseren Bereich und nimmt die Getränkebestellung auf. Ekaterina starrt wie gebannt auf ihre Karte. Ihre Augen bewegen sich nicht, weswegen ich weiß, dass sie nicht liest. Ich atme tief durch und drossele innerlich mein Temperament, was gleich sonst wieder mit mir durchgeht. „Ekaterina."

Sie hebt ihren Blick, bis sich ihre hellgrauen Augen auf mein Gesicht heften. „Schon besser." Ich mag es, wenn sie mich ansieht. Ich wünschte, sie könnte mich jemals wieder so ansehen wie früher in der Schule. Ich wünschte sogar noch mehr, sie könnte mich so ansehen, wie sie Aleks all die Jahre angesehen hat. Von Letzterem weiß ich, dass es niemals geschehen wird. Trotzdem nehme ich lieber diesen Blick als gar keinen. „Du kannst frei sprechen. Solange du dich in der Öffentlichkeit oder im Beisein meiner Leute vernünftig benimmst und mir nicht die Augen auskratzt, kannst du privat offen mit mir reden. Ich erschieße dich nicht."

„Es fühlt sich trotzdem so an, als würdest du jeden Augenblick deine Waffe ziehen." Ihre Stimme ist ein heiseres Schluchzen. Scheiße, die Frau besteht durch und durch aus Panik.

„Ich sagte bereits, dass ich dir nichts tue!"

Ekaterina bricht in Tränen aus. Merda, nicht schon wieder. „Wie soll ich dir das glauben? Wie soll ich dir glauben, dass du mir nichts tust, wo du Aleks ermordet hast? Wo du russisches Roulette mit ihm gespielt hast? Wie soll ich dir glauben, wo du einfach so Haare ansteckst? Wo Mariella diese ganzen schrecklichen Dinge erzählt hat, die du mit mir vorhast? Ich habe einfach Angst vor dir, Giulio."

Das Schlimme ist, dass sie recht hat. Bisher habe ich Ekaterina nicht einen Grund gegeben, mir zu glauben. Ich habe ihr keinen Grund gegeben, nicht zu weinen und mich nicht mehr mit dieser permanenten Panik anzusehen. „Du hast recht."

Kurz ist sie von meinem Eingeständnis genauso schockiert, wie ich es bin, bis sie allen Mut zusammenrafft und spricht. „Was machen wir hier, Giulio?"

„Wenn du die Karte auch liest und nicht nur anstarrst, dann werden wir hier essen."

Sie nickt kurz. „In Ordnung. Und weiter?"

„Weiter?"

„Du wirst mich nicht ohne Grund hierhergebracht haben. Du gehst nicht einfach mit mir essen." Wieso eigentlich nicht? Mir gefällt die Idee. Mir gefällt diese Idee sogar ziemlich gut, besonders weil ich mich bisher wirklich nicht gerade von meiner besten Seite ihr gegenüber gezeigt habe. Wenn ich will, dass Ekaterina ihre Angst verliert, dann muss ich ihr zeigen, dass sie keine zu haben braucht.

Ich lehne mich in meinen Stuhl zurück und bringe etwas mehr Abstand zwischen uns. Sie braucht den Sicherheitsabstand – noch. „Du wirst bald meine Frau. Ich kann nach Belieben jeden Tag mit dir essen gehen. Aber fürs Erste will ich dir die Möglichkeit geben, mich ein bisschen besser kennenzulernen, um nicht mehr ständig in Panik zu geraten."

„Wie soll ich jemals nicht in Panik vor dir geraten, wo du Aleks einfach so erschossen hast?" Wenigstens erwähnt sie nicht wieder Mariellas verdammten Haare. Aber natürlich hat sie recht. Aleks ist wirklich ein Problem. Er ist das Problem.

„Aleks hat uns betrogen. Jede der New Yorker Familien – auch deine. Irgendjemand musste ihn töten. Nach Möglichkeit machen wir uns selbst die Hände schmutzig, wenn ein

Clanboss, oder sein Nachfolger, den Tod verdient hat. Aber hätte ich es nicht getan, dann mein Vater oder eben ein anderer Boss und im Zweifel auch ein Soldat. Leonardo zum Beispiel." Ihr Gesicht wird bleich, als ich Leos Namen erwähne. Sie mag ihn – ich hoffe für beide, dass sie ihn niemals zu sehr mag. Ich habe Leonardo aufgetragen, sich von seiner netten Seite zu zeigen, und ich vertraue ihm blind. „Dass ich Aleks in den Rücken geschossen habe, lag nur daran, dass er nach dem Tod seines Vaters wie ein Feigling fliehen wollte. Ich hätte ihn sonst nie von hinten erschossen, aber unterm Strich war er ein Verräter und sein Tod war besiegelt – egal wie."

„Einfach so?" Ich bezweifle, dass ihr Vater oder Sergej sie richtig über die Dinge aufgeklärt haben, sonst wäre sie mir eher dankbar für Aleks' Ableben.

„Principessa, so ist das in unserer Welt. Sein Tod und der Tod seines Vaters waren besiegelt, als sie uns betrogen haben. Bei uns wird mit Blut bezahlt. Die Dinge sind so, und ich entscheide das nicht allein. Jede der Familien hat ihren Tod gefordert, auch deine Familie." Bei meinen Worten entgleiten ihr die Gesichtszüge.

Der Kellner bringt unsere Getränke und fragt nach der weiteren Bestellung. Da sie nichts gewählt hat, bestelle ich uns zweimal Salbei-Gnocchi. Sie wird ohnehin nicht viel essen, und ich habe erst vor zwei Stunden zu Mittag gegessen, aber ich bin Italiener – ich liebe Essen und kann immer essen.

„Sie wollten uns töten. Jede der Familien, die sich ihnen in den Weg gestellt hätte. Dein Vater war damals ein Befürworter des Friedens, der Art, wie wir jetzt alle miteinander umgehen und die es uns ermöglicht, halbwegs normal zu leben. Sie wollten auch deinen Vater töten und Sergej." Den Rest verschweige ich ihr. Sie muss irgendwann die Wahrheit erfahren. Tränen bilden sich in ihren Augen.

„Entschuldige. Es ist nur – ich kannte ihn mein Leben lang. Wir standen uns sehr nah. Aleks hat mir immer meine Fragen beantwortet. Ich kann es einfach nicht glauben, dass er das geplant haben soll."

Von allen New Yorker Familien beziehen die Russen ihre Frauen und Töchter am wenigsten mit ins Geschäft ein. Bei ihnen werden die Frauen genau wie bei uns in der Famiglia beschützt und zurückgehalten, allerdings reden die Männer der russischen Clans auch nicht wirklich mit ihren Frauen über das, was im Geschäft passiert. Wir Italiener sind redseliger, wenn wir bei unseren Frauen sind. Die Iren sind da noch mal ganz anders. In der irischen Mafia gibt es Clans, die von Frauen angeführt werden. Keela Callaghan hätte in Irland das Recht, an jeder Unterredung teilzunehmen. Hier, in der Blase unseres kleinen New Yorker Abkommens, muss sie komplett zurückstecken. Weder mein Vater, noch einer der anderen Männer seiner Generation, hätte sie geduldet und ich muss zugeben, dass auch viele meines Alters nach wie vor Probleme mit Frauen haben.

Aleks wird Ekaterina vielleicht kleckerweise mit Antworten auf ihre Fragen abgespeist haben, aber er wird ihr kaum offengelegt haben, welche Geschäfte sein Vater und er unterhalten haben. Aleksandr ist ihr in vielen Bereichen nicht ansatzweise gerecht geworden, nur weiß sie das noch nicht. Er hatte sie genauso wenig verdient, wie er das Recht am Weiterleben verdient hatte, nämlich gar nicht.

„Er wäre nicht der Sohn seines Vaters gewesen, wenn er dir alles offengelegt hätte. Wir haben alle zwei Gesichter. Er hat dir nur sein gutes gezeigt."

„Und du zeigst mir dein schlechtes?"

„Nach Möglichkeit zeige ich dir beide. Ich halte nichts davon, Dinge vor meiner Frau zu verbergen." Als ich sie meine Frau nenne, zuckt sie deutlich zusammen. Aleks – dieser verfluchte Aleks! Sogar jetzt, wo er tot ist, steht mir dieser russische Cretino noch im Weg und zeigt mir den goldberingten Mittelfinger.

„Du wirst mir also die Wahrheit über die Geschäfte sagen?"

„Nach Möglichkeit ja. Sofern du dich irgendwann als vertrauenswürdig erwiesen hast."

Sie beäugt mich kritisch, während der Kellner mit unseren Gnocchi kommt und die dampfenden Teller vor uns abstellt. „Was ist mit Natascha und ihrer Mutter passiert?" Natürlich. Daher weht der Wind. Sie will etwas von mir und hat eine Möglichkeit gewittert, es zu bekommen. Aber so läuft das Spiel nicht. Nicht mit mir.

„Ich könnte es dir sagen. Was bekomme ich für die Information?"

„Du willst das verhandeln? Ernsthaft?" Sie piekt einen der Gnocchi auf eine Gabel auf und führt ihn sich zum Mund. Sie hat wirklich schöne Lippen. Sie sind kirschrot und herzförmig, und ich weiß noch genau, wie sich diese Lippen angefühlt haben, als ich Aleksandrs ersten Kuss von ihr gestohlen habe. Noch mehr freue ich mich auf alles andere, was ich ihm stehlen werde – aber nein, nicht stehlen, denn jetzt gehört mir all das ja wirklich.

„Ernsthaft, Ekaterina. In unserer Welt ist nichts umsonst, nicht mal ein Atemzug. Also, was bietest du für die Informationen über deine Freundin?" Ihr Gesicht wird kreidebleich, und sie lässt die Gabel auf den Teller fallen. Merda, diese Frau versteht wirklich alles falsch. „Nicht das!", korrigiere ich ihre Gedanken, wobei mir die Idee eigentlich gefällt – aber nicht so. Ich will, dass sie mich will.

„Ich werde dich nicht küssen oder so etwas." Ich mag es, wie selbstbewusst sie plötzlich klingt.

„Schade eigentlich, es ist schon so lange her. Aber klar."

Sie drückt ihre Lider fest zusammen. „Also, was willst du, Giulio?"

„Ein gemeinsames Essen pro Woche, bis zur Hochzeit." Je länger ich darüber nachdenke, umso besser gefällt mir die Idee. Man begehrt nur das, was man sieht, und ich will, dass Ekaterina mich begehrt.

„Warum?"

„Damit du dich an mich gewöhnst."

Sie wägt kurz ihre Optionen ab, aber sie hat keine. Nicht, wenn sie etwas von dem will, was ich habe. „Nur Mittagessen. Wir treffen uns nicht abends."

„Inakzeptabel. Ich habe nicht immer mittags Zeit."

„Wenn wir auf Partys oder Veranstaltungen zusammen gehen müssen, wird das von den Essensverabredungen abgezogen."

„Inakzeptabel, Ekaterina. Wenn ich dich will, kann ich dich jetzt schon jeden Tag haben."

„Dann suche ich die Restaurants aus."

Einmal pro Woche schlechtes russisches Essen kann ich im Zweifel verkraften. „In Ordnung. Du suchst die Locations aus." Mein Blick schweift auf ihre zarten Handgelenke. „Und Ekaterina?"

„Ja?"

„Ich möchte, dass du mein Armband trägst."

KAPITEL ELF

EKATERINA

Die ersten Krokusse schießen aus dem Waldboden hinter unserem Haus in Connecticut. Ich versuche, in meinen Stiefeln den richtigen Halt auf dem feuchten, moosigen Boden zu finden, und straffe meine Schultern. Die Zielscheibe hängt jetzt so viel weiter weg als noch am Anfang. Es ist auch nicht immer nur die Glock, mit der ich jetzt schieße. Sergej hat mir schon einige seiner Waffen zum Üben gegeben. Ich kann nachladen und die Waffen auseinandernehmen. Ich kann die Einzelteile wieder zusammensetzen und den Lauf reinigen. Ein paarmal war er außerhalb der regulären Öffnungszeiten mit mir im örtlichen Country Club, um die dortige Schießsportanlage zu nutzen und mich auf bewegliche Ziele vorzubereiten. Ich wusste immer von all der Brutalität und den Waffen um mich herum. Ich wusste immer, dass sie da sind, doch nie hätte ich gedacht, selbst von einer Gebrauch zu machen. Noch weniger hätte ich allerdings gedacht, dass es mir gefallen könnte. Aber das tut es. Es fühlt sich gut an, dass ich es kann. Dass ich treffe. Ich fühle mich stärker, viel stärker, als ich eigentlich bin.

„Schieß endlich, Ekat.“ Erneut ziehe ich den Abzug und treffe zielsicher die Mitte der Scheibe. „Sehr gut. Du machst das wirklich sehr gut.“

Ich senke die Waffe und sichere sie. „Und jetzt?“

„Jetzt warten wir. Sei ganz leise.“

Wir warten stundenlang bei der nassfeuchten Witterung. Ich bin froh, dass ich hier draußen Jeans trage und einen Funktionsmantel. Bevor wir zurück in die Stadt fahren, ziehe ich mich immer in meinem alten Zimmer um, damit niemand Fragen stellt, warum ich neuerdings Outdoor-Kleidung bevorzuge. „Auf wen warten wir?“

Sergej zieht an seiner Zigarette und starrt weiter in den Wald. „Warte einfach.“

„Es wird langsam Frühling“, versuche ich mich in Small Talk.

„Das Jahr wird schnell vergehen, und ehe du weißt, wie dir geschieht, wirst du ihn heiraten müssen.“

„Es gibt keinen Ausweg für mich, oder?“

Sergej nimmt einen tiefen Zug, bevor er den Zigarettenstummel an dem feuchten Baumstamm ausdrückt. „Nein. Du wirst ihn heiraten müssen, und du weißt, dass es in unserer Welt keine Scheidungen gibt. Es gibt nur den Tod.“

Die Gesetze der normalen Welt gelten bei uns nicht. Sobald ich mit Giulio verheiratet bin, wird es für mich kein Zurück mehr geben. „Ich habe Angst.“

„Ich verstehe dich. Glaub mir, Aleks wäre mir auch lieber gewesen.“ Sergej starrt weiter in den Wald und hält dann inne. „Beweg dich nicht und wenn doch, dann nur ganz langsam.“ Er nickt in Richtung Wald. „Sieh.“

Zwischen den vielen Birken steht auf einer kleinen moosbewachsenen Lichtung ein Reh und knabbert an der Baumrinde. Ich habe noch nie Tiere inmitten der Natur beobachtet. „Es ist wunderschön.“

„Du wirst es töten."

„Sergej, nein. Ich kann nicht."

„Ekaterina, das hier ist kein Spiel. Du wirst Giulio heiraten. Vermutlich wird er dich schlagen, einfach weil du eine von uns bist und mit Aleks verlobt warst." Mir gefriert das Blut in den Adern. Ich weiß, dass mir das alles bevorstehen kann. Aber ich will nicht daran denken. Jetzt noch nicht. „Du musst töten können, Ekaterina. Du musst dich wehren können."

Er hat recht. All das hier wird umsonst gewesen sein, wenn ich mich im entscheidenden Moment nicht traue. In meinen Augen brennen die Tränen, als ich die Waffe mit einem leisen Klicken entsichere.

„Gut so. Du musst ihn im Zweifel umbringen, Ekaterina. Und in dem Moment darfst du nicht zögern, so wie jetzt." Das Reh nagt weiter die Baumrinde ab. Sein Fell ist hellbraun mit kleinen weißen Flecken. Es ist ein majestätisches Tier. Ich kann das nicht. Ich bin doch keine Mörderin. „Du darfst nicht zögern. Wenn du zögerst, stirbst du."

„Ich kann nicht, Sergej."

Er kommt so nah, bis sein Atem mich kitzelt. „Er wird sich alles von dir nehmen. Giulio ist selbst unter uns Monstern ein Monster. Er tötet ausnahmslos jeden. Männer, Frauen, Kinder – Babys. Er wird nicht zögern, dich auf jede erdenkliche Art zu ficken. Er wartet nur darauf. Und dann, wenn du ihm lästig wirst und er es leid ist, jede deiner Körperöffnungen zu nehmen, wird er dich töten." Sergejs Worte bringen mein Blut zum Pulsieren und vermischt sich mit den Szenen aus meinen lebhaften Albträumen und Mariellas Drohungen.

Und dann drücke ich einfach ab.

Das Reh geht direkt zu Boden, als der Schuss es in den Kopf trifft. Ich laufe los und werde bei jedem meiner Schritte schneller. Als ich vor dem Reh stehe, ist der Waldboden voller Blut. Seine schönen dunklen Augen sind leer und ihm hängt die Zunge aus dem Maul. Sergej tritt neben mich und betrachtet das tote Tier. Er geht in die Hocke und inspiziert den Kadaver. „Sie war eine Geiß. Ein Weibchen. Siehst du ihre roten Zitzen?“ Ich nicke ihm zu. „Sie hat erst vor Kurzem Junge bekommen.“ Mein Magen rebelliert. „Du hast eine Mutter getötet, Ekaterina. Ihr Tod ist auch der Tod ihrer Kitze. Sie werden ohne sie nicht überleben. Es ist hart, aber so wird es den Jungen der Mafia beigebracht, und nur so wird es auch für dich funktionieren. Bei jedem Mord musst du dich der Verantwortung stellen. Der Kettenreaktion und den Konsequenzen, die du damit auslöst. Blut kann nur mit Blut beglichen werden, und jede Rechnung, die man so begleicht, macht eine neue auf – vergiss das nie.“

Ich will wieder nicken, kann aber mein Frühstück nicht mehr bei mir halten und erbreche meinen Mageninhalt auf den Waldboden. Ich heule und würge, bevor Sergej mir sagt, dass wir zurück in die Stadt müssen und ohnehin nichts mehr zum Erbrechen in mir ist. Erst auf dem Rückweg bemerke ich, dass die Pistole, mit der ich das Reh tötete, noch immer in meinem Hosenbund steckt, weil ich nur den Funktionsmantel gegen einen leichten Trenchcoat getauscht habe.

Ich halte Sergej die Waffe vor die Nase. „Spinnst du?“

„Ich habe sie vergessen.“

„Hättest du weniger gekotzt, hättest du daran gedacht, sie im Haus zu lassen.“

„Wohin damit?“

Er deutet auf das Handschuhfach vor mir. „Es hat einen doppelten Boden. Der einzige Schandfleck in meinem Wagen. Was einmal dort ist, findet niemand je wieder.“ Ich lege die Waffe zu dem Messer, dem Joint, den unzähligen Kondompackungen und der Tüte Koks, als wäre das alles ganz normal.

Es ist Samstagnachmittag, und ich habe mich mit Keela in einem kleinen Café am Central Park verabredet. Leonardo fährt mich zu der Adresse, wo bereits ein schwarzer BMW mit Keelas Bodyguard draußen wartet. Sie winkt mir aus dem Inneren des Cafés zu. Natürlich musste sie einen Platz seitlich des Ausgangs und nicht direkt vorm Fenster wählen. Die Bodyguards sind ein bisschen paranoid, was die Sicherheit angeht. Leonardo folgt mir, um sich und Callan Kaffee zu holen. Als er endlich draußen ist und uns etwas Privatsphäre gönnt, fangen wir sofort an, uns zu unterhalten.

„Hast du ihren neuen Kurzhaarschnitt gesehen? Ich kann es immer noch nicht glauben, dass er ihre Haare abgefackelt hat."

„Ich kann es noch viel weniger glauben, dass einige Lehrer dabei aus dem Fenster geschaut haben und niemand ihr geholfen hat."

„Du weißt doch, wie es läuft. Er ist eben Giulio. Stimmt es, dass er dich danach entführt hat?"

„Er ist mein Verlobter. Ich glaube, das kann man kaum als Entführung bezeichnen. Aber genau genommen war es das."

„Ich will alles wissen." Keela ist aufgeregt, als hätte ich ein sensationelles Date gehabt, von dem sie jedes Detail erfahren möchte. „Hat er dich angefasst?"

„Nein."

„Geküsst?"

„Nein." Natürlich habe ich niemandem gegenüber jemals ein Wort über den Kuss im letzten Jahr erwähnt, und ich weiß genau, wenn ich mich jetzt Keela offenbaren würde, würde sie mich nie wieder damit in Ruhe lassen.

Sie zieht eine gelangweilte Schnute. „So hätte ich ihn gar nicht eingeschätzt."

„Was soll das nun wieder heißen?"

„Hallo – er ist verflucht heiß."

„Da ist gar nichts heiß. Da ist nur Tod."

„Der Tod ist wenigstens schön verpackt. Das ist natürlich Unsinn und nebensächlich, aber bestimmte Dinge werden vielleicht etwas erträglicher."

Ich muss wieder an Sergejs Worte denken, als er mich gezwungen hat, das Reh zu erschießen. Worte, die mich bis in meine Träume verfolgen. „Er wird mich umbringen, Keela. Was nutzt es mir, dass er ein schöner Mann ist?" Bei der Erwähnung seiner unbestreitbaren Attraktivität zieht es unangenehm in meiner Brust. Giulio verkörpert alles, was schlecht ist. Abgrundtief schlecht. Gott muss einen höchst ironischen Tag gehabt haben, als er Giulio erschuf. Durch und durch tödlich. Durch und durch böse. Aber rein äußerlich makellos schön, ziemlich perfekt sogar. Und dann diese Lippen – diese verfluchten Lippen. Ich weiß nicht, mit welchem Fluch er mich belegt hat, dass ich heute noch seine Lippen auf mir spüre.

Keela lacht, als sprächen wir hier über irgendetwas ganz Normales, das zwei Siebzehnjährige beschäftigt. „Ich glaube gar nicht, dass er das will."

„Giulio tötet so ziemlich alles, was sich ihm in den Weg stellt. Oder er zündet Haare an."

Sie beugt sich etwas zu mir herüber, bis ihre langen rotbraunen Haare fast in ihrem Kaffee hängen. „Das mag sein, aber ich glaube tatsächlich, dass er ausgerechnet dich nicht töten will. Sloan hat mir einiges von der Friedensverhandlung erzählt. Dein Tod stand zur Debatte."

„Giulio zu heiraten, fühlt sich an wie sterben. Deswegen hat man sich das als Strafe für mich ausgedacht."

„Und wieder liegst du falsch." Keela nippt an ihrem Getränk und wischt sich ihren kleinen Bart aus Milchschaum mit dem Ärmel weg. „Sie wollten Oksana verheiraten."

„Was?"

„Ja, mit Luca. Du warst heiratstechnisch sogar vom Tisch, weil du mit Aleks verlobt warst und ihr über die Jahre – naja, du weißt schon. Sie dachten, du wärst nicht mehr tugendhaft genug." Bei dem Wort „tugendhaft" verzieht sie angeekelt ihren Mund. Keela ist bestimmt nicht so zimperlich wie ich.

„Wenn ich zum Heiraten nicht mehr infrage kam, warum muss ich es dann doch tun?"

„Die Verbindung zwischen Luca und Oksana wäre, bedingt durch das Alter der beiden, nicht zeitnah zustande gekommen. Die Romano-Männer heiraten nicht unter zwanzig. Dann wurde überlegt, dass Giulio Oksana heiraten soll." Bei der Vorstellung meiner kleinen unschuldigen, vorlauten Schwester, die blauäugig durchs Leben schwebt, zusammen mit Giulio wird mir noch übler, als es mir um meinetwillen wegen ihm wird.

„Oksana?", frage ich ungläubig.

„Ja." Keela streckt ihre Hand nach mir aus und tätschelt meinen Unterarm. „Giulio wollte Oksana aber nicht. Er hat darauf bestanden, dich zu heiraten."

Mir wird schwindelig.

Giulio küsst mich.

Giulio tötet Aleks.

Giulio drängt mich in diese Ehe mit ihm.

Giulio wird mich schlagen.

Giulio wird mich vergewaltigen.

Giulio wird mich töten.

„Ist dir nicht gut, Ekat?"

„Nein, alles in Ordnung. Es hat mich nur abermals schockiert, zu was Giulio fähig ist."

„Hätte er lieber Oksana heiraten sollen? Wäre dir dabei wohler?"

„Nein, auf gar keinen Fall!"

Keela lächelt mich an, aber ich sehe ihren mitleidigen Blick. So attraktiv sie Giulio finden mag und so tapfer Keela auch ist, sie kann nicht vor mir verbergen, dass sie ebenfalls Angst vor Giulio hat. Sie würde es natürlich nie zugeben und immer bloß von Respekt sprechen, aber am Ende ist es pure Angst. „Erzählst du mir jetzt von eurem Treffen?"

„Also gut. Wir waren tatsächlich essen – im Marino's. Der Laden gehört natürlich einem Cousin von ihm. Er will, dass ich meine Panik ihm gegenüber ablege, was ich einfach nicht kann. Ich habe ihn dabei beobachtet, wie er Aleks in den Rücken geschossen hat, aber er relativiert das natürlich alles."

„Inwiefern?"

„Er erzählte, dass es jemand hätte tun müssen, dass Aleks geflohen wäre, nachdem Tommaso Pjotr erschossen hat, und dass er, Giulio, nicht schlechter ist als alle anderen."

„Womit er nicht ganz unrecht hat."

„Keela!"

„So ist es, Ekat. Du bist umgeben von Mördern. Dein Vater ist ein Mörder, dein Bruder ist ein Mörder, Aleks war ein Mörder. Mein kleiner Bruder Sloan ist ein Mörder. Ich habe gemordet." Ihre grünen Augen fixieren meine, die sich bei ihrem Geständnis geweitet haben. „Bei uns Iren läuft das alles etwas anders. Du wurdest dein Leben lang in Watte gepackt, aber in Wahrheit steckst du mittendrin. Du bist umgeben von Mördern. Giulio ist nur einer von vielen." Das ist für mich nichts Neues. Ich weiß, wozu die Männer in meinem direkten Umfeld fähig sind. Aber Aleks war immer auch mein Freund, so wie mein Vater mein Vater und Sergej mein Bruder sind. Selbst in den anderen Clanmitgliedern und bei den Soldaten kann ich noch etwas anderes als Mörder sehen. Nur bei Giulio nicht.

„Ich weiß, dass sie Mörder sind."

„Du wusstest, dass Aleks ein Mörder ist und warst gerne mit ihm verlobt."

„Das ist etwas ganz anderes, und das weißt du."

Keela verschränkt ihre Arme vor der Brust. „Nein, weiß ich nicht, aber du kannst es mir erklären."

„Aleks und ich kannten uns unser ganzes Leben lang. Wir waren einander versprochen, bevor wir geboren waren. Wir sind in diesem Bewusstsein groß geworden. Er hat mir etwas bedeutet."

„Hast du ihn geliebt?"

„Es wäre mit der Zeit gekommen, da bin ich mir sicher."

„Vielleicht." Keela schaut zu Callan und Leonardo hinüber, bevor sie sich wieder mir zuwendet. „Hast du von ihm erfahren, was mit Natascha passiert ist?"

„Noch nicht."

„Noch?", fragt Keela, und ihre Mundwinkel zucken nach oben. Sie vermisst Natascha genauso sehr wie ich.

„Ich muss mit ihm bis zur Hochzeit einmal pro Woche essen gehen. Im Gegenzug dafür wird er mir nach einigen Verabredungen sagen, was mit Natascha und ihrer Mutter geschehen ist."

„Ein Preis, der durchaus legitim ist."

„Das wird sich zeigen." Wenn Giulio sich weiterhin von der Seite präsentiert wie bei unserem Essen, dann kann ich vermutlich damit leben.

„Ekaterina?"

„Ja?"

„Giulio hat recht. Es ist Sache der Anführer, wenn es darum geht, einen anderen Anführer zu richten. Aleks ist wirklich vor ihm weggelaufen. Giulio musste ihm in den Rücken schießen. Genauso gut hätte es aber auch mein oder dein Vater tun können oder einer unserer Brüder. Dass die Wahl an diesem Tag auf Giulio fiel, war mehr oder weniger Zufall."

Ich lege das Geld für unsere Getränke auf den Tisch und streife mir meinen dünnen Mantel über. „Wir können gerne miteinander tauschen."

„Was meinst du?"

„Na Giulio natürlich!"

Keela lacht, und ihre Augen funkeln. „Nichts dagegen, ich mag Italiener.

KAPITEL ZWÖLF

EKATERINA

„Triffst du dich wieder mit ihm?“ Oksana beobachtet mich beim Schminken.

„Ja.“ Im Vergleich zu Keela hat sie offensichtlich Angst vor Giulio, was ich ihr nicht verübeln kann. Seit ich weiß, dass sie für eine Heirat mit Luca oder Giulio zur Debatte stand, redet sich ein Teil von mir ein, das hier für sie zu tun. Manchmal hilft mir das ein bisschen. Manchmal aber auch nicht.

„Wenn er dich berührt, musst du es Vater sagen. Er darf das nicht.“

„Er berührt mich nicht, keine Sorge. Aber wenn er es täte, könnte Vater nicht viel tun. Sie haben uns zu sehr in der Hand.“

Obwohl ich es niemals erwartet hätte, schon gar nicht nach dem Kuss vor über einem Jahr, hat Giulio sich bisher bei jedem unserer Treffen von seiner besten Seite gezeigt. Er holt mich persönlich ab und bringt mich wieder nach Hause. Er hält mir jede Tür auf, zieht mir den Stuhl zurück und hilft mir beim Ein- und Aussteigen. Er betreibt Konversation und ist nicht so unnahbar wie früher in der Schule. Und er hält seine Finger bei sich. Keine Umarmung, kein Händchenhalten und keine Hand auf meinem Knie, wie es bei Aleks immer der Fall war.

Sogar als ich ihn bei den ersten Treffen in die unmöglichsten Restaurants gelotst habe, hat er sich nicht beschwert. Ich konnte es mir nicht verkneifen, unser erstes Essen in einem billigen Diner stattfinden zu lassen, in dem es nach ranzigem Frittierfett gerochen hat. Die nächsten Male waren wir in irgendwelchen russischen Restaurants. Plötzlich ist mir dann die Lust vergangen, ihn auf diese Weise zu ärgern. Seitdem lasse ich ihn die Locations aussuchen, und ich muss zugeben, dass er mich in die schönsten und angesagtesten Restaurants ausführt. Er gibt sich wirklich Mühe, sich nicht als Monster vor mir zu präsentieren.

Es ist fast so wie bei unserem Kennenlernen, an dessen Details ich mich immer besser erinnere, je öfter wir uns treffen. Ich war elf, als ich auf die Midtown High gekommen bin. Meine Eltern und Sergej waren immer sehr bedacht darauf, mir und Oksana nichts von den anderen Familien zu erzählen. Nur Aleks, der zu dem Zeitpunkt schon dreizehn war und immer mehr in das Geschäft eingeführt wurde, hat mir manchmal etwas erzählt. Ich wusste zwar, dass unsere Familien anders waren als die anderer Kinder, aber abgesehen davon war ich ahnungslos. Mir war niemand unheimlich und ich behandelte alle freundlich, so wie es mir beigebracht wurde. Auch vor dem großen Jungen, der eigentlich viel zu dünn für seine Größe war und die schwärzesten Augen hatte, die ich je gesehen habe, fürchtete ich mich nicht. Es war, als würden alle bewusst seinem Blick ausweichen, obwohl er doch ganz alleine war und so verloren wirkte. Also sah ich ihn an und schenkte ihm das, was alle anderen ihm doch ganz offenkundig verweigerten und wonach sich doch eigentlich jeder sehnt. Ich lächelte ihn an. Ich schenkte ihm

Freundlichkeit. Wir blieben nach den Pausen immer als Letzte zurück und gingen gemeinsam zu den Klassenzimmern. Das lief eine ganze Weile so, bis Aleks bemerkte, mit wem ich durch die Schulflure spazierte. Er hat mich sofort zur Seite genommen und mir von Giulio erzählt. Ab dem Tag konnte ich ihm nicht mehr in die Augen sehen, ohne zu zittern.

„Ich bewundere deine Tapferkeit", sagt Oksana und holt mich aus meinen Gedanken zurück. „Ist es sehr schlimm, Zeit mit ihm zu verbringen?"

Ich überlege kurz, was ich ihr sagen soll, entscheide mich aber, bei der Wahrheit zu bleiben, so verrückt sie auch klingen mag. „Nein. Ehrlich gesagt, nicht halb so schlimm, wie ich die ganze Zeit dachte. Wäre er nicht der Mörder von Aleks, könnte ich die Treffen vielleicht sogar genießen. Hört sich das sehr seltsam an?"

„Nein, gar nicht. Vielleicht entwickelst du einfach so etwas wie das Stockholm-Syndrom, um besser mit allem klarzukommen."

Giulio holt mich pünktlich um sieben ab. Eigentlich wollte ich abends nicht allein mit ihm unterwegs sein, aber er hat sich diesmal durchgesetzt. Bisher hat er sich immer zum Mittagessen mit mir getroffen, meistens direkt nach der Schule. Heute konnte er es angeblich nicht anders einrichten, und so kommt es, dass wir an einem Samstagabend zusammen ausgehen.

Leonardo hat mir heute Mittag ausgerichtet, dass ich mich schick, aber nicht zu formell kleiden soll, weswegen ich heute ungefähr dreißig Minuten ratlos vor meinem Kleiderschrank gestanden habe. Am Ende habe ich mich in dem Kleid wiedergefunden, das ich damals auf der Party bei den Callaghans getragen habe. Obwohl es deutlich kürzer als meine anderen Kleider ist, ist es für fast jeden Anlass geeignet.

Außerdem überkommt mich ein Gefühl von Nostalgie, weil es das Kleid ist, in dem ich meinen ersten Kuss bekam. Vielleicht ist es doch so, wie Oksana sagte, und ich werde ein bisschen verrückt.

Als ich die Treppe herunterlaufe, lehnt Giulio wie immer lässig neben der Tür und hat die Hände in den Hosentaschen seiner schwarzen Jeans vergraben. Dazu trägt er ein schlichtes schwarzes Hemd und einen dunkelgrauen Mantel. Ich kann nicht bestreiten, dass Giulio wahnsinnig attraktiv ist, und ich hasse diesen Gedanken.

Als er meine Absätze auf der Treppe hört, scannt sein Blick meinen Körper von oben bis unten und bleibt dabei einen Moment zu lange an meinen Beinen hängen. Kurz bereue ich, nicht doch ein dezenteres Kleid gewählt zu haben.

„Wohin fahren wir?“, frage ich ihn nach einer Weile.

„Wir besuchen heute ein kleines, typisch italienisches Restaurant in Queens. Du wirst es lieben.“

„Bei italienischem Essen fällt mir das nicht schwer.“

„Bei italienischen Männern schon.“

Ich verkrampfe mich. „Das stimmt.“

„Du wirst bald achtzehn. Hast du schon Pläne, wie du feiern möchtest?“

„Ich denke, ich lasse meinen Geburtstag dieses Jahr unter den Tisch fallen.“ Dass es vielleicht mein letzter Geburtstag ist, sage ich lieber nicht.

„Wie du meinst.“

Das Restaurant ist wirklich bezaubernd. Es gibt vielleicht zehn Tische, die dicht an dicht in dem kleinen Ladenlokal stehen. Sie sind mit rot-weiß karierten Tischdecken und einzelnen Kerzen gedeckt, wie man es meistens nur in Filmen sieht. Außer uns und dem Personal ist niemand im Lokal, was an einem Samstagabend in New York unüblich ist. Als der Kellner uns zu einem der hinteren Tische im Restaurant führt und Giulio mir den Stuhl zurechtzieht, frage ich mich wirklich, ob ich im Fernsehen gelandet bin und einem Scherz zum Opfer falle.

„Kein Séparée?“, frage ich. Giulio hat mir erzählt, dass er es hasst, in öffentlichen Gasträumen zu sitzen, während jeder jedem beim Sprechen zuhören kann. Immer wenn ich ein Restaurant gewählt habe, hat er kaum gesprochen und sich ständig umgesehen, als fürchtete er, dass jemand ein Messer nach ihm wirft.

„Nein. Heute nicht.“

„Was ist heute anders?“

„Vielleicht tue ich dir einfach den Gefallen, dass du dich nicht noch unwohler mit mir fühlst, weil wir abgesondert sind.“

„Tust du nicht. Du hasst es, so mit mir beisammenzusitzen.“

Seine Bewegung ist blitzschnell, und ehe ich's bemerke, dass er mich berührt, hat er auch schon mein Handgelenk umgriffen und schaut sich das Diamantarmband an, das er mir zu Weihnachten geschenkt hat. Mein Puls beschleunigt sich von einem flotteren Ruhepuls auf den eines Marathonläufers. Giulios Berührung fühlt sich ungewohnt an. Es ist eine Mischung aus Gefahr und Aufregung, und ich kann nicht leugnen, dass es sich gut anfühlt. Vielleicht hat Oksana wirklich recht und ich bekomme das Stockholm-Syndrom, denn anders kann ich es mir kaum erklären, dass ich auch nur irgendetwas anderes als schierer Panik in seiner Gesellschaft empfinde. „Ich hasse es nicht, mit dir beisammenzusitzen, Principessa. Ich hasse nur die Vorstellung, jederzeit angegriffen werden zu können. Ganz besonders, wenn ich dich bei mir habe.“ Dann lässt er mein Handgelenk los, und seine Finger hinterlassen ein seltsames Brennen auf meiner Haut.

„Und trotzdem sitzen wir mitten im Restaurant“, führe ich das Gespräch locker weiter. Ich will seiner unerwarteten Berührung nicht zu viel Raum geben und auch nicht der Tatsache, dass er mich erneut Prinzessin genannt hat.

„Ich habe es komplett reserviert.“

„Gehört das Lokal etwa auch wieder einem deiner Cousins?“

„Nein, nur Freunden der Familie.“ Also stehen die Inhaber unter dem Schutz der Famiglia, weil sie irgendetwas für die Romanos erledigen.

Kurze Zeit später serviert der Kellner uns das beste Vitello tonnato, das ich je gegessen habe. Unsere Gespräche drehen sich größtenteils darum, dass Giulio mir die Struktur der New Yorker Famiglia erklärt. Es hört sich nie so an, als würde er damit prahlen oder mich einschüchtern wollen, sondern als wäre ihm wirklich daran gelegen, dass ich es verstehe. Teilweise sind Informationen dabei, die mein Vater oder Sergej mir niemals mitteilen würden. Selbst Aleks hätte mir solche Dinge nie verraten.

Oksana und ich wurden von allen Belangen der Mafia abgeschottet. Giulio berichtet mir so darüber, dass ich langsam verstehe, dass es bei den Italienern anders abläuft als bei den Russen. Ob das besser für mich ist oder ich eher vorsichtig sein sollte, weiß ich noch nicht. Was ich allerdings weiß, ist, dass ich mich zum ersten Mal in Gegenwart eines Mannes nicht wie ein kleines ahnungsloses Kind fühle.

„Darf ich dich etwas Unangenehmes fragen?“, unterbricht er die Stille beim Dessert.

„Ich weiß nicht so recht.“ Ich kann mir nur zu gut vorstellen, was er wissen will. Und ich bin nach wie vor nicht bereit, mich mit Giulio auf dieses Thema einzulassen, auch wenn es zwangsläufig darauf hinauslaufen wird, denn natürlich wird auch er Zweifel daran haben, wie nahe Aleks und ich uns wirklich standen.

„Die Frage von mir gegen eine von dir. Du hast freie Wahl." Wir treffen uns jetzt seit Wochen, und bisher hat Giulio mir noch nicht verraten, was mit Natascha und Sonja passiert ist. Nicht einmal wann er vorhat, es mir zu sagen. Und ich habe nicht den Mut gefunden, ihn weiter danach zu fragen, obwohl das der Grund war, warum ich mich überhaupt mit ihm treffe.

„In Ordnung."

„Hat Mariella dich noch mal belästigt?"

Mariella? Das ist das unangenehme Thema? „Nein."

„Bist du ehrlich? Ich hasse es, eine Prinzessin mit einer verfluchten Dienstmagd belästigen zu müssen, aber sie kann dich nicht bloßstellen."

„Genau genommen hat sie auch dich bloßgestellt." In all den Wochen haben wir das Thema Mariella gekonnt ausgespart. „Seit du ihre Haare angezündet hast, hat sie kein Wort mehr an mich gerichtet."

Seine Augen werden dunkler. „Und hat sie noch über dich gesprochen oder über mich?" Ich würde ihn gerne belügen können, einfach damit er nicht noch mal jemandem die Haare anzündet oder gar Schlimmeres zufügt. Allerdings habe ich das ungute Gefühl, dass Giulio mir am Ende ohnehin keine Lüge abkaufen würde und andererseits ist es so, dass ich gar nicht wirklich weiß, ob Mariella noch über uns redet.

„Ich weiß es nicht."

„Du bist dran."

Ich fasse meinen ganzen Mut zusammen. „Du weißt, was ich wissen will."

Sein Mundwinkel zuckt, und irgendwie sieht er dabei bitter aus. Es ist, als würde Giulio ein Stück weit versteinern. Er sieht ein bisschen so aus wie in den Pausen, als er noch zur Midtown High gegangen ist. Unnahbar und undurchdringlich. In mir zieht sich alles zusammen, weil das bestimmt nichts Gutes bedeuten kann. Ich bete, dass er Natascha und Sonja nicht getötet hat. „Natürlich. Später."

Eigentlich bin ich davon ausgegangen, dass dieser Abend wie unsere Mittagessen abläuft und er mich nach dem Restaurantbesuch nach Hause bringt. Umso erstaunter bin ich, als wir vor einem Club in Manhattan halten. Ich bin schon öfter am Bizarro vorbeigefahren und weiß, vom Gerede in der Schule und von Sergej, dass es einer der angesagtesten Clubs der Stadt ist. Ich weiß natürlich auch, dass er in italienischer Hand ist und im Hinterzimmer nicht gefeiert wird.

„Ich habe eine Kleinigkeit zu erledigen. Wenn du möchtest, kannst du mich begleiten. Wenn nicht, fahre ich dich vorher nach Hause." Es wundert mich, dass er mir überhaupt die Wahl lässt. Andererseits sollte mich an Giulio wohl gar nichts mehr wundern. Er kann genauso umgänglich wie eiskalt und unberechenbar sein.

Ich starre neugierig auf die Leuchtreklame, die über der schwarzen Eingangstür prangert. Der rote Teppich wird von vier muskelbepackten Türstehern bewacht, während eine riesige Schlange ansteht, um ins Innere gelassen zu werden. Ich wollte schon immer mal in einen der Clubs, aber selbst Aleks hat mich nur vertröstet. Mit seinem Mörder eine Discothek zu besuchen, stand bestimmt nie auf meiner To-do-Liste. Allerdings werde ich noch ganz andere Dinge mit seinem Mörder machen müssen, gegen die ein Clubbesuch sicherlich harmlos ist. „Ich komme mit."

Die Wände des Bizarro sind alle in Rot und Schwarz gehalten. Über der Tanzfläche erstreckt sich eine Galerie, deren Treppe von zwei Sicherheitsmännern bewacht wird. „Da oben geht's zum VIP-Bereich. Wenn wir hier zum Vergnügen sind, sitzen wir meist oben."

Auf der Tanzfläche drängen sich die Gäste dicht aneinander und tanzen zu Electro-Pop-Klängen. In der Mitte befinden sich drei Käfige, in denen halbnackte Männer und Frauen tanzen, die meiner modischen Einschätzung nach Fetisch-Kleidung tragen. Irgendwelche knappen Lack-Leder-Kombinationen. Der Name des Clubs – Bizarro – ist hier Programm. Seitlich erstreckt sich eine Bar, die die ganze Länge des Clubs einnimmt. Die Barkeeper und Kellner sind alle in Schwarz gekleidet und haben mehr als gut zu tun.

Die Sicherheitsmänner machen uns Platz, und Giulio führt mich nach oben. Wir durchqueren den VIP-Bereich, der mit bequem aussehenden Sofas und kleinen Tischen ausgestattet ist. Jeder Sitzbereich ist durch eine Trennwand abgeschirmt, sodass jede Gruppe für sich feiern kann. Am hinteren Ende befindet sich eine Tür, vor der abermals zwei Männer Wache stehen. Sie machen den Weg für uns frei, und ich folge Giulio in einen schmalen Flur, von dem aus er mich in einen weiteren Raum zieht, aus dem bereits mehrere Stimmen zu mir durchdringen. Er nimmt mich tatsächlich mit in eines der Hinterzimmer.

Der Raum ist im gleichen Stil gehalten, wie der restliche Club, nur dass zusätzlich zu den Loungemöbeln im VIP-Bereich hier noch ein langer schwarzer Tisch steht, an dem gute zwanzig Personen Platz finden. Durch einen venezianischen Spiegel, der zwei komplette Wände einnimmt, kann man den ganzen Club beobachten. Man hat sowohl den Überblick über die gesamte Tanzfläche als auch den direkten Einblick in den VIP-Bereich, der sich neben uns befindet. Durch Lautsprecher dringen die Geräusche und die Musik zu uns, allerdings viel leiser, als es im Club selbst der Fall ist.

In einer Ecke sitzen Niall, der sich eine Line vom Beistelltisch zieht, und Sloan, der seinen Bruder kritisch beäugt und an einem Glas Whisky nippt. Neben den beiden sitzen zwei Typen, die definitiv nicht zu den oberen New Yorker Clans gehören. Der eine hat lange braune Haare, die er zu einem Zopf geflochten hat. Sein Gesicht ist hinter dem zotteligen Bart kaum zu erkennen, und das, was er von seiner Haut preisgibt, sieht vernarbt aus. Der andere ist von seiner Statur her riesig. Im direkten Vergleich nicht ganz so groß wie Giulio, aber deutlich massiger. Giulio hat ziemlich breite Schultern und wirkt trainiert, aber nicht massig. Der Typ ist ebenfalls dunkel gekleidet, kahl rasiert und trägt eine Tätowierung direkt auf seinem Schädel. Ich muss kein Genie sein, um zu erkennen, dass sie eindeutig zu einem der Motorradclubs der Stadt gehören.

Als die Anwesenden unser Kommen bemerken, schauen sie abwechselnd kurz in unsere Richtung. Der Typ mit dem Zottelbart schaut für meinen Geschmack zu intensiv auf mich, was mich meine Kleiderwahl das zweite Mal an diesem Abend bereuen lässt. Giulio bemerkt, wie ich mich unter den Blicken des Bikers versteife, sagt aber nichts dazu. Stattdessen zieht er mich mit zu Niall und Sloan.

„Hallo“, grüße ich leise in die Runde.

Niall wischt das restliche Kokain vom Tisch. „Na, da meint es jemand wirklich ernst, was?“

„Wenn du vorhast, mit dieser Nase weiter koksen zu können, solltest du etwas mehr Respekt zeigen“, ermahnt Giulio ihn.

„Hey, hey.“ Niall hebt die Hände vor seinen muskulösen Oberkörper. „Mach mal halblang. Ich sag doch gar nichts dagegen, dass du deine Verlobte am Leben teilhaben lässt. Keela wird sich freuen, dass sie hier ist.“

„Keela ist hier?“

„Ja. Callan kommt jeden Moment mit ihr.“ Ich weiß, dass Keela deutlich mehr Bewegungsfreiheit hat, als Natascha, Oksana und ich je hatten. Trotzdem wusste ich nicht, dass sie in die Clubs darf. Andererseits wusste ich bis vor Kurzem auch noch nicht, dass meine Freundin jemanden ermordet hat.

Als die Kellnerin die Bestellung gebracht hat und den Raum verlassen will, kommen Keela und Callan in das Hinterzimmer. Keelas grasgrüne Augen werden riesig, als sie mich sieht. „Ekat", kreischt sie. „O mein Gott, ich liebe es, dass du hier bist." Dann wendet sie sich Niall zu, der jetzt leise mit dem Bärtigen spricht. „Dürfen wir tanzen gehen?"

Giulio zögert. „In Ordnung, aber ihr nehmt Callan und Leonardo mit."

Bevor ich das Hinterzimmer verlassen kann, hält Giulio mich fest. „Bleib bei Leonardo und lass dich überallhin von ihm begleiten. Wenn du auf die Toilette musst, gehst du hier oben."

„Gehört der Club nicht dir? Eigentlich sollte es hier total sicher für uns sein."

„Deswegen ja. Und jetzt geh und vergnüg dich ein wenig mit Keela."

Callan und Leonardo stellen sich an den Rand der Tanzfläche, während Keela und ich uns zwischen die Feiernden drängen und sie mir einen Drink reicht. „Hier können wir kurz reden. Ich kann es nicht glauben, dass er dich mit hierher genommen hat."

„Ich glaube es selbst auch noch nicht ganz. Warst du schon oft hier?"

„Seit Sloan mit im Geschäft ist, nehmen die beiden mich manchmal mit. In Irland stünden mir weitaus mehr Türen offen, aber wir leben hier in Koexistenz mit den anderen Clans, und die Russen und Italiener haben ihre Frauen nicht so gerne beim Geschäft dabei."

„Du hast all das nie erwähnt."

„Du und Natascha, ihr seid viel behüteter aufgewachsen als ich. Ich wollte euch nicht verschrecken, und irgendwie kam es mir auch unfair vor, wenn ich an den Wochenenden in den Clubs gefeiert habe und ihr im Bett wart."

„Wie viel weiß ich noch nicht von dir, Keela?"

„Was willst du wissen?"

„Der Mord?"

Sie deutet auf den Anhänger ihrer Kette, der das vierblättrige Kleeblatt mit den vier Cs darin zeigt. Das Familiensymbol der Callaghans. „Ein Verräter. Es war Gift und Teil meines Initiationsritus." Mehr wird sie mir dazu nicht sagen, aber das reicht mir auch schon. Keela ist also ein vollwertiges Clanmitglied und nicht bloß ein Anhängsel. „Und? Siehst du mich jetzt mit anderen Augen?"

„Nein. Ich glaube nicht." Seit Aleks' Tod weiß ich ohnehin nicht mehr, wo mir der Kopf steht. Es ist, als sei meine Welt an seinem Todestag aus dem Gleichgewicht geraten und würde sich jetzt nach und nach komplett neu zusammensetzen – zumindest für mein Verständnis. Vielleicht werden mir aber auch nur schrittweise die Augen für Dinge geöffnet, die schon immer so waren, wie sie sind, nur dass ich sie vorher nie richtig sehen konnte.

Eine ganze Weile tanzen wir einfach weiter und genießen das Gefühl, zwei unbeschwerte junge Frauen zu sein. Callan bringt uns irgendwann neue Getränke und erkundigt sich, ob bei uns alles in Ordnung ist, während Leonardo sich an einen der Pfeiler gelehnt hat und seinen Blick durch die Menge schweifen lässt. Am liebsten würde ich ihn fragen, ob er mit uns tanzt, aber das würde Giulio vermutlich ganz und gar nicht gefallen.

„Ich muss auf die Toilette. Bleib, wo du bist." Dann verschwindet Keela von der Tanzfläche und durchquert mit Callan im Schlepptau den Club.

Ich leere den Rest meines Drinks, und langsam macht sich die vertraute unbeschwerte Wirkung des Alkohols in mir breit.

Die laute Musik tut ihr Übriges, und ich bewege mich zu den Bässen der Musik, als ich irgendwann merke, dass Keela hinter mir tanzt. Ich drehe mich schwungvoll um und werde von zwei dicken Armen umklammert, die zu meinem Leidwesen dem bärtigen Biker aus dem Hinterzimmer gehören. Sofort versuche ich, mich aus dem Klammergriff zu befreien, doch der Typ hält mich gefangen und drückt mich noch näher an seinen Körper. Sein zotteliger Bart streift meine Stirn und hinterlässt ein kratziges Gefühl.

„Lass mich sofort los!" Seine Augen sind glasig, als hätte er Gott weiß was eingeschmissen, was er vermutlich auch mit Niall im Hinterzimmer getan hat.

„Wieso sollte ich dich loslassen, Russenschlampe?" Ich suche nach Leonardo, doch um uns tanzen so viele Menschen, dass ich ihn nicht mehr sehen kann. „Laut dem Deal mit deinem ersten Verlobten hätten wir dich sowieso bekommen. Wieso vom ursprünglichen Plan abweichen?", flüstert er mir ins Ohr. „Du hast keine Ahnung, was? Du bist die Tochter von Igor Markow. Iwanow hat dich den Wasilijews versprochen, sobald sie ihm dabei geholfen hätten, die Romanos zu beseitigen. Wenn die Russen mit dir fertig gewesen wären, hätten sie dich unserem Club übergeben. Glaub ja nicht, nur weil du jetzt diesen italienischen Prinzen als Stecher hast, dass dich das davor retten wird."

„Hilfe!" Mein Schrei wird von seiner Hand erstickt, während alle um uns herum einfach weitertanzen. Natürlich tun sie das, sieht es doch für alle Anwesenden so aus, als würden wir uns eng umschlungen zur Musik bewegen.

„Du benimmst dich, ansonsten töte ich dich sofort!" Tränen sammeln sich in meinen Augenwinkeln, als er mich von der Tanzfläche schiebt. Gott, das ist mein Ende. Bis vor wenigen Minuten war Giulio meine größte Sorge, aber nun wird mein Schicksal heute besiegelt. Wir betreten einen kleinen Flur, der zu den Toiletten im Untergeschoss führt. Einige Gäste kommen aus den Kabinen und laufen an uns vorbei.

Plötzlich geht alles blitzschnell, und ich höre ein mittlerweile sehr vertrautes Knacken. Durch die Ausflüge mit Sergej weiß ich, was dieses Geräusch bedeutet.

Es ist das Entsichern einer Schusswaffe.

KAPITEL DREIZEHN

GIULIO

Hätte ich geahnt, dass Niall ausgerechnet heute mit dem Präsidenten und dem Vize des New York Eagle Motorcycle Club im Bizarro auftaucht, hätte ich Ekaterina niemals mit hierhergebracht. Meinem Vater und mir liegen seit einigen Tagen Informationen vor, dass der MC mit den Wasilijews kooperiert. Die Wasilijews hatten zusammen mit den Iwanows den Angriff auf die New Yorker Clans geplant – woher sie dann wohl den Kontakt zum Eagle MC hatten, dürfte selbsterklärend sein. Dummerweise haben wir den Callaghans und den Markows davon bisher noch nichts erzählen können, weil wir Romanos es waren, die dem Eagle MC den Deal zum Verticken unserer Waffen gegeben haben, die sie für uns auf ihren Touren aus der Stadt hinaus- oder eben hineinschaffen. Wir haben den Motorcycle Club mit in unser Netz geholt und dass ausgerechnet wir die Verräter überhaupt erst reingelassen haben, wird uns jede Menge Schwierigkeiten machen. Wir wollten uns im Alleingang um die Beseitigung dieses Pöbels auf Motorrädern kümmern, allerdings erst, wenn wir uns über den aktuellen Verbleib unserer Ware Kenntnis verschafft hätten. Dass Niall sich ausgerechnet mit diesen Leuten den letzten Verstand in einem unserer Clubs wegkokst, war nie Teil des Planes. Aber diese verdammten Iren haben gar keine Klasse und knallen sich mit jedem Straßenabschaum weg.

Ich will Ekaterina am liebsten sofort aus dem Club rausschieben und sie nach Hause in ihre russische Festung bringen, aber das würde zu sehr auffallen. Niall hat offenbar wirklich gar keine Ahnung von der Zusammenarbeit, sonst hätte er nicht auch noch seine verdammte Schwester mit hierhergebracht. Keela ist Fluch und Segen gleichermaßen, denn sie will mit Ekaterina tanzen. Eigentlich hätte Ekaterina niemals das Go von mir dafür bekommen, aber ich habe sie doch lieber inmitten der Meute als hier oben im schallisolierten Hinterzimmer bei dem Motorraddreck. Ein Blick in Nialls bekokstes Gesicht reicht, um ihm verstehen zu geben, dass die beiden gehen sollen, weil hier etwas im Gange ist. In dieser Hinsicht ist auf Niall immerhin Verlass, egal wie zugedröhnt er ist.

Nachdem Ekaterina und Keela zusammen mit Callan nach unten gegangen sind, gebe ich Leonardo Bescheid, dass er sich um Ekaterina kümmern soll. Wir sind zwar in der Überzahl, weil die Biker keinen Verdacht haben, aber trotzdem ist dieser Abschaum absolut unberechenbar. Die Eagles sind Tiere, und ein einziger von ihnen reicht im richtigen Zustand aus, um ein Massaker zu veranstalten.

„Und? Wie laufen die Geschäfte, John?", frage ich das glatzköpfige Untier, das sich Präsident dieser Bande schimpft. „Ich hoffe unsere Waffen treffen bald in New York ein." In Gedanken füge ich hinzu, dass ich sie dann endlich umlegen kann.

John grinst schmierig. Ihm fehlen zwei Schneidezähne, was wirklich unschön aussieht. „Wozu die Eile? Abgemacht waren eine Ladung am ersten und eine am fünfzehnten des Monats. Die am ersten habt ihr doch bekommen."

Niall richtet seinen Blick jetzt auch auf John. „Ihr untersteht uns in allen Belangen. Wenn wir die Ware eher brauchen, liefert ihr auch eher."

„Und ihr hochwohlgeborenen Mafia-Söhnchen meint auch, dass unser Club nur Dienstleistungen für euch erbringt?" Er tritt nun von dem Spiegel weg und setzt sich neben Mike, der mit seinem widerlichen Bart spielt. Ich will gar nicht wissen, was alles diesen Bart sein Zuhause nennt und darin lebt. „Wir haben auch noch andere Geschäfte in der City zu tätigen. Nicht nur euren Waffenhandel."

Ich zünde eine Zigarette an. „Und wenn wir den Waffenhandel mit euch beenden und euch die Hoheitsgebiete in der Stadt für euren kleinkriminellen Drogenhandel wegnehmen, dann seid ihr wieder der gleiche winzige Haufen Elend wie vor unserem Deal."

John setzt ein Pokerface auf, während Mike eine wütende Fresse zieht, die er nur schwer unter Kontrolle hat. Natürlich schmeckt das hier beiden nicht, und das nicht erst seit gestern. Bevor wir ihnen die Erlaubnis erteilt hatten, haben wir jeden kleinen Drogendealer dieses Drecksclubs erschossen, noch bevor er den ersten Kunden erreicht hat. Ich kann mir gut vorstellen, dass das Angebot der Wasilijews verlockend für diesen Haufen voller Trottel war. Als würde Jaroslaw Wasilijew auch nur einen dieser Hampelmänner am Leben lassen, wenn er New York unter seine Hand gebracht hätte.

„Ich muss pissen." Mike trottet zur Tür.

„Triff die Rinne", ruft John ihm hinterher. Wie ekelerregend kann man eigentlich sein?

John lacht und zeigt mir wieder diese schwarzen, riesigen Zahnlücken. Vielleicht hat er unsere Waffen in seine Hohlräume im Mund gesteckt – größentechnisch käme es jedenfalls hin. „Mike ist ein wenig angepisst, weil ihr unverschämt werdet."

Allmählich bemerkt Sloan auch, dass die Stimmung im Raum umschlägt und immer angespannter wird. Sloan muss noch einiges lernen. Vielleicht würde es helfen, wenn er Oksana und meiner kleinen Schwester weniger auf der Pelle hängt und sich mehr mit uns beschäftigt.

Jetzt bin ich es, der lacht. „Wer hier unverschämt wird, ist einzig dein kleiner Motorradclub. Du solltest dir dringend die Tatsachen vor Augen halten: New York gehört den Clans, nicht den mickrigen Clubs aus dem unteren Milieu."

Er springt auf und fletscht seine letzten vorhandenen Zähne. „Du solltest aufpassen, mit wem du wie sprichst, Amico!"

„Was sonst?", fragt Niall angespannt. Ich weiß genau, dass er mit seinem Messer am Unterschenkel spielt.

„Sonst suchen wir uns neue Verbündete, die stärker sind", droht John und lacht dabei höhnisch. „Du hast ein hübsches Mädchen, Giulio. Hoffentlich passiert ihm nichts."

Als die Kugel aus meiner Waffe fast zeitgleich mit seinem letzten Wort seinen Schädel durchbohrt und er direkt zu Boden geht, lacht er nicht mehr.

„Scheiße, Giulio! Scheiße!", brüllt Niall, der jetzt aus seinem Drogensumpf erwacht ist. „Was soll das?"

Ich schiebe die Waffe zurück unter meinen Hosenbund. „Sie arbeiten mit den Wasilijews."

„Ach?" Niall spuckt auf Johns Kadaver. „Wie lange weißt du das?"

„Ein paar Tage."

„Freut mich, dass diesmal ihr die Verräter ins Geschäft geholt habt. Was ist jetzt mit unseren Waffen? Dir ist klar, dass die Eagles irische Ware für eine halbe Million gelagert haben, und kein Schwein weiß, wo sich ihr Lagerhaus befindet?"

„Wir klären das noch."

Sloan schaut unbeeindruckt auf den toten Körper. „Sein Freund ist ganz schön lange unterwegs, um zu pissen."

Und scheiße, er hat recht.

Ein Blick durch den Spiegel zeigt mir, dass Ekaterina und Keela nicht mehr zusammen tanzen. Stattdessen ist die Tanzfläche unüberschaubar voll. Keela und Callan gehen die Treppe zu den Toiletten herunter, und Leonardo erspähe ich, wie er den sinnlosen Versuch wagt, sich durch die Menschenmengen zu kämpfen. Scheiße!

Als ich oben auf der Treppe ankomme, sehe ich sie endlich. Mikes ungepflegter Zopf ragt über die meisten Köpfe der anderen Gäste hinweg. Vor sich schiebt er Ekaterina und drängt sie in Richtung der Toiletten. Ich schubse einige Gäste zur Seite, während ich die Treppe herunterrenne, und betrete den Korridor zu den Sanitäranlagen, bevor ich mich von hinten Mike nähere.

Vor allen Anwesenden ziehe ich meine Waffe und presse sie an seine fettigen Haare. Die ersten Leute um uns herum schreien und brechen in Panik aus. Um dieses Desaster kümmere ich mich später. Leonardo und Callan stürmen an mir vorbei und bauen sich vor Mike und Ekaterina auf.

„Versuchst du abzudrücken, breche ich das Genick der kleinen Hure!" Er hält Ekaterinas schlanken Hals mit einer seiner Pranken fest, und ich weiß, dass eine seiner Bewegungen reicht, um sie in zwei Teile zu brechen.

Eigentlich ist Mike gerade der praktischste und vermutlich einzige Schlüssel, um an unsere Waffen zu kommen, bevor der

Rest des Idiotenvereins Wind vom Ableben ihres Präsidenten bekommt.

Eigentlich ist Ekaterina aber die Einzige, die ich wirklich will.

Und dann drücke ich einfach ab.

Niall knallt hinter uns die Tür zu und verriegelt den Bereich für die Gäste. „Ich schwöre dir, Giulio, du wirst mir jeden Cent für diese riesige Scheiße zahlen!"

„Schafft ihn weg", sage ich zu Leonardo und Callan.

Ekaterina steht eng gegen die Wand gepresst. Ihr Gesicht ist kreidebleich, und ich habe das Gefühl, dass sie sich jeden Moment übergeben muss. Sie schlägt sich ihre Hände ins Gesicht und verwischt Mikes Blut, das überall an ihr klebt. Dann schaut sie auf ihre blutigen Handflächen und beginnt hysterisch zu weinen. Ich hasse es, wenn sie weint, und das Letzte, was ich heute Abend wollte, ist, dass sie weinen muss.

„Entsorgt das", befehle ich Leonardo, als ich mir Ekaterinas Arm greife und sie hinter mir herziehe.

Es war schon heikel, dass die Eagles sich mit den Wasilijews verbündeten und wir es waren, die die Eagles überhaupt erst für die Geschäfte in Anspruch genommen haben. Dass ich jetzt auch noch den Präsidenten des Motorradclubs und seinen Vize erschossen habe, die uns wenigstens den Verbleib der Waffen, von denen ein großer Anteil Callaghan gehört, hätten verraten können, macht die Scheiße noch schlimmer. Und wenn Niall seinem Daddy alles brühwarm erzählt und herauskommt, dass ich den Vize wegen Ekaterina erschossen habe, wird alles noch komplizierter.

Als Sohn des Bosses kann ich mir vieles erlauben. Zum Beispiel die Haare der Tochter des Consiglieres anstecken oder auch einfach mal jemanden abknallen, der weniger von Bedeutung ist. Wenn es um das Geschäft geht, erwartet man jedoch von mir, dass ich einen klaren Kopf bewahre, was im

Normalfall kein Problem ist. Im Normalfall will mir aber auch niemand Ekaterina wegnehmen.

Ein lautes Schluchzen holt mich in die Gegenwart zurück. Mit ihren dünnen Armen umklammert Ekaterina sich selbst, und sie zittert. Ich weiß, dass es keine wirkliche Kälte ist, sondern der Schock, der sie frieren lässt. Sie muss definitiv aus diesem blutigen Kleid raus, bevor ich sie bei den Markows abliefere. „Komm mit." Ich ziehe sie auf der anderen Seite des Büros durch eine Tür, die direkt zum Hinterhof führt. Einer meiner Männer hat meinen Wagen für mich hier abgestellt. Ich bevorzuge es, verschwinden zu können, ohne mich durch das Gedränge der Menschen schieben zu müssen.

Es ist erst kurz nach Mitternacht und es bleibt immer noch genügend Zeit, um sie vom Blut zu befreien und halbwegs ansehnlich bei den Markows abzuliefern. Die ganze Geschichte wird zwar ohnehin rauskommen, aber zumindest würde ich Ekaterina gerne in besserem Zustand bei den Russen abliefern. Irgendwie habe ich tief in mir auch das Bedürfnis, die Spuren dieses Abends bei ihr wieder in Ordnung zu bringen.

„Wo sind wir?", fragt sie, als sich das Tor zur Tiefgarage vor uns öffnet.

„Ich habe hier ein Penthouse für Notfälle." Obwohl ich die meiste Zeit in dem Romano-Anwesen verbringe, besitze ich hier eine Wohnung. Es gibt Gelegenheiten, die danach verlangen. Anders als bei den Markows, die nur ihr Personal im Haus haben, sind bei uns Italienern auch ständig Soldaten, Captains und deren Familien zu Gast. Das hier ist so eine Gelegenheit, die nach Diskretion schreit.

Als wir im obersten Stockwerk ankommen, schiebe ich sie vor mir aus dem Aufzug. Sie ist wieder völlig verkrampft und zittert. Ich weiß nicht, ob es noch der Schock von dem Abend ist oder wieder ihre Panik, dass ich ihr etwas antun könnte.

Vermutlich eine Mischung aus beidem. „Komm." Sie braucht dringend neue Kleidung, also führe ich sie in mein Schlafzimmer.

Ekaterina fängt wieder an zu weinen. „Nach all dem heute wirst du es also tun? Aber du hast recht. Der Abend war so schrecklich, dass es das jetzt vermutlich nicht mehr schlimmer machen wird. Also tu es einfach." Diese Russin ist manchmal ein einziges Mysterium. „Komm, ich helfe dir." Sie greift nach dem Saum ihres viel zu kurzen Kleides. Ich habe das Teil schon erkannt, als ich sie abgeholt habe und war wirklich versucht, sie dazu zu überreden, sich etwas anderes anzuziehen. Es ist das unerhört kurze Kleid von der Callaghanparty. Es ist das Kleid, das sie getragen hat, als ich sie geküsst habe. Aber ich bin ein Egoist und sie ist zu schön, als dass sie sich verhüllen sollte. Sie streift sich das Kleid ab, bis sie nur noch in ihrer schlichten schwarzen Unterwäsche vor mir steht.

Scheiße, sie denkt, dass ich sie heute vögeln werde.

Natürlich, für sie bin ich nichts als ein riesiges Monster, das ihren Aleks abgeknallt hat. Sie denkt wahrscheinlich, dass es mich sogar irgendwie angemacht haben könnte, den beiden Vollidioten im Club die Schädel weggeballert zu haben und dass ich sie jetzt danach dringend nehmen will.

Einen kurzen, schmerzhaften Augenblick lasse ich meine Augen über ihren Körper gleiten. Sie ist perfekt. Ihre Haut ist hell, aber nicht blass. Sie ist makellos und zart, wie die einer Porzellanpuppe, die meine Nonna in Italien auf ihrem Sofa drapiert hat. Sie ist schlank, hat aber deutliche Kurven. Ihre Taille ist schmal, ihre Hüfte dafür leicht gerundet. Genau so, dass ich meine Finger darin vergraben kann. Ihr Bauch ist nicht mehr ausgehungert flach, sondern dünn, aber mit einer leichten Rundung. Ihre Beine sind lang und ebenmäßig. Ihre Wangen sind gerötet, und ihr Brustkorb hebt und senkt sich so heftig, dass bei jedem Ausatmen ihre handgroßen Brüste gegen die Schalen ihres BHs gedrückt werden. Sie hat perfekte Brüste. Nicht zu klein und nicht zu groß. Es ist ein Wunder, dass Markow mit seinen Ochsengenen diese Frau hinbekommen hat.

Ich will sie.

Ich will sie so sehr, wie ich noch nie etwas in meinem Leben gewollt habe.

Ich will sie besitzen. Sie nur für mich haben. Ich will, dass sie mir gehört.

Ich will sie so sehr, dass es wehtut.

Jetzt, wo ich weiß, wie sie fast unbekleidet aussieht, will ich sie sogar noch mehr als all die Jahre zuvor. Mein Schwanz drückt schmerzhaft gegen die Naht meiner Jeans und will einfach nichts mehr, als sich in Ekaterinas göttlichen Körper zu schieben. Aber nicht jetzt. Nicht, wenn sie mich so dabei ansieht, wenn sie weint und ganz besonders nicht, wenn sie das eigentlich gar nicht will.

Ich wende mich von ihr ab, was mir wirklich alles abverlangt und schiebe die Tür meines Ankleidezimmers auf. „Hier." Ich reiche ihr das erstbeste Hemd. „Drüben ist das Bad. Und jetzt geh, bevor ich mich total vergesse!"

KAPITEL VIERZEHN

EKATERINA

Als ich Giulios Penthouse betreten habe, überkam mich direkt dieses ungute Gefühl, dass es heute passieren wird. Dass er nach dem Vorfall im Bizarro beschlossen hat, es sofort zu tun und nicht mehr bis zur Hochzeit zu warten. Aleks war in der Vergangenheit häufig bei mir, nachdem er schlimme Dinge getan hat. Ich weiß auch, dass er danach oft im Bordell war und Sex hatte. Irgendwie habe ich angenommen, dass könnte bei Giulio ähnlich sein, und wieso sollte er zu einer Prostituierten oder Mariella gehen, wo ich doch in unmittelbarer Nähe bin. Doch nach diesem katastrophalen und entsetzlichen Abend hat er es nicht getan. Er hat mich einfach ins Bad geschickt, obwohl ich mich vor ihm ausgezogen habe.

Ich habe mich ausgezogen – vor Giulio.

Ich weiß nicht, welche Sicherung in meinem Kopf durchgebrannt ist. Irgendwie fühlte es sich so besiegelt an und im Endeffekt ist es das ja auch. Giulio wird mich entweihen, so oder so. Es ist nur eine Frage der Zeit, und da ich dachte, der

Zeitpunkt wäre jetzt gekommen, habe ich einfach den ersten Schritt gemacht und mich vor ihm ausgezogen. Irgendwie fühlte es sich dadurch nicht ganz so an, als würde es ohne meine Kontrolle passieren. Irgendwie fühlte es sich sogar auf positive Weise lebendig und aufregend an. Und dennoch hat er es nicht getan.

Ich erschrecke mich ein bisschen, als ich mein Gesicht im Spiegel betrachte. Meine Haut ist komplett von feinen Bluttropfen überzogen und da, wo ich mich berührt habe, komplett verschmiert. Mein Make-up existiert nicht mehr. Kein Wunder, dass Giulio mich jetzt nicht wollte. Wer will schon eine mit Hirnmasse und Blut verschmierte Frau?

Ich wasche mein Gesicht und schrubbe das getrocknete Blut von meinen Wangen. Dann wasche ich meine Hände, aber auch unter meinen Fingernägeln klebt hartnäckig Blut. Meine Haare sind ebenfalls voller getrocknetem Blut, und es hilft alles nichts, ich muss hier duschen. Man kann die Tür nicht verriegeln. Ich hasse so was.

Es gibt zwar nur Shampoo und Duschgel für Herren und natürlich keinen Haarconditioner, aber besser als nichts. Der Duft ist gar nicht mal so übel, obwohl er nach Giulio riecht. Vielleicht auch deshalb, weil ich Giulios Duft irgendwie mag. So schnell wie möglich trockne ich mich ab und schlüpfe wieder in meine Wäsche. Getragene Wäsche ein zweites Mal zu tragen ist wirklich ein unschönes Gefühl, aber nur in Giulios Hemd herumlaufen will ich noch viel weniger. Meine Haare rubbele ich so gut es geht trocken. Ich finde keinen Föhn und will nicht in seinen Schränken wühlen. Im Schlafzimmer schnappe ich mir das Kleid und meine Schuhe vom Boden.

Eine kühle Brise, die sich durch die offene Terrassentür drückt, streift mich. Giulio steht mit dem Rücken zu mir und hat seine Hände auf die Balustrade gestützt. Vor ihm liegen der Central Park und dahinter die glitzernde Skyline der Stadt.

Er sieht aus, als wäre er der König New Yorks und würde auf sein niemals schlafendes Königreich blicken, so wie er dasteht, und ein bisschen ist das wohl auch so. Ich trete barfuß zu ihm auf die Dachterrasse. Er sieht mich nicht an, aber er weiß, dass ich da bin.

„Der Abend hätte nicht so verlaufen sollen. Das war nie mein Plan", sagt er leise, als wäre das die Entschuldigung für die ganze Katastrophe.

„Was war dann der Plan?"

Auf seinem Gesicht zeichnet sich ein Lächeln ab. „Du solltest dich amüsieren. Vielleicht ein bisschen wie bei einem Date?"

„Ich hatte noch nie ein richtiges Date. Wie du weißt, war das bei Aleks und mir nicht notwendig."

„Bei uns ist es das vielleicht." Er grübelt kurz. „Aber das heute war keines. Nicht so, wie es zum Schluss gelaufen ist. Wir holen das nach."

Ich könnte ihm sagen, dass es unbedeutend ist, ob wir ein Date haben oder nicht. Dass all unsere Treffen gleichgültig sind, solange er mir nicht Nataschas Verbleib verrät. Dass selbst dann unser Kennenlernen egal ist, weil ich ihn so oder so heiraten muss. „In Ordnung", höre ich mich aber stattdessen sagen.

„Ich bringe dich gleich nach Hause. Möchtest du über das reden, was heute passiert ist?"

„Du tötest Menschen. Du tust es, ohne zu zögern, und für dich ist es normal. Das ist deine Welt."

Er dreht sich mit einem Mal zu mir um und blickt mir in die Augen. „Falsch." Dann greift er meine Schultern und hält mich fest. Die Wärme seiner Hände dringt durch den dünnen Stoff des Hemdes und schickt kleine Stromstöße durch meinen Körper. „Es ist auch deine Welt seit deiner Geburt. Du willst es nur noch nicht wahrhaben." Mein Atem beschleunigt sich, wenn wir uns wieder so nah sind. Der kühle Wind weht mein noch leicht feuchtes Haar von meiner Schulter, und ich erschaudere. „Das ist unsere Welt. Sieh ihr endlich ins Auge und nimm sie an, denn das ist ab jetzt deine einzige Möglichkeit, um darin zu überleben." Sein Atem geht genauso schnell wie meiner. „Ich habe diese Männer heute Abend für dich getötet. Sie waren Verräter, sie hätten so oder so sterben müssen, aber nicht heute. Sie sind heute gestorben, weil sie dich verletzen wollten und niemand, wirklich niemand, wird jemals Hand an dich legen, weil du nur mir gehörst. Verstehst du das jetzt?"

Er hat recht. Ich bin genauso Teil dieser Welt, wie er es ist. Auch dann, wenn ich keinen blutigen Beitrag dazu leiste. Ich bin Giulio dankbar dafür, dass er mich heute vor der Brutalität dieser Welt beschützt hat. Dennoch gehöre ich ihm nicht. Nicht so, wie er und andere Männer es sich denken. „Ich habe kein Problem damit, mich beschützen zu lassen, aber ich habe eines damit, dass du denkst, ich sei dein Eigentum."

„Du bist nicht mein Eigentum, Ekaterina, und trotzdem gehörst du mir. Das ist jetzt dein Leben. Du bist mittendrin in unserer Welt, nur dass du jetzt nicht mehr vom Markow-Clan aus allem herausgehalten wirst. Du bist mittendrin und zwar an meiner Seite."

„An der Seite eines Monsters."

Er atmet scharf aus. „Das warst du auch mit Aleks. Das, was du heute gesehen hast, war nur ein kleiner Teil dessen, was Aleksandr täglich getan hat. Du hast es nur nie gesehen, weil du es nie sehen wolltest. Wir alle sind Monster. Wir sind alle Mörder – deine beste Freundin ist eine Mörderin."

„Doch du bist das größte aller Monster. Du bist mein Albtraum, Giulio. Du ..."

Ohne es kommen zu sehen, prallen seine Lippen auf meine. Der Kuss kommt so aus dem Nichts, dass er mir völlig den

Boden unter den Füßen wegzieht. Er ist nicht wie der Kuss, den er mir damals gegeben hat. Dieser Kuss ist erwachsener, erfahrener. Er ist leidenschaftlich und besitzergreifend. So bin ich in meinem ganzen Leben noch nie geküsst worden. Kurz löst er seine Lippen von meinen. „Dann wirst du ab jetzt lernen, mit deinem Albtraum zu leben."

Er presst seinen Mund wieder auf meinen, und seine Zunge gleitet meine Unterlippe entlang, bevor er mit leichtem Druck hineinbeißt. Obwohl ich immer noch Angst vor ihm habe, obwohl er Aleks getötet hat und heute Abend in meinem Beisein wieder jemanden erschossen hat und er es immer wieder tun wird, ist mein Körper ihm total ergeben. Es fühlt sich an, als stünde jeder Millimeter meiner Haut in lodernden Flammen.

Seine Finger gleiten durch meine Haare, bevor er sich meine Strähnen um seine Faust wickelt. Er hält mich genauso wie bei unserem ersten Kuss, und so unbehaglich sich diese kontrollierende Geste anfühlen sollte, so ungerne muss ich mir eingestehen, dass sie bei mir ein ganz anderes Gefühl auslöst.

Es ist erregend, wenn er mich so hält.

„Wir fahren", sagt er knapp, und dann verlassen wir das Penthouse.

Die letzte Nacht war viel zu kurz. Zum Glück haben schon alle außer Sergej geschlafen, der nicht nachgefragt hat, als ich ohne meinen Mantel abzulegen direkt in mein Zimmer gestürmt bin. Obwohl meine letzte Dusche erst wenige Stunden zurückliegt, will ich unbedingt noch mal duschen. Immerhin war ich voller Blut. Außerdem rieche ich nach Mann – schlimmer, nach Giulio.

Als ich aus dem Bad komme, liegt Oksana bäuchlings auf meinem Bett und wippt ihre überkreuzten Beine hinter sich hin und her. „O mein Gott – erzähl mir alles. Vater ist so sauer

– so unsagbar sauer auf Giulio. Er macht den Romanos gerade die Hölle heiß, weil er dich mit in den Club genommen hat." Es war ja nicht so, als hätte Giulio mich bewusst mit ins Clubhaus des Eagle MC's genommen. „Er ist total außer sich, weil das nie Teil der Abmachung war. Giulio muss für deine Sicherheit sorgen, auch jetzt schon."

„Ich denke, dass er es auf seine Art getan hat." Meine Doppelmoral ekelt mich gerade selbst an. Ich hasse es, dass Giulio ein Monster ist. Aber heute Nacht, als er diesen Typen, der mich verschleppen und vergewaltigen wollte, erschossen hat, war das in Ordnung für mich.

Vielleicht sogar so in Ordnung, dass ich mich danach vor ihm ausgezogen habe.

Es war so in Ordnung, dass ich gar nicht wollte, dass er aufhört, mich zu küssen.

Natürlich stand ich unter Schock, als dieser Typ mich überrumpelt und mir all dieses kranke Zeug erzählt hat. Ich hatte Todesangst, als er mir gedroht hat. Der Schuss und das ganze Blut haben allem nur die Krone aufgesetzt. Aber in keinem Moment hat mich der Tod dieses Typen schockiert. Zu keiner Zeit habe ich seinen Tod betrauert oder bereut. Er hatte es verdient zu sterben, und es war ein gutes Gefühl, als er tot war. Ich fühlte mich danach sicher. Sicher an Giulios Seite, was völlig verrückt ist.

„Ja, ich bin Giulio zur Abwechslung sogar dankbar, obwohl du ohne ihn erst gar nicht in die Situation gekommen wärst." Sie atmet erleichtert aus. „Aber jetzt erzähl mir alles. Das ist ja so aufregend. Er hat dich mit in einen Club genommen – Gott weiß, was ich dafür geben würde." Ich stelle mit Entsetzen fest, dass die Panik in den Augen meiner Schwester verblasst ist, wenn sie von Giulio redet. Sie wurde ersetzt durch eine kranke Faszination für alles Aufregende, das von ihrem Alltag als Musterschülerin und Mafiatochter abweicht.

Trotzdem erzähle ich ihr alles. Ich erzähle Oksana von dem Abendessen und davon, wie er mir die Wahl gelassen hat, in den Club zu gehen. Ich berichte ihr von dem Hinterzimmer und Keela, die so viel mehr darf als wir. Ich erzähle ihr davon, was sich auf der Tanzfläche abgespielt und wie Giulio den Typen erschossen hat. Den Teil, als ich allein mit Giulio in seiner Wohnung war, mich dort ausgezogen habe und er mich danach geküsst hat, lasse ich lieber aus. Ich vertraue Oksana, aber sie ist jung und könnte sich unnötig verplappern. Ich möchte mich ungern noch weiter in Schwierigkeiten bringen.

Der restliche Tag vergeht schleppend, inklusive einer kleinen Standpauke meines Vaters, weil ich mit ins Bizarro gegangen bin und nicht wenigstens Sergej eine Nachricht geschrieben habe. Als ich nachts kurz vor dem Einschlafen noch mal auf mein Handy schaue, habe ich eine Nachricht von Giulio, der mir schreibt, dass Natascha und Sonja leben und es ihnen gut geht. Ich antworte ihm, dass ich gerne weitere Details dazu hätte, erhalte aber keine Antwort. In dem Bewusstsein, dass Tascha und Sonja in Sicherheit sind, gleite ich in einen tiefen Schlaf.

Es ist mitten in der Nacht, als mich jemand packt und meinen Mund zuhält. Mein Schrei wird von einer warmen Hand auf meinen Lippen erstickt. „Sei leise, Principessa", flüstert eine mir mittlerweile vertraute Stimme. Gänsehaut überzieht meinen gesamten Körper, als ich realisiere, dass wirklich Giulio in meinem Zimmer steht. „Ich lasse dich jetzt los, aber schrei nicht."

Er nimmt seine Hand von meinem Mund, und mein Atem geht stoßweise vor Aufregung, aber auch, weil das Gefühl von seiner Haut auf meinen Lippen irgendwie gut war. Ich stelle das Licht auf meinem Nachttisch heller. „Was machst du hier?"

„Dich besuchen."

„Findest du das etwa komisch?" Ich ziehe mir die Bettdecke bis zu den Schultern, während er sich neben mich auf mein Bett setzt. „Wie bist du überhaupt hier reingekommen?"

„Über den Balkon."

Mein Blick gleitet zu besagter Tür, die nach wie vor verschlossen ist. „Wirklich? Ist das kein kranker Scherz von Sergej?"

„Wenn Sergej wüsste, dass ich auf deinem Bett sitze, würde er versuchen, mich zu töten. Außerdem brauche ich keine Hilfe, um in fremde Häuser einzudringen."

„Neben fragwürdigen Geschäften und Mord also auch noch Einbrüche? Ich dachte die kleinkriminellen Delikte überlässt du deinen Handlangern?"

„Was nicht heißt, dass ich es nicht kann. Außerdem gibt es Dinge, um die man sich persönlich kümmern muss." Giulio zieht an meiner Decke, bis das glatte Laken von meinen Schultern rutscht. Ich trage einen von meinen geliebten Satinpyjamas, mit langärmligen Hemd und kurzer Shorts. Sein Blick haftet sich auf meine viel zu hellen Beine. „Seit du gestern dein Kleid ausgezogen hast, kann ich an nichts anderes mehr denken."

Ich wusste, dass dieser Fehler meinerseits noch gravierende Konsequenzen für mich haben würde. „Giulio, bitte geh einfach." Die Worte klingen nicht ehrlich, und sie sind auch nicht so gemeint. Er sollte besser gehen, aber eigentlich will ich, dass er bleibt.

„Du willst doch gar nicht, dass ich gehe." Er fährt den Kragen meines Hemdes abwärts, bis seine Fingerspitzen die Knöpfe erreichen. Er hält kurz inne und sieht mir in die Augen. Vermutlich sucht er nach einem Anzeichen von Widerstand meinerseits, den er allerdings nicht findet. „Wusste ich es doch."

Knopf für Knopf öffnet er mein Oberteil, bis er es mir einfach zu beiden Seiten über die Schultern schieben kann. Er schluckt hart beim Anblick meiner nackten Brüste. Ohne dass er mich berührt, rast mein Herz so schnell, als würde mich jemand durch den Central Park jagen. „Was, wenn ich schreie?"

Er zieht sich sein Hemd über den Kopf. Giulio ist atemberaubend schön. Wirklich anbetungswürdig. „Wirst du nicht."

Sein Blick wandert von meinen harten Knospen über meinen Bauch hinunter und legt sich auf den Bund meiner Shorts. Als sich seine Finger unter das dünne Gummi krallen und er mir langsam meine Hose samt Slip von der Hüfte zieht, küsst er die Stelle direkt oberhalb meines Bauchnabels, und allein diese kleine Berührung reicht, um einen Blitz zwischen meine Beine zu schießen.

„Was, wenn doch?", stöhne ich ihm zu meiner eigenen Schande schon fast entgegen. Ich hasse es, so intensiv auf ihn zu reagieren.

Ohne jedes Bestreben meinerseits, ihn daran zu hindern, schiebt er meine Beine auseinander und betrachtet meine intimste Stelle. Seine Augen werden dunkler als die schwärzeste Nacht, als er den feuchten Schimmer registriert. „Du wirst nicht schreien", stellt er überzeugt fest und schiebt sich zwischen meine Beine. Jetzt, wo sein nackter Oberkörper direkt auf mir liegt und sein einzigartiger Duft mich wieder umhüllt, glaube ich auch nicht mehr daran, dass ich noch irgendeinen lächerlichen Versuch unternehmen werde, ihn aufzuhalten. „Zumindest nicht um Hilfe", ergänzt er und zieht sich seine Jeans über die Hüften.

Ich spüre deutlich, wie er sich gegen meine Öffnung drückt, und jetzt wäre wirklich der Moment, in dem ich einfach schreien sollte. Sergejs Zimmer ist auf der gleichen Etage und er bräuchte keine Minute bis zu mir, aber meine Lippen bleiben verschlossen. Einzig ein kehliges Seufzen entfährt mir, als Giulio sich mit einem festen Ruck tief in mich schiebt. Ich dachte immer, er würde mir wehtun, aber das tut er nicht.

„Ich wusste, dass du nicht schreist", flüstert er mir ins Ohr, wobei sein heißer Atem mich streift. „Ich wusste, dass du die Dunkelheit mehr willst, als du je zugeben würdest."

Er zieht sich mit seiner vollen Länge quälend langsam aus mir zurück, nur um dann wieder kräftig in mich einzudringen. Das ist viel besser, als ich es mir jemals vorgestellt habe. Es ist absolut perfekt. Ein lauteres Stöhnen dringt aus meinem Mund, als er den Winkel verändert und endlich fester in mich hineinstößt. Erneut sind seine vollen Lippen von diesem ganz speziellen Grinsen gezeichnet. Seine Finger fahren sanft meine Seite hinauf, bis sie an meiner Kehle ankommen. Er drückt seine Lippen seitlich auf meinen Hals. Mit seiner Zungenspitze zeichnet er kleine Kreise auf meiner empfindlichen Haut, während er immer schneller und fester in mich eindringt.

„Und die Wahrheit ist, Principessa", stöhnt er mir dann leise ins Ohr, „dass du selbst die Dunkelheit bist." Dann legt sich seine Hand um meine Kehle und drückt zu. Einen kurzen Moment habe ich Angst, doch dann vermischt sich alles miteinander.

Sein Duft.

Seine Haut.

Seine Lippen.

Alles vermischt sich zu einem einzigen riesigen Gefühl.

Und als er seine Hand im letzten Moment von meiner Kehle löst, meine Lunge sich mit Luft vollsaugt und Giulio stattdessen meine Klitoris reibt, bricht eine Welle über mich hinein, wie ich sie noch nie erlebt habe. Ich bäume mich unter ihm auf und komme.

Atemlos schließe ich einen Moment meine Augen. Obwohl er sich längst aus mir zurückgezogen hat, kann ich ihn immer noch überall auf und in mir spüren. „Das war unglaublich." Als ich meine schweren Lider aufschlage, liegt neben mir Aleks' blasser Körper, der über und über mit Blut überströmt ist und mich mit seinen toten Augen ansieht. Eine einzige Träne rollt aus seinem Augenwinkel, und seine spröden Lippen formen lautlos das Wort Verräterin.

Mein Schrei ist so laut, dass ich schweißgebadet aus meinem Albtraum erwache. Obwohl all das nicht real war, ringe ich panisch immer noch um Luft, bis Sergej in mein Zimmer stürmt und ich endlich realisiere, dass Aleks nicht hier ist.

Es vergehen Wochen, in denen ich keinen Ton von Giulio höre. Leonardo teilte mir mit, dass unsere Treffen bis auf Weiteres ausgesetzt würden, da Giulio beschäftigt sei. Nicht, dass ich ihn vermissen würde, allerdings lässt er mich mit so vielen Fragen allein, zu deren Beantwortung ich ihn dringend bräuchte. Einzig in meiner lebhaften Traumwelt werde ich täglich von ihm heimgesucht, nur dass Aleks jetzt den Albtraumpart eingenommen hat, während Giulio mir in meiner Fantasie einen Orgasmus nach dem anderen beschert.

Heute feiern wir offiziell unsere Verlobung. Es ist eine große Feier, die im Anwesen der Romanos stattfindet. Jeder, der in der Mafia Rang und Namen hat, ist anwesend. Offiziell natürlich, um mich und Giulio zu beglückwünschen und auf das zukünftige Paar zu trinken. Inoffiziell will sich jeder vergewissern, dass die Verräterin angemessen bestraft wird, und vielleicht dient die Zusammenkunft nach dem katastrophalen Winterball auch einfach zum Glätten der Wogen.

Giulio sitzt den ganzen Abend neben mir auf dem Präsentierteller und spricht kaum ein Wort mit mir. Es ist, als hätte er sich in den vergangenen Wochen wieder zu dem gleichen Eisklotz zurückentwickelt, der er vor unseren Treffen gewesen ist. Nicht, dass ich annahm, Giulio würde sich durch unsere Treffen ändern, aber dennoch hatte ich das Gefühl, dass von ihm vielleicht doch keine so große Gefahr für mich ausgeht, wie ich vorher angenommen hatte, und er abgesehen von seinen vielen Fehlern und Lastern gar nicht so übel ist.

„Wir müssen gleich tanzen", lässt er mich wissen. Als er sich ein Stück in meine Richtung beugt, schießt mir sein Duft in die Nase. Der gleiche anziehende Duft, den ich bereits bei unseren beiden Küssen inhalieren durfte und der mich auch jetzt wieder ganz durcheinanderbringt. Ich hasse es, durcheinander zu sein, und die letzten Wochen war ich das oft.

„In Ordnung."

Obwohl mein Kopf mir sagt, dass Giulio jederzeit mein Ende besiegeln und mein ganz persönlicher Kerkermeister werden könnte, reagiert mein Körper eindeutig viel zu stark auf ihn. Die letzten Wochen hatte ich genügend Zeit, um mir darüber bewusst zu werden, dass ich ganz anders auf ihn reagiere als jemals auf Aleks. Viel intensiver und stärker, so ungern ich es zugeben mag – was ich vor einer anderen Person auch nie tun würde.

Irgendwo aus der Ferne höre ich, wie Musik einsetzt. Er zieht mich auf die Tanzfläche, die auf der Terrasse neben dem Saal eingerichtet wurde, und alle Augenpaare sind auf uns gerichtet, während wir zu irgendeiner mir unbekannten italienischen Arie tanzen.

„Du tust es schon wieder", flüstert er mir zu, als nach und nach auch andere Paare zu tanzen beginnen.

„Was?"

„Dich verkrampfen." Er verdreht die Augen. „Auch heute werde ich dich nicht den Hunden zum Fraß vorwerfen."

„Wie soll ich bitte nicht verkrampft sein?"

Ein schwaches Lächeln huscht über seine Mundwinkel. „Bei unserer letzten Begegnung warst du es am Ende nicht."

„Möglich, aber seitdem sind Wochen vergangen, in denen ich nicht das Gefühl hatte, dass dir daran gelegen ist, mein Vertrauen zu gewinnen."

Er legt seine Wange seitlich an meinen Kopf. „Du solltest niemandem der hier Anwesenden trauen. Mir vielleicht am allerwenigsten."

„Das ist mir die letzten Wochen auch klar geworden." Und dass ich noch mal geküsst werden will, aber das sage ich ihm nicht.

„Außerdem vertraue ich dir auch nicht. Vertrauen muss man sich immer erst verdienen. Besonders in unserer Welt. Es wäre naiv, jedem der hier Anwesenden Grundvertrauen entgegenzubringen."

„Aleks und ich haben uns vertraut. Sollte eine Ehe nicht auf Vertrauen basieren?"

„Aleks sollte dir das beste Beispiel sein, dass du dein Vertrauen in die falsche Person gesetzt hast." Ich höre deutlich, wie er tief einatmet. Riecht er gerade an meinen Haaren? „Eine Ehe sollte im allgemeinen Verständnis wohl zuallererst auf Liebe aufbauen, Ekaterina. Zwischen uns wird sich aber nie Liebe entwickeln."

„Nein." Wie sollte ich ihn jemals lieben können? Ausgerechnet ihn. Und wie sollte ein Monster mich lieben können? Giulio wird zu solchen Emotionen gar nicht fähig sein. Der Gedanke ist geradezu lächerlich.

„Gut. Und jetzt tanz." Er hebt seinen Arm, sodass ich mich darunter einmal um mich selbst drehen kann.

„Was ist mit Natascha und Sonja?"

„Hast du meine Nachricht nicht bekommen?"

„Doch. Und hast du meine Nachricht nicht bekommen, in der ich dich bat, mir mehr zu verraten?"

„Wir hatten abgemacht, dass ich dir sage, was mit den beiden passiert ist, wenn du mit mir ausgehst. Wir haben beide den Teil unserer Abmachung erfüllt. Nach dem letzten Abend hatte ich nicht das Gefühl, dass du bis zur Hochzeit noch weitere Treffen wünschst."

„Erstens wollte ich Details, und das wusstest du. Sie gehört zu meinen engsten Freunden, und ich mache mir seit Monaten Sorgen. Und zweitens, seit wann interessiert es dich, was ich mir wünsche?"

„Falls du es nicht bemerkt hast, habe ich bisher sehr wohl Rücksicht auf deine Wünsche genommen. Oder war das nach dem Clubbesuch ein freiwilliges Angebot deinerseits?"

Ich lege meinen Kopf ruckartig in den Nacken und starre ihn entgeistert an. „War es nicht. Ich hatte nur angenommen, dass du das ohnehin Unvermeidbare eher in die Tat umsetzen willst."

„Es ist unvermeidbar, Principessa. Denke nicht, dass ich jemals auf dich verzichten würde. Denke nicht, dass ich dich verschonen würde, denn du gehörst mir und ich werde alles von dir in Besitz nehmen. Es ist unvermeidbar, aber ich glaube, es ist mittlerweile auch unverzichtbar geworden – für uns beide." Ich muss hart schlucken, denn es ist gefährlich, wenn ich so leicht für ihn zu durchschauen bin. Trotzdem breitet sich eine prickelnde Gänsehaut auf meinem ganzen Körper aus und hält weit über das Ende der Feier hinaus an.

KAPITEL FÜNFZEHN

EKATERINA

Seit unserer Verlobungsfeier sehen wir uns wieder regelmäßig. Wir gehen essen, besuchen öffentliche Events und manchmal holt er mich einfach nur von der Schule ab und wir unterhalten uns. So habe ich auch erfahren, dass er die letzten Wochen mit Schadensbegrenzung beschäftigt war und die meiste Zeit damit verbracht hat, jedes Mitglied des Eagle MCs ausfindig zu machen und zu verhören. Was verhören im Detail heißt, habe ich nicht weiter erfragt, allerdings kann ich es mir nur zu gut vorstellen.

Obwohl er so offen zu mir ist, traue ich mich trotzdem nicht, ihn nach dem zu fragen, was der bärtige Typ im Bizarro zu mir gesagt hat. Giulio hat zwar erzählt, dass die Eagles mit dem Wasilijew-Clan zusammenarbeiten, ist aber nicht weiter auf Aleks' Rolle in dem Spiel eingegangen.

Über den genaueren Verbleib von Natascha und Sonja hat er mir leider auch keine weiteren Details verraten. Lediglich, dass es den beiden den Umständen entsprechend gut geht und für sie gesorgt wird. Danach war das Thema für ihn beendet.

Der Sommer brütet mittlerweile heiß in New York, und die Stadt bietet kaum genügend Möglichkeiten, um sich abzukühlen. Dieses Wochenende steht mein achtzehnter Geburtstag an, und genau wie ich es vorhatte, habe ich keine Party geplant. Als ich am Freitag das Schulgebäude verlasse, steht nicht wie sonst üblich Leonardo an sein Auto gelehnt und wartet auf mich, sondern Giulio. Wieder einer dieser Tage, an denen er mich nach Hause fährt. Er nimmt seine dunkel getönte Pilotenbrille von der Nase und fährt sich durch seine vollen Haare. Ich bin nicht blind und sehe deutlich, wie die anderen Schülerinnen der Abschlussklasse ihn anhimmeln. Obwohl er ihre Haare abgefackelt hat, ist Mariella eines seiner Groupies. Anstelle des gewohnten langärmligen Hemdes trägt er heute ein schlichtes weißes T-Shirt, das sich eng um seine trainierten Oberarme schmiegt. Erst jetzt bemerke ich, dass auf seinem rechten Arm eine Tätowierung unter seinem Ärmel hervorblitzt, die allerdings immer noch größtenteils verdeckt wird. Man muss blind sein, um seine maskuline Schönheit zu übersehen. Man muss aber auch furchtlos sein, um sie genießen zu können.

Er nimmt mir meine Tasche und die Bücher ab. „Bereit für das Wochenende?"

„So bereit es eben geht."

„Morgen ist dein großer Tag."

Ich zucke gleichgültig mit den Schultern. Noch im letzten Jahr hatte ich eine große Party mit all meinen Freunden geplant. Mit Aleks und Natascha. Mit meiner nervigen kleinen Schwester und Emilia, die sich heimlich Alkohol stibitzen. Mit Sergej, der wie so oft einen Wodka zu viel trinkt und natürlich mit Keela, Sloan und den Zwillingen Luca und Liliana. Giulio und Niall waren keine Wunschkandidaten auf meiner Gästeliste, aber zumindest Niall hätte ich wohl Sergej zuliebe einladen müssen. Vermutlich am Ende auch Giulio, weil es sonst unhöflich gewesen wäre. Nun mache ich aber gar nichts, und die erste Zeit nach Aleks' Tod kam es mir auch richtig vor. Zu sehr war ich in meiner Blase aus Trauer und Selbstmitleid gefangen, als dass ich irgendetwas hätte feiern wollen. Mein Leben kam mir ohnehin durch die Verlobung mit Giulio wie beendet vor, wieso also sollte ich ein neues Lebensjahr feiern? Mittlerweile muss ich mir jedoch eingestehen, dass diese Blase aus lauter negativen Gefühlen irgendwo, während meiner vielen Treffen mit Giulio, bei denen er mich nie schlecht behandelt hat, meinen lebhaften Träumen und dem Schießtraining mit Sergej, geplatzt ist. Das Gefühl, dass Giulio zwangsläufig mein Tod ist, ist einem anderen gewichen, und nun bereue ich es sogar, nicht zumindest doch eine kleine Party in einem Restaurant organisiert zu haben. „Wohin fahren wir?" Er antwortet nicht. Als wir die Stadt hinter uns lassen, werde ich langsam nervös. „Giulio, entführst du mich? Mein Vater ist schon nach dem Clubbesuch komplett ausgeflippt."

„Du bist meine Verlobte. Das habe ich deinem Vater bereits nach der Sache im Bizarro noch einmal vor Augen geführt. Außerdem wäre eine Entführung wohl gegen deinen Willen."

„Du denkst also, ich sitze hier bereitwillig?" Giulio verdreht seine Augen, reagiert aber ansonsten gar nicht auf mich. An uns rauscht ein rotes Cabrio vorbei, dessen Insassen wild grölen und hupen, als sie uns überholen. Eine schöne junge Frau mit rotbraunen Haaren sitzt auf der Rückbank und hält eine Schnapsflasche in die Höhe. Meine Augen weiten sich. „Ist das etwa Keela?"

„Diese Iren sind nicht ganz normal."

Irgendwann als wir Brentwood passieren, wird auch mir klar, wohin wir unterwegs sind. „Fahren wir in die Hamptons?"

„Ah, hast du doch ein bisschen in Geografie aufgepasst?"

„Was wird das hier?“

Er zieht einen imaginären Reißverschluss über seinen Mund und dreht die Musik lauter. Obwohl ich kein Wort von den italienischen Popsongs verstehe, passen sie zum schönen Wetter, der kribbeligen Vorfreude und zu Giulio.

Nach guten anderthalb Stunden fahren wir vor einem riesigen Anwesen vor. Es ist ein altes Herrenhaus, ähnlich wie das der Romanos in der Stadt, nur dass dieses Haus hier frei steht und um einiges größer ist. Eine hohe Mauer umsäumt das Grundstück. In der Mitte des Hofes zum Eingang des Hauses befindet sich ein runder Springbrunnen. Es sind bereits mehrere Wagen geparkt, darunter das rote Cabrio von Niall. Außerdem Sergejs Mercedes und der SUV von Luca. Auch Leonardos Mercedes und einige andere Wagen sind da. Natürlich haben alle ihre Bodyguards mitgebracht.

„Was machen wir alle hier?“

„Willkommen auf deiner Geburtstagsparty, Principessa. Das wird ein richtiges Partywochenende.“

„Wochenende?“ Meine Stimme klingt wie die eines Roboters. Ich bin total überrumpelt und starre ungläubig auf den imposanten Eingang, während mein Hirn allmählich die Informationen verarbeitet, dass Giulio wirklich eine Geburtstagsfeier für mich geplant haben muss.

„Für einen Tag wäre es zu schade. Wir können bis Sonntag bleiben und feiern heute in deinen Geburtstag rein.“

„Was ist mit meinen Eltern?“

„Alles ist mit ihnen abgesprochen, mach dir keine Sorgen. Außerdem sind Sergej und Oksana da.“

„Ich habe nichts zum Anziehen.“

„Oksana hat für dich gepackt. Dir wird nichts fehlen und wenn doch, fahren wir morgen einkaufen.“

Ich kann es immer noch nicht glauben, dass wir wirklich alle hier sind. Noch weniger kann ich aber glauben, dass Giulio so aufmerksam war, um das für mich zu organisieren. Manchmal tut er wirklich Dinge, die mich fast vergessen lassen, wer er ist und was er getan hat.

Aus einer breiten Flügeltür, die in den Wohnbereich führt, kommt Keela angerannt und fällt mir um den Hals. „O mein Gott! Ich habe doch gesagt, du solltest deinen Geburtstag unbedingt feiern. Das ist der totale Wahnsinn. Wir sind direkt am Meer", ruft sie begeistert. „Und es gibt einen Pool im Garten. Das ist tausendmal besser als Dads langweiliges Ferienhaus in den Bergen."

Ich folge ihr und überblicke die breite Glasfront des riesigen Wohnbereichs. Einige Türen zur gigantischen Terrasse stehen offen und zeigen einen weitläufigen Garten und dahinter den Strand und das Meer. Ich kann nicht anders als durch den Raum zu schreiten und nach draußen zu treten, um das Panorama zu bestaunen. „Das ist unglaublich."

„Dir gefällt das Haus?", fragt Giulio, der hinter mir steht.

„Sehr."

„Komm, ich bringe unsere Sachen hoch und dann kannst du deinen Schulmädchenlook loswerden." Kurz ergreift mich die Panik, dass Giulio auf die Idee kommen könnte, sich hier ein Zimmer mit mir zu teilen. Es ist nicht mehr lang bis zu unserer Hochzeit, und Aleks hatte weitaus früher solche Ideen. Doch als er mir mein Zimmer zeigt, das direkt zwischen Oksanas und Leonardos liegt, bin ich beruhigt.

„Ich bringe dich um, Oksana!", stöhne ich gequält, als ich die Reisetasche auspacke und meine Kleidung für das Wochenende durchsehe.

Ich habe nicht eine Jeans dabei, und meine kleine Schwester hat es wirklich geschafft, so ziemlich jedes Teil aus meinem Schrank einzupacken, das ich für gewöhnlich nicht trage, denn sämtliche sommertaugliche Schrankleichen der letzten Jahre befinden sich in dieser Tasche. Anstatt meines Badeanzugs mit

Cut-Outs an den Seiten hat sie mir einen Bikini eingepackt, den ich noch nie gesehen habe. Einen wirklich winzigen Bikini, zumindest sieht das Höschen winzig aus, obwohl meine Größe im Etikett steht. Er ist schwarz und hat ein paar aufgezogene Muscheln an den Neckholderträgern. Eigentlich ist er ganz schön, aber auch wirklich winzig.

Das Teil wird nur noch von der Wäscheauswahl übertrumpft, die sie ausgesucht hat. Natürlich besitze ich schöne Wäsche, auch wenn sie ohnehin niemand sieht. In meinem Kopf klammere ich die Nacht nach dem Clubbesuch mit Giulio gekonnt aus. Allerdings trage ich meistens schlichte Basic-BHs und -Slips. Für Oksana muss das ein Unding sein, denn sie hat sämtliche Spitzenteile und Strings in die Reisetasche geworfen, die ich besitze.

Ich ziehe den Bikini an und drehe mich mit meinem Rücken zum Spiegel, um meine halb entblößten Pobacken zu betrachten. Das ist wirklich unlustig, aber ich bin am Meer und will heute wenigstens noch in den Pool gehen und die restliche Sonne mit meinen Freundinnen genießen, also ergebe ich mich meiner Situation und gehe nach unten.

„Wow, wow, wow", ruft Keela mir aus dem Pool zu. „Wer hat es denn da noch zu uns geschafft?"

Oksana grinst mich wissend an. „Steht dir echt gut."

„Mit dir spreche ich noch", sage ich in drohendem Ton. „Was hast du dir nur dabei gedacht?"

„Emilia hat mir von Giulio ausgerichtet, dass ich dir Badesachen einpacken soll", sagt sie betont unschuldig.

„Und wieso hast du nicht einen meiner Badeanzüge genommen? Es ist ja nicht so, als besäße ich keine Badesachen."

„Deine Badeanzüge sehen aus, als wären sie von unserer Mutter, und du willst an deinem achtzehnten Geburtstag doch nicht aussehen wie eine alte Frau." Sie reicht mir ein Glas Champagner.

„Ich bin locker und bestimmt keine alte Frau. Unsere Mutter ist übrigens gerade mal vierzig. Es muss nur nicht jeder meinen Hintern sehen."

Oksana beugt sich ein Stück zu mir herüber und nickt in Richtung Terrasse. „Ihm gefällt es."

Ich folge ihrem Blick und bleibe an Giulio hängen, der auf der Terrasse steht, eine Zigarette raucht und die Szene am Pool beobachtet. Seine Blicke brennen sich in meine nackte Haut. „Seit wann interessiert dich, was ihm gefällt?"

Sie zuckt mit den Schultern. „Seit er dieses Wochenende am Strand geplant hat und ich mich fernab von unseren Eltern mit Emilia und Sloan vergnügen kann?"

„Bitteschön!" Oksanas Naivität kommentiere ich nicht weiter. Es wird vorläufig ihre einzige Gelegenheit bleiben, über die Stränge zu schlagen, und ich will keine Spielverderberin sein. Ich nippe an meinem Champagner und vermeide es bewusst, zur Terrasse hinüberzusehen. Ohne Giulio zu sehen, spüre ich trotzdem seinen Blick auf mir, der meine Haut zum Kribbeln bringt. Wieso kann ich das denn spüren? Und wieso fühlt es sich so verboten gut an?

Den restlichen Nachmittag verbringe ich mit meinen Freundinnen am Pool. Irgendwann gesellt sich sogar Liliana zu uns, um mit uns zu trinken und sich notgedrungen zu unterhalten. Lili spricht nicht viel, aber was sie sagt, ist niemals oberflächliches Geplänkel. Obwohl wir zusammen in eine Stufe gehen, haben wir uns nie viel unterhalten. Doch jetzt merke ich, dass ich sie auch ohne viel Gerede möglicherweise sehr gern haben könnte.

Am frühen Abend gehen wir alle kurz auf unsere Zimmer, um uns von den Sonnencremeresten zu befreien und uns umzuziehen. Als ich im Untergeschoss ankomme, fährt gerade ein Caterer vom Hof, der ein kleines Buffet für den Abend gebracht hat. Giulio hat wirklich an alles gedacht. Wir essen gemeinsam auf der Terrasse. Die Tafel ist so lang, dass sogar alle Bodyguards Platz finden und nur in Minimalbesetzung im Wechsel das Haus bewacht wird. Insgesamt sind wir fast dreißig Personen, die hier zusammenkommen.

Nachdem jeder gegessen hat, wird die Musik wieder lauter gedreht und der Abend verläuft in einem ähnlichen Partymodus, wie die privaten Feiern auch sonst. Niall ist der Erste, der Drogen auf den Tisch legt und sich voller Zufriedenheit einen Joint ansteckt.

Die Männer beginnen eine Pokerrunde, bei der auch Leonardo und Callan mit einsteigen und einige Geldscheine in die Mitte werfen. Keela mixt uns Cocktails, und pünktlich gegen Mitternacht bin ich gut angeheitert. Als mein Geburtstag näher rückt, stellt Keela sich auf einen Tisch, um auch wirklich jeden wissen zu lassen, dass es gleich so weit ist und alle mit mir anstoßen müssen. Nach und nach werden die Gläser mit Champagner gefüllt, bis alle rückwärts von zehn runterzählen, wie an Silvester, um dann zu applaudieren und anschließend Happy Birthday für mich zu singen.

„Herzlichen Glückwunsch." Giulio setzt sich zu mir, als die Gratulanten sich lichten.

„Danke." Ich deute auf die Terrasse und die vielen lachenden Menschen. „Für das alles hier. Das bedeutet mir unglaublich viel."

Er nickt und trinkt dann ein Schluck seines italienischen Bieres. „Gern geschehen."

Eine Zeit lang sitzen wir einfach schweigend nebeneinander auf einer der Liegen am Pool, während alle anderen wieder voll in ihr Partytreiben einsteigen. Ich beobachte Oksana, die mit Sloan und Emilia tanzt und sich lachend im Kreis dreht.

„Möchtest du dein Geschenk haben?“

Ich deute auf die feiernden Menschen. „Ist das hier nicht schon mein Geschenk?“

„Nein, ist es nicht.“ Er reicht mir seine Hand, und ich folge ihm durch das Haus, bis wir wieder im Foyer sind. Dort deutet er auf die Tür zum Hof. „Öffne sie.“

Einige Laternen beleuchten die Auffahrt zum Haus, und neben einem der parkenden Wagen kann ich im schwachen Licht zwei Personen erkennen. Die kleinere Person tritt zögerlich aus dem Schatten, doch als sie mich sieht, werden ihre Schritte schneller und sie rennt auf mich zu. „Ekaterina? Gott, Ekat. Du bist es!“

Tränen steigen in meine Augen, als ich die vertraute Stimme erkenne. „Natascha?“ Ich laufe auf sie zu, und wir fallen uns in die Arme. Ihr seit meiner Kindheit vertrauter Duft steigt mir in die Nase, und ihre hellblonde Mähne kitzelt mein Gesicht. Seit Monaten habe ich mich nicht mehr so gelöst und gut gefühlt wie in diesem Moment. „Tascha, kak dilà?“ Ich weiß genau, dass Giulio hinter mir steht und uns zuhört, und ich will nicht, dass Natascha sich unter Druck gesetzt fühlt, mir etwas Falsches zu antworten.

„Es geht ihr hervorragend“, antwortet Giulio hinter mir auf Englisch. Ich wusste nicht, dass er zumindest ein bisschen Russisch sprechen kann.

Ich ziehe Natascha mit mir zusammen ins Wohnzimmer. Als Keela, Emilia und Oksana uns sehen, stürmen sie ebenso auf unsere Freundin zu und umarmen sie, als gäbe es gerade nichts anderes mehr auf der Welt. Uns ist es egal, was ihr Vater Pjotr oder ihr Bruder Aleks getan haben. Natascha ist unsere Freundin und keine Verräterin.

„Wo warst du die letzten Monate?“, frage ich sie.

Und dann erzählt Natascha uns die ganze Geschichte, während wir gespannt zuhören. Die Romanos haben sie und ihre Mutter zusammen mit den anderen Frauen der Iwanows festgenommen und vom Winterball geschafft, bevor Pjotr und Aleks getötet wurden. Sie wurden mehrere Tage befragt, aber nicht gefoltert. Ihre Aussagen ergaben zusammen mit den Dokumenten, die im Haus der Iwanows gefunden wurden, dass die beiden die Wahrheit sagten und nichts von dem Verrat gewusst haben. Danach wurden sie trotzdem aus der Stadt gebracht und leben seitdem untergetaucht in einer abgelegenen Wohnung in der Nähe von Las Vegas, wo die Romanos ebenfalls eine der führenden Familien sind. Sie werden zwar bewacht und dürfen sich allein nicht außerhalb ihrer Wohnung bewegen, aber ansonsten geht es ihnen gut.

Als es ruhiger um uns wird, greift sie meine Hand und drückt sie liebevoll. „Ich weiß, dass du jetzt mit Giulio zusammen bist. Sie haben uns diesbezüglich auf dem Laufenden gehalten."

„Ich bin nicht so mit ihm zusammen." Es bereitet mir ein schlechtes Gefühl, wenn sie denkt, dass ich ihren Bruder vergessen habe und nicht mehr um ihn trauere. „Ich habe immer noch seinen Ring. Ich denke jeden Tag an ihn."

„Es stand außer Frage, dass du nach Aleks' Tod nicht anderweitig versprochen wirst. Dafür bist du eine zu große Sicherheit und dein Vater macht zu gerne Geschäfte, aber sie hätten dich nicht für seinen Fehler zahlen lassen dürfen. Ausgerechnet Giulio."

„Deine Worte bedeuten mir viel, Tascha." Ich bin dankbar, dass sie mir nicht böse ist, obwohl ich für die Situation nichts kann.

Sie beäugt Giulio, der in der Runde mit den anderen sitzt und pokert. „Dass er mich hergeholt hat, hat er nur für dich getan. Ich frage mich, wieso er etwas für dich tut? All das hier, wofür?"

Ich folge ihrem Blick. Obwohl es sich so anfühlt, als würde er all das wirklich für mich tun, als würde ihm mein Glück etwas bedeuten, darf ich nicht vergessen, dass Giulio nichts aus Freundlichkeit tut. Freundlichkeit ist für ihn eine unbekannte menschliche Regung. So viel mir diese Geburtstagsparty bedeutet, so handelt es sich doch nur um einen seiner Versuche, mich kooperativer zu stimmen. Es ist nichts als das friedliche Trugbild, bevor das Monster mich mit sich in die Tiefe zieht. „Es ist mein Geburtstag, und er war es mir schuldig, denke ich. Wir hatten eine Vereinbarung, was dich angeht."

Wir unterhalten uns noch eine ganze Weile, bis die Party sich gegen drei in der Früh nach und nach auflöst und am Ende nur noch die Männer in ihrer Pokerrunde beisammensitzen.

KAPITEL SECHZEHN

EKATERINA

Ich liege in meinem Bett und lausche dem Meeresrauschen. Ich kann es immer noch nicht fassen, dass nur zwei Räume weiter meine beste Freundin aus Kindheitstagen liegt und friedlich schläft. Dass es ihr gut geht. Dass sie und ihre Mutter kein Leid erfahren haben. Und dass Giulio sie wirklich für das Wochenende hierhergebracht hat, damit sie meinen achtzehnten Geburtstag mit mir feiern kann. Dank Natascha ist es ein wunderbarer Start in mein neues Lebensjahr, das doch eigentlich das schlimmste überhaupt für mich zu werden verspricht.

Ich hatte mit einigem gerechnet. Ich hatte nicht angenommen, dass Giulio meinen Geburtstag komplett ignorieren oder gar vergessen würde, aber ich dachte, er lässt mir vielleicht einen Strauß Rosen zukommen oder Schmuck, so wie an Weihnachten. Ich dachte, dass er mich zum Essen ausführen würde. Mit vielem habe ich gerechnet, aber nicht damit. Nicht mit diesem Wochenende in den Hamptons und dass er all meine – unsere – Freunde mit hierherbringt. Und ganz bestimmt nicht mit Natascha.

Mein Handy surrt leise. Es ist Giulio, der fragt, ob ich noch wach bin. Nachdem Natascha angekommen ist, habe ich kaum noch ein Wort mit ihm gewechselt. Ich hatte das Gefühl, dass er sauer war, weil ich sie auf Russisch nach ihrem Befinden gefragt habe. Keine Sekunde nach meiner Antwort betritt er, ohne anzuklopfen, mein Zimmer. „Dass ich noch wach bin ist nicht gleichbedeutend damit, dass du einfach so reinkommen kannst." Er sagt nichts dazu. Stattdessen setzt er sich auf den Rand des Bettes. Er trägt immer noch die schwarze Jeans von der Party, hat aber sein graues Hemd gegen ein schwarzes Shirt getauscht und die dunklen Segelschuhe ausgezogen. Barfuß schleicht man sich bestimmt auch besser in das Schlafzimmer einer Frau. „Das ist nicht witzig, Giulio. Du solltest nicht hier sein."

„Und doch bin ich es." Er betrachtet meine Haare, die sich wild auf dem Kopfkissen ausbreiten, mein Gesicht und gleitet dann über meine nackten Schultern zu meiner Brust, die sich heftig hebt und senkt. Zu behaupten, ich wäre nicht aufgeregt, käme einer glatten Lüge gleich. Ich bin aufgeregt und zu meinem Entsetzen sogar irgendwie erregt darüber, dass Giulio hier allein in meinem Zimmer ist. Es ist wie in dem Traum, der mich jetzt schon seit Wochen verfolgt und mir nachts kaum eine ruhige Minute lässt. Dennoch ist es furchtbar falsch.

„Spiel deine Spielchen nicht mit mir, denn ich weiß, dass es eines ist. All das hier und dass du Tascha hergeholt hast, ist nur ein weiterer Versuch, mich zu manipulieren."

Er lacht leise, greift nach einer meiner Strähnen und wickelt sie sich um den Finger, bevor er die Locke zurück auf das Kissen legt. „Wieso sollte ich mir die Mühe machen, dich zu manipulieren, Principessa? Ich könnte mir auch einfach nehmen, was ich von dir will. Wir wissen beide, dass ich es am

Ende sowieso bekomme. Wir wissen aber auch beide, dass du es mir bereitwillig geben wirst." Ich hasse es, dass er recht hat. Mit allem. „Darf ich dir jetzt dein Geschenk geben?" Ohne den Blick von mir zu nehmen, zieht er eine kleine Schachtel aus der Hosentasche. „Happy Birthday, noch mal."

„Es ist nicht nötig, dass du mir so viele Geschenke machst."

„Öffne es." Ich richte mich ein wenig auf und greife nach dem Kästchen. Darin liegt eine zarte Kette, deren Anhänger ein einzelner Diamant ist. Sie passt perfekt zu dem Armband von Weihnachten und dem Verlobungsring.

„Sie ist wunderschön, danke." Ich will mir gerade die Haare von den Schultern streifen, um das Schmuckstück umzulegen, als er nach der Kette greift.

„Lass mich das machen." Mein Herz pocht immer schneller, als seine Hände sich meinem nackten Hals nähern. Verdammte Oksana, dass sie auch das knappste Seidenhemdchen einpacken musste. Je näher er kommt, desto stärker werde ich mir meiner Nacktheit bewusst. Er fasst meine Haare zusammen, dreht sie zu einem Zopf und drapiert sie wieder ordentlich auf meiner rechten Schulter. Die zarte Berührung seiner rauen Hände, die sonst Pistolen abfeuern und Kehlen aufschlitzen, die Zähne ausschlagen und sonst was tun, erstaunt mich gleichermaßen, wie sie mich erbeben lässt. Wie können sich die Hände eines Mörders so gut anfühlen? Vorsichtig legt er mir die dünne Kette um den Hals. Nur zu deutlich spüre ich jeden seiner gleichmäßigen Atemzüge auf meiner Haut. Er zeichnet die feinen Kettenglieder nach. „So zerbrechlich", flüstert er. Dann nimmt er den zusammengedrehten Zopf von meiner Schulter und hält meine Haare. Deutlich höre ich, wie er kräftig einatmet.

Er. Tut. Es. Wieder.

Es war keine Einbildung, dass er bei unserem Tanz auf der Verlobungsfeier an meinen Haaren gerochen hat. „So perfekt."

Seine Stimme jagt einen Schauer durch meinen Körper. Es ist falsch. Ich sollte nicht auf diese Weise auf den Mörder meines ehemaligen Verlobten reagieren. Ich sollte nicht vor lauter Erregung dabei erschaudern, wenn der Mann mich berührt, der meine Kindheitsfreundin und ihre Mutter verschleppt hat und seit Monaten gefangen hält. Ich sollte Giulio nicht so sehr wollen.

Ich sollte ihn gar nicht wollen.

Und dennoch tue ich es.

Ich. Will. Mehr. Giulio.

Er atmet noch einmal tief ein, bevor er meine Haare loslässt und sanft über meinen Rücken gleiten lässt. „Ich liebe deine Haare, Principessa. Ich hatte noch nie eine Frau mit solchen Haaren." Mein ganzer Körper zittert. Ich habe mich nicht mehr unter Kontrolle, um noch irgendein Wort dazu zu sagen. Mein Körper bebt, mein Kopf schwirrt und es fühlt sich an, als würde mir jemand eine Wunderkerze zwischen die Beine halten. „Du bist wie eine Droge, Ekaterina. Seit ich dich gekostet habe, will ich immer mehr, dabei bin ich jetzt schon total high von dir."

Seine Lippen berühren meinen Hals, und er küsst mich direkt über der Kette. Die Berührung ist fast schmerzhaft. Schmerzhaft schön. Meine Augen werden feucht, weil meine wirren Gefühle mich zu zerreißen drohen. Ich kann ihn nicht wollen. Ich darf ihn nicht wollen. „Bitte nicht", wimmere ich leise, aber das Monster hat mich längst zu fest gepackt und mit sich in den Abgrund gerissen. Ich will ihn viel zu sehr, als dass ich ihn jetzt unterbrechen könnte. „Bitte geh nicht. Bitte hör nicht auf damit."

Zwei Atemzüge lang ist es totenstill im Zimmer. „Du weißt doch, Monster kennen kein Erbarmen." Dann zieht er mich in seine Arme und nimmt meinen Mund völlig in Besitz. Der

Kuss ist rau und lässt mir keine Chance, mich ihm zu entziehen.

Nicht nur, weil er viel stärker ist.

Nicht nur, weil er ein Romano ist.

Nicht, weil ich den Frieden wahre.

Ich habe keine Chance, weil ein Teil von mir ihn so sehr will, und dieser Teil viel stärker ist.

Seine Hände pressen sich in meine schmale Taille. Kurz ruhen sie auf der Stelle, nur um dann hinunter zu meinen Hüften zu gleiten und mich fest zu greifen. Er drängt mich zurück auf die Matratze. Seine Hände gleiten die Außenseiten meiner Oberschenkel entlang, bevor er mich mit einem festen Ruck rücklings aufs Bett zieht. Giulio beugt sich über mich, und ich öffne meine Beine ein Stück für ihn. Das hier ist das Intensivste, was ich in meinem ganzen Leben erlebt habe. Das hier ist der totale Wahnsinn. „Merda", flucht er in meinen Mund hinein und zieht seine Lippen dann von mir zurück, nur um die Kontur meines Kiefers entlangzuküssen. „Wie soll ich diese Nacht nur überleben, ohne dich zu vögeln?"

„Dann sterben wir wohl zusammen." Wieder frage ich mich, was ich hier eigentlich tue. Ich kann ihm das doch nicht einfach zugestehen, aber gerade jetzt will ich einfach nur, dass er mit all dem nicht aufhört.

„Du darfst so was nicht noch einmal zu mir sagen, hast du das verstanden?" Seine Lippen finden die Stelle, an der Kiefer, Hals und Ohrläppchen sich kreuzen und saugen sanft daran. Ich nicke heftig. „Gut. Ich weiß nämlich nicht, ob ich noch einmal Nein zu dir sagen könnte." Ein Stöhnen entweicht mir, als er seine Lippen weiter herunter über die empfindliche Haut meines Halses gleiten lässt, und ich erschrecke mich selber vor dem Laut, der unaufhaltsam aus meiner Kehle dringt.

Ich habe keine Ahnung, warum er es jetzt nicht einfach tut, wo ich doch mehr als bereitwillig unter ihm liege und uns nur diese paar lächerlichen Stoffschichten voneinander trennen. Er streift mit seinem Daumen über meine Brust, was mir ein kehliges Seufzen entlockt. Meine Nippel drücken sich fest gegen den dünnen Stoff. „Ich habe dir gesagt, dass du mir besser nicht vertrauen sollst. Aber meinst du, heute Nacht könntest du mir doch trauen?" Ich nicke zögerlich. Es fühlt sich gut an, wenn er mich so berührt, und ich will nicht, dass er damit aufhört. Trotzdem mischt sich Unbehagen dazu, weil ich Angst habe, dass er mir wehtun könnte – noch mehr, als er mir sowieso unweigerlich wehtun wird. „Eins noch ..." Er lässt von mir ab, nur um mein Kinn zu umgreifen. „Warst du jemals mit Aleks zusammen?"

Tatsächlich ist er einer der wenigen, die mich bisher nicht danach gefragt haben. „Nein." Keine Sekunde später schiebt Giulio meine Shorts inklusive Slip zur Seite und drückt seine Hand gegen meine Mitte.

Oh. Mein. Gott.

„Ich wusste, dass du das nicht zulassen würdest." Dann lässt er einen Finger in meine Spalte gleiten, und ich bemerke erst jetzt, wie unglaublich feucht ich bin. „Eigentlich wusste ich es, als ich dich damals geküsst habe." Ich bin völlig verwirrt von diesen Empfindungen, die gerade auf mich einprasseln, dass ich total unvorbereitet darauf bin, als Giulio seinen Finger zwischen meinen nassen Lippen zu bewegen beginnt. Ohne es steuern zu können, dränge ich ihm mein Becken entgegen, als er durch meine empfindsamen Falten streicht und sein Finger endlich das kleine Nervenbündel erreicht. Es ist mir peinlich, so intensiv zu reagieren, denn es offenbart und beweist ihm meine ganze Unerfahrenheit. Nur jemand, der noch nie berührt wurde, kann so schnell süchtig werden.

Ich stöhne in seinen Mund, während er wieder und wieder um meine Klitoris kreist, nur um dann Druck darauf auszuüben. Aus meinem Stöhnen werden fast schon Schreie, die einzig durch Giulios Lippen erstickt werden. Als er dann leicht in meinen Kitzler hineinkneift, explodiert das Feuer, das sich die ganze Zeit langsam in mir ausgebreitet hat, schlagartig und schießt mir vom Bauch aus durch den ganzen Körper. Es ist viel zu viel, als Giulio mir meinen allerersten Orgasmus schenkt und ich nicht weiß, ob ich das auch nur eine Sekunde länger aushalten kann oder einfach noch viel mehr davon brauche. Er öffnet seinen Mund und leckt meine Feuchtigkeit von seinen Fingern. „Ich kann es nicht erwarten, dich richtig zu probieren."

Ich sterbe. Hat er das wirklich gesagt?

Nichts in dieser Welt ist umsonst, das weiß ich. Bei jemandem wie Giulio schon gar nicht. „Was passiert jetzt?", frage ich mit zittriger Stimme. Giulio zieht fragend eine seiner Brauen hoch. „Was ist mit dir?", traue ich mich zu fragen.

„Ich? Ich muss mich nach dem hier erst einmal wieder unter Kontrolle bringen." Ich erwarte eigentlich, dass er direkt aus dem Zimmer stürmt, nachdem er mit mir fertig ist. Stattdessen streift er sich die Jeans von den Beinen, hebt meine Decke an und legt sich zu mir. „Es kostet mich wirklich all meine Beherrschung, so mit dir zusammen zu sein … aber es lohnt sich."

Er will das kleine Licht auf meinem Nachttisch ausknipsen. „Bitte lass es an." Er fragt nicht nach meiner Angst. Er kann es sich denken. Stattdessen zieht er mich näher zu sich heran. Seine Arme schlingen sich um mich, und er hält mich in seiner Umarmung gefangen. Nur, dass es sich gar nicht so danach anfühlt, als würde er mich gefangen halten. Es fühlt sich gut an, und obwohl ich vorhin zum ersten Mal mit einem Mann das gemacht habe, was man wohl als Austausch von Intimitäten bezeichnen kann, fühlt sich das hier um einiges intimer an.

Es fühlt sich geborgen und sicher an.

Es fühlt sich so an, als sollte es genauso sein.

Und so schlafe ich das erste Mal in den Armen von Aleks' Mörder.

KAPITEL SIEBZEHN

EKATERINA

Als ich am nächsten Morgen meine Augen aufschlage, dröhnt mein Kopf fürchterlich. Das Bett neben mir ist leer, und kurz denke ich, dass das einer meiner Giulio-Träume gewesen ist. Doch dann greife ich an meinen Hals und spüre die feinen Glieder meiner neuen Kette, und ich kann nicht anders als dümmlich grinsen.

Ich sollte schreien. Ich sollte toben vor Wut – vor Wut auf mich selbst, weil ich es zugelassen habe, mit dem Mörder von Aleks diese Dinge zu tun, und vor Wut auf Giulio, weil er mich mit all diesen Dingen hier so überrumpelt hat und es bestimmt nur ein weiterer seiner Versuche ist, mich zu manipulieren und in Sicherheit zu wiegen. Ich sollte weinen und heulen und dabei hyperventilieren, weil mein Körper in Giulios Händen zu Wachs wird, weil er es schafft, dass ich mich ihm und seinen Berührungen komplett ausliefere – nein, mich ihm sogar freiwillig anbiete und ihn anflehe, mich zu berühren. Ich sollte depressiv in der Ecke sitzen, äußerlich verwahrlost, weil die Schuldgefühle und das schlechte Gewissen mich innerlich auffressen und ich keinen klaren Gedanken mehr fassen kann, außer mir der Schuld bewusst zu sein, mich Aleks Mörder hingegeben zu haben. Mein Kopf sagt mir, dass es mir jetzt genauso gehen sollte und ich all diese bestialischen Gefühle empfinden müsste.

Doch nichts davon tue ich.

Stattdessen sitze ich in meinem Bett, streiche mit den Fingern die feinen Glieder der Kette nach und schwelge dümmlich grinsend in Erinnerungen an die letzte Nacht. Wenn ich meine Lippen berühre, kann ich seine immer noch auf mir fühlen. Ich kann Giulios Aroma immer noch auf meiner Zunge schmecken, und das Schlimmste ist, dass ich die Nachwehen seiner geschickten Finger immer noch spüren kann. Giulio hat mich komplett für diese Welt verdorben. Er hat mich damals mit seinem Kuss verdorben und heute Nacht den Rest.

Ich würde es gerne darauf schieben, dass ich jetzt erwachsen bin und deswegen bereitwillig all diese Dinge und noch so viel mehr mit ihm machen will, die während meiner Zeit mit Aleks undenkbar für mich waren. Es wäre so einfach, es nur darauf zu schieben und alles andere zu ignorieren. Es wäre noch einfacher zu sagen, dass ich keine Wahl habe, weil es beschlossen ist. Weil es sowieso passiert und weil man Giulio nicht widersprechen darf. Aber auch all das wäre gelogen. Es sind Lügen, weil ich Giulio wirklich will.

So widersprüchlich und wahnsinnig es auch sein mag, aber ich will diesen Mann, vor dem ich nach wie vor oft genug so viel Angst habe, dass ich mich am liebsten unter meinem Bett verstecken würde und der mir meinen engsten Vertrauten genommen hat. Ich will ein Monster. So abstoßend Giulio auch auf meinen Kopf wirken mag, umso anziehender wirkt er leider auf meinen Körper.

Voller widersprüchlicher Emotionen verlasse ich gegen Vormittag endlich mein Bett und nehme eine warme Dusche. Nachdem ich wieder halbwegs wie ein Mensch aussehe und mich in eine der Shorts gequetscht habe, die ich zuletzt mit vierzehn getragen habe, mache ich mich auf den Weg nach unten. Das Haus sieht nicht halb so schlimm aus, wie ich erwartet habe und das liegt nicht daran, dass sich schon jemand ans Aufräumen gemacht hätte. Der Abend lief einfach verhältnismäßig gesittet ab. Trotzdem stehen die Tische im Haus mit Gläsern, Aschenbechern, leeren Chipstüten und mit irgendwelchem anderen Müll voll. Neben mir sind natürlich schon einige der Bodyguards wach, die heute Morgen Dienst haben. Jeder von ihnen grüßt mich freundlich, und ich kenne sie auch alle mit Vornamen. Hier sind wirklich nur die engsten und vertrautesten Soldaten aller Anwesenden dabei. Ich betrete die großzügige weiße Küche, die im Landhausstil gehalten ist. Gott sei Dank gibt es neben einer kostspielig aussehenden italienischen Kaffeemaschine einen großen Vollautomaten, in dem man direkt vier Liter durchbrühen kann. Dann fange ich an, den Terrassentisch von den Spielkarten und den sonstigen Überresten der Feier zu befreien und ihn danach gründlich abzuwischen. Nichts ist nach einer guten Party schlimmer als klebrige Cocktailreste oder Koksspuren zum Frühstück, und auf Personal verzichten wir an einem Wochenende wie diesem nur zu gerne.

„Meine Güte, dass du morgens schon so fit bist, ist ein wahres Wunder", sagt Keela laut gähnend, als sie ins Freie tritt und sich die Hand über die Augen hält, um den Sonnenstrahlen zu entkommen. Sie sieht ziemlich ramponiert und noch chaotischer als sonst aus. „Gott, ist das hell hier!"

„Ich habe ja auch nur getrunken." Ich weiß genau, dass Keela auf Partys gerne kokst oder anderes Zeug ausprobiert. „Du siehst aus, als hättest du die ganze Nacht durchgemacht."

„Frag lieber nicht. Ich brauche wirklich dringend Koffein und Nikotin."

„Kaffee läuft in der Küche durch."

„Wirklich? Dich schickt der Himmel, Geburtstagskind."

Ich setze mich auf die Terrasse. In den Hamptons kann man die sommerlichen Temperaturen viel besser ertragen als in der stickigen Stadt. Die Sonne wärmt mein Gesicht, und vor lauter Wonne seufze ich laut.

„Ich will dich viel öfter so hören, Principessa", flüstert Giulio mir plötzlich zu, und ich sterbe wirklich tausend Tode, weil ich ihn nicht habe kommen hören. „Nicht erschrecken."

Giulio tritt vor mich. Er trägt Sportschuhe, eine kurze Trainingshose und ein locker sitzendes, schwarzes T-Shirt. Er fährt sich durch seine leicht verschwitzten Haare, die ihm wie so oft ins Gesicht fallen.

Wie kann eine verschwitzte Person nur so unwiderstehlich sein?

Ich hasse Sport.

Ich hasse Schweiß.

Und Giulio sieht aus wie ein Model, das soeben einem Werbespott für einen Sporthersteller entsprungen ist.

„Du bist zu langsam", ruft er Leonardo zu. „Wenn du den Job bei Ekaterina behalten willst, erwarte ich mehr Körpereinsatz – auch nach Partys."

„Nicht mein Tag heute, aber ab abends bin ich wieder fit, Boss." Die beiden gehen ziemlich freundschaftlich miteinander um. Ich finde das gut. Freundschaften sind viel zu selten in unserer Welt.

Keela kommt zusammen mit Natascha auf die Terrasse, die starr an Giulio vorbeigeht. Wie sollte sie auch anders? Die beiden setzen sich zu mir und haben mir eine Tasse Kaffee mitgebracht. Giulios Blick gleitet kurz über uns, und als ich gerade denke, dass er irgendetwas sagen wird, folgt er Leonardo einfach ins Haus.

Nach einem sehr späten Frühstück sind die meisten von uns im Urlaubsmodus und vergnügen sich im Pool. Nachdem der ein oder andere seinen Rausch ausgeschlafen hat, werden gegen Nachmittag wieder die ersten alkoholischen Getränke aus dem Kühlschrank geholt.

Den restlichen Nachmittag verbringe ich mit Keela und Natascha. Wir kapseln uns ein bisschen von Oksana und Emilia ab und gehen zum Meer. Natürlich dicht gefolgt von Leonardo, Callan und Maksym. Gegen Abend fährt wieder die gleiche Cateringfirma wie gestern vor und bringt uns erneut italienische Spezialitäten sowie einige Kisten mit Einkäufen für das Frühstück am nächsten Morgen.

Nach dem Abendessen holt Niall mehrere Tütchen aus seinem Zimmer und zieht sich noch neben seinem schmutzigen Teller eine Line. Sergej sitzt neben ihm, und als Niall etwas weißes Pulver vor meinem Bruder ausschüttet und Sergej einen Geldschein aus seiner Hosentasche zieht, bin ich mir sicher, dass die Party heute weitaus mehr Spuren hinterlassen wird als nur einen kleinen Kater.

Eine Stunde später ist meine kleine Schwester angetrunken und total bekifft. Sergej hat durch das Koks seine Rolle als Oberaufpasser schleifen lassen, weswegen Oksana es mit Emilia und Sloan übertrieben hat. Als wären die beiden Mädchen nicht schon experimentierfreudig genug, muss Sloan natürlich noch einen Superjoint bauen. Heute feiern viele der Soldaten mit, die gestern Dienst hatten. Da hier ein Männerüberschuss herrscht, sitzen die meisten an der langen Tafel auf der Terrasse und betrinken sich, während Natascha, Keela, Liliana und ich zu tanzen anfangen. Liliana winkt uns irgendwann zur Seite und präsentiert vier kleine Pillen.

„Blyad, was ist das?“, fragt Natascha skeptisch.

„Ich habe sie aus Lucas Vorrat genommen."

Ein Kribbeln überzieht meine Haut. Ich weiß nicht, ob das gut oder schlecht ist.

„Na, was soll's! In Vegas bin ich ohnehin wieder mit meiner Mutter gefangen und langweile mich zu Tode." Natascha greift sich eine von den Pillen.

Keela zuckt mit den Schultern. „Bin dabei, Mädels."

Ich bin skeptisch, nehme mir aber trotzdem auch eine der Pillen. Sergej ist selbst so dermaßen high, dass er ohnehin nichts mehr mitbekommt. Er verzockt mit Niall und einigen Soldaten bündelweise Bargeld beim Pokern.

Liliana spült die Pille mit Champagner herunter, bevor sie die Flasche an Natascha weiterreicht, die es ihr gleichtut. Keela schluckt ohne zu zögern die Droge, bevor sie mir den Champagner reicht und sich alle Augen auf mich richten.

Ich habe noch nie etwas Härteres als einen Joint probiert. Ich finde den Gedanken unbehaglich, nicht mehr Herrin meiner Sinne zu sein. Andererseits ist es vielleicht genau das, was ich heute brauche.

Nur einmal loslassen.

Nur einmal schweben.

Nur noch einmal richtig leben.

Gerade als die ersten Tropfen den Weg in meinen Mund finden, reißt Giulio mir die Flasche aus der Hand, wirbelt mich herum und presst vor allen Anwesenden seine Lippen auf meine. Mit seiner Zunge schiebt er die Tablette aus meinem Mund, bevor er von mir ablässt und das Gemisch in eines der leeren Gläser spuckt. „Tanzt weiter und glotzt nicht!", zischt er seine Schwester und meine Freundinnen an, bevor er meinen Arm greift und mich hinter sich herzieht.

„Du tust mir weh!"

„Gut. Dummheit sollte grundsätzlich wehtun." Er bringt mich in sein Zimmer. Heilige Scheiße.

Giulio versperrt die Tür hinter uns und schiebt mich in die Mitte des Raumes, der deutlich größer ist als das Zimmer, das ich hier bewohne. Er baut sich bedrohlich vor mir auf. „Du solltest dir von meiner Schwester und auch von sonst niemandem beschissene Tabletten andrehen lassen!"

„Bei den anderen hat es dich nicht gestört."

„Du gehörst aber nicht mehr zu den anderen. Du gehörst mir! Dein Kopf sollte halbwegs bei klarem Verstand bleiben. Ich will keine Vollidiotin heiraten." Mir ist schon öfter aufgefallen, dass er nur halb so viel trinkt wie die anderen. Oft trinkt er auf Partys sogar einfach nur einen Espresso. Ich habe ihn noch nie richtig betrunken gesehen. Seine Brust hebt und senkt sich heftig, „Ich will nicht, dass du dich nicht mehr im Griff hast. Dass ich dich nicht mehr im Griff habe."

Er ist wirklich wütend. Nicht so wie sonst, wenn meine Tränen ihn nerven und er die Augen verdreht. Nicht so, dass er mich schroff anfährt und es dann dabei belässt, sondern er ist wirklich wütend. Und obwohl meine Tränen ihn nerven und garantiert noch wütender machen, kann ich sie doch nicht aufhalten, während sie sich den Weg in meine Augenwinkel bahnen. Seine Hände schließen sich starr um meine Arme. „Du tust mir weh. Quäl mich nicht, bitte."

Er lacht. „Ekaterina, du hast nicht die geringste Ahnung, wenn du von Qualen sprichst." Mit einer fließenden Bewegung dreht er mich um und drückt mich bäuchlings auf sein Bett. „Vielleicht sollte ich dich quälen, so wie du mich seit Jahren quälst."

Ich habe keine Ahnung, wovon er spricht. Ich habe Giulio all die Jahre gemieden. Wie kann ich ihn gequält haben? „Ich habe dir nie etwas getan und ..." Ich erstarre, als er mein Kleid hochschiebt und den Spitzenslip fest hochzieht.

„Glaub mir, du hast genug getan." Noch bevor ich mir über den ganzen Ernst der Lage bewusstwerde, prallt seine flache

Hand auf meine entblößte Pobacke. Erschrocken schreie ich auf, woraufhin er mich direkt noch mal auf die gleiche Stelle schlägt. „Und damit du zumindest verinnerlichst, dass es für dich ab jetzt nur noch eine Möglichkeit gibt, um loszulassen, tue ich jetzt etwas." Es ist kein Schmerz, der sich durch meinen Körper frisst und all das so unangenehm macht, denn Giulio tut mir nicht richtig weh. Es ist die Scham darüber, dass ich so etwas Dummes tun wollte, obwohl ich doch nie Dummheiten begangen habe. Es ist die Scham darüber, dass Giulio mich dafür bestraft. Und all das könnte erst der Anfang einer viel größeren Bestrafung sein, von der ich seit gestern geglaubt habe, ihr entgehen zu können.

„Bitte nicht!" Die längst verdrängten Bilder aus meinen Albträumen fluten wieder meine Gedanken. „Bitte nicht so, Giulio. Ich weiß, dass es nicht so sein muss. Ich weiß, dass du nicht so sein musst." Er schlingt meine Haare um seine Faust, zieht mich nach oben und wirft mich auf den Rücken. Meine Wangen sind nass von den vielen Tränen. „Ich habe Angst."

Sein Oberkörper bebt bei jedem Atemzug, und seine Augen sind tiefschwarz wie die Nacht. „Scheiße!" Er fährt sich mit der Hand durch die Haare. „Tu das nie wieder!"

„Ich verspreche es. Ich muss nicht vor mir fliehen und mich betäuben Es war eine dumme Idee, dem überhaupt zuzustimmen. Es wird nie wieder vorkommen, versprochen."

Seine Atmung wird ruhiger, als er langsam vor mir auf die Knie sinkt. Vorsichtig wischt er mit seinem Daumen die Tränen aus meinem Gesicht. „Ich will nicht, dass du dich vor mir fürchtest. Ich will dir auch nicht wehtun – nicht so, wie du denkst. Du musst nur verstehen, dass du ab jetzt nur noch mit mir zusammen die Welt da draußen vergessen kannst. Ich bin vielleicht das größte Monster von allen, ich bin sogar sehr vieles und nichts davon ist gut, aber ich bin nicht dein verdammter Feind."

„Ich verstehe es nicht, Giulio." Wieso sollte ich ihn gequält haben? Wieso will er mir nicht wehtun, mir keine Angst einjagen und tut es dennoch? Und wieso wünsche ich mir den Giulio von gestern Nacht auch jetzt noch, nachdem er mich gedemütigt hat?

KAPITEL ACHTZEHN

EKATERINA

Es fühlt sich komisch an, ihn so vor mir auf dem Boden zu sehen. Normalerweise gehen die anderen vor Giulio auf die Knie und betteln um ihr Leben, und nun hockt ausgerechnet er vor mir. Er packt mein Fußgelenk, zieht meine Heels ab und küsst dabei jeweils den Knöchel auf der Innenseite. Die sanfte Berührung steht im totalen Kontrast zu dem, was sich bis vor wenigen Minuten noch hier abgespielt hat.

„Dann lass es mich dir zeigen, Principessa." Er zieht mein Kleid nach oben und streift es mir ab. Dann drückt er meine Schenkel etwas weiter auseinander und küsst mich nah dem Rand meines Slips, bevor er hinter mich greift und den Verschluss meines BHs mit einer Hand öffnet. O Gott, mich hat noch nie ein Mann oben ohne gesehen, doch er scheint mit meinen Brüsten mehr als zufrieden zu sein, denn ein leises Knurren entspringt seiner Kehle.

Mir stockt der Atem, als er sich das Hemd abstreift und ich seinen Oberkörper sehe. Wie oft in den letzten Monaten war das der Stoff meiner Träume, doch nichts von dem, was meine

Fantasie sich zusammengesponnen hat, kommt auch nur ansatzweise an die Realität heran. Giulio sieht aus, als hätte ihn ein italienischer Bildhauer in feinsten Marmor gemeißelt. Seine Haut ist von der Sonne gebräunt und spannt sich straff über seinen durchtrainierten Oberkörper. Die Tätowierung auf seinem Oberarm zeigt das Familiensymbol der Romanos, das doppeltgespiegelte R. Einige feine Narben schimmern silbrig-weiß auf seiner gebräunten Haut und ziehen sich wie zarte Spinnweben über seinen Oberkörper. All das sollte mich abschrecken, ganz besonders, nachdem er mir gerade den Po versohlt hat, als wäre ich ein ungezogenes Kind. Nachdem er mich gedemütigt und mir dieses Wochenende doch noch sein wahres Naturell offenbart hat. Doch das tut es nicht. Ich kann nicht anders als vorsichtig über die weiche Haut seines Bizeps zu streicheln. Nie hätte ich gedacht, dass er sich so anfühlt. Dass ein Monster sich so anfühlt. „Sie ist viel zarter, als ich erwartet hätte." Gott – habe ich das wirklich laut gesagt?

Ein Lächeln huscht über seine Lippen. „Dachtest du, ich sei aus Stein gemacht?"

„Nein, aber vielleicht aus Albträumen."

„Ich bin ein Albtraum, Ekaterina. Aber ich will nicht zu deinem werden."

„Wieso hast du mich dann geschlagen?"

„Weil ich dich so sehr will. Ich will dich so sehr, dass es wehtut. Ich will so sehr, dass du mit jeder Faser mir gehörst." Seine Lippen gleiten über meinen Kiefer, verweilen auf dieser kleinen Stelle unter meinem Ohrläppchen und wandern dann weiter über meinen Hals. „Aber ich verspreche dir etwas, Principessa. Trotz allem, was hier gerade passiert ist, werde ich dir nicht noch einmal wehtun, nicht so, dass du Angst vor mir hast. Und ich verspreche dir, dass ich dir deine Unschuld nicht mit Gewalt nehmen werde." Die Bilder meiner

Albträume verblassen wieder. Ich vertraue Giulio nicht, aber ich glaube ihm.

Erleichtert atme ich aus. „Danke." Ich lege meine Hände auf seine Schultern und fahre die Konturen nach. Das Gefühl, ihn Haut an Haut auf mir zu spüren, ist überwältigend. Ich weiß nicht, was ich erwartet hatte, aber nicht das. Nicht, dass er sich so perfekt auf mir anfühlt. Nicht, dass ich ihn überall berühren und schmecken wollen würde.

„Bedank dich nie für ein Geschäft, das noch nicht abgeschlossen ist." Er zwinkert mir zu, bevor er meinen Körper abwärts gleitet. Als er meine Nippel zwischen seine Lippen saugt und seine Zunge immer wieder die empfindlichen Spitzen leckt, zergehe ich regelrecht unter seinen Berührungen, wobei ein leises Stöhnen meine Kehle verlässt. „Ich will so sehr, dass du vor Lust für mich schreist, Principessa." Dann küsst er sich langsam von meinen Brüsten abwärts, bis er das Bündchen meines Slips erreicht. „Sie sind alle so dermaßen drauf, dass sie dich nicht hören werden. Trotzdem werde ich dich heute ein bisschen zurückhalten müssen, nur für den Fall."

Ich realisiere gar nicht den Sinn seiner Worte, als er auch schon grob mein Höschen von meinem Körper reißt. Er umklammert meine Fußgelenke, zieht mich mit einem festen Ruck auf den Rand des Bettes und stellt meine Füße darauf ab. „Giulio, was ..."

Ich weiß nicht, wie ich mir es vorgestellt hatte, wenn mich jemand leckt. Ich bin ohnehin nicht davon ausgegangen, dass Giulio das mit mir machen würde. Dass er überhaupt daran interessiert wäre, ob es mir mit ihm gefällt. Ob ich komme und was ich fühle. Egal, was ich dachte, es war einiges, aber in meiner Vorstellung war es bestimmt nie so.

Als er seine Zunge zwischen meine feuchten Falten schiebt, sehe ich nur noch Sterne – viel mehr Sterne, als ich in den klarsten Nächten am Himmel gesehen habe. Ich kann nicht mehr sprechen und auch sonst keinen vernünftigen Gedanken mehr fassen. Giulio lässt seine warme Zunge immer wieder durch meine Spalte gleiten und verteilt meine eigene Feuchtigkeit, die, spätestens seit er sich ausgezogen hat und all meine unanständigen Träume wahr wurden, aus mir herausläuft. Dann widmet er sich endlich meiner Klitoris und saugt daran und ohne, dass ich es noch steuern könnte, entfährt meiner Kehle ein spitzer Schrei.

Er lässt kurz von mir ab und sieht mich an. „Leiser, Principessa." Er leckt in einem trägen Tempo über meine Klitoris, während ich mir mit meinem Handrücken den Mund zuhalte und versuche, meine Lustschreie zu unterbinden. „Ich sterbe wirklich, weil ich dich nicht vögeln darf, Ekaterina. Aber ich will, dass du kommst."

„Hör nicht auf." Wenn er jetzt aufhört, glaube ich wirklich, dass ich ernsthaft krank werde. Als meine Beine sich verkrampfen und ich dem Höhepunkt immer näherkomme, spüre ich einen leichten Druck gegen meinen Eingang. Es tut nicht weh oder ist unangenehm, als Giulio einen Finger in mich hineinschiebt, aber es ist einfach ungewohnt. Als er ihn zusätzlich zu seiner Zunge bewegt, ist mir ohnehin jede Konsequenz egal.

Das. Ist. Absolut. Fantastisch.

Wenn ich immer dachte, dass er meine personifizierte Hölle ist, dann will ich niemals in den Himmel kommen, denn das, was er da mit mir macht, ist einfach nur göttlich. Meine inneren Muskeln ziehen sich immer wieder um den Eindringling in meinem bebenden Körper zusammen. Am liebsten will ich schreien und stöhnen und seinen Namen rufen, aber all das versuche ich zu unterdrücken und beiße stattdessen in meine Hand.

Eine gefühlte Ewigkeit liegen wir nur nebeneinander und starren uns an, während mein Puls sich langsam entschleunigt und mein Atem sich wieder normalisiert. „Bist du sicher, dass du nicht …?“ Irgendwie ist es peinlich und ohnehin überflüssig, ihn danach zu fragen. Er wird der Einzige sein, der mich jemals berührt.

„Ich will dich bestimmt nicht mit meinem Finger entjungfern, keine Sorge.“ Es fühlte sich schon ziemlich tief an und nun mache ich mir doch ein wenig Sorgen, wie es dann wird, wenn er erst richtig mit mir schlafen wird. Während ich mich in Gedanken beruhige, greift Giulio derweil nach seinem T-Shirt.

„Was ist mit dir?“

Seine Augen werden gefühlt noch schwärzer. „Willst du das wirklich?“

„Ja.“

„Du bringst mich wirklich an meine Grenzen, weißt du das?“ Er fährt sich durch seine Haare. „Du hattest nie Sex mit Aleks, spätestens jetzt weiß ich das ganz sicher. Aber hat Aleks sich dir irgendwann mal gezeigt?“

„Nein.“ Wir waren einen Sommer für ein paar Tage zusammen mit den Iwanows in einem Ferienhaus und Aleks trug eine Badeshorts – das war es dann aber auch schon, worüber ich nach wie vor dankbar bin.

„Du bist wirklich viel zu unschuldig für diese Welt.“ Er nimmt meine Hand und legt sie auf seinen harten Bauch, direkt über dem Bund seiner Jeans. „Und obwohl ich so schuldig bin, zieht mich gerade das noch mehr an.“

Meine Handfläche fühlt sich an, als würde sie brennen, sobald ich seine warme Haut berühre. Er öffnet die Gürtelschnalle und die Knopfleiste der Jeans, während mein Herz so stark pocht, dass es sich anfühlt, als würde es gleich aus meiner Brust springen. Dann führt er meine Hand in seine Shorts.

Er fühlt sich unglaublich hart an, und zugleich ist die Haut weich wie feiner Samt. Ich habe keinerlei richtigen Vergleich, aber Giulio fühlt sich keineswegs klein an. Unweigerlich überkommt mich der Gedanke, wie ich ihn jemals in mich aufnehmen soll und ob das überhaupt funktionieren wird, ohne dass ich ernsthaft dabei verletzt werde, aber es wird jetzt nicht passieren, also schiebe ich diese Vorstellung ganz weit weg. „Du fühlst dich gut an."

Er lacht. „Wenn ich bald in dir bin, wird es sich noch viel besser für dich anfühlen, versprochen."

Den Gedanken wegschieben.

Jetzt keine Panik bekommen.

„Darf ich dich ausziehen?"

„Merda, ich hatte gehofft, dass du das fragst. Natürlich."

Ich schiebe seine Hose langsam nach unten, und als der Bund über seine Erektion gleitet, halte ich kurz die Luft an. Giulio ist wirklich groß. Zumindest sieht es für mich so aus und mir huschen Vergleichsobjekte durch den Kopf, über die ich lieber nicht weiter nachdenken möchte.

Den Gedanken wegschieben.

Abgesehen von der einschüchternden Größe ist er wirklich schön anzusehen. Es gibt keine Stelle an Giulio, die in irgendeiner Art abstoßend für mich ist. Alles an ihm ist schön, außer vielleicht der mörderische Teil seines Charakters, dem Menschen zum Opfer fallen.

„Was mache ich jetzt?" Natürlich weiß ich theoretisch, was ich zu tun habe. Keelas Internetzugang wird anders als meiner nicht kontrolliert und wir können googeln. Aber Theorie und Praxis sind lange nicht das Gleiche.

Giulio bemerkt meine Notsituation, und ohne ein Wort zu sagen zieht er mich einfach neben sich, bis wir wieder nebeneinander liegen. Dann legt er seine Hand über meine und schließt unsere Hände um die Wurzel seines Schwanzes. Er drückt meine Hand ein bisschen fester zusammen, und dann lässt er sie hoch und runter gleiten. Er war vorher schon hart und aufgerichtet, aber als ich ihn berühre und mich in seinem Rhythmus bewege, keucht Giulio und ich habe das Gefühl, dass er sich unter meiner Hand noch mehr verhärtet. „Du glaubst nicht, wie sehr ich dich will, Ekaterina."

Ganz gleich, was zwischen uns steht, und egal, wie viel Angst er mir immer noch macht, jetzt habe ich nur noch den Wunsch, ihn gleichermaßen Sterne sehen zu lassen, wie er es für mich getan hat. In der Theorie bin ich durchaus belesen, so schwer kann die Praxis dann schon nicht sein. Ohne irgendeine Ahnung zu haben, was genau ich da eigentlich mache, setze ich mich auf und beuge mich über ihn. Als er gerade meine Hand zurück um seinen Schwanz legen will, nehme ich seine Spitze in den Mund. „Merda, was wird das?" Seine Augenlider beginnen zu flattern. Weit daneben kann ich also nicht liegen. Ich sauge an seiner Eichel und streiche mit meiner Zunge über die Unterseite. Ich lasse ihn etwas tiefer in meinen Mund gleiten, was Giulio ein tiefes Stöhnen aus seiner Brust entlockt und dann bewege ich mich einfach und lasse mich instinktiv von dem leiten, was mein Körper mir vorgibt und auf was Giulio reagiert.

Obwohl sich seine Hände zu Fäusten ballen und ich ihn zwischendurch dabei erwische, wie er mich auf seinen Schwanz drücken will, tut er es nicht und überlässt sich in diesem Moment ganz mir. Ich lecke seine Spitze, nehme ihn immer wieder tiefer in mich auf und sauge an ihm, entlasse ihn aus meinem Mund und grabe dabei meine Zungenspitze in den kleinen Schlitz an seinem Kopf. Ich verliere mich regelrecht darin, ihn so zu schmecken und zu bearbeiten. Ich verliere mich so sehr darin, dass das Pochen zwischen meinen Beinen bald wieder unerträglich wird.

Ich bücke mich etwas weiter über ihn und lasse ihn tief in meinen Mund gleiten. Dass ich Giulio dabei den völlig entblößten Anblick auf meine Kehrseite sowie meine feuchte Vagina biete, stört mich gar nicht mehr. Ich erkenne sogar ganz genau, dass er immer wieder seinen Blick von seinem Schwanz in meinem Mund hin zu meiner entblößten Spalte huscht. Sein Schwanz beginnt zu zucken, und als ich denke, dass das jetzt sein Höhepunkt wird, dringt er erneut mit einem Finger in mich ein. Er ergießt sich auf meiner Zunge und hört erst auf, in mich zu stoßen, als ich erneut komme.

Wir liegen ineinander verschlungen in seinem Bett. Die Party, die paar Züge an Oksanas Joint, diese prickelnde Angst, als er mich geschlagen hat und die folgenden Orgasmen haben ihr Übriges getan und mich zu einem übermüdeten Kätzchen gemacht, das sich nur zu bereitwillig an Giulios warmen Körper unter der Bettdecke schmiegt. Ich bin wirklich kurz vorm Einschlafen, und obwohl mir so viele Dinge im Kopf herumschwirren, kann ich nicht anders, als träge in seinen Armen zu liegen und das Gefühl zu genießen, wie seine Fingerspitzen kleine Kreise auf meinen Oberarm malen.

Dieser Moment ist zu perfekt, als dass ich ihn jetzt kaputtreden will. Wir sind kein verliebtes Paar, das sich nach einer romantischen Nacht in den Armen liegt und sich einander Liebesbekundungen zuflüstert. Wir sind nur zwei Kinder der Dunkelheit, die trotz aller Unterschiede und Differenzen körperlich voneinander angezogen werden wie zwei Magnete. Zumindest im Bett wird sich das zwischen uns richtig anfühlen, da bin ich mir jetzt ganz sicher. Auch dann, wenn wir beide mit einer Waffe unter dem Kopfkissen schlafen werden.

Ein ohrenbetäubender Knall und das Gefühl von bebender Erde lassen mich plötzlich hochschrecken.

KAPITEL NEUNZEHN

GIULIO

Fast habe ich die Kontrolle verloren und ihr ernsthaft wehgetan, nachdem ich sie davon abgehalten habe, diese Pillen zu schlucken.

Ich habe noch nie eine Frau bestraft. Dieser Wunsch wurde in mir überhaupt erst von Ekaterina geweckt, dafür dass sie mich Jahre lang still und heimlich mit ihrer Unerreichbarkeit gequält hat. Dennoch habe ich bisher widerstehen können, aber heute Nacht war ich wütend.

Ich hasse es, wenn jemand die Kontrolle über sich abgibt. Es ist ein Zeichen von Schwäche. Es kostete mich all meine Kraft aufzuhören. Es war nicht nur die Angst in ihren Augen, dass ich über sie herfallen könnte, wo sie doch keinerlei Erfahrungen hat. Es war auch der Glaube an mich, der in ihren Augen lag, dass es nicht so sein muss, der sie vor dem Monster gerettet hat.

Und dieser Glaube hat in gewisser Weise auch mich gerettet, denn ich will alles von ihr. Alles kann ich nur haben, wenn ich sie so berühre, wie sie es verdient hat. Wenn ich sanft zu ihr bin und ihr Zeit gebe, sich an mich zu gewöhnen. Ihr die Zeit gebe, mich zu wollen, sich nach mir zu verzehren. Alles bekomme ich nur, wenn ich sie wie die Prinzessin behandle, die sie ist. Und egal, wie sehr sich das Monster in mir danach verzehrt, sie so zu kontrollieren, wie sie mich insgeheim seit Jahren kontrolliert, so gebe ich mich doch mit dem bisschen Zärtlichkeit zufrieden, dass sie mir heute bereitwillig geschenkt hat.

Ich würde am liebsten schreien, weil ich sie nach all den Jahren, in denen ich sie nur aus der Ferne bewundern konnte, endlich für mich habe. Weil ich sie berühren, schmecken und spüren darf. Weil ich sie jetzt halten darf und sie in meinen Armen liegt und schläft, als würde sie es wirklich genießen, in der Falle zu sitzen. Doch wenn ich eines in unserer Welt gelernt habe, dann dass man nie zu laut sagen darf, was man wirklich will.

Angst ist eine Emotion, die ich sehr lange nicht mehr gespürt habe. Doch seit wir verlobt sind, begleitet mich das schreckliche Gefühl, dass jemand sie mir wegnehmen könnte, einfach weil ich sie so sehr will. Diese unterschwellige Angst ist einer der Gründe, warum ich nicht mit ihr geschlafen habe, denn das Letzte, was ich nach dem ganzen Drama um den Iwanow-Verrat, dem Stress wegen Mariellas Haaren und dem Mord an den beiden Eagles im Bizarro noch gebrauchen kann, ist, dass jemand behauptet, Ekaterina sei von Aleksandr entjungfert worden, denn das wäre ein Grund, sie mir einfach wieder wegzunehmen.

Aber da ist noch etwas anderes, denn ich habe so viele Jahre gewartet, dass ich die verbleibenden Wochen auch noch abwarten kann. Mein Leben besteht nur aus Sünden – wieso nicht ein einziges Mal alles richtig machen? Schaden kann es bestimmt nicht. Hinzu kommt – und das ist noch wichtiger – dass Ekaterina sich mir freiwillig hingibt. Sie wird nicht mit mir schlafen, weil sie es muss, sondern weil sie es möchte, und ich möchte ihr meinerseits irgendwie die Möglichkeit geben, mich auch auf diese Weise kennenzulernen, bevor es ernst wird.

Der warme Körper in meinen Armen streckt und rekelt sich, und aus ihrer Kehle kommt ein kleines Seufzen. Ich könnte den ganzen Tag dieses Seufzen hören und bin verdammt zufrieden, wenn ich mir ausmale, dass das bald jeden Tag der Fall sein wird.

Eine Explosion durchbricht diesen zutiefst friedlichen und absolut perfekten Moment zwischen uns, und ich könnte wirklich ausrasten, weil wir ausgerechnet jetzt unterbrochen werden. Eigentlich gehen sich nur unsere Väter gerne mal gegenseitig an die Gurgel und solange keiner von den Alten dabei ist, läuft es zwischen uns eigentlich zu harmonisch ab, als dass irgendein Trottel auf die Idee käme, einfach jemand anderen in die Luft zu sprengen. Auf die Explosion folgen Schüsse, klirrende Scheiben, lautes Geschreie und noch mehr Schüsse.

„Anziehen!" Ich werfe Ekaterina ihre Unterwäsche und ihr Kleid entgegen und streife mir meine Hose über. Als ich aus dem Fenster sehe, erkenne ich Schatten, die durch unseren Garten huschen, sowie einen unserer Bodyguards, der leblos auf der Terrasse liegt. Das ist richtig scheiße.

„Ekaterina, wir werden angegriffen." Ihr entspanntes Gesicht wandelt sich zu kreidebleicher Schockstarre. Ich öffne die unterste Schublade meines Nachttisches, stecke mir zwei Waffen und ein Messer in den Hosenbund und ziehe eine weitere Pistole heraus, die ich Ekaterina in die Hand drücke.

Dann dränge ich meine russische Prinzessin, die jetzt wieder aussieht, als hätte sie einen Geist gesehen, in meinen begehbaren Kleiderschrank. Unter der Kleiderstange stehen einige Kisten mit ausrangierten Sommersachen, die ich zur

Seite schiebe, um Ekaterina dahinter zu verstecken. „Bleib da sitzen, halt die Waffe fest." Ich entsichere die Glock. „Die Pistole ist jetzt schussbereit. Sie lädt von allein nach. Sollte jemand diesen Raum betreten, den du nicht kennst, dann schieß. Schieß einfach, stell keine Fragen und vor allem zögere nicht. Am besten zielst du auf den Oberkörper. Wichtig ist, dass du den Angreifer außer Gefecht setzt. Verstanden?"

Ekaterina nickt hektisch. Ihre grauen Augen sind wieder von lauter Panik erfüllt, aber diesmal bin nicht ich es, der für ihre Angst verantwortlich ist.

Das Obergeschoss, in dem das Schlafzimmer von mir, meinen Geschwistern und meinen Eltern liegt, sieht clean aus. Hier war noch niemand, was soweit schon mal gut ist. Ich arbeite mich weiter nach unten, wo ich im ersten Stock Oksana und Keela vorfinde, die sich hinter einer Kommode zusammengekauert haben, als sie meine Schritte hören.

„Geht da rein und schließt ab." Ich deute auf einen der Büroräume. Die Türen der Büros sind auch hier verstärkt und halten einiges mehr aus als die der anderen Zimmer.

Ich sehe von der Treppe aus hinunter ins Foyer. Es sieht aus, als wäre hier der Krieg ausgebrochen. Vasen liegen zersplittert auf dem Boden, und Bilder hängen in Fetzen von den Wänden. Wieder dröhnen Schüsse durch das Untergeschoss. Als ich in den Wohnbereich abbiege, stehen Leonardo und ich uns plötzlich mit gezogenen Waffen gegenüber. „Wir wissen nicht, wie viele es sind oder wer sie sind."

„Verluste?" Ich darf gar nicht daran denken, dass meine Schwestern noch irgendwo hier unten sein müssen.

„Bisher weiß ich nur sicher von zwei Soldaten, Angelo und einer der Iren, der gerade eine Zigarette an der Mauer geraucht hat, als sie uns auch schon um die Ohren flog. Jemand muss von außen einen Sprengsatz angebracht haben, um sich so Zugang zum Grundstück zu verschaffen."

„Meine Schwestern?“

„Antonio hat sich Emilia gegriffen und sich mit ihr in der Vorratskammer verschanzt. Lilianas Verbleib ist mir nicht bekannt.“

„Merda!“ Dass Emilia Schutz hat, ist gut zu wissen. Liliana wird für gewöhnlich von Luca gehütet, wie sein Augapfel, weswegen ich die Hoffnung habe, dass mein Bruder sie irgendwo versteckt hat.

„Sie sind alle im Garten.“ Leonardo gibt mir Deckung, als ich mir den Weg durch das zerschossene Wohnzimmer bahne.

Niall hat sich hinter den umgeschmissenen Terrassentisch gehockt und feuert von dort aus immer wieder durch den dunklen Garten. Selbst auf Partys ist niemand von uns unbewaffnet und wie sich wieder einmal herausstellt zum Glück. Trotz seiner Koksbirne und den miserablen Lichtverhältnissen ist er in der Lage, einen der Angreifer mit einem gezielten Kopfschuss zu töten. Ich nicke zu Niall und laufe zu ihm, während er mir Deckung gibt und mir Kugeln vom Leib hält. Nachdem Niall und ich uns den Weg über die Terrasse freigeschossen haben, arbeiten wir uns durch den Garten. Immer wieder stolpern wir über Leichen, schwarz vermummte Angreifer, aber auch Soldaten unserer Familien. „Diese verdammte Dunkelheit“, flucht er, als er mehrmals abfeuern muss, um einen Gegner zwischen die Augen zu treffen.

Als hätte der liebe Gott ein Herz für Iren – oder uns alle – und hätte Nialls Fluchen gehört, wird der Garten in grelles Flutlicht getaucht. Endlich hat einer unserer Leute den Weg in das Poolhaus gefunden und die Beleuchtung angeschaltet. Wie aufgescheuchte Rehe rennen schwarz maskierte Männer mit gezogenen Waffen über die große Rasenfläche. „Rückzug!“, schreit einer von ihnen dem anderen zu.

„Blyad!", schreit ein anderer durch den Garten. Verdammte Russen. Ich hasse Russen – zumindest alle außer die kleine Russin, die ich oben in meinem Schrank verstecke.

Ich visiere den Kopf des Russen an, was im Hellen deutlich einfacher ist und knalle ihm den Schädel weg. Sergej rennt quer über den Rasen. In beiden Händen hält er jeweils eine Waffe, zielt auf alles, was eine schwarze Kapuze trägt und knallt ohne Skrupel seine Landsmänner ab. Jetzt höre ich auch wieder Schüsse im Haus, was mich herumfahren lässt. Leonardo hat jemanden erschossen, der aus dem Haus gestürmt kam. Nach und nach bekommen wir die Situation in den Griff, und irgendwann ist es einfach nur still.

„Sortiert die Toten", sage ich in die Runde.

Luca humpelt vom Poolhaus zu uns. Er hat eine saftige Schusswunde am Oberschenkel, die zum Glück haarscharf seine Arterie verfehlt, dafür aber eine offen klaffende Fleischwunde verursacht hat.

„Danke für das Licht."

„Gern geschehen." Er legt sich auf eine der Sonnenliegen ab und hält sein Bein. „So eine Scheiße hier."

„Ich muss zum Haus. Wo hast du Liliana hingeschickt?"

Luca stöhnt gequält. „Sie war nicht bei mir. Sie wird bei Oksana oder Keela sein."

„Ist sie nicht", sage ich und stürme ins Haus.

Luca folgt mir humpelnd. Für seine Zwillingsschwester würde er sich mit abgeschossenen Beinen bis ans Ende der Welt schleppen. Der obere Flur ist ebenfalls verwüstet. Türen stehen offen, und die kleine Kommode vor dem Büro ist umgeworfen worden.

„Ich bin's, Giulio. Ihr könnt aufmachen."

„Woher wissen wir mit Sicherheit, dass du es bist?" Natürlich hat das vorlaute Irenmädel mehr Mut als Ekaterinas jüngere Schwester und schreit durch die Bürotür. Ich verdrehe genervt die Augen. Als ob sie meine Stimme nicht kennen würde.

„Weil wir Liliana suchen", brüllt Luca.

Die Tür wird entriegelt und zögerlich aufgezogen. Keelas rotbrauner Schopf schiebt sich durch den Schlitz, bevor die Tür sich ganz öffnet und Oksana mit einem Brieföffner bewaffnet dahinter im Raum steht. Diese Mädchen haben überhaupt keinen blassen Schimmer, aber ich lasse ihnen die Illusion ihrer unnützen Bewaffnung.

„Wo ist Lili?", fragt Luca sofort.

„Sie ist ungefähr eine Stunde vor dem Angriff in ihr Zimmer gegangen", antwortet Keela. „Sie war total high von der Tablette und dem vielen Alkohol."

„Merda!", flucht Luca und eilt direkt zur Treppe nach oben.

Ich folge ihm. Ich muss zu Ekaterina. Luca stürmt den Gang entlang bis zu Lilianas Zimmer, während ich in mein eigenes Schlafzimmer laufe. Erleichterung überkommt mich, als ich registriere, dass es hier zumindest noch so aussieht wie vor dem Angriff. Ich eile zu dem begehbaren Kleiderschrank. „Ekaterina?"

Sie antwortet nicht. Scheiße, wieso antwortet sie nicht?

„Giulio?", höre ich ein leises Flüstern.

Eilig schiebe ich die Kisten zur Seite. Ekaterina sitzt immer noch an der gleichen Stelle, wo ich sie zurückgelassen habe. Mit beiden Händen hält sie die Waffe fest umschlossen und zielt auf mich. Trotz meiner Bewaffnung hebe ich die Hände „Ich bin's."

Kurz zögert sie, und da ist dieser Moment, in dem ich denke, dass sie auf mich schießen wird, bis sie wirklich realisiert, dass ich es bin. Dann reicht sie mir die Pistole, die ich sofort sichere und mir in den Hosenbund schiebe. Ich ziehe sie aus ihrem Versteck und drücke sie an mich. Ekaterina jetzt so nah bei mir zu haben, ist das Beste und Erleichterndste, was ich je gefühlt habe. „Alles gut. Sie sind weg."

Ein Schuss ertönt im Haus, das jetzt ansonsten gespenstisch still ist.

„Verdammt!"

Ich lasse sie im Schrank stehen und stürme auf den Flur hinaus. Luca zerrt einen Typen aus Lilis Zimmer, der sich windet und schreit. Aus seiner Schulter strömt Blut, und sein rechter Arm hängt schlaff herunter. „Luca?" Mein Bruder ist kein sonderlich emotionaler Mensch. Es gibt eigentlich nur eine Person, die ihm wirklich nahesteht, und das ist Liliana. Doch sein Gesicht verrät mir alles, was ich wissen muss. „Was ist mit Lili?"

Luca spuckt dem schreienden Typen ins Gesicht und tritt ihm dann in den Magen, woraufhin dieser gequält aufstöhnt. Trotzdem schafft er es unter Schmerzen, noch dreckig zu lachen. „Sie war köstlich."

Luca, der den Typen an seinen langen Haaren festhält, sinkt in die Knie, reißt den Kopf nach oben und lässt sein Gesicht mit voller Wucht auf den Marmorboden krachen. Als der Bastard trotzdem noch lacht, wiederholt Luca die Prozedur. Hinter mir höre ich ein Wimmern. Ekaterina schluchzt beim Anblick der Szene. Ich zerre Luca mit aller Kraft von dem Haufen Abschaum. So schwer es mir fällt, aber einer von uns muss jetzt einen klaren Kopf bewahren und Luca ist jetzt nicht dieser jemand.

„Hör mir zu." Ich packe Lucas Kinn und zwinge ihn, mir in die Augen zu sehen. „Er wird sterben. Qualvoll, aber nicht hier. Sie sind alle tot. Wir brauchen diesen Wichser, um ihn zu verhören."

Leonardo stürmt die Treppen herauf und hat unseren Cousin Riccardo Marino im Schlepptau. „Schafft ihn runter."

Ich folge Luca in Lilis Zimmer. Ich weiß genau, dass Ekaterina mitkommt. Ich habe keine Ahnung, ob es gut ist, wenn sie das hier sieht. Aber ich weiß, dass sie das verkraften wird und dass ich sie hier bei mir haben will. Lilis weiße Laken sind blutig. Lange Strähnen ihrer dunklen Haare liegen über das Bett verteilt. Die Kissen und Decken sind völlig zerwühlt – zum Teil sogar zerrissen. Hinter dem Bett sitzt Liliana zusammengekauert auf dem Boden und wimmert leise vor sich hin. Ekaterina gibt einen erschreckten Laut von sich, als sie Lili entdeckt.

„Liliana?"

Lilis große hellbraune Augen richten sich auf mich. „Was ist passiert, Giulio?"

Ich schlucke hart. Im Laufe meiner Zeit in der Famiglia habe ich schon einige Traumata bei den stärksten Soldaten miterlebt, und Lili steht eindeutig unter Schock. „Du erinnerst dich nicht?"

„Ich war auf der Party und habe mit Keela und Natascha getanzt, nachdem du mit Ekaterina weg warst. Dann hat sich alles gedreht, und ich habe mich hingelegt. Das Nächste, an das ich mich erinnern kann, ist ein Schuss, und dann seid ihr auch schon in mein Zimmer gekommen." Ich bin kein besonders religiöser Mann, was daran liegen mag, dass ich einfach kein guter Mensch bin und keine Religion mir eine Auferstehung im Paradies in Aussicht stellt. Doch in diesem Moment danke ich Gott, dass meine Schwester sich an nichts erinnern kann und bete dafür, dass es sich um eine Amnesie handelt und für alle Zeiten so bleibt. „Giulio, hier ist alles voller Blut. Was ist passiert?"

Sie wischt sich die Tränen aus dem Gesicht und versucht, vorsichtig vom Boden aufzustehen, gibt aber nur ein schmerzerfülltes Keuchen von sich, bevor sie wieder zurückgleitet. Luca stürmt an mir vorbei und hebt Liliana hoch, die sich sofort an ihn schmiegt.

Tausend Gedanken fliegen mir durch den Kopf, und das hier ist so ziemlich die größte Katastrophe, die eigentlich hätte passieren können. Wir wurden angegriffen, und wir wurden getroffen. Nicht vernichtet, aber wirklich hart getroffen. Ich folge Luca in das Schlafzimmer unserer Eltern.

„Ich hole einen Arzt. Ekaterina soll bei ihr bleiben und ihr helfen, das loszuwerden." Ich deute auf die blutverschmierte Kleidung und das Blut, das an ihrem Körper klebt. Ich weiß, dass Luca Lilis engster Vertrauter ist, aber er kann sich jetzt nicht so um unsere Schwester kümmern, wie sie es gerade benötigt. Ekaterina folgt meiner Aufforderung und verschwindet im Schlafzimmer unserer Eltern. Ich kann der kleinen Russin vielleicht nicht in jeder Hinsicht trauen, aber wenn es um Liliana geht, vertraue ich ihr in diesem Moment blind. Meine Schwester hat keine Freundinnen, sondern immer nur Luca gehabt, aber ich weiß genau, dass Ekaterina jetzt genau die Person ist, die sie braucht.

Als wir unten ankommen und das ganze Ausmaß der Katastrophe in Augenschein nehmen, schicke ich auch Keela und Oksana nach oben auf ihre Zimmer, verbiete ihnen aber direkt, jetzt Lili zu belagern.

„Ist Natascha bei Ekaterina?", fragt Oksana mich.

Sergej schaut mich mit weit aufgerissenen Augen an. Ich dachte, Natascha wäre bei ihm oder einem der russischen Soldaten. „Wo ist Natascha Iwanow?", schreie ich durch das Chaos. Keiner antwortet. Merda! Mehrere Soldaten laufen los, um das Haus und das Grundstück nach Natascha abzusuchen. Sergej hängt bereits am Telefon. Natürlich haben alle längst bei den Familien angerufen und vom Angriff berichtet.

Scheiße, wir sind so was von am Arsch!

KAPITEL ZWANZIG

GIULIO

Wie immer wenn ich den Keller des Romano-Anwesens betrete, überkommt mich dieses ungute Gefühl aus meiner Kindheit. Es ist in unseren Kreisen üblich, dass die Töchter vor den meisten Übeln abgeschirmt werden, während die Söhne deutlich strenger erzogen werden. Abgesehen von der Strenge kommen die meisten Söhne erst allmählich und eigentlich auch erst viel später mit dem Geschäft und seinen Grausamkeiten in Kontakt.

Mein Vater ist ein Sadist und genoss es besonders, mich ab meinem sechsten Lebensjahr als seinen Thronfolger zu dressieren. Um den Thron selbst irgendwann besteigen zu können, brauchte ich laut ihm besonders eine Tugend: Demut. Er lehrte mich Demut, indem er mich manchmal tagelang in einen der kleinen Käfige einsperrte, in denen die Männer der Rizzos früher die Tiere für die Hundekämpfe abrichteten. Die Rizzos gehören nicht einfach nur zur Famiglia und genießen besonders in Italien ein hohes Ansehen, sondern sind darüber hinaus noch über einige Ecken mit uns verschwägert, weswegen die Romanos schon lange mit ihnen Geschäfte machen. Mich in diesen Käfig zu sperren, war eine Strafmaßnahme sowie es gleichermaßen meiner Erziehung zum zukünftigen Boss diente. Immer wieder wurde ich in den Keller geschleift und musste mich meinem persönlichen Schicksal ergeben.

Ich musste mich bis auf die Unterhose ausziehen und dann zusammenkauern, denn anders hätte ich schon als Kind nicht in mein Gefängnis gepasst. Oft hat er mich mit eiskaltem Wasser abgespritzt. Manchmal wurde ich mit seiner Zigarre verbrannt oder geschnitten, während Giovanni Rizzo ihm dabei zusah. Es war eine schreckliche Zeit, die dazu dienen sollte, mich abzuhärten und auf meine zukünftige Aufgabe vorzubereiten. Ich sollte genauso abgerichtet werden wie einst die Kampfhunde. Und weil mein Vater sich gerne daran zurückerinnert, wurde der Käfig nie entsorgt, sondern steht weiterhin in unserem Verhörraum, den jeder normale Mensch eher als Folterkammer bezeichnen würde.

Ich höre laute Schreie, als ich mich dem Kellerabteil nähere, in dem Luca und Riccardo seit sieben Stunden mit dem New-York-Eagles-Motorcycle-Club-Bastard beschäftigt sind. Ich musste ihm Riccardo mitgeben. In dieser Sache kann ich Luca nicht trauen, was ich ihm nicht verübele. Luca ist unser bester Vollstrecker und ziemlich kreativ, wenn es um das Zufügen von Schmerzen geht, doch in diesem speziellen Fall befürchte ich, dass er ihn umlegt, bevor wir alle Informationen haben. Ich kann es mir nach der Sache im Bizarro nicht leisten, noch einen dieser Wichser zu töten, bevor wir die nötigen Informationen aus ihm herausgefoltert haben.

Wie immer fällt mein erster Blick auf die Ecke, in der der Käfig steht. Er ist mittlerweile von Spinnenweben übersät, und zum Glück gibt es hier kein Kind, das nach mir und Luca Bekanntschaft mit ihm machen musste.

„Du hast auf dich warten lassen." Lucas Hemd ist bis zu den Ellen hochgekrempelt, und seine Arme sind voller Blut. Der Eagle-Pisser hängt an Ketten von der Decke. Gerade so, dass seine Zehenspitzen den Boden berühren können. Sein Gesicht ist dermaßen zugeschwollen, dass es kaum noch als solches erkennbar ist, und sein Oberkörper besteht nur aus Blutergüssen, Schnittwunden und kleinen Brandblasen. Aus seinem Mund tropft Blut, Luca hält eine Zange und um seine Schuhe herum liegen einige Zähne in der Blutlache. Wenn ihm vorher nicht schon etliche fehlten, dürfte er nur noch ein paar Backenzähne besitzen. „Ich dachte, du würdest uns Gesellschaft leisten. Es ist immerhin eine Familienangelegenheit."

„Zum großen Finale bin ich doch da." Ich bin nicht immer dabei, wenn jemand verhört oder gefoltert wird. Schmerzen endlos in die Länge zu ziehen, ist eher Lucas Fachgebiet und nichts, dem ich gerne beiwohne. In diesem speziellen Fall ist es allerdings anders, da dieses Stück Dreck Hand an unsere geliebte Schwester gelegt hat.

„Hat er gesungen?" Ich lege mein Jackett fein säuberlich auf dem Stuhl ab und krempele meine Ärmel hoch.

„Wie eine Opernsängerin", lässt mich Riccardo wissen.

„Fickt euch", stöhnt der Biker unter Schmerzen.

„Wo ist Natascha Iwanow?"

„Unbekannt. Die Russen haben sie mitgenommen", antwortet Luca beiläufig. Ihm geht es in erster Linie nur um die Rache an Lili, aber wir sind am Arsch, wenn wir Natascha nicht zurückbekommen. Wirklich richtig am Arsch. „Er ist nur ein kleines Rad im Uhrwerk. Unbedeutend, wenn man sich den Rest anschaut. Sie werden es ihm nicht gesagt haben."

Ich blicke auf den ekelhaften Haufen, der an den Ketten hängt und den Boden vollblutet. Dann trete ich näher an ihn heran. „Weißt du, wer ich bin?"

Er hebt seinen Kopf und spuckt mir auf die Brust. „Ein scheiß Itakerboss, das bist du."

„Falsche Antwort." Ich nehme einen Hammer aus Lucas Utensilienchaos und zertrümmere mit einem festen Schlag seine Kniescheibe. „Ein letztes Mal: Wo ist Natascha Iwanow?"

Er lächelt schmierig, mit seiner zahnlosen Visage. „Totgefickt von Iwar Wasilijew oder einem der anderen Russenköpfe – was weiß ich, wo die Hure ist."

Ich hole aus und zerschmettere seine andere Kniescheibe. Nicht, dass er sie je wieder brauchen würde. Der Bastard weiß es nicht. Ich könnte kotzen. „Ich bin wirklich sauer. Du hast unsere Schwester vergewaltigt."

Trotz seiner immensen Schmerzen schafft er es, seinen blutigen Mund zu entleeren und spuckt mir vor die Füße. „Wäre die Russin da gewesen, hätte ich sie genommen."

Ich packe seine Kehle und drücke ihm ein bisschen die Luft ab. „Von welcher Russin sprechen wir hier?"

„Die Markow-Schlampe, die uns von Aleksandr Iwanow versprochen wurde, wenn wir dich und deine Sippe umlegen."

Ich war schon immer impulsiv, wenn es um meine Geschwister ging, aber das ist nichts im Vergleich zu dem Monster, das dieser Bastard gerade entfesselt hat, als er Ekaterinas Namen in den Mund genommen hat. In mir legt sich ein Schalter um, und ich zerre seine Hose runter, damit wir das auf der Stelle beenden, und zwar so, wie es eben nur ein Vergewaltiger verdient hat. Die New Yorker Clans lehnen Vergewaltigungen strikt ab. Jeder, der eine unserer Frauen vergewaltigt, stirbt einen grausamen Tod. „Ich hoffe, du hältst lang genug durch, damit du noch mitbekommst, wie ich deinen Schwanz an dich verfüttere."

Als wir endlich fertig sind, werfe ich meine Zigarette auf den Boden und beobachte mit Genugtuung, wie sie augenblicklich in der riesigen Blutlache erlischt. „Schickt ihn so nach Philadelphia", sage ich den beiden. „Und holt euch jemanden zum Aufräumen."

„Ruhe, Ruhe, Ruhe! Verdammt noch mal Ruhe!", brüllt mein Vater und schmettert seine Faust auf den langen Tisch. Ohne jede Eile zieht er an seiner Zigarre. „Niemand hier wird die Wasilijews überleben – kein einziger Clan und kein noch so kleines Kartell. Nicht einmal eine der unbedeutenden Gangs wird übrigbleiben, wenn wir in dieser Angelegenheit nicht zusammenhalten."

„Sie standen unter seinem Schutz!", schreit Igor außer sich vor Wut und zeigt auf mich. „Ich habe ihm meine Tochter gegeben, damit der Frieden anhält, und wo ist der Frieden? Die Wasilijews greifen uns auch weiterhin ohne die Iwanows an."

„Es war nicht deine Tochter, die entehrt wurde", erinnert ihn Giovanni Rizzo. „Stattdessen hat er Liliana Romano vergewaltigt."

„Es hätte aber meine Tochter treffen können. Es sollte sie sogar treffen", schreit Markow quer über den Tisch, wobei sich sein dicker Bauch gegen die Tischplatte quetscht. „Die Einzigen, die hier mal wieder mit einem blauen Auge davongekommen sind, sind die Callaghans." Ein super Einfall. Das wird uns jetzt bestimmt weiterhelfen, wenn wir uns ab jetzt alle gegenseitig beschuldigen.

„Sagt der, dessen Tochter mit einem Verräter verlobt war", brüllt Maghnus zurück. „Und es waren dieselben verbündeten Russen, die das Anwesen angegriffen haben."

„Ruhe, Ruhe, Ruhe!“, schreit mein Vater erneut. „Wir brauchen eine verdammte Lösung für dieses Problem, sofort.“

„Wir haben Spitzel in Philadelphia“, bemerkt Giovanni und nippt an seinem Weinbrand. Er spielt auf seinen verfluchten Schwager, einen unbedeutenden Russen, und seine Männer an, die in Philadelphia ein kleines Bordell betreiben und hin und wieder mit den Wasilijews zu tun haben.

„Ach? Und was haben uns diese Spitzel bisher gebracht?“, frage ich ihn mit hochgezogener Augenbraue.

„Mehr als die Aktionen, die du in letzter Zeit unternommen hast“, zischt Giovanni mir zu. „Wegen deinen unüberlegten Handlungen ist Natascha Iwanow verschwunden und unser Druckmittel weg.“

Es wird Zeit, dass ich den Idioten mal wieder auf seinen Rang verweise. Ich beuge mich über den Tisch in Giovannis Richtung. „Ich glaube, du vergisst in letzter Zeit, mit wem du sprichst und wo dein Platz ist.“

Die Mundwinkel meines Vaters zucken kurz nach oben. Mein Vater liebt es, wenn ich diese Seite von mir vor allen zeige. Er hat diesen dunklen Teil in mir geformt und ergötzt sich zu gerne daran, sein Monster in Aktion zu sehen. Dafür hat er mich immerhin jahrelang abgerichtet.

Rizzo lacht. „Du hättest dir nicht diese russische Dirne ins Bett holen sollen. Ein italienisches Mädchen wie meine Tochter hätte dir deutlich weniger Probleme bereitet.“

Noch ehe Igor Markow überhaupt seinen fetten Hintern vom Stuhl hochbekommt, um die Ehre seiner Tochter zu verteidigen, ist Giovannis Hand durch mein Messer an die Tischplatte gepinnt. Er schreit nicht, aber er ist zusammengezuckt, als das Messer sich durch sein Fleisch gebohrt hat. Die Mundwinkel meines Vaters bleiben diesmal oben. „Ekaterina Markow ist jetzt meine Verlobte. Wer sie beleidigt, beleidigt auch mich. Merk dir das. Allein die

Erwähnung deiner Tochter mit Ekaterina in einem Satz ist schon eine Beleidigung."

Giovannis Blick gleitet Hilfe suchend zu meinem Vater, der in diesem Fall seinem Consigliere keine Stütze ist. Dafür hat ihm mein Auftritt zu gut gefallen. Igors Arsch klebt wieder auf seinem Stuhl. Sein kugelrundes Gesicht sieht zufrieden aus, nachdem ich seine Tochter und damit auch seine Familienehre verteidigt habe.

„Das hätten wir geklärt", fahre ich fort. „Es ist ein Desaster, dass uns Natascha Iwanow abhandengekommen ist. Die Sicherheitsmaßnahmen für ihre Mutter in Las Vegas wurden verschärft, allerdings sollten wir uns überlegen, ob wir sie nicht zurück in die Stadt holen."

„Wen interessiert ihre Mutter? Die Wasilijews sind bestimmt nicht an der trauernden Witwe interessiert, wenn es um ein Druckmittel geht", sagt Niall. Wir hatten Natascha und ihre Mutter neben der Tatsache, dass sie Frauen sind und nichts von dem Verrat wussten, auch verschont, weil der Name Iwanow bei vielen Familien einen hohen Wert hat. Natascha könnte Kinder kriegen und sich mit einer anderen Familie verbünden, die von ihrem Namen profitiert. Wenn Natascha jemanden aus dem Wasilijew-Clan heiratet, könnte das größere Probleme nach sich ziehen. „Ihre Mutter kennt im Gegensatz zu Natascha viele Geschäftspartner ihres Mannes – wenn auch nur oberflächlich, weil sie ihnen mal einen Wodka serviert hat. Trotzdem weiß sie mehr als Natascha. Außerdem werden wir uns Natascha zurückholen, wenn wir meine Schwester rächen."

„Ich denke, wir sind alle dabei", sagt Niall, was seinem Vater, dem Gesichtsausdruck nach zu urteilen, weniger schmeckt. Maghnus schwimmt hier immer gerne gegen den Strom. „Der Angriff galt nicht nur Ekaterina oder Natascha, sondern der kompletten jungen Generation unserer Familien."

Manchmal funktioniert Nialls Hirn trotz der Kokserei noch ganz gut. „Es wird hier immer nur über die derzeitigen Clan-Bosse und deren Differenzen gesprochen und über euren Frieden und euer Abkommen. Wir sind aber die Zukunft, und als die Wasilijews und die Eagles das Anwesen in den Hamptons angegriffen haben, haben sie versucht, uns alle zu töten. Wäre es bloß um Ekaterina oder Natascha gegangen, hätten sie sie bei anderen Gelegenheiten auch ohne Angriff versuchen können, sie zu kidnappen."

„Niall hat recht", pflichte ich ihm bei.

Mein Vater räuspert sich. „Zur Abwechslung stimme ich ihm auch zu."

„Wir brauchen Lösungen", fordert Sergej.

„Ihr", sagt mein Vater und schaut abwechselnd mir, meinem Bruder und den anderen Clan-Söhnen ins Gesicht. „Ab jetzt werden doppelte Sicherheitsmaßnahmen getroffen. Es gibt nur noch interne Treffen, ganz besonders dann, wenn unsere Töchter dabei sind. Ich will keines der Mädchen mehr in einem der Clubs sehen, auch nicht die kleine Callaghan."

„Wir sollten die Abschlussprüfungen für die Clan-Mitglieder an der Midtown High vorziehen und den Rest ins Home-Schooling schicken, solange die Lage so angespannt ist. Außerdem sollte die Hochzeit von mir und Ekaterina in der Stadt stattfinden, unter Ausschluss der Öffentlichkeit."

„Nein", sagt mein Vater energisch. „Die Midtown High ist das Aushängeschild dafür, dass es zwischen uns funktioniert. Es werden schärfere Sicherheitsvorkehrungen getroffen, aber das Schuljahr wird normal beendet. Es sind ohnehin nur noch zwei Wochen bis zu den Abschlussprüfungen." Er zieht an seiner Zigarre. „Und die Hochzeit findet ebenfalls unter größeren Sicherheitsmaßnahmen wie geplant statt. Es kommen alle Gäste, die eingeladen wurden. Ich werde mir jetzt nicht die Blöße geben und nach außen hin Schwäche zeigen, als hätten wir Angst vor einem weiteren Angriff. Nein, die Hochzeit findet statt. In den Hamptons."

Luca reißt seinen Kopf ruckartig zu Vater herum. „Du willst Liliana zumuten, zurück in dieses Haus zu müssen?"

„Sie wird es ertragen. Sie kann ein anderes Zimmer haben." Dass er Liliana das zumutet, ist selbst für Vaters Verhältnisse zutiefst widerlich. Normalerweise hat er Lili und Emilia immer vor Grausamkeiten verschont. „Und was den Frieden und die Zukunft der Stadt angeht", fährt mein Vater fort. „Wenn hier auch nur einer von euch glaubt, dass Giulio der Einzige ist, der zu Gunsten der Stadt heiraten muss, dann habt ihr euch verdammt noch mal geirrt. Die Bande zwischen den Familien werden ab jetzt enger gesponnen, damit niemand mehr auf die Idee kommen kann, New York zu entzweien."

Maghnus lacht laut auf. „Und du meinst, dass nicht einige von uns bereits ihre Nachkommen nach außerhalb versprochen haben? Meine Tochter ist an einen irischen Clan in der Heimat versprochen und ..."

Weiter kommt er nicht, weil mein Vater seine Waffe zieht und eine Kugel nur haarscharf an Callaghans Schädel vorbeijagt. Es ist selten, dass er noch schießt. Maghnus kann froh sein, dass mein Alter ihn nicht aus Versehen umgelegt hat. „Sei froh, dass du so weit weg sitzt, Callaghan. Du bist mir seit einigen Sitzungen schon ein Dorn im Auge mit deinen ständigen Nörgeleien und Versuchen, mich zu beeinflussen. Du wirst das Versprechen deiner Tochter auflösen. Keines eurer Kinder wird jetzt anderweitig versprochen. Wenn das mit den Wasilijews vorbei ist und wir Philadelphia unter Kontrolle haben, dann wird jede der Familien unwiderruflich mit den anderen verbunden, capiche?"

„Das ist ein Skandal", platzt es aus Igor heraus. „Du hast schon meine Tochter. Du kannst nicht erwarten, dass Oksana einen Iren heiratet."

„Oder Sergej eine Irin“, bemerkt Niall spitz und lacht bei dem Gedanken an den kontrollierten Sergej und seine chaotische Schwester.

„Das ist mein letztes Wort.“ Bevor Igor das Hinterzimmer verlassen kann, ruft mein Vater noch nach ihm. „Ach, Igor, ehe ich's vergesse, erinnere deine Tochter an ihren Arzttermin.“ Igor zieht ein missmutiges Gesicht. Ich verstehe ihn. Mir schmeckt die Vorstellung ganz und gar nicht, dass irgendjemand an Ekaterinas Muschi herumdoktert, es sei denn, es handelt sich dabei um mich.

Als alle Anwesenden den Raum verlassen haben und nur noch mein Vater, Luca und Giovanni Rizzo da sind, wende ich mich noch mal an meinen Vater. „Du musst sie nicht untersuchen lassen. Sie ist Jungfrau. Iwanow hat sie nie angerührt.“

Mein Vater lacht. „Und das weißt du weil? Etwa, weil sie es dir gesagt hat?“ Ich kann ihm jetzt schlecht sagen, dass ich meinen Finger in ihr hatte.

„Igor hat sie immer bewacht. Es ergab sich nie die Gelegenheit. Sie ist fromm wie eine Nonne.“

„Eine Nonne, die mit einem Verräter verlobt war.“ Giovanni hat das Messer in der Hand noch nicht genügt. Ich hasse diesen Pisser. „Du kannst ihr nicht glauben.“

Mein Vater nickt. „Sie wird zum Arzt gehen. Noch mehr Zwischenfälle oder Zweifel an eurer Heirat kann hier niemand mehr gebrauchen. Das ist mein letztes Wort dazu.“

KAPITEL EINUNDZWANZIG

EKATERINA

„Ekaterina, dein Kleid."

„Entschuldigt, wie bitte?" Ich bin so nervös, dass ich die Hälfte um mich herum gar nicht mitbekomme und immer wieder in meine Gedankenwelt abdrifte, denn heute ist es so weit und ich heirate Giulio, was meine Gefühlswelt völlig auf den Kopf stellt.

Es ist schrecklich kompliziert. Ich traue ihm nicht und ihm den Mord an Aleks verzeihen kann ich auch nicht. Irgendwie gibt ein Teil von mir ihm sogar die Schuld an Nataschas Entführung, was natürlich Blödsinn ist. Dann ist da noch die Tatsache, dass er ein kleines Kind getötet hat. All das macht Giulio nicht zu einem Traummann.

Allerdings habe ich keine Todesangst mehr vor ihm – zumindest nicht immer. Zum einen glaube ich, dass Giulio irgendetwas an unserer Verbindung liegt. Aus irgendwelchen Gründen will er, dass das mit uns funktioniert, und ein Teil von mir will das auch, denn wenn es funktioniert, überlebe ich. Es ist meinem Überlebenswillen geschuldet, dass ich mich ihm in den Hamptons so bereitwillig hingegeben habe. Anders kann ich es mir nicht erklären.

Außerdem habe ich einen Plan B, denn ich kann mittlerweile schießen. Ich schaffe einen sauberen Kopfschuss, und das ist in unserer Welt fast alles wert. Außer mir und Sergej weiß das natürlich niemand. Als Giulio mich am Tag des Angriffs aus dem Schrank holen wollte, hatte ich seine Waffe auf ihn gerichtet. Es war meine erste und sogar eine sehr gute Gelegenheit gewesen, es zu beenden.

Und dann konnte ich es nicht.

„Ekaterina, du musst langsam dein Kleid anziehen", fordert meine Mutter mich auf.

Es ist ein wirklich schönes Kleid, auch wenn es nicht dem entspricht, was ich mir seit meiner Kindheit vorgestellt habe. Wenn ich mir meine Hochzeit mit Aleks ausgemalt habe, hatte ich in meinen Träumen immer ein spektakuläres Ballkleid an, mit einem üppigen Tüllrock und Glitzersteinen. Ich trug ein Diadem zu einer lockigen Hochsteckfrisur. Die Hochzeit von mir und Aleks war für mich, seit ich denken kann, mein ultimativer Prinzessinnentraum. Wie hätte es auch anders sein sollen, wo ich doch seit meiner Kindheit darauf vorbereitet wurde? Die Hochzeit mit Giulio ist das überhaupt nicht. Ich wollte nichts von meinen Träumen mit auf diese Hochzeit nehmen, weshalb ich mich für ein Kleid im Meerjungfrauenstil komplett aus Spitze entschieden habe. Eigentlich hatte Oksana das Kleid ausgesucht. Ihr gefielen der tiefe Rückenausschnitt und die langen Ärmel zum Carmen-Ausschnitt. Der Rock des Kleides läuft nach unten hin weit auseinander, bevor dann der hintere Teil in eine üppige Schleppe übergeht. Es ist wirklich dramatisch. Was für den Anlass nach wie vor richtig ist. Immerhin heirate ich den Mörder meines ersten Verlobten – wenn auch viel bereitwilliger, als ich eigentlich sollte.

Oksana steckt den überlangen Schleier in meinem tiefen Dutt fest. „Vater ist da. Es geht los", sagt sie leise zu mir. „Das ist die letzte Möglichkeit, dass Keela und ich dich hier rausschaffen können." Kurz will ich ihr zustimmen, den Saum des Kleides packen und einfach losrennen, aber das würde nichts nützen. Giulio verfolgt mich bis ans Ende der Welt, dessen bin ich mir mittlerweile ganz sicher. Wegzulaufen wäre ein aussichtsloser Kampf, und ich muss zugeben, mir auch gar nicht mehr so sicher zu sein, ob ich wirklich weglaufen wollte.

Mein Vater führt mich den langen Gang zwischen den aufgestellten Stuhlreihen hinunter, bis wir den Pavillon mit dem Pastor, Giulio und seinem Trauzeugen, Luca, erreichen. Oksana, die meine Trauzeugin ist, stellt sich neben Luca, als mein Vater meine Hände in die von Giulio legt. Genau genommen ist es ein sauberer Handel, wenn man vom Besitz des einen Mannes, in den eines anderen übergeht. Die Szene hätte sich auch glatt in einem der Hinterzimmer abspielen können, denn es handelt sich doch nur um ein bloßes Geschäft.

Während der Pastor seine Predigt hält, lässt Giulio meine Hand nicht los, als hätte er jetzt noch Bedenken, dass ich einfach weglaufen könnte.

Als ob ich das noch könnte.

Als ob ich das noch wollte.

Der Pastor gibt uns ein Zeichen, dass jetzt der eigentliche Teil losgeht. Bei so viel Sünde und Schuld in den Reihen, hätte er sich die ganze Predigt sparen können. Damit ist hier auch niemandem mehr geholfen. Ohnehin gehört er auch zu uns und lässt sich seine Versuche, unsere Seelen zu retten, fürstlich entlohnen.

Nachdem wir unsere Ehegelübde gesprochen haben, wird es Zeit für die Ringe und das Jawort. Giulio schiebt mir einen schmalen schlichten Ring aus Platin über, in den ein kleiner Diamant eingelassen ist. Sein Ja hört sich beinahe gehetzt an, als hätte er es sehr eilig. Mein Jawort ist leiser, kommt aber dennoch ohne zu zögern, was Giulio selbstzufrieden grinsen lässt. Er lässt den Pastor gar nicht aussprechen, bevor er seine Lippen auf meine drückt. Gott, diese Lippen sind Segen und Sünde zugleich.

Seit dem Angriff haben wir uns nur noch flüchtig treffen können. Er war ständig beschäftigt und die Sicherheitsvorkehrungen sind enorm. Die Zeit reichte nicht einmal dafür aus, ihn auf den schrecklichen Arztbesuch anzusprechen, zu dem ich letzte Woche gebracht wurde. In dem Moment, in dem die Ärztin mir sagte, dass sie meine Jungfräulichkeit attestieren müsse, wusste ich, warum er mir meine Unschuld nicht schon in den Hamptons genommen hat. Er wollte sichergehen, dass er unbeschädigte Ware kauft. Obendrein bekam ich noch die Dreimonatsspritze – ebenfalls auf seine Anordnung. Ich hätte zwar verhüten wollen, aber das einfach über meinen Kopf hinweg zu entscheiden, ist nicht in Ordnung. Und dennoch fühlen sich seine Lippen auf meinen verboten gut an.

Ich hasse Giulio.

Ich will Giulio.

Noch mehr hasse ich mich selbst, weil ich nicht einfach alles an ihm und diesem Tag hassen kann.

Die Gäste klatschen und jubeln, während seine Lippen sich von meinen lösen und wir mit ineinander verschränkten Händen den Gang in Richtung des großen Festzeltes laufen, das eigens für heute aufgebaut wurde. „Ich dachte, du würdest mindestens einen Fluchtversuch unternehmen", flüstert er mir zu und inhaliert den Duft meiner Haare, als er sich zu mir herunterbeugt. „Ich habe deinen Geruch vermisst, Principessa."

„Die Überlegung war da, aber es wäre ohnehin unnütz gewesen. Wozu meine Ressourcen verschwenden?"

„Deine Ressourcen wirst du heute Nacht noch brauchen, soviel ist sicher."

„Das wird sich noch zeigen." Ich weiß selbst, wie leer meine Worte sind.

„Du willst dich mir verweigern?", fragt er beinahe belustigt.

„Was wäre wenn?" Obwohl Sergejs Worte, dass Giulio mir sehr wehtun wird, lange her sind und Giulio mich bereits eines Besseren belehrt hat, kann ich sie dennoch nicht vergessen. Egal, was er tut, Giulio ist immer von Gefahr umwoben.

Er beugt sich zu mir, bis seine warmen Lippen mein Ohr streifen. „Ich bin vieles, Principessa, aber ich bin ganz bestimmt kein Vergewaltiger und würde mich eher erschießen, als dir wehzutun. Und glaube mir, ich will ganz bestimmt nicht, dass du dich vor mir fürchten musst." Und obwohl er ein Mörder ist und ich ihm eigentlich nicht vertrauen sollte, glaube ich ihm.

Wir werden von jedem einzelnen Gast beglückwünscht, was über eine Stunde in Anspruch nimmt. Als die Rizzos an der Reihe sind, habe ich das Gefühl, dass Mariella mir jeden Moment ein Messer zwischen die Rippen stoßen möchte. Ansonsten verhalten sich alle Anwesenden wirklich tadellos, und es kommt zur Abwechslung mal zu keinen Zwischenfällen. Danach schneiden wir die überdimensionale Torte an und füttern uns gegenseitig mit Kuchen.

Nach dem Dinner eröffnen wir die Tanzfläche. Ich muss außerdem mit meinem und mit seinem Vater tanzen und, weil es sich so gehört, auch noch mit Luca und anschließend mit Sergej. Ich genieße den kleinen Moment Ruhe, den mein Bruder mir verschafft. Während des Tanzes mit meinem Vater bläute er mir ein, mich bloß Giulios Willen zu beugen, immer kooperativ zu sein und ihn heute Nacht auf gar keinen Fall zu enttäuschen. Es kann sein, dass ich ihm ganz aus Versehen auf den Fuß getreten bin. Als Tommaso Romano mit mir getanzt hat, hat er mir eindringlich erklärt, dass jetzt ein neues Leben für mich beginnt und er mir die Tage jemanden schicken wird, der mich über die Abläufe in der Romano-Familie informiert und mir alle Sitten erklärt, damit ich meine russischen Unarten – wie er es nannte – endlich ablegen kann. Bei ihm habe ich mich nicht getraut, ihm auf den Fuß zu treten. Der Tanz mit Luca war entspannt. Er hat sich bei mir dafür bedankt, dass ich Liliana so sehr geholfen habe und weiterhin für sie da bin. Er sagte, dass er mir das niemals vergessen wird. Sergej hingegen schweigt einfach. Seine Wange liegt auf meinem Haaransatz und wir gleiten beinahe friedlich zusammen über die Tanzfläche. So friedlich es in Anbetracht meiner Situation eben sein kann. Mein Bruder spürt oft instinktiv, was ich brauche. Schon als Kind hatte er dieses Talent, auch wenn wir uns manchmal gezankt haben. Jetzt hat er gespürt, dass diese Hochzeit wirklich anstrengend ist und ich einfach einen Moment Frieden brauche, vielleicht auch, um mich für all das zu sammeln, was noch folgen wird.

„Hat er Interesse an dir?“

„Wie meinst du das?“

„Als wir in den Hamptons waren, wart ihr zusammen. Hat er dich berührt?“

„Sergej.“

„Also ja. Natürlich hat er Interesse an dir. Das ist gut.“

„Ich dachte, er wird mir wehtun?“ Ich sage ihm nicht, dass ich das mittlerweile nicht mehr denke und bereits eine gute Gelegenheit habe verstreichen lassen, um mich Giulios zu entledigen. Sergej hat viel für mich riskiert, und ich möchte nicht undankbar erscheinen, indem ich ihn jetzt infrage stelle.

„Das wird er. Das wird er noch auf vielerlei Weise, glaub mir. Aber solange er dich vögeln will, wird er dich nicht töten wollen. Das ist kein großer Trost für dich, ich weiß.“

Wir drehen uns zu den letzten Klängen des Liedes und mir wird eiskalt. Sergej kennt Giulio durch das Geschäft besser als ich. Mein Gefühl sagt mir, dass ich Giulio in dieser Hinsicht trauen kann und er mir nichts tun wird, aber Sergej ist mein Bruder und würde mir nie ohne Grund Angst machen, oder gar Schießen beibringen. Ich muss weiterhin vorsichtig sein und mir alles offen halten. „Und wenn er mich nicht mehr vögeln will?"

„Dann musst du ihn töten, Ekaterina. Töte ihn, bevor er dich tötet."

Als der Tanz vorbei ist, geht der formelle Teil in eine riesige Party über. Etwas abseits der Tanzfläche steht Liliana, die einen Aperol Spritz trinkt. Ich stelle mich zur ihr, um ihr ein wenig Gesellschaft zu leisten. Der Tag war viel zu ereignisreich und es sind zu viele Gäste anwesend, als dass ich mich ausgiebig mit jedem, der mir wichtig ist, beschäftigen kann. Doch gerade für Liliana möchte ich mir diesen Moment nehmen, wo sie doch vor wenigen Wochen hier die schlimmsten Stunden ihres Lebens durchgemacht hat.

Lili beobachtet die tanzenden Paare. Sie ist sehr gut im Beobachten und Analysieren, das weiß ich mittlerweile. Seit sie dieses schreckliche Martyrium erleiden musste und ich mich im Anschluss um sie gekümmert habe, stehen wir uns viel näher als vorher. „Er wird dich nicht umbringen. Viele wollen, dass man das von ihm denkt – dass ganz besonders du das von ihm denkst. Ich glaube, unserem Vater gefällt die Vorstellung von einer verängstigten Russin in der Hochzeitsnacht und auch danach, und Giulio muss dieser Vorstellung gerecht werden. Aber er wird dir nicht wehtun, da bin ich mir sicher." Ich hatte immer angenommen, dass Emilia meine einzige Verbündete im Hause der Romanos sei. Liliana war immer mit dabei, wenn wir alle zusammen waren, aber eben auch immer distanziert zu uns. Doch jetzt habe ich das

Gefühl, sie neben Emilia auch als Freundin in dieser mir fremden Familie zu bekommen.

„Ich hoffe es."

„Warte ab. Es wird schon alles gut werden."

Ich lache leise. Es ist ein verbittertes Lachen. „Wird es das nicht immer in unserer Welt?"

„Ja, das wird behauptet. Ich sehe das anders. Manche Dinge werden nicht mehr gut, Ekaterina. Aber das mit dir und Giulio muss nicht von Anfang an zum Scheitern verurteilt sein."

Und ich weiß, dass sie recht hat. Nach allem, was seit dem letzten Winterball geschehen ist und uns noch bevorstehen wird, ist Giulio nicht mehr das Schlimmste, was mir hätte passieren können. Das Schlimmste ist zum Teil Liliana widerfahren. Die schlimmste Gefahr für mich lauert vor den Grenzen der Stadt.

Es ist egal, ob ich Giulio fürchte oder ihn hasse. Es ist egal, dass ich ihn töten könnte. Giulio wird dafür sorgen, dass mir das Schlimmste nicht passieren wird. Er wird niemals zulassen, dass die Wasilijews mich ihm wegnehmen, weil ich ihm gehöre. Wenn ich überleben will, muss ich mit Giulio zusammenarbeiten – vorerst.

KAPITEL ZWEIUNDZWANZIG

EKATERINA

Die Feier ist noch im vollen Gange, als meine Cousins mütterlicherseits lautstark fordern, dass Giulio mich ins Bett bringen muss. Verwandte von ihm, die aus Italien eingeflogen sind, kennen diesen Brauch offenbar auch aus ihrer Heimat und stimmen mit ein. Wie schön, dass die Gemeinsamkeiten des Proletariats auch über die Landesgrenzen hinaus bestehen. Als hätten die unzähligen Bacio-Rufe, die auf einer traditionell italienischen Hochzeit nach einem Kuss des Brautpaares verlangen, nicht schon gereicht. Nicht, dass ich die Küsse nicht trotz allem genossen hätte.

Die Stimmen grölen uns noch hinterher, als wir bereits das zweite Stockwerk erreichen und schon kurz vor Giulios Zimmer sind. Erinnerungen an den Angriff vor vier Wochen huschen wieder durch meine Gedanken, als ich an das andere Ende des Flures blicke.

„Da ist sie wieder", bemerkt Giulio, als er die Tür hinter uns zusperrt.

„Wer?“

„Die ängstliche Ekaterina, die am liebsten weglaufen will.“

„Wundert dich das, nachdem du mich zu dieser entwürdigenden Untersuchung geschickt hast? Ich wusste nicht einmal, dass ich einen Arzttermin habe, als der Wagen mich abgeholt hat. Kannst du dir vorstellen, wie überrumpelt ich war?“ Ich spüre deutlich, dass mir schon wieder Tränen in die Augen schießen. Ich hasse das! Immer muss ich so schnell heulen, als wäre ich ein Kind. Am schlimmsten ist aber, dass es keine Tränen der Wut oder Scham sind, weil ich zu einer Frauenärztin musste, sondern der Enttäuschung, weil Giulio mir nicht geglaubt hat, obwohl ich ihm bereitwillig diese intimen Momente geschenkt habe.

„Verdammt.“ Giulio fährt sich durch die Haare und zieht die Jacke seines Smokings aus. Natürlich ist er bewaffnet und trägt direkt zwei Pistolen an seinem Oberkörper. „Ich wusste, dass du deswegen sauer sein würdest.“

„Und trotzdem hast du es angeordnet und mir vorher nichts davon gesagt. Und obendrein hast du mir die Verhütungsspritze geben lassen, ohne dass ich mitentscheiden durfte.“

„Erstens, habe ich gar nichts angeordnet, sondern mein Vater, und ich habe dir auch nur nichts davon gesagt, weil ich bis zum letzten Moment versucht habe, diesen Irrsinn zu verhindern. Ich weiß, dass du Jungfrau bist. Ich habe dir das die ganze Zeit geglaubt, aber seit du meinen Finger umklammert hast wie ein Schraubstock, weiß ich es auch ohne Doktortitel ganz sicher.“ Dann kommt er zu mir und legt seine Hände auf meine nackten Schultern, während er mir in die Augen sieht. „Und zweitens, erzähl das mit der Spritze nicht weiter. Wenn irgendjemand davon erfährt, sind wir geliefert. Diese Ehe ist nicht das Ende vom Lied, Ekaterina. Diese

Menschen da unten erwarten einen Nachkommen, der den Frieden besiegelt, und zwar zügig."

Mir war klar, dass ich irgendwann Kinder zur Welt bringen muss, um alle Familien zufriedenzustellen. Mir war aber nicht klar, dass es so schnell erwartet werden würde, und noch weniger, dass Giulio sich gegen den direkten Befehl seines Vaters gewendet hat. Ich zügele mein Temperament. Er macht nicht den Eindruck, als würde er mich anlügen. „In Ordnung, das mit der Spritze macht Sinn."

„Gut", sagt er jetzt wieder etwas ruhiger. „Es tut mir leid, dass du untersucht wurdest, und du hast recht, ich hätte es dir vorher sagen sollen, damit du vorbereitet bist."

„Dir tut es leid?" Ich kann nicht fassen, dass Giulio sich bei mir entschuldigt.

Er ist offenbar genauso schockiert. „Ja, mir tut es leid. Zufrieden?"

„Für den Moment ja."

Der Druck seiner Hände auf meinen Schultern löst sich. Er legt seine Wange auf mein Haar und schlingt seine Arme um meinen Körper. „Ich habe dich vermisst", flüstert er mir zu und fährt dann mit einer Fingerspitze den Saum meines tiefen Rückenausschnitts nach. Mein Körper reagiert unmittelbar. Mein Puls beschleunigt sich, mein Herz schlägt heftiger und seine Berührung hinterlässt eine Gänsehaut. Giulio entgeht meine Reaktion nicht. „Und du hast mich auch vermisst, wie ich sehe."

Er geht um mich herum, ohne seine Fingerspitzen von meiner Haut zu lösen. Seine Lippen folgen seinen Fingern und er fängt an, meinen Nacken zu küssen, was mir ein leises Stöhnen entlockt. „Genau so, Prinzessin. Ich will dich genau so." Dann setzt er seine Erkundungstour fort und küsst meine Schulterpartie.

Ich wünschte, mein Körper würde anders auf ihn reagieren, ihn nicht so sehr wollen. Ich wünschte, ich könnte mich ihm einfach verweigern und es wirklich ernst meinen, und selbst wenn er mich trotzdem nehmen würde, hätte ich aber für mich die Gewissheit, mich nicht Aleks' Mörder hingegeben zu haben. Ich hätte die Gewissheit, mich nicht freiwillig einem Monster auszuliefern. Aber all das stimmt nicht, weil ich Giulio will. Ich will Giulio auf eine Art, wie ich Aleks nie gewollt habe. Das ist die bittere Wahrheit.

„Hast du dich berührt, Ekaterina? Hast du dich die letzten Wochen angefasst und dabei an das gedacht, was ich mit dir gemacht habe?" Ich erröte schlagartig, weil alles davon stimmt. Ich habe mich angefasst, nachts, wenn ich allein in meinem Bett lag und über unsere Nacht in den Hamptons nachgedacht habe. „Wusste ich es doch. Siehst du, wie gut wir uns sogar ohne Worte verstehen? Du brauchst nichts zu sagen und ich weiß trotzdem, was du mir mitteilen willst."

„Giulio. Es. Gehört. Sich. Nicht."

„Wie war es, Principessa?" Ich liebe es, wenn er mich so nennt.

„Willst du dich jetzt wirklich mit mir darüber unterhalten?"

„Ich will mich nicht nur mit dir darüber unterhalten, ich will dir dabei zusehen, aber keine Panik – nicht heute. Also, war es so wie mit mir?"

Er weiß genau, was meine Antwort darauf ist. Es kann nie so sein wie mit Giulio, wenn es nicht er ist, der mich berührt. „Nein, war es nicht."

Er dreht mich in seinen Armen um, bis wir uns in die Augen sehen. „Das war es für mich auch nicht, Principessa." Hat Giulio etwa mit keiner seiner Schlampen mehr gevögelt? Kaum vorstellbar für mich, nach der Sache mit Mariella. Aleks hat mir gegenüber nie ein Geheimnis daraus gemacht, dass er mit anderen Frauen schläft. Bevor meine Gedanken weiter abdriften, legt Giulio seine Lippen auf meine und küsst mich. Himmel – er küsst mich, als würde es keinen Morgen mehr für uns geben. Wie kann ein Mensch nur so leidenschaftlich sein und auf der anderen Seite so eiskalt? Wie kann sich ein so tiefes Fallen nur wie Fliegen anfühlen?

„Du wirst nicht nein zu mir sagen", flüstert er in meinen Mund hinein, noch während unsere Lippen aufeinanderliegen.

„Nein."

Giulio öffnet die kleine Kette auf meinem Rücken, die das Kleid zusammenhält. Dann rutscht die feine italienische Spitze langsam von meinem Körper und bauscht sich zu einem großen Haufen um meine Fußgelenke zusammen. Für einen BH war unter diesem Kleid ohnehin keinen Platz, weswegen ich jetzt bis auf das weiße Spitzenhöschen nackt bin. Seine Augen werden noch mal dunkler, als sein Blick über meinen Körper gleitet. „Ich war noch nie mit einer so schönen Frau zusammen."

Er küsst mich wieder und drückt mich aufs Bett, während er sich von seinem Hemd befreit. Obwohl ich das eigentlich alles schon von meinem Geburtstag kenne, bin ich dennoch nervös. Es gibt nichts mehr, was Giulio jetzt noch aufhalten wird, soviel weiß ich genau. Irgendwie fühlt es sich jetzt so endgültig an, und obwohl ich Angst davor habe, dass er mir wehtun wird – zumindest jetzt gleich, wenn auch unbeabsichtigt – und ich überhaupt nicht weiß, wie das mit uns funktionieren wird, will ich auch gar nicht, dass ihn etwas aufhält.

Als ich liege, küsst er meinen Oberkörper abwärts, bis er das Bündchen meines Slips erreicht, den er einfach wegreißt. Er schiebt meine Beine auseinander und küsst die Innenseiten meiner Oberschenkel, was mich völlig um den Verstand bringt. Vielleicht ist es aber auch das Bewusstsein über das, was jetzt folgen wird. Seine Augen treffen meine, als er seinen Mund an meiner intimsten Stelle vergräbt und mit der Zunge meine Feuchtigkeit verteilt. Es ist, als würde er sämtliche meiner Reaktionen ablesen und keine verpassen wollen. Giulio leckt einige Male durch meine feuchte Spalte, bevor er nach einem der kleinen Kissen greift und es mir unter den Po schiebt. „Heute darfst du schreien, so laut du willst."

Seine Zunge gleitet wieder zwischen meine Schamlippen, bevor er meinen Kitzler zwischen seine Lippen nimmt und daran zu saugen beginnt. Giulio leckt mich so lange, bis ich anfange mich zu verkrampfen und die ersten Wellen meines Höhepunktes mich mit sich ziehen. Dann spüre ich wieder diesen Druck an meiner pochenden Öffnung, und er schiebt einen Finger in mich. Als er bis zum letzten Fingerglied in mir ist, keuche ich laut auf. Es ist nach wie vor ein ungewohntes Gefühl, und als ich mich selbst berührt habe, habe ich das auch nicht gemacht. „Du bist immer noch so unglaublich eng. Ich will wirklich dringend mit dir schlafen, Ekaterina."

Ich nicke einfach nur. Der Orgasmus ist zum Greifen nah und ich kann jetzt nicht sprechen. Ganz unmöglich. Dann liebkost er wieder meine Klitoris, und als ich spüre, wie meine inneren Muskeln sich um seinen Finger zusammenziehen, ist da wieder dieser Druck an meinem Eingang.

„Giulio", schreie ich, als ich es nicht mehr aushalte und fast platze, weil er einen zweiten Finger in mich hineinschiebt. Jetzt fühlt es sich wieder ein bisschen unbehaglich an, ist aber nach einem kurzen Moment wieder verschwunden. Das Gefühl, einen ungebetenen Eindringling in mir zu haben, weicht mit der Zeit einem erregenden Gefühl.

„Ein Gentleman würde dir jetzt anbieten, dass wir aufhören können, aber ich bin keiner, Ekaterina. Ich will dich so sehr, dass ich unmöglich aufhören kann. Du weißt gar nicht, wie lange ich dich schon will."

Irgendwann lässt er sich wieder mit dem Kopf zwischen meine Beine gleiten und neckt mit seiner Zunge meinen Kitzler. Seine Finger fühlen sich mittlerweile ganz und gar nicht mehr wie ungebetene Gäste an, sondern sind willkommen. Als der zweite Orgasmus mich überrollt, schreie ich laut, und als ich mir meine Hand vor den Mund schlagen will, um den Beweis meiner Lust zu verheimlichen, zieht Giulio sie weg.

Er kommt wieder über mich und schiebt sich seine schwarzen Boxershorts nach unten. Ich erlebe immer noch die Nachbeben von seiner Zunge, als er seine Finger aus mir herauszieht und ich etwas anderes an meinem Eingang spüre. „Nicht verkrampfen, Principessa", flüstert er mir leise ins Ohr und küsst dann die empfindliche Stelle an meinem Hals. Dann schiebt er sich ein Stückchen vor, und seine Spitze drückt sich in meine Öffnung.

Obwohl er noch nicht ganz in mir ist, fühlt es sich anders an als seine Finger. Es ist unangenehm. Er hält einen Moment inne, bevor er weiter in mich eindringt. Gerade als ich mich wieder halbwegs an das neue Gefühl gewöhnt habe, drängt er sich weiter vor, und als ich denke, dass der schmerzhafteste Teil des Ganzen jetzt wohl vorbei ist, schiebt er sich ganz in mich hinein und durchbricht die kleine Barriere, um die alle Männer dieser Welt einen riesigen Zirkus veranstalten.

Giulio keucht vor lauter Lust auf, als meine heiße Mitte ihn fest umklammert und tief in mir empfängt. Ich keuche auf, weil mich der stechende Schmerz kurz überwältigt. Wie kann sich etwas für einen Mann so gut anfühlen, was einer Frau solche Schmerzen bereitet?

„Ich verspreche dir, dass es besser wird, Prinzessin. Du wirst es noch lieben, so mit mir zusammenzukommen." Im Moment zweifele ich an seinen Worten, auch wenn das Stechen langsam nachlässt. Zumindest, wenn er sich nicht bewegt. Ich nicke ihm einfach nur zu und versuche, die aufsteigenden Tränen zu unterdrücken, die sich wieder in meine Augenwinkel schleichen wollen. „Ekaterina, ich will nicht, dass du weinst."

„Ist schon gut. Ich hätte nur nach den anderen Malen nicht gedacht, dass es doch so ist." Es ist nicht so schlimm, dass ich vor Schmerz in Ohnmacht falle, aber auch nicht schön.

„Bitte, mach weiter, Giulio." Ich bezweifele, dass es besser wird, wenn er weiter regungslos bleibt, und irgendwie will ich auch ein richtiges erstes Mal haben und nicht halb verrichteter Dinge aufhören.

Giulio presst seinen Mund auf meinen und küsst mich sanft. Unsere Zungen spielen miteinander, während er sich wieder langsam in mir bewegt. Als mir doch eine Träne aus dem Augenwinkel läuft, legt er seine Lippen auf die Stelle und küsst sie einfach weg.

Obwohl ich anhand seines angespannten Kiefers deutlich erkennen kann, dass er sich zurückhält, werden seine Stöße nicht härter.

Irgendwann flattern seine Augenlider und von meinem Geburtstag weiß ich, dass er jeden Moment kommt. Giulios Schrei ist laut und irgendwie animalisch. Ich bin mir sicher, dass sowohl meine Proleten-Cousins aus Russland, als auch die Hinterwäldler aus Italien jetzt unten in die Hände klatschen und gemeinsam ein paar Kurze trinken.

Er lächelt zufrieden und küsst meine Mundwinkel, als er sich endlich aus mir zurückzieht. Ich will gar nicht zwischen meine Beine schauen, wenn ich an die Schmerzen zurückdenke. Er schlendert in aller Ruhe nackt ins Bad rüber und bietet mir die Aussicht auf seine Kehrseite. Keela hatte immer recht damit, dass Giulio umwerfend ist. Rein körperlich betrachtet natürlich.

Gerade, als ich ein bisschen enttäuscht bin, weil er mich an meinem Geburtstag nach all unseren körperlichen Aktivitäten immer gehalten hat und jetzt, nachdem wir miteinander geschlafen haben, einfach ins Bad verschwindet, kommt er mit einem feuchten Waschlappen und einem Handtuch zu mir zurück und tupft vorsichtig über meine Mitte. Es tut gut, denn es fühlt sich immer noch wund an.

„Du musst das nicht machen", versichere ich ihm. „Ich nehme gleich eine Dusche und dann geht es wieder."

Er sieht mich mit großen Augen an und lächelt. „Ekaterina, ich weiß, dass du erst einmal heilen musst, und auch wenn du mich immer noch gerne als Monster betrachtest, kannst du dich langsam daran gewöhnen, dass ich das nicht bin. Zumindest nicht zu dir." Ich riskiere einen Blick auf das Laken und mir wird schlecht, als ich den blutigen Fleck sehe. Giulios Augen folgen mir.

„Nichts, was dir peinlich sein müsste. Jedes bisschen Blut, das du für mich gelassen hast, war es wert." Ich lasse mich einfach wieder zurück in die Kissen fallen. Ich möchte jetzt nicht weiter darüber nachdenken, welcher Stellenwert Blut in seinem Leben hat. Jedenfalls kommt er oft genug damit in Kontakt, um es nicht als ekelhaft einzustufen. Blut kann immer nur mit Blut beglichen werden – eine der Mafiaregeln kommt mir in den Sinn, denn mit meinem Blut habe ich Aleks' blutige Schulden beglichen, die er mir nach seinem Tod hinterlassen hat, indem alle mich für eine Verräterin halten. „Du kannst stolz sein, dass du dir in unserer Welt ein bisschen Tugend bewahren konntest. Ich war zwölf, als ich jede Unschuld verloren habe." Ich weiß, dass er nicht von seiner sexuellen Unschuld spricht – aber wer weiß, wann sein Vater ihn in eines der Bordelle gezerrt hat. Ich hasse es, dass die Männer in unserer Welt schon als Kind erwachsen werden müssen. Bei Sergej und Aleks war es genauso, nur ein wenig später.

„Mit zwölf hast du zum ersten Mal gemordet." Es ist kein Geheimnis, wer Giulio ist und was er getan hat.

Er nickt, zieht dann die Bettdecke über unsere nackten Körper und legt sich neben mich. „Ja. Meinem Vater war es wichtig, dass ich es auf die besonders harte Tour lerne. Die anderen Jungen mussten jeweils einen Mann umbringen, um das Initiationsritual zu bestehen. Sie waren etwas älter als ich und Vater meinte, dass sie nie Respekt vor mir haben würden, wenn ich nicht sofort den Beweis antrete. Andere waren gleich alt und mussten mitansehen, was auf sie zukommt."

„Es war eine Familie." Wieder frage ich nicht.

„Ja. Die Bianchis waren Verräter. Allein hätte ich sie niemals überwinden können. Ich war groß für mein Alter, aber schmächtig. Mein Vater hat sie von seinen Soldaten festbinden lassen, und dann sollte ich ihnen der Reihe nach die Kehle durchschneiden." Mir wird schlecht, wenn ich daran denke, dass der Mann, der gerade mit mir geschlafen hat und so sanft und rücksichtsvoll dabei gewesen ist, schon als Kind gemordet hat.

„Was ist?"

„Man sagt, unter ihnen war ein Baby."

„Ja. Unter ihnen waren Kinder und, ja, auch ein sehr kleines Kind. Vater sparte sich die Tochter bis zum Schluss auf. Ich sollte früh lernen, dass ich entweder fressen muss oder gefressen werde."

„Er hat gedroht, dich zu töten?"

„Das ist immer der Deal, Principessa. Wirst du in diese Welt – ganz besonders in die Nachfolgerpositionen – hineingeboren, dann ist das immer die Option. Du wirst ein Mörder, oder du wirst ermordet. Kein Vater will die Schande ertragen, einen Sohn zu haben, der zu einem Mord nicht fähig ist. Besonders als Nachfolger ist der Druck enorm. Niemand würde dich respektieren, wenn du es nicht tust. Also kannst du genauso gut sterben."

„Das ist barbarisch.“ Kaum vorstellbar, dass unser Vater Sergej Gleiches angedroht haben soll. Andererseits wurden mir die Details auch nie erzählt, und ganz besonders solch eines hätte Sergej oder selbst Aleks mir nie anvertraut. Obwohl Sergej, Oksana und ich die Kinder unseres Vaters sind, ist Sergej eben doch anders großgeworden als meine Schwester und ich.

Giulio schlingt seinen Arm um mich und zieht mich so nah an sich heran, bis mein Kopf auf seiner nackten Brust ruht. Dann streichelt er sanft meine Schulter. „Ja, so ist es. Es gibt keine gute Mafia, Ekaterina.“

Die Frage, die sich als logische Konsequenz daraus ergibt, brennt mir auf der Zunge, aber ich traue mich nicht, sie zu stellen. „Frag“, sagt er plötzlich, als hätte er meine Gedanken gelesen.

„Nein, schon gut.“

„Frag, Ekaterina“, fordert er mich noch einmal auf. „Du musst mich immer alles fragen, und ich will dir immer ehrlich antworten können.“ Es wundert mich, dass er es so sieht. Ich habe mich zwar immer getraut, Aleks nach allem zu fragen, wurde aber oft ohne eine wirkliche Antwort abgespeist.

„Angenommen wir bekämen eines Tages einen Sohn, würdest du ihm Gleiches zumuten?“ Meine Kehle wird staubtrocken, als ich die Frage ausspreche. Es ist zu endgültig, da wir jetzt verheiratet sind und ich ihm gehöre. Ich muss ihm irgendwann Kinder schenken, bis er einen Nachfolger gezeugt hat. Aus dieser Ehe gibt es nur einen Ausweg, sowohl für mich als auch für ihn, und das ist der Tod.

„Ja. Ich würde es genauso machen“, sagt er nach einer längeren Pause, und das Blut gefriert mir in den Adern.

Als ich endlich einschlafe, bin ich wieder dankbar, dass Sergej mir das Schießen beigebracht hat und mir eine Waffe besorgen wird. Spätestens, wenn wir einen Sohn haben, werde ich Giulio töten müssen. Spätestens dann muss ich es durchziehen, ganz gleich, wie gut sich der Rest auch anfühlen mag.

KAPITEL DREIUNDZWANZIG

EKATERINA

Ich beziehe einen Tag nach den Hochzeitsfeierlichkeiten Giulios Räumlichkeiten im Stadtanwesen der Romanos. Die ersten Stunden verbringe ich damit, die verschiedenen Zimmer zu erkunden und mich mit meinem neuen Zuhause vertraut zu machen.

Nachdem Giulio mich herumgeführt hat und mir neben unserem privaten Räumen auch den Rest des Hauses gezeigt hat, hat er sich von mir verabschiedet und mir versprochen, abends zurück zu sein und mit mir auszugehen. In seiner Abwesenheit habe ich angefangen, meine Koffer und Umzugskisten auszupacken und meine Sachen einzuräumen.

Seine Kleidung nimmt nicht einmal die Hälfte des Ankleidezimmers ein, und irgendwie sieht alles gleich aus. Schwarz reiht sich an Grau. Dunkelrot, Dunkelblau und hier und da etwas Weißes bilden die einzigen Kontraste. Ich ziehe mir einen kleinen Tritthocker heran, um meine dicken Winterpullover ganz oben in die Fächer zu sortieren. Hinter dem Regalfach ist ein etwa schuhkartongroßes Lüftungsgitter verbaut. Sergej sagte mir, dass ich ein Versteck suchen müsse, in dem ich eine Waffe deponieren könne. Das Gitter lässt sich einfach durch einen Klickmechanismus entfernen und wieder anbringen. Ich lege meine ordentlich gefalteten Pullover davor.

Seit unserer Verbindung hat sich Giulio eigentlich mir gegenüber von der besten Seite gezeigt. Nie im Leben hätte ich damit gerechnet, dass er so umgänglich sein könnte. Ebenso hatte ich nie gedacht, dass er körperlich anziehend für mich sein oder mir nahekommen könnte, wie er es getan hat. Die Option, ihn zu erschießen, war dadurch immer mehr in den Hintergrund für mich geraten, aber dass Giulio zugegeben hat, wie er einen Sohn von uns abrichten würde, so muss ich eben darauf reagieren, sollte sich dieser Fall jemals bewahrheiten. Oder dann, wenn er mir gegenüber kaltblütig wird und sich doch noch dafür entscheidet, die russische Verräterin loswerden zu wollen.

Ein leises Räuspern erinnert mich daran, dass ich in diesem Haus niemals allein sein werde. Liliana steht im Türrahmen. „Störe ich dich? Ich habe draußen geklopft, aber du hast mich nicht gehört. Giulio schließt außerdem nie ab, obwohl er eigentlich ungern Besuch hier hat." Sie lächelt etwas verunsichert. „Ich weiß, dass mein Bruder nicht da ist und du hier allein bist, sonst wäre ich nicht einfach reingekommen."

„Nein, du störst nicht. Sollen wir uns setzen?"

„Ich wollte dir eigentlich nur sagen, dass um sieben gegessen wird. Vater sagte mir, dass er dir noch niemanden zur Seite gestellt hat, der dir die Gepflogenheiten in unserem Haus erklärt, und ich bezweifle, dass Giulio dir heute alles mit auf den Weg gegeben hat."

„Das ist lieb, danke. Giulio wollte mich heute zum Essen ausführen."

„Oh, in Ordnung. Wenn du es dir anders überlegst, kannst du einfach runterkommen. Man gewöhnt sich daran, mit so vielen Menschen zusammenzuleben." Liliana weiß, dass wir bei meinen Eltern immer nur als Familie zusammen gegessen haben. Bei uns waren auch selten alle Soldaten und deren Familien anwesend. Für meinen Vater war es immer wichtig, uns so gut es geht von allem abzuschirmen. Bei den Romanos hingegen sind ständig Besucher anwesend.

„Danke."

Liliana ist schon auf dem Weg zur Tür, als sie sich zu mir umdreht. „Wir haben seit der Trauung gestern noch gar nicht gesprochen. Ist alles in Ordnung bei dir?"

Dass gerade sie mich das fragt, wo doch bei ihr seit Wochen gar nichts mehr in Ordnung ist, rührt mich. Im Vergleich zu dem, was ihr passiert ist, wäre sogar eine lieblose Ehe mit ihrem Bruder harmlos. Zumindest solange er mich nicht einfach umlegt.

„Ja, es geht mir gut."

„Gut. Ich weiß, dass du Giulio eigentlich nicht wolltest. Ich hoffe, du kannst dich hier trotzdem irgendwie einleben." Dann verlässt sie unsere Wohnung, und ich denke noch lange darüber nach, wie sehr sich Lili geirrt hat.

Die Stunden vergehen, und als Giulio um sieben noch nicht zurück ist, überlege ich, nach unten zum Dinner zu gehen. Mein Magen knurrt, und ich habe Hunger. Dennoch will ich mich dieser neuen Situation nicht allein stellen und mit all den Romanos und ihren Soldaten – und noch viel schlimmer, den Rizzos inklusive Mariella – allein zu Abend essen. Es sind einfach furchtbar viele Menschen anwesend, obwohl nicht der ganze Romano-Clan hier wohnt.

Niemand hier würde direkt das Wort an mich richten und es mir ins Gesicht sagen, aber jeder aus dem Romano-Clan sieht mich mit Misstrauen und der dazugehörigen Verachtung in den Augen an. Ich weiß, dass ich für diese Menschen zu meinen Lebzeiten immer eine Verräterin sein werde.

Irgendwann gegen neun Uhr abends durchsuche ich die Küche nach etwas Essbarem, finde aber nur Wasser, Softdrinks und Alkohol im Kühlschrank. In einem der Schränke liegt ein Paket Cracker, das ich zusammen mit einer Cola zum Sofa nehme.

Mein altes Handy musste ich mit meinem Tablet und Notebook einem von Tommasos Soldaten geben, als mein Gepäck hochgebracht wurde. Vermutlich hat er Bedenken, dass mein Vater mich verwanzt hat und über mich die internen Geheimnisse der Famiglia herausbekommen könnte. Ich bin gerade einmal einen Tag mit Giulio verheiratet und fühle mich einsam wie nie zuvor im Leben. Ich vermisse meine kleine nervige Schwester, die ständig in mein Zimmer kommt und Sachen von mir entführt und die abendlichen Chats mit Keela, in denen wir zusammen über irgendwelche belanglosen Reality Shows hergezogen haben.

Also zappe ich durch die Fernsehprogramme und bleibe bei Keeping Up with the Kardashians hängen. Zusammen mit den Crackern und der Cola fühlt sich wenigstens mein Fernsehabend etwas heimisch an. Als es schon nach zehn ist, beschließe ich, dass Giulio mich versetzt hat.

Ich werde wach, als ich hochgehoben und gegen einen warmen Körper gedrückt werde. Als Erstes nehme ich seinen Geruch wahr, den ich unter Tausenden erkennen würde. „Ich wollte dich nicht wecken, Principessa.“ Er küsst meinen Scheitel.

„Wo warst du?“

Er mustert mein kurzes Cocktailkleid und verzieht das Gesicht. „Du hast auf mich gewartet?“

„Natürlich. Du hast gesagt, dass wir ausgehen.“

„Mir ist etwas im Bizarro dazwischengekommen." Er setzt mich auf dem großen Bett ab. „Sag mir bitte, dass du unten gegessen hast." Ich schüttele den Kopf, und seine Augen werden noch dunkler, als sie es ohnehin schon sind. „Wieso warst du nicht unten? Mein Vater wusste, dass ich nicht eher kommen konnte."

„Liliana war hier, um mir mitzuteilen, dass um sieben gegessen wird." Mir ist klar, dass Lili nichts von seiner Verspätung gewusst haben wird und Tommaso mit Absicht niemanden zu mir geschickt hat, um mich zu informieren, aber das will ich ihm jetzt nicht sagen. Auch wenn Tommaso mich verachtet und sich einen Spaß daraus macht, mich warten zu lassen, will ich nicht unnötig Öl ins Feuer gießen.

„Und trotzdem bist du hier geblieben? Wann hast du zuletzt gegessen?"

„Ein Sandwich auf der Rückfahrt aus den Hamptons und dann hatte ich einige Cracker."

„Einen Tag verheiratet und du machst mich schon wahnsinnig, aber nicht auf die gute Art und Weise", sagt er lächelnd, was seine Worte zum Glück entschärft. „Bist du müde?"

Nach dem kleinen Nickerchen vorm Fernseher fühle ich mich wieder erstaunlich fit. „Nein, es geht wieder." In Erwartung dessen, was jetzt kommt, stehe ich auf und deute auf den Reißverschluss an meinem Rücken.

„Warum willst du dieses Kleid ausziehen?", knurrt er mich an.

Ich zucke ein wenig zusammen. Wenn er so ist, mag ich ihn immer noch nicht. „Du fragtest, ob ich müde bin. Ich nahm an, dass du …"

„Du denkst also, ich versetze dich, schleppe dich dann ausgehungert und todmüde ins Schlafzimmer und ficke dich zum Abschluss, nachdem ich dich vor nicht einmal vierundzwanzig Stunden entjungfert habe und du vermutlich sogar noch Probleme beim Sitzen hast? Hört sich das richtig für dich an?" Sein Blick ist wieder weicher.

„Wenn du es so sagst, hört es sich ziemlich daneben an."

„Komm, nimm dir eine Jacke und dann fahren wir."

„Wohin?"

Er verdreht genervt die Augen. „Komm jetzt, Frau."

„Ich glaube, ich war zuletzt mit Sergej bei McDrive, als er seinen Führerschein bestanden und mich und Oksana gezwungen hat, den ganzen Abend mit ihm durch die Stadt zu fahren." Ich kann immer noch nicht fassen, dass ich in einem Tausend-Dollar-Kleid und einem Chanel-Trenchcoat neben ihm in seinem teuren Audi sitze und wir Pommes und Burger aus Pappschachteln essen.

„Sergej ist ein katastrophaler Autofahrer."

Ich muss an Sergejs unmögliche Fahrweise denken und daran, wie sich Oksana sogar einmal im Auto übergeben hat. „Das ist er."

„Im Notfall kennen wir alle keine Geschwindigkeitsbegrenzungen." Bisher ist Giulio eigentlich immer ziemlich passabel gefahren. Zumindest wurde mir nicht schlecht. Vielleicht sollte Oksana seine Fahrweise testen.

„Sergej sagt, es liegt an den Autos, die er hat. Sie verleiten ihn dazu, Gas zu geben."

„Bullshit! Sergej gibt einfach gerne Gas. In einem alten Golf würde er genauso beschissen fahren wie in seinem Mercedes. Was fährst du am liebsten?"

Ich schiebe mir einen Pommes in den Mund und schlinge ihn schnell herunter, bevor ich antworte. „Ich mag deinen Wagen. Das Auto ist sportlich, gar nicht so mafiamäßig, aber ich mag auch Leonardos Mercedes."

Giulio zerdrückt die Pappe seines zweiten Burgers. „Ich meinte eigentlich, mit welchen Autos du am liebsten fährst, wenn du selber fährst."

„Ich habe keinen Führerschein."

„Was?" Er sieht regelrecht schockiert aus, dabei ist es für mich ganz normal. Von den Frauen in meiner Familie fährt niemand Auto. Weder die, die in den USA leben, noch unsere Cousinen und Tanten in Russland. Ich weiß, dass Keela einen Führerschein hat und außerhalb der Stadt manchmal selbst fährt, aber sie ist ja auch eine Mörderin und Clanmitglied.

„Unser Vater hat uns nie einen machen lassen. Das ist bei uns einfach nicht üblich, und ich denke, er hat nie eine Notwendigkeit darin gesehen. Unsere Eltern haben eher auf andere Dinge bei uns Mädchen Wert gelegt."

„Und die wären?"

„Oksana und ich hatten viele Jahre Ballettunterricht, den ich wirklich gehasst habe. Wir wurden auch in Standardtänzen gelehrt – ach, und in Connecticut waren wir auch in einer Reitschule, das allerdings eher zu unserem Vergnügen." Kurz überlege ich, ob ich davon anfangen soll, denke mir dann aber nichts Schlimmes dabei, weil es so gewesen ist. „Da es immer hieß, dass ich Aleksandr heiraten würde, wurde perfektes Russisch erwartet. Zu Hause sprachen wir zwar immer Russisch, aber ich bekam zusätzlichen Unterricht in Schrift und in russischer Geschichte. Die Iwanows sind außerdem begnadete Skifahrer gewesen, also hatte ich die ein oder andere Lektion im Winterurlaub. Abgesehen davon legten meine Eltern stets großen Wert darauf, dass die Noten stimmten – natürlich auch bei Sergej. Unsere Mutter bemühte sich außerdem, Damen aus Oksana und mir zu machen."

Giulio schüttelt den Kopf und lacht. „Verrückt!"

„Was?"

„Sie haben dich als perfekte Ehefrau für Iwanow ausgebildet, waren aber nur auf den äußeren Eindruck bedacht. Was bringen dir Ballett und Skifahren, wenn du mit einem Mörder verheiratet bist?"

„Ich bin jetzt auch mit einem Mörder verheiratet."

„Natürlich bist du das. Allerdings mit einem, der möchte, dass du Autofahren kannst."

„Ist das dein Ernst?"

„Ja. Liliana hat einen Führerschein, und Emilia wird bald mit ihren ersten Fahrstunden beginnen. Du solltest es auch können. Ich werde es dir beibringen, Principessa."

Als wir zum Anwesen der Romanos zurückkehren, ist es schon mitten in der Nacht. Andere würden vielleicht sogar sagen, dass es früher Morgen ist. Ich pelle mich aus meinem Kleid und schlüpfe in ein dünnes Nachthemd. Giulio liegt mit nacktem Oberkörper auf dem Bett und blickt konzentriert auf sein Tablet. Er schaut auf, als ich den Raum betrete, und wirkt kein bisschen müde.

„Gehst du immer erst so spät ins Bett?", frage ich ihn gähnend.

„Man wird zwangsläufig zum Nachtmenschen. Wir arbeiten rund um die Uhr, aber meist nachts, weil dann alle Clubs geöffnet sind." Er hebt die Bettdecke neben sich an, und ich lasse mich darunter gleiten. Dann legt er sein Tablet zur Seite und dimmt das Licht, bis wir nur noch schwach von der kleinen Lampe auf seinem Nachttisch beleuchtet werden. „Warum bist du nicht mit Liliana zum Dinner gegangen? Diesmal die Wahrheit."

„Ich wollte nicht allein runtergehen."

„Warum nicht? Du hättest mit Lili essen können."

Er blickt mich mit seinen dunklen Augen an. Wenn er mich so ansieht und mich fragt, ob ich ihn töten würde, könnte ich dann lügen? Ich verdränge den Gedanken. Ich hasse diesen Gedanken. „Ich hatte Angst."

Sein Blick verdüstert sich plötzlich. „Vor meinem Vater?"

„Ja, und vor den Rizzos."

„Ich hasse diese Sippe, Principessa. Ich hasse sie so sehr."

„Du hast mit ihr geschlafen", rutscht es mir raus.

„Nein, habe ich nicht. Mariella habe ich gefickt. Ich schlafe nur mit einer Frau, und zwar mit meiner und die bist du." Es überrascht mich, dass er das so sieht. Mariella war über Jahre die Top-Anwärterin auf die Position als Giulios Verlobte. Seine Augen ruhen wieder auf meinem Gesicht, so als würden sie jede Reaktion, die sich in ihm spiegelt, scannen und verwerten wollen. „Ich habe Mariella nicht mehr angerührt, seit wir richtig zusammen sind."

„Du warst nach der Verlobung mit ihr zusammen. Sie hat die Details in der Schule herumerzählt", weise ich ihn auf diesen katastrophalen Tag nach den Weihnachtsferien hin, als sich alle das Maul über mich zerrissen haben.

„Da waren wir noch nicht richtig zusammen."

„Dann kann ich dir leider nicht folgen." Mir wäre es neu, dass wir überhaupt je richtig zusammengekommen sind und wenn er nicht den Tag der Verlobung als Zeitpunkt dafür festsetzt, dann weiß ich es auch nicht.

„Du solltest trotzdem keine Angst vor den Rizzos haben. Nicht so, dass du dich nicht allein hinuntertraust. Du stehst jetzt über ihnen."

Die Hierarchie hier ist ähnlich der unseren. Mir ist klar, dass ich als Giulios Frau über Mariella stehe. „Es fühlt sich aber nicht so an. Sie ist hier tief verwurzelt."

„Das wirst du bald auch sein." Er zieht die Decke von mir herunter. „Und jetzt, widmen wir uns den ehelichen Pflichten."

„Ich dachte, du willst das heute nicht?"

Er schiebt das Nachthemd über meine Hüften. „Ich will dich immer, Principessa. Trotzdem werde ich dich heute nicht nehmen."

Giulio drückt meine Knie auseinander, lässt sich zwischen meine Beine gleiten und küsst mich. Als seine Zunge quälend langsam meine Spalte nach oben leckt und endlich an meinem Epizentrum ankommt, lässt er mich alles um mich herum vergessen. Ich habe mir ihn nicht ausgesucht und bin auch nicht freiwillig mit ihm zusammen, dennoch genieße ich die Zeit mit ihm mehr, als ich eigentlich zugeben möchte.

KAPITEL VIERUNDZWANZIG

EKATERINA

Die nächsten Tage vergehen ereignislos. Es ist, als wäre ich in diesem Haus gefangen, ohne jeden Kontakt zur Außenwelt. Giulio hat mir bis jetzt noch kein neues Handy oder sonstige Geräte zur Kommunikation zukommen lassen, und ich traue mich auch nicht, ihn danach zu fragen, also verbringe ich die meiste Zeit allein in unserer Wohnung.

Immerhin hat er Leonardo beauftragt, einige Einkäufe zu tätigen, weswegen der Kühlschrank jetzt neben Getränken auch Lebensmittel beinhaltet. Leonardo und Liliana sind die einzigen, die mich in regelmäßigen Abständen in meinem Verließ besuchen, da Emilia einen Teil der Ferien in Italien verbringt und bereits nach unserer Hochzeit mit den Verwandten dorthin geflogen ist. Giulio hingegen glänzt durch Abwesenheit.

Mir war natürlich vorher klar, dass er nie viel Zeit für mich haben wird – worüber ich sogar immer ziemlich dankbar gewesen bin. Jetzt langweile ich mich zu Tode. Immerhin ist er seit unserem nächtlichen McDonalds-Ausflug jeden Abend zum Essen hier gewesen, damit ich nicht allein bei seiner Familie sitzen muss, oder er hat mich ausgeführt. Danach muss er meistens noch Dinge erledigen, von denen ich lieber nicht wissen will, worum es sich genau dabei handelt. Mitten in der Nacht kommt er dann zurück. Ich weiß nicht, ob er mich wecken würde, aber ich wache jedes Mal auf. Obwohl wir seit der Hochzeitsnacht nicht wieder miteinander geschlafen haben, lässt er mich nicht ohne mindestens einen Orgasmus wieder einschlafen. Er fragt nicht einmal nach Sex, und dabei liegt unsere Hochzeit jetzt über eine Woche zurück. Ich weiß nicht, ob es schon wieder gehen würde und ich keine Schmerzen hätte. Trotzdem finde ich es höchst bedenklich, dass er in diese Richtung gar kein Interesse mehr äußert.

Die letzten Tage hat Liliana mich immer pünktlich um eins zum Lunch geholt, damit ich nicht wieder vor lauter Panik oben bleibe oder allein essen muss. Heute lässt sie allerdings auf sich warten. Lili ist nach wie vor in keinem besonders guten Zustand und zieht sich die meiste Zeit über allein in ihr Zimmer zurück. Als sie um viertel nach eins noch nicht bei mir aufgetaucht ist, beschließe ich, über meinen Schatten zu springen und sie in ihrem Zimmer aufzusuchen.

Als ich auf den langen Flur trete, bin ich zunächst allein, doch schon nach der nächsten Kreuzung, die direkt ins Treppenhaus führt, begegne ich einigen Italienerinnen. Sie sind in meinem Alter, vielleicht auch ein wenig älter. Zwei von ihnen kenne ich aus der Schule. Sie sind Töchter von Soldaten. Die anderen Gesichter erkenne ich nur vage von unserer Hochzeitsfeier. Sie unterhalten sich laut auf Englisch und kichern über irgendeinen Restaurantbesuch vom Vorabend. Ich nicke ihnen im Vorbeigehen zu und grüße sie mit einem einfachen Hallo. Als sie mich wahrnehmen, verändert sich ihre Haltung.

„Ciao“, grüßen sie mich im Chor, bevor sie sich auf Italienisch weiter unterhalten. Ich habe die Sprache nie gelernt, weder zu Hause noch in der Schule. Meine Eltern haben nie Wert daraufgelegt, und ich hatte auch kein eigenes Interesse, sie zu erlernen – wieso auch? Italien war weder ein Reiseziel, das für uns infrage gekommen wäre, noch sonst von irgendwelcher Bedeutung. Ich verstehe sie nicht, schnappe aber immer wieder Wortfetzen auf, die ziemlich oft „la russa“ beinhalten. Mich überkommt das mulmige Gefühl, dass russa Russin bedeuten könnte und der Rest nicht unbedingt nett gemeinte Komplimente sind. Gerade, als ich die Frauen nur noch im Augenwinkel sehe, gesellt sich eine hochgewachsene Gestalt zu ihnen, die sich ihre kurzen schwarzen Haare hinter ihr Ohr streicht und mit in das Lachen der Gruppe einfällt. Ich wusste, dass Mariella mir es hier nicht leicht machen würde und nur auf eine Gelegenheit wartet, wo sie mich ohne Giulio, Liliana oder Leonardo antrifft.

Ich laufe so schnell meine Füße mich tragen in das obere Stockwerk und gerade, als ich um die Kurve abbiegen will, pralle ich gegen eine menschliche Wand. Giulio schlingt seine Arme um mich. „Warum so eilig?“

„Oh, du bist hier?“

„Büroarbeiten.“

„Ich wollte nach Liliana sehen. Sie ist heute nicht gekommen, um mich zum Lunch abzuholen.“

„Sie kommt heute nicht.“

„Ist sie okay?“

Er lächelt. „Sie ist okay, aber wir werden gleich nicht mehr im Haus sein.“

„Wir haben etwas vor?“

„Ja“, sagt er nur knapp und grinst mich verheißungsvoll an, bevor er nach meiner Hand greift und mich mit sich zieht.

Nachdem wir Manhattan hinter uns gelassen und etwa eine gute Dreiviertelstunde Fahrtzeit mit Musikhören und belanglosem Geplänkel verbracht haben, biegen wir in ein abgelegenes Industriegebiet. Aus den Erzählungen von Aleks und Sergej kenne ich solche Orte nur zu gut, und selten bedeuten sie etwas Gutes. Bevor ich mich überhaupt versteifen kann, legt Giulio seine Hand auf meinen Oberschenkel und streichelt mich. Wir biegen auf eines der Gelände ab, und er hält seinen Wagen nahe am Gebäude, einer riesigen Lagerhalle, auf der die Werbung einer Spedition prangt. „Denk gar nicht daran, dass ich dich hergebracht habe, um dich loszuwerden.“ Er lacht dabei, so als würde er es mittlerweile unterhaltsam und nicht mehr nervig finden, dass ich in solchen Situationen immer noch Panik bekomme. „Ich habe nicht vor, dich zu töten. Wir beide sind noch lange nicht miteinander fertig.“

Das hier ist kein Ort, an dem man gerne ist oder sich wohlfühlen könnte. Selbst wenn man nicht wüsste, wozu dieser Ort dient, wäre hier nichts, das zum Bleiben animiert. So viel steht fest. Mit einer kleinen Fernbedienung öffnet Giulio eines der Rolltore, hinter dem ein neuwertig aussehender Audi steht. Kein imposantes Modell wie Giulios, sondern ein Kleinwagen. „Was ist das?“

„Ein Auto. Ein Audi A1, wenn du es ganz genau wissen willst.“

„Wirst du jetzt umweltbewusst oder so?“

„Du hast heute deine erste Fahrstunde, und ich dachte, ein kleinerer Wagen und außerhalb der Stadt zu fahren, macht es erst mal einfacher für dich.“

„Jetzt? Mit dir? Ist das dein Ernst?“ Ich habe ihm schon geglaubt, als er mir die Nacht auf dem Parkplatz der Fastfoodkette sagte, dass ich einen Führerschein machen sollte. Mir war nur nicht bewusst, dass er es so schnell in

Angriff nehmen würde und mir den praktischen Unterricht erteilt. Ich nahm eigentlich an, dass ich vielleicht gemeinsam mit Emilia eine der Fahrschulen in der Stadt besuchen würde, sobald sie aus ihrem Italienurlaub zurück ist.

„Ja, mein Ernst." Er öffnet die Fahrertür. „Komm."

Es fühlt sich komisch an, selbst auf dem Fahrersitz zu sitzen, wenn man die meiste Zeit seines Lebens auf der Rückbank verbracht hat. Giulio erklärt mir zuerst ziemlich lange alles Mögliche. Er zeigt mir das Armaturenbrett und erklärt mir den Unterschied zwischen Automatik- und Schaltgetriebe. Ich bin erleichtert, als er mir mitteilt, dass alle Autos der Romanos mit Automatikgetrieben ausgestattet sind und sowieso die meisten Amerikaner keine Schaltwagen fahren. Nach einer gefühlten Ewigkeit lässt er mich endlich den Wagen starten, und als ich mich traue, meinen Fuß von der Bremse zu nehmen, bewegt sich das Auto aus der Lagerhalle. „Hilfe, ich fahre!"

„Du fährst nicht, du rollst. Gib Gas und lenke. Mehr ist es nicht – Gas geben, bremsen und lenken."

„Und die Verkehrsregeln kennen."

„Die du hier nicht weiter zu befolgen hast. Also fahr erst einmal los."

Ich lenke den Wagen im Schneckentempo über das Speditionsgelände. „Gehört das Gelände der Famiglia?"

„Es ist uns zugefallen, nachdem der Vorbesitzer der Spedition von uns gegangen ist." Wie er gestorben ist, brauche ich nicht zu fragen. Ich bin mir sicher, dass die Romanos, wenn nicht auch meine eigene Familie, damit zu tun hatten. „Die Firma besteht noch, wird jetzt aber von uns geleitet."

„Heißt also, dass oberflächliche Aufträge in normalem Maße fortgeführt werden und den Deckmantel für das wirkliche Geschäft hergeben. Schon verstanden."

„Aleksandr hat dir mehr zugetraut, als ich dachte."

„Wie kommst du darauf, dass Aleks mir solche Dinge erzählt hat?"

„Deine Familie hält die Frauen aus allem raus. Ich glaube, von allen Familien wissen die Markow- und die Iwanow-Frauen am wenigsten. Es ist typisch russisch, dass ihr Frauen im Unklaren gelassen werdet."

„Wieso sollte Aleks mir etwas erzählt haben? Ich hätte es genauso gut selbst schlussfolgern können. Nur weil ich eine Frau bin und stets aus allem herausgehalten wurde, bedeutet das nicht, dass ich dämlich bin."

„Ich halte dich ganz und gar nicht für dämlich. Ich denke trotzdem, dass du es von Aleks hast, weil er dir dringend an die Wäsche wollte, seit du Brüste bekommen hast, und er dich so manipulieren konnte."

Aleks wollte mich manipulieren, wenn auch nicht durch Informationen über das Geschäft. Dennoch muss ich sein letztes bisschen Ehre verteidigen, denn Aleks kann es nicht mehr. Soviel bin ich ihm schuldig. „Man spricht nicht schlecht über einen Toten. Hat man dir das nicht beigebracht?"

„Man hat mir beigebracht, dass man jemanden nicht nachträglich in den Himmel loben soll, der dort nie hingehört hätte. Aleks war kein Engel, und du solltest aufhören, dir etwas vorzumachen und ihn als jemanden in Erinnerung zu behalten, der er nie gewesen ist." Obwohl ich mittlerweile eingesehen habe, dass die Iwanows uns wirklich verraten haben müssen und Aleks irgendwie dort hineingeraten ist, verärgert mich Giulios Aussage. Aleks war mein Freund. Er hat einen Fehler gemacht und dafür mit seinem Leben bezahlt. Muss er ihn nachträglich noch weiter erniedrigen?

„Du hast doch selbst zwei Seiten. Aleks war genauso wenig nur gut, wie du nur schlecht bist."

Giulio wird hellhörig und schaut kurz zu mir herüber, bevor er sich wieder auf mein Fahrverhalten konzentriert.

„Bilde dir nicht zu viel darauf ein, dass ich kein grausamer Ehemann sein möchte. Und bilde dir ebenfalls nichts darauf ein, dass Aleks sich in deiner Gegenwart nie grausam verhalten hat. Aleks war nie besser als ich."

„Aleks hat aber nie ein wehrloses Baby umgebracht." Die Worte verlassen schneller meine Lippen, als ich darüber nachdenken kann, und ich bereue es augenblicklich. Giulios Gesichtszüge verfinstern sich von einer Sekunde auf die nächste. Ich weiß sofort, dass ich mit dem, was ich gesagt habe, zu weit gegangen bin.

Als wir auf den Vorplatz kommen, sagt er mir, ich solle den Wagen zurück in die Lagerhalle fahren und in seinem Auto auf ihn warten. Ich folge seinen Anweisungen und presse mich in den Sitz seines Sportwagens. Nach einigen Minuten fährt ein LKW auf das Gelände, der von mehreren Motorrädern mit gefährlich aussehenden Typen darauf begleitet wird. Zwei dunkle Limousinen und ein kleinerer Lieferwagen runden das Gespann ab. Während der LKW rückwärts vor eine der Rampen fährt, fahren die Motorräder und Limousinen ins Innere der Lagerhalle. Einige von Giulios Männern positionieren sich auf dem Gelände, und ich erkenne Riccardo Marino, der mir vom Rolltor aus zuwinkt. Als Nächstes fahren Sergejs Mercedes und der Wagen meines Vaters auf die Spedition zu, die dicht von Nialls Cabrio gefolgt werden. Sein Auto ist eigentlich viel zu auffällig für einen Mann in seiner Position, aber vielleicht braucht er es – wer weiß. Es hängen natürlich wieder alle Familien mit drin. Beängstigend, wie jedermann wieder meinem Vater vertraut, nur weil Giulio im Gegenzug mich bekommen hat.

Es dauert eine gute Stunde, bis Giulio endlich zurückkommt und den Motor startet. Während der gesamten Wartezeit konnte ich nichts tun, außer aus dem Fenster zu schauen und zu warten. Da ich kein Handy mehr habe, blieben

Wartezeit-Chats mit Keela oder Oksana aus und ich konnte auch kein E-Book lesen. Musik konnte ich deswegen nicht hören, weil Giulio den Schlüssel bei sich hatte. Ich war einfach allein – wie auch die meiste Zeit im Anwesen der Romanos. Seine Worte über Aleks verletzen mich, auch wenn ich weiß, dass ich ihn mit meinen Worten wütend gemacht habe. „Ich weiß, dass ich dich verärgert habe, aber strafst du mich wirklich mit Isolation? Ich habe seit der Hochzeit kein Handy mehr. Ich bin schon die ganze Zeit allein, reicht dir das nicht?“ Kurz sieht sein Blick so aus, als wäre er verwundert. Trotzdem reagiert er nicht auf mich.

Nach einer Fahrt, bei der niemand von uns ein Wort redet, kommen wir in unserer Wohnung an. „Zieh dich um“, befiehlt er mir.

„Giulio …“

„Zieh dich um.“ Er verschwindet ohne ein weiteres Wort im Bad.

Das Essen verläuft wie gedacht, und wenn sich Lili nicht mit mir unterhalten würde, könnte ich hier genauso gut allein sitzen. Giulio würdigt mich keines Blickes, Emilia ist im Urlaub und Luca unterwegs, Leonardo bemerkt die angespannte Stimmung und traut sich nicht, mit mir zu sprechen, und die restlichen Familien- und Clanmitglieder der Romanos ignorieren mich sowieso. Immerhin bleibt mir in Giulios und Leonardos Nähe wenigstens die Schmach erspart, dass über mich am Tisch getuschelt wird. Einige Unterhaltungen werden zwar auf Italienisch geführt, aber die meisten führen ihre allgemeinen Gespräche auf Englisch.

Nach dem Essen gehe ich sofort in unsere Wohnung, während Giulio sich auf den Weg zu einem Treffen macht. Ich tausche mein Kleid gegen ein Nachthemd und gehe früh ins Bett. Ich bereue es, den Mord der Bianchis erwähnt zu haben. Mir war nicht bewusst, dass Giulio so etwas wie eine wunde

Stelle hat, doch offenbar habe ich damit tatsächlich eine gefunden. Bisher hat es ihn nie sonderlich gestört, wenn ich ihn mit seinen Sünden konfrontiert habe. Er stand zu jeder Tat, hat keine davon beschönigt, aber auch nichts davon bereut. Der Mord an diesem Kind, als er selbst noch eines war, muss ihm wahnsinnig unter die Haut gegangen sein, wenn er so darauf reagiert. Und nach all den Monaten, in denen ich ein wenig von seiner menschlichen Seite sehen durfte, weiß ich, dass ich jetzt wieder das Monster geweckt habe.

Es ist mitten in der Nacht, als ich seine Gegenwart im Zimmer spüre. Ich fühle die Kälte, die sich über mich legt, während er am Ende des Bettes steht und mich beobachtet. Er hat seine Jacke ausgezogen und trägt jetzt nur noch seine schwarze Jeans und sein graues Hemd, dessen Ärmel er hochgekrempelt hat. In seinem Hosenbund steckt eine Beretta, die silbrig im schwachen Licht glänzt. Seine Hände hat er in seinen Hosentaschen vergraben, und die Muskeln seiner starken Arme zeichnen sich deutlich unter dem dünnen Stoff ab. „Warum brennt bloß immer dieses verfluchte Licht?"

„Ich habe Angst im Dunkeln." Ein Lächeln umspielt seine Lippen. Er amüsiert sich über meine Angst. Ich weiß, dass ich heute weit über das Ziel hinausgeschossen bin und ihn wirklich verärgert habe. Das Geräusch seines Gürtels, als er die schwere Schnalle öffnet und das Leder durch die Ösen zieht, ist unheilvoll. Mit einer fließenden Bewegung packt er meine Fußgelenke und zieht mich grob bis an den Rand des Bettes. „Aua, du tust mir weh! Wenn du so bist, habe ich Angst vor dir."

Sein Gesichtsausdruck bleibt starr, als er seinen Gürtel um meinen Hals legt und die Schlinge zuzieht, bis das Leder sich eng gegen meine Kehle schmiegt. „Dann ist es jetzt so, wie du es dir immer mit mir ausgemalt hast."

„Was? Giulio, was wird das?"

„Das, Principessa, wird dir eine Lektion sein, was passiert, wenn du dich mit dem Monster aus deinem Albtraum anlegst." Der Zug auf die Schlinge wird fester, und während sich die Ränder meines Sichtfelds verdunkeln, gleitet seine Hand zu meinem Ausschnitt. Sein Griff um meine zarte Rundung ist grob. Er tut mir absichtlich weh, aber als er meinen Nippel hart zwischen seinen Fingern rollt und als ein scharfer Schmerz mich durchfährt, wird dieser von einem weiteren Gefühl begleitet. Es ist ein prickelnder Schauer, der mich beben lässt. In dem Moment, in dem er meine Knospe fest kneift, verstärken sich alle Empfindungen, und ich denke, dass der Druck auf meine Kehle nicht mehr ausreicht, um mir genügend Platz zum Luftholen zu lassen, löst sich die stramme Schlinge und ich ringe nach Atem.

Angst.

Lust.

Adrenalin.

Endorphine.

Alles davon verbindet sich in diesem Moment.

Er schiebt meine Beine auseinander und tritt dazwischen. Es ist beschämend, dass er sieht, wie feucht ich bin. Wie feucht mich die Angst macht, die er mir bereitet. Das hier ist lange Zeit der Stoff gewesen, aus dem meine Albträume gemacht waren. Dabei so zwiespältig zu empfinden, ist einfach nur falsch. Ich kann ihm nicht trauen. Niemals. Ich muss das Monster stoppen, bevor es mich verschlingt. „Es tut mir leid, was ich heute zu dir gesagt habe. Ich wusste nicht, dass es dich verletzt. Ich dachte, dir macht es nichts aus und ..."

„Du dachtest, es macht mir nichts aus, weil ich ein Monster bin! Und es ist doch total egal, was ich mache, ich werde immer dieses Monster für dich sein. Du wirst mich nie anders ansehen. Wieso sollte ich also nicht einfach das sein, was ich ohnehin für dich bin?" Ich hasse es, dass es stimmt. Giulio gibt mir alles, was ich brauche – ohne auch nur einen Moment zu zögern. Er gibt mir mehr, als mir jemals jemand vor ihm gegeben hat. Aber egal, wie sehr er sich bemüht – ich kann ihm trotzdem nicht diese Chance geben. Ich kann ihn nicht mit den Augen sehen, mit denen ich Aleks, Sergej oder meinen Vater sehe. Ich kann es einfach nicht. Es ist wie eine Blockade, die tief in mir sitzt und sich dagegen sträubt. Ich hasse es, dass ich Giulio trotz allem so sehr will. Ich hasse es so sehr, ihn zu wollen, dass ihm nicht auch noch den Rest von mir geben kann. Ich kann ihm nach all dem nicht auch noch mein Herz schenken, nachdem er schon alles andere von mir genommen hat und mir das eine, was ich wirklich brauche, doch niemals geben kann. Er wird niemals lieben können, denn seine Finsternis ist so kalt, dass sie jedes noch so kleine Licht darin erstickt.

Er benötigt nur einen Finger, um den dünnen Stoff von meinem Körper zu reißen. Er bebt, während seine dunklen Augen über meine Nacktheit gleiten. Ich hatte schon häufig Panik vor Giulio. Oft hat er mich in den gemeinsamen Pausen während unserer Schulzeit angestarrt, und es war diese lähmende Angst, die mich erstarren ließ, aber noch nie war ich seinen Handlungen so ungeschützt ausgeliefert wie in diesem Moment. Es ist der Moment, auf den mich mein Bruder monatelang vorbereitet hat. „Töte ihn, bevor er dich tötet", hallen Sergejs Worte plötzlich in mir wider, und dann ist da dieser Bruchteil einer Sekunde, in dem sich die ganze Situation ändert. Es ist keine bewusste Entscheidung, sondern mein Überlebensinstinkt, als ich Giulios Beretta ziehe.

KAPITEL FÜNFUNDZWANZIG

EKATERINA

Man hört nichts, außer unseren schweren Atemzügen. Ich ziele auf ihn, während er das Ende des Gürtels in seinen Händen hält und ihn jederzeit zuziehen könnte. „Tu es. Beende das hier. Jetzt!“ Er lässt sich in einer geschmeidigen Bewegung vor mir auf die Knie gleiten, bis der Lauf sich gegen seine Stirn drückt. „Tu es endlich.“

Ich sollte es jetzt einfach tun. Es hinter mich bringen und mich dann von Sergej aus der Stadt schaffen lassen. Ich halte Giulios Leben in meinen Händen, und es fehlt nur die Bewegung meines Zeigefingers, um es zu beenden. Und ich kann es nicht.

Ich. Kann. Es. Nicht.

Ob meine hellgrauen Iriden jetzt auch so dunkel sind, wie sonst seine, wo ich es bin, die ihn bedroht? Und wieso sehne ich mich trotz der Dunkelheit, die uns beide umgibt und zu verschlingen droht, so sehr nach seiner Berührung? Wieso sehne ich mich so sehr nach dem Kuss eines Monsters? Wieso sehne ich mich sogar nach dem süßen Schmerz, den er mir zugefügt hat?

Trotz all der Dinge, die unüberwindbar zwischen uns stehen, beuge ich mich vor und küsse ihn. Mein Finger liegt immer noch starr vor dem Abzug der Waffe, deren Lauf ich jetzt seitlich gegen seinen Kopf drücke. Ich kann nicht loslassen, genauso wie ich ihn nicht loslassen kann. Diese ganze Situation ist nichts als gestört. Angst, Lust, Hass und Leidenschaft – ich empfinde all das gleichzeitig für ihn.

Er beugt sich über mich. Fast automatisch greife ich nach dem Bund seiner Jeans, öffne den Knopf und ziehe sie ein Stück herunter. Giulio ist hart. Bereitwillig lehne ich mich nach hinten auf die zerwühlten Bettlaken und spreize meine Beine. Er dringt mit einem harten Stoß tief in mich ein, und ich muss unweigerlich keuchen, weil sich mein Körper noch nicht an eine solche Invasion gewöhnt hat. Ich warte erneut auf den stechenden Schmerz, aber da ist nichts mehr. Stattdessen brennt ein Feuer in mir, wie ich es noch nie gespürt habe. Er zieht sich ein Stück aus mir zurück, nur um dann wieder tief in mich hineinzustoßen, und dann fängt er an, sich richtig in mir zu bewegen.

Die Zurückhaltung, mit der er mich noch in unserer Hochzeitsnacht bedacht hat, weicht einem harten Rhythmus. Dachte ich bis jetzt, Giulio in diesen Dingen nicht standhalten zu können, dann kannte ich mich bis eben selbst nicht, denn Gott, er fühlt sich unglaublich an. Wie kann einfach wirklich alles an einer Situation grundsätzlich verkehrt sein und sich dennoch richtig anfühlen?

Er zieht die Schlaufe um meine Kehle wieder strammer. Das Adrenalin bringt seine dunklen Augen zum Funkeln, denn so wie er mit meinem Leben spielt, spielt er gleichzeitig auch mit seinem. Wenn er mich zu sehr würgt, drücke ich vielleicht ab. Wir halten das Leben des jeweils anderen in der Hand.

Völlig krank.

Völlig irre.

Aber doch in völliger Symbiose vereint.

Wir spielen wieder russisches Roulette, bloß dass es diesmal keine Fehlschüsse geben wird.

Er lässt die Schlaufe locker und zieht das raue Leder von meinem Hals, bevor er meine Hand umschließt. Er führt unsere Hände mit der Waffe auf die Matratze und hält sie dort so fest umklammert, dass ich heute schon die blauen Flecke von morgen spüre.

Ich weiß nicht, ob es das Stockholm-Syndrom ist, von dem Oksana sprach, oder das Adrenalin, das sich unaufhaltsam durch meine Venen frisst, aber obwohl mich all das abstoßen und mich der prickelnde Schmerz daran erinnern sollte, dass ich vor dem Monster fliehen muss, macht er mich nur umso mehr an. Es fühlt sich lebendig an, so mit ihm zusammen zu sein. Wie kann sich der Tod nur so voller Leben anfühlen?

Giulio stößt immer wieder hart in mich, bis ich mich fest um ihn zusammenziehe und unter Lustschreien komme. Mit einer fließenden Bewegung dreht er mich auf den Bauch und hebt meine Hüfte an, bis ich auf allen vieren vor ihm stehe. Obwohl die Position neu ist und ein viel tieferes Eindringen ermöglicht, hält er sich auch dieses Mal nicht zurück, sondern schiebt seine volle Länge mit einem einzigen kräftigen Stoß in mich. Kurz denke ich zu platzen, aber als er sich einige Male vor und zurückbewegt hat, akzeptiert mein Körper seine Größe und ich gewöhne mich an den süßen Schmerz, der mich immer dann kitzelt, wenn er sich bis zum Anschlag in mich hineinbohrt. Er wickelt sich meine Haare um die Faust und zieht meinen Kopf fest in den Nacken. Als er sich mit einem letzten mächtigen Stoß tief in mir ergießt, dabei um meine Hüfte greift und hart über meine Klitoris reibt, komme auch ich noch mal.

Zwei Wochen sind vergangen, seit ich Giulio zuletzt gesehen habe. Seit er nachts in unser Schlafzimmer gekommen ist und wir unter diesen höchst zweifelhaften Bedingungen Sex hatten, war er nicht mehr im Haus gewesen. Wenn doch, dann nur bei seinem Vater im Büro und ohne nach mir zu sehen.

Mit vielem habe ich gerechnet, aber nicht damit. Nicht damit, dass er mir es einfach so würde durchgehen lassen, dass ich ihn entwaffnet und dann bedroht habe. Nicht damit, dass er sich nach dieser Nacht zurückziehen würde. Direkt nachdem wir miteinander geschlafen haben, hat Giulio mir die Beretta abgenommen und unsere Wohnung verlassen. Am nächsten Morgen kam Leonardo, um mich zum Frühstück abzuholen und mir ein neues Handy, ein Notebook und ein Tablet zu geben. Leonardo fragte nach, wer mir meine Geräte am Tag meines Einzuges abgenommen hat. Er ließ mich außerdem wissen, dass Giulio in nächster Zeit geschäftlich unterwegs ist und in seinem Penthouse in der Stadt bleibt. Leonardo übernachtet jetzt außerdem in einem unserer Gästezimmer. Auch wenn das Anwesen der Romanos generell überwacht ist und ich eigentlich keinen permanenten Personenschutz bräuchte, besteht Giulio darauf, dass Leonardo mir nicht mehr von der Seite weicht.

„Ist das nicht der langweiligste Job aller Zeiten für dich?“, frage ich Leonardo, der mich durch den dichten Mittagsverkehr Manhattans chauffiert.

„Wieso sollte meine Arbeit langweilig sein?“

„Du bist mein Leibwächter, und jetzt besuche ich nicht mal mehr die Schule. Ich führe jetzt das belanglose Leben einer Mafiagattin.“

„Es ist eine Ehre.“

„Dass du tagein tagaus mit mir in der Wohnung auf dem Anwesen festsitzt und gemeinsam mit mir Däumchen drehst, ist doch keine Ehre.“

„Du bist Giulios Frau – sein wertvollster Besitz überhaupt. Wie sollte es keine Ehre sein, dich beschützen zu dürfen?"

„Danke, für das mit dem Besitz. Sehr schmeichelhaft."

„Du weißt doch genau, wie ich das meine. Du bist das Wertvollste, was er hat. Das, was er am meisten beschützen will. Andere Soldaten dürfen nicht mal in deine Nähe kommen. Giulio wird eines Tages das Oberhaupt der Famiglia sein, und er vertraut dich mir an. Das ist der größte Vertrauensbeweis überhaupt."

„Freut mich, dass dir das für einen spannenden Alltag ausreicht, aber ich glaube nicht, dass ich das Wertvollste für ihn bin."

„Du hast deinen Alltag doch selbst in der Hand. Heute triffst du dich mit Keela und Oksana, aber du könntest auch andere Dinge unternehmen wollen. Wenn du willst, dass ich rauskomme, musst du selbst rauskommen. Es liegt bei dir." Dann wird sein Blick nachdenklicher. „Es gibt außerdem verschiedene Arten, wie man für jemanden wertvoll sein kann und wie man dieses Gut beschützt." Giulios Art, mit seinem wertvollsten Besitz umzugehen, besteht offensichtlich darin, ihn zu ignorieren.

Wir stoppen vor einem kleinen gemütlichen Café. Leonardo steigt aus und hält mir die Tür auf, bevor er mich hineinbegleitet. Keela und Oksana erwarten mich bereits. Zwei Tische weiter sitzt Callan mit Maksym, der seit Kurzem komplett für Oksana abkommandiert wurde. Sie nicken mir freundlich zu. Leonardo setzt sich zu ihnen, während ich meine Freundin und meine Schwester endlich wieder in die Arme schließe.

„Mein Gott, es fühlt sich wie eine Ewigkeit an", sagt Keela und presst mich an sich.

Oksana begrüßt mich mit einem Kuss auf die Wange, und ich schlinge meine Arme um sie. „Ich habe Sergej jeden Tag

Druck gemacht, dass er einen Weg findet, wie wir sprechen können, aber Giulio hat immer nur gesagt, dass es dir gut geht."

„Mir geht es auch gut", sage ich ihr, auch wenn es nicht ganz wahrheitsgemäß ist und es mir eigentlich hervorragend gehen sollte, weil mein Ehemann sich nach etwas mehr als einer Woche Eheleben dazu entschlossen hat, mich links liegen zu lassen.

„Tut er dir weh?", fragt Oksana.

„Oksana", tadelt Keela sie und lächelt. „Was wir alle viel eher wissen wollen, ist, wie Giulio im Bett ist." Am Tisch neben uns hustet Leonardo laut, als er sich an seinem Espresso verschluckt.

„Ihr beiden seid schrecklich, und ich habe euch vermisst."

Unsere Cappuccinos kommen, und ich löffele die mit Kakao bestäubte Sahnehaube von meinem Getränk, während Oksana mir berichtet, was in den letzten drei Wochen in unserem Elternhaus passiert ist. Sie nickt zum Nebentisch. „Er hat riesige Ohren – er schnappt alles auf, wirklich alles. Wir müssen uns unbedingt privat treffen."

„Naja, ihr könnt zu mir kommen", biete ich an.

Keela grinst anzüglich. „Sag mir bitte, dass Giulio ständig mit nacktem Oberkörper durch eure Wohnung läuft."

„Da muss ich dich enttäuschen, er ist nicht mehr da."

„Was soll das heißen, er ist nicht mehr da?", fragt Keela.

„Das, was es heißt. Er ist seit zwei Wochen nicht mehr in unsere Wohnung gekommen, und ich lebe jetzt mit Leonardo."

Keelas Blick huscht zu Leonardo hinüber, und sie mustert ihn unverhohlen. „Nicht die schlechteste Situation. Aber Spaß beiseite: Wo ist Giulio?"

„Man könnte sagen, dass wir eine Auseinandersetzung hatten, und seitdem ist er weg."

„Ist das dein Ernst?“, ruft Oksana empört. „Ich frage mich jeden Tag, ob du vielleicht vergewaltigt und gefoltert wirst oder gar schon tot bist, und er ist einfach weg?“

Keela verdreht die Augen. „Und ich hatte das Gefühl, dass ihr euch jetzt nähergekommen seid.“

„Das waren wir. Es ist meine Schuld. Ich bin zu weit gegangen, und seitdem herrscht wieder Eiszeit.“

„Und jetzt erzählst du mal von Anfang an“, verlangt Keela von mir.

„Inklusive aller Details“, ergänzt meine Schwester.

Wir stecken unsere Köpfe zusammen, damit unsere Aufpasser nichts mitbekommen. „Was soll ich groß sagen? Giulio ist immer noch Giulio, auch wenn er sich mir gegenüber wirklich sehr zuvorkommend und fair verhalten hat. Er gewährt mir Freiheiten, die mein Vater mir nie gewährt hätte. Er hat mir irgendwie das Gefühl gegeben, mir dabei zu helfen, meinen Platz im Romano-Clan zu finden. Er hat mir sogar irgendwie das Gefühl gegeben, mehr als nur sein Anhängsel zu sein.“

„Und im Bett?“, platzt es wieder aus Keela heraus, als wäre das die einzige Information von echtem Belang.

„Erstaunlicherweise funktioniert es da am besten.“

„Heilige Scheiße“, flüstert Oksana und bekreuzigt sich.

„Ich wusste es.“ Keelas Augen strahlen.

„Und ich hasse mich dafür, dass ich ihn diese Dinge mit mir machen lasse und er sich tatsächlich bemüht, obwohl er Aleks getötet hat. Wie soll ich das mit meinem Gewissen vereinbaren?“

„Niemand ist hier wirklich gut.“ Keela zwinkert. „Auch Aleks war kein guter Mensch, und trotzdem wolltest du gerne seine Frau werden.“

„Gerne ist ja wohl übertrieben“, meint Oksana. „Sie war gezwungen, ihn zu heiraten, genau wie sie jetzt gezwungen war, Giulio zu heiraten. Der Unterschied besteht einzig darin, dass sie Aleks schon kannte, bevor er ein Mörder und Verräter wurde. Das ist wie mit dem Frosch und dem Wasser."

„Was für ein Frosch?", fragt Keela.

„Hast du in Biologie nicht aufgepasst? Schmeißt man einen Frosch in heißes Wasser, dann springt er sofort raus. Setzt man ihn aber in kaltes Wasser und erhitzt es langsam, bemerkt der Frosch es nicht und bleibt sitzen, bis er gekocht wird und stirbt. Ekaterina kannte Aleks ihr Leben lang, auch bevor er ein Mörder wurde. Sie wusste, dass sie eines Tages seine Frau werden würde und hat sich nach und nach mit seinem Lebensstil arrangiert, ganz gleich wie zweifelhaft dieser war. Das Wasser wurde immer heißer, nur dass er gestorben ist, bevor sie ganz zerkocht wurde. Giulio hingegen musste sie direkt als das nehmen, was er zu dem Zeitpunkt schon war: ein Mörder, und zwar einer der allerschlimmsten Sorte. Da war das Wasser sofort heiß."

„Kochend heiß", haucht Keela.

„Ich finde nicht, dass man die beiden vergleichen kann." Ich hasse dieses Thema, weil Giulio deswegen weg ist. Und weil ich ihn sogar vermisse, dafür hasse ich mich am meisten.

Oksana lacht. „Komm schon, Aleks hat ständig Leute ermordet. Er kam nachts mit blutbeschmierten Händen in unser Haus. Nachdem du dich ihm nicht vor eurer Hochzeit hingegeben hast, war er mit Sergej im Bordell und hat wer weiß was getan – und all das wusstest du und hast es toleriert."

„Woher weißt du das?"

Sie zuckt mit den Schultern. „Nicht nur Maksym hat gute Ohren."

Keela atmet laut durch. „Also wenn du mich fragst, und das sagte ich dir bereits schon einmal, solltest du Giulio nicht härter richten als Aleks, deinen Vater oder Bruder. Allerdings verstehe ich, dass du ihm Aleks' Tod nicht vergeben kannst.

Andererseits wärst du nie in diese verworrene Lage geraten, wenn Aleks kein Verräter gewesen wäre und nicht alles total versaut hätte."

„Aleks ist schuld", schlussfolgert Oksana und prostet uns mit ihrer Tasse zu.

„Also, warum ist Giulio nun genau weg?", kommt Keela wieder auf das eigentliche Thema zurück.

„Genau deswegen."

„Wegen Aleks?"

„Zum Teil. Er meinte, er kann sich bemühen, soviel er will, aber ich würde ihn immer als Monster betrachten, obwohl Aleks auch eines war, und als sich die Situation hochschaukelte, habe ich ihm gesagt, dass es sehr wohl einen Unterschied zwischen ihnen gibt, weil er das Baby der Bianchis getötet hat."

„Das hast du ihm nicht wirklich gesagt, oder?", fragt Keela.

„Doch."

„Dafür hätte er dich töten können", ermahnt sie mich. „So etwas darfst du nie wieder sagen, versprich mir das."

„Ach, plötzlich so ernst? Sonst nimmst du das Thema Giulio doch immer ziemlich locker."

Sie greift nach meiner Hand. „Weil ich weiß, dass es für mich niemals etwas anderes als dieses Leben geben wird. Weil ich weiß, dass hier niemand gut ist und ich Teil dieser Welt bin. Weil ich weiß, dass ich nur mit einem solchen Mann zusammen sein werde und auch gar kein anderer für mich infrage käme. Weil ich all das akzeptiert und meinen Frieden damit geschlossen habe, deswegen kann ich locker damit umgehen. Du hingegen hast dir über Jahre hinweg etwas vorgemacht und jetzt, wo Aleks es war, der uns alle verraten hat und du mit den Konsequenzen leben musst, fällt der Schleier, den du dir so sorgfältig aufgebaut hast, um deine reale Umwelt auszublenden. Du solltest wirklich aufpassen, wie du mit deiner neuen Situation umgehst. Verwechsle Mut nicht damit, töricht zu sein."

„Ich weiß, dass es ein Fehler war." Ich beschließe, ihnen nichts von der weiteren Nacht zu erzählen. Es ist krank, dass er mir wehgetan hat und ich ihn trotz meiner Angst wollte. Dass er mir diesen Gürtel umgelegt hat, ich ihn mit einer Waffe bedroht und wir dabei Sex miteinander hatten. Es ist krank, dass ich gekommen bin, wo es doch auch wehtat und ich Angst hatte – dass ich gekommen bin, weil es wehtat und ich Angst hatte. Es war ein schöner Schmerz, als Giulio hart in mich eingedrungen ist. Es war eine prickelnde Angst, als er den Gürtel um meinen Hals gelegt hat. Es ist krank, dass ich am nächsten Tag feucht wurde, als ich die dunklen Male auf meinem Handgelenk und an meinen Fesseln sah. Könnte Keela vielleicht noch mit diesem kranken Zeug umgehen, bin ich mir sicher, dass Oksana es nicht kann. Am schlimmsten aber ist, dass ich selbst nicht weiß, wie ich mit all dem umgehen soll. Ich weiß nur, dass ich Giulio vermisse, und das ist eigentlich schon schlimm genug.

KAPITEL SECHSUNDZWANZIG

GIULIO

„Habt ihr ihn?"

„Er ist unten in der Klinik. Luca ist bei ihm." Riccardo liebt es, wie Luca seit Lilianas Vergewaltigung drauf ist.

Gestern erreichte uns die Nachricht, dass einer der höheren Captains aus dem Wasilijew-Clan in der Stadt gesehen wurde. Die Captains kümmern sich nicht um irgendwelche niederen Erledigungen, sondern sind meist im direkten Auftrag des Bosses unterwegs. Ich habe Leonardo angewiesen, dass er mit Ekaterina nicht mehr das Grundstück verlässt und sie stattdessen damit abspeist, dass ihre Irenfreundin und Oksana zu ihr kommen sollen. Genaueres muss sie nicht wissen. Wir haben die ganze Nacht die Stadt nach ihm abgesucht und ihn am Ende in der Nähe der Hafenanlagen gefunden. Luca wollte es sich nicht nehmen lassen, den neuen Gast persönlich in der Stadt willkommen zu heißen. Wir sind im Desiderio, einem der SexClubs unserer Familie. Das Desiderio ist eines der besseren Bordelle, und obwohl es zum offiziellen Geschäftsbereich gehört, nutzen wir den Keller auch gerne für andere Dinge. Es ist eines der wenigen Bordelle der Stadt, das neben dem typischen Nuttenfick auch speziellere Bedürfnisse bedient. Der SM-Bereich im Keller verfügt neben den Räumlichkeiten in Rot und Schwarz auch über einen weißen Bereich, in dem Klinikspielchen getrieben werden.

Da, wo normalerweise perverse Freier auf dem Untersuchungstisch liegen und sich Gott weiß was in den Arsch schieben lassen, liegt heute Grigorij Kusnetzow. Er sieht nicht so aus, als stünde er auf perverse Klinikspielchen und Sachen in seinem Arsch. Trotzdem muss er jetzt hier liegen. Luca hat die OP-Lampe über sein Gesicht gezogen und blendet ihn damit, während er seine Lider mit Sekundenkleber so fixiert hat, dass er sie nicht schließen kann – zumindest nicht ohne einen ziemlich guten Chirurgen. Währenddessen schiebt er ihm Nadeln unter die Fingernägel seiner rechten Hand. Darüber sollte er froh sein. Immerhin hat er noch Hände.

„Und?"

„Singt nicht." Riccardo klingt genervt.

„Noch nicht", ergänzt Luca.

Dass diese Wichser unsere Schwester haben vergewaltigen lassen, fickt Luca richtig. Mich fickt es auch, aber eben nicht so sehr wie Luca. Es ist, als wäre Luca an dem Tag ebenfalls vergewaltigt worden, nur dass Lili sich zurückzieht und Luca Rache will. So war es schon immer mit den beiden. Liliana ist die Ausgeglichenheit in Person, während ihr Zwilling der größte Hitzkopf ist, den ich kenne.

Riccardo schiebt sich eine Zigarette zwischen die Lippen, die ich ihm gerade noch aus dem Mundwinkel ziehen kann, bevor er sie ansteckt. „Hier wird heute noch gearbeitet. Rauch gefälligst woanders. Wir sind hier nicht auf dem Straßenstrich." Ich drehe mich auf dem Absatz um. „Ich bin im Büro. Ich erwarte dich dann, Luca."

Im Büro rufe ich Viona zu mir. Sie ist eine der italienischen Edelprostituierten, die hier arbeiten. Mit der Arbeit im Desiderio verdient sie genug, um sich das Leben und Studieren in New York leisten zu können und zwar in der Luxusvariante. Sie klopft zaghaft an die Tür und schenkt mir ihr strahlendes Lächeln, als sie mit wiegenden Hüften den Raum bis zu meinem Schreibtisch durchquert. Viona ist eine typische italienische Schönheit. Ihre Haut ist olivbraun, und ihre Haare sind fast schwarz. Sie ist nicht dürr, sondern hat Kurven und ist rassig. Eines unserer exklusivsten und teuersten Mädchen.

Nachdem ich die Affäre mit Mariella beendet habe, bin ich manchmal hergekommen. Noch eine eifersüchtige, zu nervigen Szenen neigende, Verrückte, die Ekaterina tyrannisiert, hätte ich nicht gebrauchen können. Gar nicht zu vögeln, konnte ich aber auch nicht gebrauchen. Nachdem ich Ekaterina das erste Mal richtig berühren, schmecken und riechen durfte, konnte ich aber auch hier keine Frau mehr ansehen. Genau genommen gar keine andere Frau mehr. Ich habe Wochen vor der Hochzeit nicht mehr gefickt.

Vier. Lange. Wochen.

Nicht. Gefickt.

Als ich sie endlich für mich beanspruchen durfte, habe ich ihr danach die nötige Zeit zum Heilen geben wollen. Und als hätte diese kleine russische Prinzessin geahnt, dass ihre Schonfrist vorbei ist und ich sie dringend brauche, hat sie mich so ziemlich auf die einzige Sünde in meinem Leben angesprochen, die wirklich von Belang ist, denn mein Initiationsritual ist meine Achillesferse. Und alles, was danach passierte – fuck! Eine einzige Katastrophe war das, denn natürlich habe ich ihr Angst gemacht, als ich in dieser Nacht im Killermodus in unser Schlafzimmer kam und mich wie das letzte Arschloch verhalten habe.

Sie hatte wieder Todesangst vor mir. So sehr, dass sie sich sogar getraut hat, meine Waffe zu ziehen. Ich kann guten Gewissens behaupten, dass ich es in etwas mehr als einer Woche geschafft habe, die monatelange Vorarbeit, um Ekaterinas Vertrauen zu gewinnen und ihr zu beweisen, dass sie mir wirklich etwas bedeutet, zunichte gemacht habe. Ich habe sie bestraft. Ich habe sie gefickt, um sie zu bestrafen. Und sie hat mitgemacht, obwohl ich mein Versprechen gebrochen habe. Obwohl ich sie so behandelt habe. Obwohl sie Todesangst hatte.

„Du hast nach mir gerufen?"

„Du kannst dich ausziehen." Während Viona sich langsam entkleidet, schweift mein Blick schon wieder auf den Monitor mit den aktuellen Geschäftszahlen. Zum Glück bin ich ihr nichts schuldig, weswegen mir ihr Schmollmund, weil ich ihr nicht meine volle Aufmerksamkeit schenke, egal ist.

Als sie sich entkleidet hat, schwingt sie sich, wie schon unzählige Male zuvor, zu meinem Schreibtisch herüber und lehnt sich mit dem Oberkörper über die Tischplatte. Ihre Augen feuern mich an, endlich hinter sie zu treten und sie zu nehmen. Von hinten natürlich. Ich mag es von hinten. Vor Ekaterina habe ich nie eine Frau gevögelt und sie dabei angesehen. Wieso auch, wo es doch seit Jahren immer nur Ekaterina ist, die ich vor meinem inneren Auge sehe? Mit Ekaterina ist das etwas anderes. Ich will sie sehen, und ich sehe sie immer. Sogar als ich sie von hinten genommen hatte, war es etwas anderes, denn da gab es keine Distanz. Da war zu keiner Zeit Abstand. So sehr sie mich verachtet, sie lässt mich trotzdem immer ganz nahe an sich ran. Ich darf sie immer sehen, und sie sieht mich.

Viona räuspert sich laut und wackelt wieder einladend mit ihren Kurven. Sie hat nie ein Geheimnis daraus gemacht, dass sie gerne mit mir vögelt. Als ich meinen Schwanz aus meiner

Hose befreit und mir ein Gummi übergezogen habe, komme ich mir plötzlich deplatziert und dumm vor. Es ist dumm zu denken, dass mir das Erlösung schenken könnte. Es ist einfach komplett idiotisch, und dass mir das bewusst ist, ohne überhaupt in Viona gewesen zu sein, sagt eigentlich schon alles. Es ist einfach falsch.

Weil sie beliebig und austauschbar ist.

Weil sie nicht das Licht ist.

Weil. Sie. Nicht. Ekaterina. Ist.

Ich ziehe das Gummi ab und schmeiße es in den Mülleimer. Viona steht immer noch in Pose. Denkt sie etwa, ich ficke sie jetzt so, als wäre ich total dämlich? „Du kannst gehen." Ihr Gesicht spricht Bände. Am liebsten würde sie mich ohrfeigen und bespucken. Ich kenne das Temperament italienischer Frauen. Gar nicht so unterwürfig und flehend wie kleine Russinnen. Aber Viona weiß, wer ich bin und hat zu viel Angst, um etwas in der Art zu tun. Also schnappt sie sich ihre Sachen und verlässt das Büro. Vielleicht heult sie sich bei ihrer Busenfreundin Mariella aus, denn Viona studiert Musik und gibt Mariella wöchentlich Geigenunterricht – wenn sie sie nicht auch noch in anderen Dingen unterrichtet.

Kurze Zeit später marschiert Luca, ohne anzuklopfen ins Büro und summt irgendeine unmelodische Melodie, einer seiner nervtötenden Rockbands, vor sich hin. Wie so oft sieht er völlig chaotisch aus. Luca ist ja auch ein einziges Chaos. In seinem Mundwinkel brennt eine Zigarette, seine Stirn ist verschwitzt und er säubert sich mit einem blutgetränkten Tuch die Hände. „Fertig."

„Und?"

„Grigorij wollte sich hier mit einem Kontaktmann treffen, dessen Identität ihm unbekannt war. Da wir das Treffen verhindert haben, konnte er leider nicht mehr ausspucken."

„Merda! Weiß er, wo Natascha festgehalten wird?"

„Nein, nichts Neues zu Natascha." Er wirft das Handtuch in den Mülleimer und grinst anzüglich. „Besuch gehabt?" Ich zucke nur mit den Schultern. Luca ist einer der nervigsten Menschen, die ich kenne. Natürlich spricht er jeden besonders gerne auf die unangenehmen Dinge an, um alles und jeden zur Weißglut zu treiben. Das ist einfach sein Ding. „Und ich dachte, dass die russische Verräterin dir reicht. Aber stimmt, ich vergaß schon wieder. Du bist nicht mehr zu Hause und lässt sie stattdessen mit Leonardo leben. Vielleicht macht er es sich so richtig nett mit ihr. Leonardo hat es gerne schön gemütlich und etwas häuslicher. Im Gegensatz zu dir vögelt er außerdem keine Nutten. Ihm wird das neue Arrangement bestimmt ganz recht sein."

„Fick dich, Luca!" Der bloße Gedanke daran, dass irgendein anderer Mann Ekaterina auch nur ansatzweise zunahekommen könnte, bringt mich beinahe um, aber ich muss sie schützen, so gut es nur geht. Obwohl das Haus bewacht ist, lauern manche Gefahren in den alten Mauern und nicht außerhalb. Zum Beispiel mein Vater, der seine Spielchen mit ihr zu treiben versucht. Ohne mich davon in Kenntnis gesetzt zu haben, ließ er ihr Smartphone und Tablet abnehmen, als wäre sie eine Schwerverbrecherin. Tagelang fragte mich Sergej nach seiner Schwester – tagelang dachte ich mir nichts dabei. Ekaterina hätte mir einfach direkt davon erzählen sollen. Sie hätte sofort ein neues Handy bekommen – sie würde sofort alles von mir bekommen, was sie wollte. Stattdessen behielt sie es für sich und lebte eine Woche beinahe in Isolation.

Luca krempelt seine Ärmel runter und setzt sich zu mir. „Was ist mit euch?"

„Was soll mit uns sein?"

„Verarsch mich nicht, Giulio. Du warst vom ersten Schultag an besessen von ihr und blickfickst das Mädchen, seit das Ding zwischen deinen Beinen funktioniert. Du hast die kleine Russin angeschaut, als wäre sie eine Erscheinung oder so was. Und jetzt schläfst du nicht einmal mehr mit ihr unter einem Dach."

„Ehen werden beschlossen und Ehen werden geschlossen. Wen interessiert es, ob es gut läuft oder nicht?"

„Vergisst du, dass ich dabei war? Du kannst vielleicht unseren Vater und den Schwachkopf Giovanni damit täuschen, aber mir machst du nichts vor. Du hast sie dir ausgesucht – freiwillig. Du wolltest sie. Also, warum meidest du sie jetzt, als hätte sie die Pest?"

„Ich habe Scheiße gebaut, deswegen."

Mein Bruder wedelt mit seiner Hand, dass ich weiterreden soll. „Prossimo, Giulio. Hier geht gleich der Betrieb los, und ich habe noch ein paar geschäftliche Dinge zu klären. Ich warte."

„Sie weiß das mit den Bianchis. Neben Aleksandrs Tod ist das der Vorfall, der sie davon abhält, sich richtig auf mich einzulassen."

„Hörte sich in eurer Hochzeitsnacht nicht danach an, als ob sie sich nicht auf dich eingelassen hätte." Auf seinen Lippen formt sich das für Luca typische selbstzufriedene Lächeln. Er hat mehr Ego als Leichen im Keller, und das sind ziemlich viele.

„Ich spreche nicht davon."

„Ich weiß." Luca nimmt eine Zigarre aus der antiken Schatulle auf dem Schreibtisch. Meine Zigarre. Meine verdammt teure, selten zu beschaffende Zigarre. „Hast du ihr die Wahrheit gesagt?"

„Worüber?"

„Über die Bianchis?"

Ruckartig hebe ich meinen Kopf. „Natürlich nicht."

„Wieso sagst du es ihr nicht?"

„Wenn das rauskommt, bin ich geliefert." Wir sprechen sonst nie darüber. Niemand von uns.

„Sie ist jetzt deine Frau. Sie wird dich nicht verraten. Denk daran, was mit Lili geschehen ist."

Natürlich hat Ekaterina sich nach Lilianas Vergewaltigung hingebungsvoll um sie gekümmert. Sie hat sogar die Untersuchung mit ihr durchgestanden und sie nicht allein gelassen, dabei sah Lili wirklich schrecklich aus und das mit ihr durchzustehen muss die Hölle gewesen sein. „Das habe ich bestimmt nicht vergessen, aber das ist etwas anderes."

„Also ich vertraue ihr", sagt Luca, ohne zu zögern. Das mit Lili hat alles für ihn verändert. Ekaterina steht hoch im Kurs bei ihm.

„Dir hat sie auch keine Waffe an den Kopf gehalten."

Er bekommt einen Hustenanfall. Ich weiß nicht, ob von der Zigarre oder der Vorstellung, dass Ekaterina mich entwaffnen konnte. Vielleicht von beidem. „Was?"

„Sie hat mich entwaffnet und dann bedroht."

Luca pfeift anerkennend. Natürlich gefällt ihm so was. Ich hingegen weiß noch nicht, ob mir das gefällt. „Und mutig ist sie auch noch. Wer hätte das gedacht?"

„Das Schlimmste ist, dass ich es verdient habe. Nicht nur generell, sondern auch, weil ich in dieser Nacht zu weit gegangen bin. Sie hat mich so wütend gemacht, wegen dieser Bianchi-Geschichte und wegen Aleksandr – hauptsächlich wegen Aleks natürlich. Sie will einfach nicht zugeben, dass er schlecht war. Stattdessen lobt sie diesen Verräter in den Himmel, während sie in mir das personifizierte Übel sieht. Wir haben uns gestritten, bevor wir die Lieferung der verschollenen Callaghan-Waffen an der Spedition in Empfang genommen haben, die Igor von den Eagles zurückgeholt hat. Dann war ich später am Hafen und habe mit Riccardo zwei Barbesitzer kaltgemacht, die uns betrogen haben. Ich war einfach so sauer. In mir war nur Dunkelheit. Ich war besessen davon, sie dafür zu bestrafen, wo sie mich doch jeden Tag damit straft, dass sie mich nicht so ansehen kann, wie sie Aleks angesehen hat. Ich war grob zu ihr. Ich habe ihr ganz bewusst Angst gemacht und ihr wehgetan, obwohl ich ihr versprach, das nie zu tun. Ich sah die Panik in ihren Augen, Luca."

Er beugt sich bedrohlich über den Schreibtisch. Luca ist der beste Vollstrecker, den ich je gesehen habe, aber wenn es um Gewalt gegen Frauen oder Kinder geht, dreht er total durch. Er hat als Kind zu häufig dabei zusehen müssen, wie unser Vater unsere Mutter geschlagen hat und wurde selbst zu oft Opfer noch viel brutalerer Praktiken, als dass es ihn kalt lassen könnte. „Du hast sie verprügelt?"

„Natürlich nicht. Ich war in diesem Moment nicht ganz ich selbst." Luca weiß, dass das Monster manchmal einfach Überhand in einem nimmt. „Das sollte so nicht laufen."

„Und dann?"

„Sie hat mich geküsst, während sie mir die Waffe an den Schädel drückte, und dann haben wir es getrieben."

„Was?" Luca sieht irritiert aus. Er besucht grundsätzlich nur Bordelle und hat noch nie mit einer normalen Frau Sex gehabt. Für ihn sind solche Komplikationen völlig unbekannt.

„Ich hatte mich nicht unter Kontrolle, und sie hat sich darauf eingelassen. Sie hat nicht mal den Versuch gewagt, mich aufzuhalten oder zu zähmen. Ekaterina hat es verdient, wie eine Prinzessin behandelt zu werden, und ich habe sie berührt, als wäre sie eine verdammte Sklavin. Schlimmer noch, sie hat es mich machen lassen." Bei dem Gedanken an Ekaterinas geschmeidigen Körper werde ich sofort wieder hart. Wie konnte ich nur denken, in Viona jemals Erlösung zu finden? „Ich schaffe es, das Schlechteste aus ihr hervorzulocken. Sie ist ohne mich besser dran."

„Du übertreibst maßlos." Luca geht zur Bar rüber und gießt uns zwei Grappas ein. „Es scheint, als hätte die züchtige Russin eine dunkle Seite in sich. Damit hätte ich nie gerechnet. Besonders bei dem Ochsen von Vater, der immer alles von seinen Prinzessinnen ferngehalten hat." Er reicht mir mein Glas. „So wie ich das sehe, solltest du wieder nach Hause kommen. Dadurch, dass du dich verschanzt und Nutten fickst, wird es mit ihr nicht besser. Und du solltest ihr in der Bianchi-Angelegenheit vertrauen."

Ich sage ihm jetzt nicht auch noch, dass ich Viona nicht ficken konnte und gebe ihm damit Zündstoff für die nächsten Jahre gegen mich. „Und dann? Dann komme ich zurück und beim nächsten Mal, wenn sie mich wütend macht, knalle ich sie ab?"

„Das hätte doch kaum Konsequenzen für dich, und du vertraust ihr ja eh nicht." Er zwinkert mir zu.

„Sie wird nicht sterben." Und wenn ich sie dafür vor mir selbst beschützen muss, dann ist das so.

KAPITEL SIEBENUNDZWANZIG

EKATERINA

Seit drei ganzen Wochen vegetiere ich mit Leonardo vor mich hin. Während ich von Giulio nur träumen kann, wird mein Alltag bei den Romanos immer anstrengender. Sobald Leonardo außer Reichweite ist, höre ich die Tuschelei auf Italienisch um mich herum. Immer wieder – eigentlich täglich – ist Mariella hier im Haus und stiftet Unfrieden, wo sie nur kann.

Während ich also mein Ciabatta mit Butter bestreiche und Leonardo im Flur irgendetwas mit Riccardo bespricht, gackern die Hühner mir gegenüber am Tisch und schauen immer wieder zu mir. Ich bin mir sicher, dass sie über mich lachen. Ich bin mir auch sicher, dass Tommaso, der nur unweit der Hühner sitzt und grinst, sie versteht. Dennoch tut er nichts – wieso auch, wo seine Schwiegertochter nichts als ein unliebsames Druckmittel für ihn ist? Das weiß ich sogar ganz ohne das Dazutun meines Bruders, Vaters oder irgendeines anderen Mannes. Auch wenn ich nie dabei war, wenn im

Hinterzimmer verhandelt wurde, kenne ich meine Position in diesem Spiel. Und es ist keine besonders gute.

Da ich keinen großen Appetit habe und das Gerede unerträglich finde, mache ich mich auf den Weg nach oben. Hastige Schritte folgen mir. „Ekaterina." Ich ignoriere Mariella. Ich bin nicht für direkte Auseinandersetzungen gemacht, denn Schlagfertigkeit war keines der Dinge, auf die bei meiner Erziehung Wert gelegt wurde. Darauf, sich damenhaft zurückzuhalten, allerdings sehr wohl. „Jetzt bleib doch stehen." Sie greift nach meinem Handgelenk.

„Was willst du?"

„Dir meinen Respekt aussprechen. Du hast es in sage und schreibe einer guten Woche geschafft, dass Giulio das komplette Interesse an dir verloren hat. Glückwunsch, das hätte nicht einmal ich dir zugetraut."

Obwohl ich es nicht will und mich dafür noch ein Stückchen mehr hasse, treffen mich ihre Worte. Sie treffen mich, weil ich das so nicht gewollt habe. Weil ich Giulio vermisse und wünschte, wir könnten einfach noch einmal über alles reden. Und weil sie mich daran erinnern, dass ich all das gar nicht wollen sollte. „Du kannst dir deine Eifersuchtsszenen sparen. Wir wissen doch, dass du es nie zur Frau des zukünftigen Clan-Oberhauptes geschafft hättest."

„Vielleicht nicht zu seiner Frau, aber ich bin es, die wenigstens von ihm gefickt wird, russische Verräterhure!" Obwohl ich mir gut vorstellen kann, dass Mariella alles – wirklich alles – sagen würde, nur um mich zu treffen, breitet sich ein widerliches Gefühl in meinem Bauch aus, wenn ich daran denke, dass Giulio sich noch mit ihr treffen könnte. Dass er sie noch berühren könnte. Dass er ihr das geben könnte, wonach ich mich schmerzlich verzehre.

Es fühlt sich an wie ein kleines Monster, das mich total verpestet.

Es frisst mich von innen heraus auf.

Es ist brennende Eifersucht.

„Gibt es hier ein Problem?“ Lucas wütende Stimme dröhnt durch den Flur.

„Natürlich nicht“, sagt Mariella und verschwindet sofort.

Erleichtert atme ich aus. „Danke. Es wäre schön, wenn das unter uns bleiben könnte.“

„Giulio soll nicht wissen, was die Schlampe hier treibt?“

„Nein.“

„Ich weiß, dass ihr zurzeit eure Probleme habt, aber du solltest dir das nicht von ihr gefallen lassen. Du bist jetzt eine Romano, und sie ist nur eine Rizzo. Sie ist ein geduldeter Gast in diesem Haus, du hingegen wohnst hier und bist Giulios Frau.“

„Bei uns Russen gibt es diese Art von offenkundiger Feindschaft nicht. Es wird eher hintenherum ausgetragen, was natürlich nicht besser ist, aber es würde niemals jemand wagen, den anderen so offen zu beleidigen. Es fällt mir schwer, mich passend zu revanchieren.“

„Sie ist Italienerin. Bei ihr gibt es kein Hintenherum. Du musst es der Schlampe auf Italienisch heimzahlen, alles andere wird nicht funktionieren.“

„Ich kann aber kein Italienisch.“

„Dann lern es.“ Er zwinkert mir zu.

Nachdem zwei weitere Tage vergangen sind, ohne dass sich Giulio hat blicken lassen, versuche ich, wieder zum Normalzustand zurückzukehren. Auch wenn er jetzt kein Interesse mehr an mir hat und ich allein in einer fremden Familie lebe, habe ich ein persönliches Interesse daran, den Führerschein zu machen. Ich bitte Leonardo, mir die weiteren Fahrstunden zu geben. „Verdammt, ich dachte, Giulio hätte dir auch einen R8 gekauft.“ Leonardo starrt entsetzt auf den

Kleinwagen, der seit der letzten Fahrstunde verwaist in der Lagerhalle steht.

Ich schnaube. So schön ich Giulios Auto auch finde, aber meine Fähigkeiten als Fahranfängerin übersteigt es wohl etwas. „Wieso sollte jemand freiwillig in so einem Höllenauto üben wollen?"

„Weil es Spaß macht und er es sich leisten kann. Na komm, dann wollen wir mal." Leonardo zuckt mit den Schultern.

Ich drücke den Knopf für die Zündung, doch der Motor bleibt still. „Kann eine Batterie in drei Wochen kaputtgehen?"

Im Bruchteil einer Sekunde ändert sich sein Gesichtsausdruck. „Raus! Sofort raus, Ekaterina!"

Ich zerre an meinem Gurt und hieve mich mit aller Kraft aus dem Sitz. Ich tue es Leonardo gleich und renne so schnell ich kann, als eine ohrenbetäubende Explosion die Luft um uns herum förmlich in Brand setzt. Er wirft sich über mich und wir gehen zu Boden, als die massive Druckwelle uns mit sich reißt und gefühlt ein Feuersturm um uns herum tobt. Der Aufprall auf den harten Beton löst schlagartig ein schmerzhaftes Pochen in meinem Kopf aus, und Leonardos schlaffer Körper, der mich komplett unter sich begräbt, erschwert mir das Atmen.

Meine Ohren klingeln und fühlen sich so an, als würde ich in einem Flieger sitzen, der viel zu schnell sinkt. Leute schreien und obwohl sie direkt vor mir sind, hört es sich an, als wären sie kilometerweit in der Ferne. Irgendwann wird Leonardo von mir heruntergezogen, und als ich mich umdrehe, liegt er regungslos neben mir und sein Gesicht ist blutüberströmt. Und dann wird alles um mich herum schwarz und still.

„Merda!" Ich will meine Augen öffnen, aber meine Lider fühlen sich an, als hätte sie mir jemand zugeklebt. „Wie konnte das passieren? Es ist unser Gelände." Giulio muss hier sein.

„Ihm geht es den Umständen entsprechend. Es war ein glücklicher Zufall, dass ihn das Trümmerteil nicht einen Zentimeter weiter getroffen hat. Ja, er hat noch beide Augen. Sí, er hat sich nur stark den Kopf gestoßen."

Es klopft, und eine Tür wird aufgerissen. „Sir, Sie können nicht die ganze Zeit hierbleiben und telefonieren. Sie braucht Ruhe."

„Sie ist meine Frau!"

„Ich muss Sie jetzt wirklich bitten …"

„Mir gehört das ganze Krankenhaus, also gehen Sie jetzt und suchen Sie den Oberarzt oder machen Sie sich anderweitig nützlich, aber kommen Sie nicht hier rein und sagen mir, was meine Frau braucht oder nicht." Die Tür fällt wieder ins Schloss und jemand nimmt zärtlich meine Hand und verteilt kleine Küsse darauf. Ist das wirklich Giulio? Endlich schaffe ich es, durch meine verklebten Lider zu blinzeln.

„Giulio?" Mein Hals ist so trocken, dass kaum ein Ton über meine Lippen kommt.

„Endlich." Er lässt meine Hand los und läuft zur Tür.

„Nicht weggehen."

Er reißt die Tür auf. „Sie ist wach. Ich will einen Arzt, sofort."

Nachdem der Arzt da war, die Reaktion meiner Pupillen und meinen Allgemeinzustand untersucht hat und Entwarnung gegeben hat, mich aber trotzdem noch über Nacht zur Beobachtung dabehalten wollte und mich von all den Kabeln und dem Tropf befreit hat, bin ich fest davon ausgegangen, dass Giulio sich schnell verabschiedet. Aber Giulio wäre nicht Giulio, wenn irgendetwas an ihm wirklich berechenbar wäre. „Was tust du da unten?"

„Soll ich mit Schuhen ins Bett gehen?"

„Ins Bett?"

„Los, rück zur Seite.“ Er schiebt sich in das schmale Krankenbett und presst mich an sich.

„Was wird das?“

„Ich bleibe. Bis Leonardo wieder einsatzbereit ist, lasse ich dich nicht mehr aus den Augen.“

„Was ist mit dem Geschäft?“

„Du begleitest mich.“

„Wirklich?“

„Wenn ich sage, du begleitest mich, dann begleitest du mich.“ Bei den Markows oder Iwanows wäre das ein undenkbares No-Go gewesen, dass eine von uns Frauen jemanden der Männer zu den Geschäften begleitet hätte.

„Was ist mit unserem Streit?“, frage ich leiser. Ich will nicht, dass er wieder geht.

Er atmet tief durch. „Ich habe geschworen, dir nicht wehzutun, dir keine Angst zu machen und dir das Monster nicht zu zeigen. Nachdem ich dir auch in diesen Dingen binnen weniger Tage das Gegenteil bewiesen habe, fand ich die Option besser, dass wir uns nicht mehr sehen. Zumindest nicht, wenn es nicht vonnöten ist.“ Ich habe mit allem gerechnet. Dass er mir die Schuld an der ganzen Pleite gibt, weil ich wieder von Aleks angefangen und ihm den Mord bei seinem Aufnahmeritus vorgeworfen habe. Dass er mich zurechtweist, weil ich ihn mit einer Waffe bedroht habe – mit seiner eigenen, um ganz genau zu sein. Niemals hätte ich damit gerechnet, dass Giulio sich Vorwürfe machen könnte. „Und dann der Sex. Das sollte so nicht laufen. Nicht zwischen uns – nicht mit dir. Ich wollte dir nicht wehtun, aber ich habe dir wehgetan.“

„Nein.“

„Nein?“

„Ich hatte Angst, als du in dieser Nacht so mit mir umgegangen bist, aber als ich die Waffe in der Hand hielt, wurde mir klar, dass ich mich die meiste Zeit nicht mehr vor dir fürchte. Und du hast mir nicht wehgetan, Giulio."

„Lüg mich nicht an. Wie lange haben dich die Blutergüsse an diese Nacht erinnert?"

Ich atme tief durch, denn die Wahrheit ist gleichermaßen belastend wie befreiend. „Aber ich mochte es, Giulio. Ich wollte es. Es mag anders gewesen sein, aber da war keine Sekunde, in der ich es nicht genossen habe." Es ist peinlich, aber der Sex war sensationell – obwohl er mich gewürgt hat, trotz Beretta und seiner aufgestauten Wut.

„Ich hatte mich nicht mehr unter Kontrolle."

„Und ich wollte, dass du die Kontrolle verlierst." Ich würde nie wollen, dass Giulio mich verprügelt oder dergleichen, aber als er in dieser Nacht all seine aufgestaute Wut im Bett gegen mich richtete, hat es mich angemacht. Es hat mich unglaublich erregt.

„Du hast mir meine Waffe an den Kopf gehalten."

„Es war ein Reflex. Ich tat es aus Furcht. Auf der anderen Seite wollte ich aber nichts mehr, als dir endlich wieder nahe zu sein … Bei dir ist es so, als würdest du mich in zwei Teile spalten. Mein Kopf warnt mich ständig davor, dir zu vertrauen und führt mir eine endlose Liste an Dingen auf, wegen denen ich am besten schreiend vor dir weglaufen sollte, aber mein Körper will das genaue Gegenteil, weswegen meine Beine sich einfach nicht in Bewegung setzen." Dass da mittlerweile noch ein Teil in mir existiert, der sich an Giulio klammert, will ich mir selbst nicht eingestehen und vor ihm noch viel weniger.

„Du solltest schreiend weglaufen. Diese Welt ist dunkel und wird von Tag zu Tag dunkler." Statt wegzulaufen, lehne ich meinen Kopf an seine Schulter.

„Was war das für eine Explosion?"

Giulio zögert. „Es war eine Bombe."

„Eine Bombe?"

„Sie wurde in deinem Auto deponiert, obwohl die Lagerhalle immer überwacht wird. Die Überwachungsbänder zeigen leider genau den Abschnitt nicht, in dem dein Auto stand. Aber eigentlich brauchen wir keinen Videobeweis, um uns ganz sicher zu sein. Philadelphia will deinen Tod."

Seine Worte sollten mich fürchten, aber sie tun es nicht. Nicht, solange Giulio mich beschützt. „Wieso wollen diese Leute ausgerechnet mich?"

„Es ist ein denkbar schlechter Zeitpunkt, um dich zu belasten, und ich habe dir schon mehr als genug gesagt. Du solltest dich ausruhen."

„Ich glaube, für manche Dinge ist nie der richtige Zeitpunkt, und ich habe lang genug die Augen vor der Wirklichkeit verschlossen."

Er schiebt seine Hand unter mein Krankenhaushemdchen, bis meine Schulter frei liegt. Dann malt er kleine Kreise auf meine Haut. Gott – wie habe ich seine Finger auf mir vermisst. „In New York gab es vier große Familien, die sich mit Ausnahme von zweien über Jahre bekriegt haben. Ich spreche hier nicht von ein bisschen kleinkrimineller Bandenrangelei, sondern von vielen Toten, darunter auch oft Unschuldige, die gar nichts mit der Mafia zu schaffen hatten. Die zwei Clans, die von Anfang an verbunden waren, waren die Markows und die Iwanows. Irgendwann wurde der Druck von außen immer größer. Clans von außerhalb haben sich mit den New Yorker Familien angelegt, und so kam es, dass die Markows und die Romanos einen Waffenstillstand ausgehandelt haben. Aus diesem Waffenstillstand entwickelte sich die Idee, dass man generell Frieden schließen und zusammenarbeiten könnte. Der irische Clan, der ebenfalls im großen Stil in der Stadt Geschäfte machte, war misstrauisch, aber nach einigen Verhandlungen waren die Callaghans davon überzeugt, dass der Frieden lukrativer sein könnte als der Kriegszustand."

„Was war mit den Iwanows?"

„Die Familien waren alle unterschiedlich stark aufgestellt und mächtig, aber die Romanos waren damals schon am mächtigsten. Es war klar – und Vater hätte sich das niemals nehmen lassen –, dass die Romanos ihre Hand über das gesamte System halten. Pjotr Iwanow war von Anfang an gegen den Waffenstillstand der Romanos und Markows. Ganz besonders, als dein Vater Igor meinem Vater die Oberhand zugesprochen hat. Für Pjotr war es undenkbar, dass es zwei russischen Familien in der Stadt gibt, die zusammen nicht die Herrschaft haben. Die Iwanows waren aber der kleinste Clan und daher blieb ihm nichts anderes übrig, als dem Frieden zuzustimmen, da er nie gegen drei andere Familien angekommen wäre. Seine Bedingung war allerdings, dass er und Markow ein Relikt aus der Zeit vor dem Frieden beibehalten dürfen. Dabei ging es angeblich um Tradition, aber eigentlich sollte es nur dazu dienen, im passenden Moment etwas gegen die Markows in der Hand zu haben."

„Meine geplante Heirat mit Aleksandr."

„Mein Vater hat Pjotr diese Verbindung gelassen, weil er selbst zusammen mit den Markows uns Romanos noch unterlegen gewesen wäre. Die Iwanows haben lange Zeit damit gewartet, bevor sie gegen den Frieden und die Machtverteilung vorgegangen sind."

„Was haben die Iwanows genau getan?" Ich weiß, dass mein Vater mir niemals die ganze Wahrheit verraten hätte. Das tat keiner, außer Giulio.

„Die Wasilijews in Philadelphia hassen alle New Yorker Familien. Es ist ihnen egal, ob es Iren, Italiener oder ihre eigenen Landsleute sind – sie wollen uns alle sterben sehen. Aber ganz besonders hassen die Wasilijews den Markow-Clan."

„Die alte Familienfehde."

Giulio nickt. „Die Iwanows haben Kontakt mit den Wasilijews aufgenommen. Ich weiß nicht, ob die Iwanows die Markows als Kollateralschaden betrachten oder ob sie sich doch an der Rache ergötzt hätten, wenn eure Familie durch die Wasilijews zerstört worden wäre. Aleksandr und Pjotr haben mit den Wasilijews den Deal geschlossen, dass sie ihnen dabei helfen, die New Yorker Familien zu stürzen. Dafür hätten sich die Wasilijews und die Iwanows anschließend New York geteilt, aber weil die Wasilijews diese Familienfehde mit den Markows haben, hat ihnen das allein nicht gereicht."

„Was hat Aleks getan?"

„Er hat dich verraten, Principessa." In seinen Augen liegt jetzt wirkliches Bedauern. „Aleks wollte dich ihnen überlassen, wenn sie den Iwanows helfen, die Stadt zu kontrollieren. Er wusste, was sie mit dir vorhaben und hat es so hingenommen." Mir wird schlecht. All die Monate, in denen mir Giulio immer wieder sagte, dass Aleks mich verraten hätte, habe ich diese Aussage immer nur als Versuch abgetan, um mich gegen ihn aufzubringen. Das Gerede des Motorclubmitglieds ist für mich ebenfalls nicht mehr als bloßes Geschwafel gewesen, dem ich nie nachgegangen bin, aber plötzlich ergibt das alles einen Sinn. Die Wahrheit war die ganze Zeit da, nur dass ich sie nicht sehen wollte. „Aleks war kein guter Mensch, und er war dir auch kein guter Freund – zumindest zum Schluss nicht."

„Wenn alle davon wussten, dass Aleks mich ausliefern wollte, wieso wurde ich dann trotzdem des Verrats bezichtigt?"

„Weil hier jeder jeden verrät, Prinzessin. Weil hier niemand jemandem traut."

Ich nicke ihm zu und sortiere meine Gedanken. Mir wird plötzlich noch viel schlechter, als ich daran zurückdenke, wie Aleks plötzlich wie versessen darauf war, mich zu küssen, mich zu berühren oder mit mir zu schlafen, als hätte er keine Zeit mehr dazu. Hatte er mich da schon verraten? „Wie lange lief das schon vor seinem Tod?"

„Ungefähr zwei Jahre, vielleicht auch drei."

Aleks hat mich verraten, als ich fünfzehn war. Das war ungefähr die Zeit, als er anfing, mich körperlich zu wollen und immer wieder zu drängeln, dass wir uns näherkommen. Und dann gab es da den Kuss zwischen mir und Giulio. „Wie lange wusstet ihr von dem Verrat?"

„Eine Weile."

„Giulio, wie lange?"

„Die Vermutung hatten wir ungefähr ein halbes Jahr vorher, aber ganz sicher wussten wir es erst, als wir während des Winterballs im Hinterzimmer waren." Wenigstens mein erster Kuss war keine Lüge. „Woran hast du gedacht?"

„An den Kuss natürlich. Ich habe mich gefragt, ob du damals schon von Aleks' Verrat wusstest, dass du ihn töten würdest und ich eines Tages deine Frau werden würde."

„Nein, das wusste ich nicht."

Obwohl es hier eigentlich um den Verrat geht und darum, dass ein ganzer Clan deswegen nach meinem Leben giert, interessiert mich plötzlich nur Giulio. Wir haben nie über diese Nacht gesprochen. „Warum hast du mich damals geküsst?"

Er zuckt mit den Schultern. „Ich wollte es."

„Ich muss es wissen, Giulio."

Auf seinem Mund bildet sich ein diabolisches Grinsen. „Du weißt doch, dass du von mir keine Informationen umsonst bekommst. Also, was bietest du mir dafür?"

„Was willst du?"

„Wie oft hast du vor unserer Verlobung an diesen Kuss gedacht?"

Ich könnte es jetzt wie sonst machen und ihm einfach sagen, dass es mir nichts bedeutet hat, weil es für mich immer nur

Aleks gab. Doch so ehrlich, wie Giulio heute zu mir war, war noch niemals jemand zu mir gewesen. „Es war mein erster Kuss – den könnte ich wohl nie vergessen. Ich habe ständig daran gedacht. Es hat bestimmt eine Woche gedauert, bis ich deine Lippen nicht mehr auf mir gespürt habe. Als Aleks mich dann zum ersten Mal küsste, waren meine Gedanken …" Ist das vielleicht doch zu ehrlich? Ein zu großes Zugeständnis an jemanden, der es gar nicht verdient hat?

„Sprich weiter, Principessa."

„Als Aleks mich küsste, waren meine Gedanken nur bei dir." In Giulios Augen blitzt es. „Bei jedem unserer Küsse war ich in Gedanken bei diesem einen Kuss, weil es nie das Gleiche war. Er konnte es nie schaffen, dass ich mich fühlte wie in dieser einen Nacht."

Giulio greift mein Kinn und zwingt mich, in seine dunklen Iriden zu sehen. „Ich habe dich geküsst, weil du das schönste Mädchen der ganzen Schule gewesen bist – ach was, das schönste Mädchen, das ich überhaupt je gesehen habe. Ich habe dich geküsst, weil ich den Gedanken nicht ertragen konnte, dass dich dieser stronzo küsst. In dem Moment, in dem ich hörte, dass er dich noch nie geküsst hatte, wurde das Verlangen in mir übermächtig, dass dieser Moment nur mir gehören sollte. Dass du nur mir gehören solltest. Ich habe dich geküsst, weil ich dich unbedingt wollte – obwohl du durch dieses unsinnige Versprechen eurer Familien komplett außerhalb meiner Reichweite gewesen bist." Das ist viel mehr, als ich je an Antwort von ihm erwartet hätte. Seine warmen Lippen finden meinen Mund, und erst jetzt registriere ich, dass ich wochenlang unter wahnsinnigen Entzugserscheinungen gelitten habe. „Und jetzt, Principessa? Was wirst du jetzt tun, nachdem du all diese Dinge weißt? Nachdem du weißt, dass die Dunkelheit dich längst verschlungen hat? Wirst du dich verstecken? Wirst du weglaufen?"

Je intensiver ich meinen neuen Platz in diesem ganzen Spiel begutachte, umso mehr bemerke ich, dass es nicht allein Giulio ist, der dunkel ist. Die Dunkelheit ist in jedem von uns und längst auch in mir. Ich gehöre in diese Welt. Ich habe immer schon dazugehört. „Ich fürchte mich nicht mehr vor der Dunkelheit, Giulio. Nicht, wenn das schlimmste aller Monster an meiner Seite ist.“

KAPITEL ACHTUNDZWANZIG

GIULIO

Wir sitzen beim Frühstück. Während ich mir in aller Ruhe die Berichte durchlese, die jeden Morgen von den verschiedenen Soldaten auf meinem Handy eingehen und mich über die neusten Entwicklungen der New Yorker Unterwelt auf dem Laufenden halten, sitzt Ekaterina neben mir und rührt gedankenverloren in ihrem Cappuccino, ohne einen Schluck zu nehmen. Auf ihrem Teller liegen ein paar Obststücke sowie zerdrückte Brotkrumen. Diese Russinnen sind keine besonders guten Esserinnen. Sie haben immer Hunger in ihren Augen, aber essen sich nie wirklich satt. Als ob das so ein Spielchen wäre, das sie spielen. Ihre Schwester handhabt es so und Natascha Iwanow – wo auch immer sie jetzt ist – hat es auch so gemacht.

Italienerinnen sind da ganz anders. Sie essen sich immer richtig satt. Unbeabsichtigt huscht mein Blick an das andere Ende der langen Tafel. Mariella sitzt mit ihrem Bitch-Gefolge zusammen. Sie hat hier mal wieder in einem der Gästezimmer übernachtet – Gott allein weiß, welcher arme Soldat diesmal dran glauben musste. Sie lacht laut und plaudert angeregt mit den Töchtern einiger Soldaten. Ihr Teller ist leergefegt. In ihrer Hand hält sie ein Cornetto und beißt beherzt ab, während sie weiterspricht. Ekaterina zuckt zusammen, als Mariellas lautes Lachen den ganzen Speisesaal unterhält, und sieht aus, als würde sie sich jeden Moment unter den Tisch verkriechen wollen.

Ich kann Mariella leider nicht rauswerfen. Nicht, solange ihr Vater Consigliere ist. Nicht, solange ich kein Boss bin – was hoffentlich noch für lange Zeit so bleiben wird. Und ich befürchte, dass ich auch dann nicht einfach so verfügen kann, dass die Rizzos verschwinden müssen, denn diese Familie ist wie Unkraut. Egal, wie oft man es mit der Wurzel herausreißt, es kommt immer zurück, weil sich irgendwo, tief im Verborgenen, doch noch ein Teil von ihm festgebissen hat.

Ich beuge mich zu Ekaterina. „Was hat sie gemacht?"

Sie rutscht unruhig auf ihrem Stuhl hin und her. Ich könnte ihr stundenlang dabei zusehen, wie sie auf meine Nähe reagiert. Ich liebe es, dass ihr Körper so stark auf mich anspricht und kann es kaum noch erwarten, endlich wieder in ihre enge Pussy zu kommen. Seit der Explosion ist eine Woche vergangen. Sieben ewige Tage, in denen ich meine Frau nicht wirklich angerührt habe, weil der Arzt sagte, dass sie wegen der Gehirnerschütterung Ruhe braucht. Macht insgesamt vier Wochen, in denen ich keinen Sex mit ihr hatte.

Ich hasse das.

Mein Schwanz hasst das noch mehr.

„Sie hat nichts gemacht, Giulio."

Luca sitzt in unserer Nähe und belauscht unser Gespräch. Als er Ekaterinas Antwort hört, macht er ein Gesicht, das mir verrät, dass sie mir etwas verheimlicht. Außerdem kenne ich Mariella. Sie macht immer irgendetwas. Jeder ihrer Atemzüge ist eigentlich eine Beleidigung. „Es wird Zeit, dass Mariella endlich auf ihren Platz verwiesen wird." Dieser Vanilleduft macht mich wirklich wahnsinnig. Es bringt mich um, sie zu riechen, ihr so nahe zu sein und sie doch nicht haben zu können. „Aber dazu müsstest du erst deinen Platz einnehmen."

„Sitze ich da nicht schon?"

„Es ist ein Unterschied, ob du die Frau bist, die neben mir sitzt oder die an meiner Seite." Sie nickt nur stumm. Immer dieses unterwürfige Nicken. „Wie geht's deinem Kopf? Hast du noch Schmerzen?"

„Nein, gar nicht mehr."

Ich erhebe mich ruckartig und ziehe sie mit mir. „Du isst sowieso nicht mehr." Sie hat ein Paar dieser unmöglich hohen Stöckelschuhe an, mit deren elf Zentimetern sie mir trotzdem nicht mal bis an mein Kinn reicht. Und mit diesen Dingern ist sie mir einfach zu langsam. Also hebe ich sie auf meine Arme. Es interessiert mich nicht die Bohne, dass uns alle hinterherstarren. „Wer stört, stirbt!", rufe ich durch den Speisesaal, und ohne hinzusehen könnte ich darauf schwören, dass Luca grinst.

„Giulio, was wird das?" Ich werfe sie auf unser Bett. „Du hättest auch einfach sagen können, dass du nach oben möchtest, um …" Weiter lasse ich sie nicht sprechen, als ich meine Lippen schon auf ihre presse und ihren Rock nach oben schiebe. Ekaterina versteht und hebt ihre Arme, damit ich ihr das Kleid von ihrem Körper ziehen kann. Sie trägt cremefarbige Spitzenwäsche und ihre kleinen, rosa Nippel drücken sich erwartungsvoll gegen das erlesene Material.

„Ich liebe deine Brüste. Sie sind perfekt." Schnell öffne ich den Verschluss auf ihrem Rücken und nehme eine Spitze in den Mund, was ihr ein wohliges Stöhnen entlockt. Ich kann mich nicht sattsehen, an dem rosigen Pink ihrer Nippel und dem Kontrast zu ihrer hellen, cremigen Haut. Keine der

Italienerinnen, mit denen ich je zusammen war, hatte Ekaterinas Anmut. Mein Finger schlüpfen unter ihr Höschen, und wie ich es bereits von ihr kenne, ist sie feucht und bereit für mich. Ich streiche über ihre Klitoris, bevor ich einen Finger in ihren engen Eingang gleiten lasse. Fuck – der Himmel ist in dieser Frau. „Ich will dich auf mir, Principessa." Ich ziehe mich von ihr zurück und rutsche bis an das Kopfteil unseres Bettes. Ekaterina schiebt sich gefühlt in Zeitlupe ihren Slip vom Körper. Macht sie das jetzt, um mich zu reizen? Spielen wir jetzt also Spielchen? Vielleicht will sie ja, dass ich nach all den Wochen ohne sie platze. Ich funkele sie wissend an, als sie endlich über mich kommt und sich unmittelbar über meinem Schwanz platzieren will. Ich glaube, sie hat mich die letzten Wochen nicht viel weniger vermisst, als ich mich nach ihr verzehrt habe, aber wenn sie spielen will, muss das noch warten.

„Giulio, was …" Ihre Stimme ist ein bisschen verunsichert, als ich ihre Hüften packe und sie gerade in dem Moment hochziehe, als sie mich in sich aufnehmen wollte. Ich habe vier ewige Wochen gewartet – was sind da schon ein paar Minuten mehr? Ich ziehe sie über mein Gesicht, bis ich den süßen Duft ihrer Lust inhalieren kann. Als meine Zunge durch ihre Spalte leckt, findet Ekaterina den nötigen Halt am Kopfteil und krallt sich in den Bezug der Polster. Ihren Kopf wirft sie in den Nacken, während ich grob ihre Pobacken knete, sie dabei quälend langsam lecke und ihre Spalte küsse, immer darauf bedacht, bloß nicht ihre Klitoris zu berühren. Als sie laut wimmert, weil ich sie reize, sie immer weiter an den Rand treibe und ihr doch nicht gebe, was sie so dringend braucht, dringe ich mit meiner Zunge in ihre heiße Öffnung ein. Ekaterina lehnt ihre leicht glänzende Stirn an die Wand, während ihr Körper auf mir zu zittern beginnt. Ich lasse kurz von ihr ab, was ihr ein protestierendes Seufzen entlockt. „Giulio."

Vorsichtig gleite ich mit der Fingerspitze um ihren Lustpunkt. „Ist es das, was du willst?"

„Gott, ja!" Ich küsse die kleine Perle, kreise immer wieder mit der Zungenspitze darum, bis sie erneut zu beben anfängt. Erst als sie fast schon jammert, weil sie so kurz davor ist und ich ihr einfach die Erlösung vorenthalte, lege ich meine Lippen um ihre Klitoris und sauge leicht daran, bis sie sich wieder verkrampft und mit einem lauten Schrei kommt. „Schluss mit den Spielchen." Sie bekommt heute keine Pause, um sich von den Wellen ihres ersten Höhepunktes zu erholen.

Ich will sie bis zum Anschlag auf mich drücken. Ich will sehen, wie sich ihre Augen weiten, wenn ich in ihr bin. Ich will, dass ihren süßen Lippen ein Wimmern entkommt, weil meine Größe ihren ungeübten Körper überfordert und sie es trotzdem akzeptieren muss, hart von mir genommen zu werden.

All das will ich.

All das tue ich nicht.

Stattdessen tue ich etwas, das ich noch nie getan habe. Ich lasse mich von Ekaterina ficken. Sie lässt sich vorsichtig auf meinen Schwanz sinken. Stück für Stück umschließt ihre perfekte Enge mich. Als sie den letzten Teil von mir in sich aufnimmt, genieße ich den Anblick ihrer lustverhangenen Augen. Ihre Bewegungen sind zunächst zaghaft, werden dann aber immer schneller und kraftvoller. Obwohl ich meine Hände auf ihren Pobacken habe, kontrolliere ich sie nicht. Ein Lächeln huscht über ihre kirschroten Lippen. „Giulio, bitte …"

„Was möchtest du, Prinzessin?" Ihre Lider flattern, als ich von unten in sie hineinstoße und etwas fester gegen ihren G-Punkt komme. Vielleicht ist es bei ihr auch einfach der Giulio-Punkt. Das würde mir noch viel besser gefallen.

„Bitte noch mal so …“

„So wie was, Principessa?“

„So wie beim letzten Mal.“

„Du willst, dass ich dich nehme, Ekaterina?“

Sie klettert von meinem Schoß, geht auf alle viere und streckt mir ihren perfekten Po entgegen. Ihre hellen Backen laden geradezu dazu ein, rote Male auf ihnen zu hinterlassen, und ihre feuchtglänzende Muschi ist wie eine unausgesprochene Aufforderung, hart bis zum Anschlag in sie einzudringen. „Bitte, Giulio.“

Ohne ein Wort zu verlieren, drücke ich ihre hellen Pobacken auseinander und stoße fest in ihre enge Öffnung. Dabei genieße ich die Aussicht auf die immer noch jungfräuliche und bisher komplett von mir ignorierte Öffnung, gegen dessen Inbesitznahme sie sich garantiert sträuben wird. Sie weiß es noch nicht, aber ich werde keine ihrer Öffnungen unberührt lassen, und eines Tages wird sie mich vielleicht darum anbetteln, sie auch dort zu nehmen. Ich greife um sie herum und fahre mit meinen Fingern durch ihre nassen Falten, wobei ich hart über ihre geschwollene Klitoris reibe.

Ekaterina wimmert vor Lust, bevor ich ihr über den Abgrund folge und tief in ihr komme.

KAPITEL NEUNUNDZWANZIG

EKATERINA

Nachdem Giulio mir im Krankenhaus die Details vom Verrat berichtet hat und ich dem auch nichts entgegensetzen konnte, was mich an seiner Glaubwürdigkeit hätte zweifeln lassen können, hatte ich kurz den Wunsch, Aleks selbst getötet zu haben. Es ist nicht so, als wäre mir Aleksandr egal oder dass ich nicht mehr um ihn trauere. Es ist eher so, dass ich enttäuscht darüber bin, mich so in ihm getäuscht zu haben. Es ist schrecklich, wie er mein Vertrauen missbraucht und mich verraten hat. Ich trauere nicht mehr um meinen Seelenverwandten und Verlobten. Ich trauere nicht mehr um die Person, die ich geglaubt habe, mein Leben lang zu kennen. Ich trauere um den Jungen, mit dem ich großgeworden bin. Mein Aleks ist gestorben, als er vierzehn war und in die Mafia eingeführt wurde.

Bei Giulio und mir versuche ich hingegen, ein neues Kapitel aufzuschlagen, das ohne den Zorn über Aleks' Tod auskommt. Sogar seine anderen Sünden versuche ich so gut es geht aus unserer Ehe herauszuhalten, obwohl sie ein Teil von ihm sind.

Während der Woche nach der Explosion hat er sich mir gegenüber überaus zuvorkommend gezeigt. Die meiste Zeit war er mit mir im Anwesen der Romanos, und wenn er rausmusste, hat er mich mitgenommen. Heute, nach dem Frühstück und dem lang von mir herbeigesehnten Orgasmus, musste er allerdings etwas ohne mich erledigen. Ich weiß, dass er dann höchstwahrscheinlich jemanden tötet.

So kommt es, dass Leonardo, der immer noch von Kopfschmerzen geplagt wird, seit der Explosion total auf Codein ist und sich einen Joint nach dem anderen gönnt, und Luca, der während Giulios Abwesenheit die rühmliche Aufgabe übernimmt, meinen Aufpasser zu spielen, sowie Liliana, die einfach nur Ablenkung von ihren eigenen Problemen sucht, mit mir auf dem Sofa sitzen und wir gemeinsam eine dieser Mittagstalkshows schauen.

Meine Gedanken schweifen immer wieder zu Giulios Worten, ich solle meinen Platz an seiner Seite einnehmen. Bis auf die Anwesenden, Emilia, die erst dieses Wochenende aus Italien zurückkehren wird, und Giulio nimmt mich niemand in diesem Haus ernst. Ich spüre die Blicke seiner Eltern auf mir, wenn ich ihnen gegenübersitze und meine Brotkrumen picke. Sein Vater genießt es, dass ich als Aleksandrs Ex-Verlobte die Strafe verbüße, mit seinem Sohn verheiratet zu sein. Zumindest betrachtet er es als Strafe und ergötzt sich an meinem jämmerlichen Anblick. Es fühlt sich an, als würde er sich an meiner eingeschüchterten Gestalt weiden und den Duft meiner Angst inhalieren. Seine Mutter würdigt mich hingegen keines Blickes und wenn doch, dann sehe ich nur Mitleid in ihren Augen. Ich weiß nicht, ob sie mich bemitleidet, weil sie mit einem Monster verheiratet ist und bei uns vom gleichen Fall ausgeht, weil sie es nur so kennt, oder ob ich ihr wirklich leidtue, weil ich ihren Sohn heiraten musste. Die restlichen Wachen, Soldaten und Captains der Romanos sehen mich so an, als wäre ich schlicht und einfach eine Verräterin. Eine Spionin, die geschickt wurde, um die Familiengeheimnisse der Romanos herauszufinden. Sie trauen mir nicht, und ich glaube, dass sie sich jemand Besseren für Giulio gewünscht hätten. Und dann gibt es da noch die anderen Frauen, die mich voller Hohn, Spott und teilweise auch Missgunst betrachten und mir am liebsten die Pest an den Hals wünschen. Allen voran natürlich Mariella.

Wenn ich das mit mir und Giulio jetzt irgendwie hinbekomme, dann muss es doch auch möglich sein, diese Leute für mich zu gewinnen. Vielleicht nicht alle, aber genug von ihnen, sodass die restlichen mir nichts mehr anhaben können. Ich bin mein Leben lang darauf gedrillt worden, Aleksandrs Frau zu sein. Mir wurden seine Hobbys beigebracht, ich habe seinen Stammbaum lernen müssen und seine Familiengeschichte. Alles, was mir beigebracht wurde, diente dem Zweck, mit Aleks auszukommen und an seiner Seite zu bestehen. Nichts davon, aber auch wirklich rein gar nichts, hilft mir bei Giulio weiter, und deswegen ist es jetzt an der Zeit, dass ich mir selbst helfe.

„Leonardo?"

„Sí?" Seit er ein bisschen auf seiner Wolke aus Drogen schwebt, spricht er oft unbeabsichtigt Italienisch mit mir.

„Ich würde gerne deine Sprache lernen."

Luca lacht. „Ich bin mir nicht ganz sicher, ob Leo uns im Moment überhaupt verstehen kann, so wie er drauf ist."

„Ach, sei leise, Luca! Ich bin wieder fit und reduziere meine Medikation jetzt. Ab morgen kann ich mich wieder allein um sie kümmern. Alles wie immer."

„Italienisch." Ich übergehe Lucas unverschämten Kommentar.

Liliana mustert mich interessiert. „Ist das dein Ernst?"

„Wieso nicht?"

Luca zwinkert mir zu. „Ich finde die Idee ausgezeichnet, aber ob Leonardo ein geeigneter Lehrer ist, bezweifle ich."

„Ich könnte es dir beibringen", bietet Liliana an. „Ich bin eine geduldige Lehrerin."

„Abgemacht", spricht Luca das letzte Wort.

Der Übergang von Sommer zu Herbst ist dieses Jahr deutlich spürbar. Waren die Temperaturen bis vor wenigen Tagen noch mild und trocken, so ist es jetzt draußen kühl und nass.

Liliana gibt mir täglich drei Stunden Italienischunterricht, und dank der Betreuung einer Muttersprachlerin mache ich gravierende Fortschritte. Ich war immer eine gute Schülerin, und so fällt mir das Erlernen der neuen Sprache leicht. Zusätzlich zum Unterricht sprechen Liliana, Luca, Giulio und Leonardo auch privat oft Italienisch mit mir, weswegen mein Vokabelschatz rapide wächst und neben den alltäglichen Begriffen auch einige Schimpfwörter und dank Giulio auch Kosenamen enthält. Ansonsten habe ich den Eingeweihten untersagt, bei den gemeinsamen Essen mit mir Italienisch zu sprechen. Ich will nicht, dass jeder weiß, dass ich sie verstehen kann. Noch nicht.

Leonardo fährt jeden Tag Auto mit mir, weswegen ich die Führerscheinprüfung auch noch dieses Jahr werde machen können. Oft fahren wir ins Industriegebiet, aber einige Male bin ich jetzt auch schon durch den dichten Verkehr der Stadt gefahren, wenn auch nur langsam. Außerdem waren wir schon auf der Interstate.

Sergej und Oksana haben mich kürzlich besucht. Als Oksana auf der Toilette war, hat Sergej mir eine Glock zugesteckt, die ich sofort in das Versteck gebracht habe. Mir war ziemlich unwohl dabei, die Waffe von ihm anzunehmen. Im Moment liegt mir nichts ferner, als Giulio zu erschießen.

Bisher kam das Monster in ihm nicht noch einmal zum Vorschein, auch wenn es nie verschwinden wird und ich mit seiner dunklen Seite besser zurechtkomme, als ich es mir je hätte vorstellen können. Es fühlt sich fürchterlich an, wenn ich nachts in seinen Armen liege und seinen Atemzügen lausche, während ich genau weiß, dass sich im Schrank eine Waffe befindet, die dazu gedacht ist, ihn zu erschießen.

„Was geht in dir vor?", flüstert Giulio mir zu, während er kleine Muster auf meinen nackten Rücken zeichnet.

„Nichts Besonderes, nur Watte."

„Watte?"

„Ja. Weiße, dicke, bauschige Watte. Wenn du mich berührst, verliere ich oft jeden Sinn für die Realität." Er beugt sich über mich und beißt mir sanft in die Schulter. „Hey."

Er küsst die Stelle, die er eben noch gebissen hat. Giulio tut mir nicht immer weh, wenn wir Sex haben. Es ist nicht nur grob zu mir. Manchmal fühlt es sich sogar so an, als würde er wirklich Liebe mit mir machen, und als wäre diese Ehe nicht einfach nur ein Druckmittel, um die Markows im Griff zu haben. „Wir sollten los."

„Wir gehen aus?"

„Sí, Principessa."

„Und was ist, wenn ich lieber mit dir im Bett bleiben möchte?"

Er lässt sich auf die Matratze fallen. „Du weißt, dass du meine größte Schwäche bist und nutzt das schamlos aus."

Ich klettere auf seinen Schoß. „Wirklich? Ich soll deine größte Schwäche sein?"

Seine dunklen Augen durchbohren mich. „Natürlich bist du das."

„Wenn das so ist, sollte ich damit anfangen, das auszunutzen."

Nur zu deutlich spüre ich seine Härte, die sich schon wieder gegen meinen Po drückt. Ich ziehe mir das zusammengebauschte Laken vom Körper, mit dem er mich nach unserer letzten Runde Frühstückssex eingewickelt hat, und positioniere ihn direkt an meinem Eingang. „Nutz es aus", knurrt Giulio. „Für alles andere ist es jetzt eh zu spät."

Giulio fährt mit mir bis in die Hamptons, allerdings verbringen wir nur eine gute Stunde im Haus, wo er sich mit einem Geschäftspartner trifft, bevor wir in eine der kleinen Küstenstädte fahren und für ein spätes Mittagessen eines der Restaurants am Hafen besuchen. Als ich mich erkundigte, womit ich diesen Ausflug verdiene, meinte er, dass er mir noch ein Date schulden würde.

Anschließend spazieren wir die Promenade entlang, und Giulio will alles über meine Aufenthalte in Russland wissen. Ihn interessiere es, woher die Familie seiner Frau stammt, sagt er. Er fragt mich alle möglichen Dinge, von denen ich nie dachte, dass sie von Belang wären. Was meine Lieblingsfarbe ist und was ich am liebsten esse. Er erkundigt sich nach meinem Musikgeschmack und nach meinen Vorlieben beim Lesen. Heute interessiert ihn irgendwie jedes Detail über mich, und ich plappere einfach los und erzähle ihm alles, was er wissen will.

Irgendwann nimmt er meine Hand, verschränkt unsere Finger miteinander und für eine ganze Weile vergesse ich, wer wir eigentlich sind. Giulio ist kein Mörder und nicht der nachfolgende Boss der Famiglia. Ich bin keine russische Mafia-Tochter, die eine arrangierte Ehe eingegangen ist, um den Frieden zu wahren. Es fühlt sich an, als hätten wir mit all dem nichts zu tun und wären ein ganz normales verliebtes Paar.

Verliebt.

Da ist er, dieser beängstigende, irre Gedanke, der sich in letzter Zeit immer wieder in meinen Kopf schleicht. Es fühlt sich verliebt mit Giulio an. Ein Gefühl, das ich ziemlich lange nicht zuordnen konnte, war es doch am Anfang unterschwellig und trat nur manchmal in den Vordergrund, so zeigt es sich die letzten Wochen immer öfter. Erst dachte ich, ich bekäme eine Grippe, denn ein bisschen fühlte es sich so an, als würde ich krank werden. Doch dann wurde es immer drängender und klarer, bis ich mich nicht einmal mehr selbst davor verstecken konnte.

Ich habe keinen Vergleich. Dachte ich immer, ich sei in Aleks verknallt gewesen, dann war das nichts gegen mein Zusammensein mit Giulio. Niente. Und bisher konnte ich diesen Gedanken auch immer wieder beiseiteschieben. Aber jetzt, während wir die Promenade entlangflanieren, lässt es sich nicht mehr verleugnen.

Ich. Habe. Mich. In. Giulio. Verliebt.

Ganz gleich, wer er ist und was er getan hat.

Ganz gleich, wie falsch es ist.

Er wirbelt mich herum, bis ich gegen ihn pralle und gibt mir einen schnellen Kuss. „Du siehst aus, als hättest du einen Geist gesehen."

„Viel schlimmer als das", will ich sagen. Stattdessen lächle ich mein Gedankenkino einfach weg. „Nein, es ist nur so schön, zwischendurch mal was anderes zu sehen als immer nur die Stadt."

„Und trotzdem sollten wir aufbrechen. Du hast anderthalb Stunden Rückfahrt vor dir."

Mir stockt der Atem. „Ich?"

„Leonardo sagte mir, du fährst so gut, dass man neben dir schlafen kann, und ich bin ziemlich müde, weil mich heute Morgen jemand nicht lange schlafen ließ." Er zwinkert mir zu.

„Mit welchem Auto soll ich denn zurückfahren?"

„Das, mit dem wir hierhergekommen sind."

Ich habe das Gefühl, als würde ich mit einem Spaceshuttle zum Mond fliegen, als ich Giulios Höllenvehikel durch den Verkehr lenke. Jeder Stupser gegen das Gaspedal presst mich tief in den Sitz und macht dieses kribbelige Gefühl im Bauch, als würden wir jeden Moment damit abheben. Als hätte ich dieses Gefühl nicht ohnehin ständig in seiner Nähe.

Giulio hat den Beifahrersitz ganz nach hinten geschoben, um es sich bequem zu machen. Die Lehne hat er etwas nach hinten gestellt, und seine Hände ruhen verschränkt in seinem Nacken. Er sieht entspannt aus. „Du machst das sehr gut, Baby."

„Sicher, dass wir gerade im gleichen Film sind?"

Er grinst mich an. „Also wenn ich jetzt dabei noch deinen süßen Mund ficken könnte, dann wäre es wirklich sensationell perfekt, aber das ist logistisch leider unmöglich."

„Giulio." Mein Blick gleitet von der Straße auf seine Körpermitte, die sich hart gegen seine schwarze Jeans drückt.

„Nur die Ruhe, Principessa. Fahr. Ich mache jetzt die Augen zu." Giulio nickt wirklich kurz ein. Als er ungefähr bei Hicksville wieder wach wird und mit seinem Sitz wieder eine aufrechte Position einnimmt, schaut er in den Außenspiegel. „Wechsel mal auf die linke Spur und überhol den roten Kombi vor uns."

„Wieso? Haben wir es eilig?"

„Tu es einfach." Ich setze den Blinker, blicke in den Rückspiegel, so wie Leonardo es mir gezeigt hat, und wechsele die Spur. Vor dem roten Kombi fädele ich mich wieder in den Verkehr ein. „Siehst du den silbernen SUV hinter uns?"

„Sicher."

„Wir werden verfolgt."

„Was?“, rufe ich panisch und gucke noch mal in den Rückspiegel, ob der Wagen auch wirklich da ist, was natürlich der Fall ist.

„Der Wagen folgt uns schon, seit wir in Southampton aufgebrochen sind.“ Ich habe auch bemerkt, dass der Wagen hinter mir und meinen nicht gerade zügigen Fahrkünsten herzuckelt, habe mir aber nichts weiter dabei gedacht. Die meisten machen Ferien in den Hamptons und haben es nicht besonders eilig.

„Und dann hast du geschlafen?“

„Beruhig dich. Es ist nur ein Wagen, und solange wir auf der vollbefahrenen Interstate sind, werden sie nichts unternehmen.“

„Was machen wir jetzt?“

„Plan A: Wir hängen sie ab.“

In Anbetracht der Tatsache, dass ich fahre, bin ich wenig begeistert von seinem Masterplan. „Ich weiß nicht, Giulio.“

„Drück das Gaspedal durch und geh komplett nach links – jetzt, Ekaterina.“ Ich blicke hektisch über die Schulter und tue, was er mir sagt. Der Wagen beschleunigt ruckartig, und ich habe wieder dieses Flugzeugfeeling. „Gas geben, los!“ Giulio drückt mein Knie nach unten. Im Rückspiegel sehe ich, wie der silberne SUV sich zwischen die anderen Autos drängelt und ziemlich jedes Verkehrsgebot bei seinem Manöver außer Acht lässt. Vor uns heizt ein Lexus her, der allerdings bei guten hundertdreißig Meilen die Stunde nicht weiter beschleunigen will und uns den Weg versperrt. „Überhol rechts.“

„Wir werden draufgehen, Giulio!“, schreie ich ihn an. „Merda.“

„Ich will dich schon wieder, wenn du auf Italienisch fluchst. Aber jetzt tu, was ich dir sage.“ Ich ziehe rechts rüber und drücke dann auf das Gaspedal. Der Lexus hupt, als wir an ihm vorbeiziehen und uns wieder vor ihn setzen. Giulio nimmt einen Anruf an. „Ja. Bist du dort? Sí, wir kommen jetzt und haben Besuch hinter uns. Sí.“ Der SUV versucht, den gleichen Weg zu nehmen, kommt aber hinter dem Lexus nicht raus. Als sich doch die Gelegenheit bietet und er rechts überholen kann, flucht Giulio neben mir. „Wenn ich jetzt sage, ziehst du komplett rechts rüber – bis auf die Ausfahrt und fährst bei Douglaston ab. Vertrau mir bitte nur dieses eine Mal. Wenn ich es sage, fährst du! Verstanden?“

Meine Hände krallen sich vor Nervosität am Lenkrad fest, und ich nicke. „Ja.“

Giulio beobachtet angespannt den Verkehr und die Entfernungsbaken, die am Rand der Fahrbahn markieren, wie viele Meter es noch bis zur Ausfahrt sind. Das wird verflucht eng. „Jetzt!“

Ich schaue nicht nach hinten, sondern reiße das Lenkrad nach rechts, rase bis zur Ausfahrt und fahre von der Interstate. Einen Moment ist es komplett still. Wir schauen beide in den Rückspiegel, und neben dem laufenden Motor hört man nur unsere schnelle Atmung. Dann rast der silberne SUV hinter uns auf die Fahrbahn. Giulio öffnet das Handschuhfach und zieht eine zweite Lade auf, aus der er zwei Berettas holt. „Zeit für Plan B.“

„Was ist Plan B?“ Ich weiß jetzt schon, dass mir Plan B nicht gefällt.

„Du fährst, ich schieße.“

KAPITEL DREISSIG

GIULIO

„Fahr in das Industriegebiet, die nächste rechts." Ekaterina reißt das Lenkrad herum und biegt ab. Sie hinterfragt meine Anweisungen nicht mehr und schaut sich nicht mehr um. Sie fokussiert sich auf das, was vor ihr liegt, und vertraut darauf, dass ich ihr keine tödliche Anweisung gebe. Sie vertraut mir blind, und ich liebe dieses Gefühl. „Du machst das perfekt, Principessa. Wenn wir am Ende der Straße sind, kommen wir in das Industriegebiet. Du kennst das Gelände. Wir machen das jetzt."

„Was machen wir?" Sie ist völlig außer Atem, als wäre sie die Strecke nicht gefahren, sondern gerannt.

„Sobald wir im Industriegebiet sind und es keine Zeugen mehr gibt, wird das Feuer eröffnet. Ich möchte, dass du dich so klein machst wie es geht und einfach Gas gibst. Egal, was passiert, fahr zum Speditionsgelände. Luca und die anderen erwarten uns dort. Sollten die Wichser hinter uns bis dahin noch leben, erwartet sie spätestens dort der sichere Tod." Sie verkrampft sich und krallt ihre Finger in das Lenkrad, als wäre es ihr Rettungsanker. „Hast du verstanden? Du fährst, egal, was passiert, zur Spedition. Auch wenn ich verletzt bin, capiche?"

Ekaterina biegt in das Industriegebiet ab und prompt fallen die ersten Schüsse. Die Heckscheibe zeigt die ersten Löcher, in denen die Kugeln stecken bleiben. Mein Auto ist kugelsicher, aber die Bastarde feuern weiter. Ich öffne mein Fenster und drehe mich so auf dem Sitz, dass ich eine gute Sicht nach hinten habe, und dann feuere ich. Eine Kugel nach der anderen fliegt zwischen den Autos her, die Ruhe des frühen Abends wird durch die Schüsse des Kugelhagels unterbrochen. Ekaterina lässt den Motor aufheulen, während sie die Kurve scharf nimmt und direkt auf das Tor der Spedition zurast. „Das Tor ist geschlossen."

„Gib Gas und halt einfach drauf, wir sind stärker." Sie kneift ihre Lider zusammen, bevor das Auto durch das Gittertor des Firmengeländes prescht.

Plötzlich hagelt es aus allen Richtungen Kugeln. Luca und die anderen haben den SUV unter Beschuss genommen. Ekaterina fährt bis in die Lagerhalle und stoppt den Wagen. Ihre Brust hebt und senkt sich so schnell, als wäre sie einen Marathon gelaufen. Ihre Augen sind immer noch leicht glasig. Sie schließt ihre Lider und streicht sich die gelösten Strähnen aus dem Gesicht. Ihre Wangen sind von einer leichten Röte überzogen, und ihre vollen Lippen sind rosig pink. Sie ist so voller Leben, weil sich das Adrenalin den Weg durch ihre Venen gebahnt hat. Und sie war nie schöner als jetzt. Ich löse ihren Gurt und ziehe sie auf meinen Schoß. Ihr Puls rast wie verrückt, und ihr Herz schlägt so laut, dass ich es fast hören kann. Ich ziehe sie für einen Kuss zu mir heran. Sie stöhnt, als meine Zunge in ihren Mund eindringt und ich ihre damit massiere.

Luca nähert sich dem Wagen. Natürlich hat er immer das perfekte Timing. Ich lasse die Scheibe gerade so weit herunter, dass er Ekaterina auf meinem Schoß sieht. „Gleich!“ Ich sehe noch sein Grinsen, bevor er sich kopfschüttelnd umdreht und geht.

„Ich muss nach den Leuten sehen, die uns verfolgt haben“, sage ich zu ihr, während sie sich in einem der Büros des Speditionsgebäudes von dem Schock der Verfolgungsjagd erholt. „Warte hier oben, ich schicke dir Leonardo.“

„Nein.“ Sie nimmt meine Hand. „Ich will dabei sein.“

„Vier unserer Männer sind tot und liegen noch unten. Im Auto der Verfolger saßen vier Männer, von denen drei tot sind. Ihre Leichen sind nicht verdeckt. Der Fahrer lebt noch.“ Das noch betone ich dabei. „Das ist kein Anblick für dich.“

Sie schaut auf unsere ineinander verschränkten Hände. „Das Auto bei einer Verfolgungsjagd zu steuern, ist nichts für mich. In einem Club verschleppt und fast vergewaltigt zu werden, an meinem Geburtstag angegriffen zu werden und Tote auf meiner Party zu haben, ist auch nichts für mich, ebenso wenig wie in meinem Fahrschulwagen in die Luft gesprengt zu werden.“ Sie sieht mir jetzt in die Augen. „Nichts in unserer Welt ist eigentlich etwas für mich, aber ich gehöre trotzdem dazu.“

Alles in mir sträubt sich dagegen. Ich will nicht, dass sie dieser ganzen Finsternis in vollem Ausmaß ausgesetzt ist, so wie ich es schon mein Leben lang bin. Ich will, dass sie mir weiterhin vertraut. Ich will so viel mehr von ihr. Ich will alles, was sie mir geben kann, jedes kleine bisschen von ihr will ich für mich. „Warum willst du dir das antun?“

„Warum willst du, dass ich es mir nicht antue?“

„Bis vor Kurzem war deine einzige Reaktion auf mich Angst. Da unten ist ein Blutbad.“ So ungerne ich es mir eingestehe, aber jetzt bin ich derjenige, der Angst hat, und dieses Gefühl empfinde ich selten. Es besteht eigentlich nur im Zusammenhang mit Ekaterina. Ich habe Angst, dass sie mich wieder voller Panik ansehen könnte. Ich habe Angst, sie zu verlieren, wo ich sie doch gerade erst bekommen habe.

„Ich fürchte mich aber nicht mehr", flüstert sie mir zu. „Nicht, wenn du bei mir bist." Obwohl sie ihre Worte flüstert, dringen sie trotzdem bis in mein Innerstes vor, in diesen kleinen Teil in mir, den ich mir aus einer Zeit vor den Morden und den Folterkammern, vor allen Geschäften und schrecklichen Dingen, bewahrt habe und füttern ihn mit etwas, nach dem er sich so lange gesehnt hat.

„Du versprichst mir, nicht schreiend wegzulaufen?"

„Sí, bello." Ich liebe es, dass sie jetzt meine Sprache spricht.

Hand in Hand gehen wir die Treppe hinunter. Die meisten Soldaten mustern Ekaterina kritisch. Niemand hier ist es gewohnt, dass eine Frau einer solchen Situation beiwohnt. Ekaterinas Blick gleitet über die aufgereihten Leichen unserer Männer, die mit Decken verhüllt sind. Dann schaut sie sich die erschossenen Mitglieder des New York Eagle Motorcycle Clubs an, die von Luca auf einen Haufen zusammengekehrt wurden.

„Alles in Ordnung, Principessa?"

„Ja. Würdest du mir einen Moment geben?"

„Wir haben alles unter Kontrolle", gibt Leonardo mir das Go.

„Bleib in der Halle und geh nicht zu weit weg."

Ich beobachte sie, während Luca mir die Lage schildert. „Den Überlebenden haben wir im Kofferraum. Wir bringen ihn zum Familienanwesen. Im Desiderio ist heute zu viel los, und ich will keine unnötigen Komplikationen."

„Wir müssen diese Bastarde endlich aus der Stadt bekommen. Jeden von ihnen."

Leonardo schnaubt. „Die meisten dieser Ratten haben sich nach Philadelphia abgesetzt. Wer weiß, wo diese jetzt herkamen."

„Sie müssen jemanden in der Stadt haben, der uns beobachtet. Den unbekannten Kontaktmann von Grigorij Kusnetzow", bemerkt Luca.

„Giulio." Riccardo kommt zu uns herüber und nickt in Richtung der toten Soldaten. Ich folge seinem Blick. Was zum Teufel?

Ekaterina kniet vor den vier toten Männern, hat die Hände gefaltet und murmelt leise etwas vor sich hin. Sämtliche Männer, die in der Halle beschäftigt sind, halten inne und starren sie an, wie sie vor den vier getöteten Soldaten kniet, die in ihrem Leben mehr Menschen getötet haben als die meisten Insassen eines Hochsicherheitstraktes, und für sie betet.

„Tut sie das, was ich denke, was sie tut?", fragt Luca.

„Ich denke schon."

„Hast du ihr gesagt, dass sie das tun soll?"

„Nein."

Mehrere der Soldaten, die eigentlich mit den Aufräumarbeiten beschäftigt sind, fangen an, sich zu bekreuzigen und falten ihre Hände. Es ist, als würde Ekaterinas Reinheit und Unschuld auf diesen ganzen Haufen voller Mörder, Verbrecher und sogar auf die Monster abfärben und sie daran erinnern, dass es vier Leben sind, die hier heute gelassen wurden.

Ich trete neben Ekaterina und lausche den Gebeten, die sie auf Russisch spricht. Obwohl ich ein bisschen ihrer Sprache beherrsche, verstehe ich sie nicht, keiner hier tut das. Niemand der Männer hier spricht auch nur ein Wort Russisch, und trotzdem verstehen wir alle die Bedeutung dessen, was sie da leise vor sich hin sagt, während sie mit geschlossenen Augen in ihrem teuren Designerkleid auf dem kalten und dreckigen

Boden der Lagerhalle hockt und für die Seelen vier Seelenloser betet.

Ich weiß nicht, wann ich zuletzt gebetet habe. Das muss zu der Zeit gewesen sein, bevor ich wusste, dass der Vatikan käuflich ist und indirekt zu uns gehört. Ich lasse mich zu ihr auf den Boden sinken, bekreuzige mich ebenfalls und lege meine Hände ineinander, bevor ich es mir erlaube, für einen kleinen Moment die Augen zu schließen und dem Flehen und Bitten meiner Frau zu lauschen. Und für einen kurzen Augenblick habe ich das Gefühl, dass zumindest Ekaterinas Gebete erhört werden und diese vier Männer trotz all ihrer Sünden erlöst werden könnten.

KAPITEL EINUNDDREISSIG

GIULIO

„Wir müssen angreifen!“, rufe ich bestimmt in die Runde. „Philadelphia braucht keine Machtdemonstration mehr, sondern muss ausgelöscht werden.“

„Ich bin dagegen.“ Natürlich ist er das. Maghnus Callaghan ist gegen alles, was einer von uns vorschlägt. „Die Wasilijews scheinen sich bislang nur auf die Romanos oder Markows einzuschießen. Dass unsere Waffen für eine Weile abhandengekommen sind, war nur ein Kollateralschaden, weil du dich nicht im Griff hattest, Giulio – und auf der Geburtstagsfeier waren meine Kinder ebenfalls nur Gäste. Mir scheint es eher eine Sache privater Natur zu sein.“

„Und du meinst, dass die Iren nicht bald auch dran glauben müssen?“, fahre ich ihn an. „Außerdem haben wir ein verdammtes Abkommen, falls ich dich daran erinnern darf. Und wenn wir an die O'Sullivans aus Seattle zurückdenken, die euch vor drei Jahren beinahe den Kopf gekostet hätten, und daran, dass wir zu euch standen, dann muss ich jetzt ernsthaft an deiner Loyalität zweifeln, Maghnus.“ Sein Gesicht wird kreidebleich. Loyalität ist ein heiliges Wort, und niemand hier will, dass seine Loyalität angezweifelt wird. Was dabei herauskommen kann, haben wir alle bei den Iwanows gesehen.

Mein Vater hebt die Hand. „Beruhigt euch – alle beide. Giulio ist in dieser Sache ein wenig hitzköpfig, weil seine Frau immer wieder involviert ist."

Giovanni lacht spöttisch. „Vielleicht ist sie doch eine russische Verräterin. Findet ihr es nicht merkwürdig, dass sie immer wieder mittendrin ist?"

„Dass meine Tochter immer mittendrin ist, liegt nur an der Unfähigkeit der Romanos, sie zu schützen." Markows Schweinekopf ist wieder hochrot. Er sollte dringend seinen Blutdruck untersuchen lassen.

„Du meinst wohl eher deine Familienpolitik, die dich zum Todfeind der Wasilijews gemacht hat, sowie deine miserable Wahl, was Ekaterinas ursprünglich geplante Heirat mit Aleksandr Iwanow angeht, haben sie zur Zielscheibe gemacht. Ekaterinas Schutz ist in besten Händen."

„Ach ja?" Sergej lehnt sich auf die massive Tischplatte. „Bei uns musste meine Schwester nicht den Wagen bei einer Verfolgungsjagd fahren. Dass sie überhaupt hinter einem Steuer sitzt, ist eine Zumutung."

„Vielleicht gehen den Romanos die Chauffeure aus", witzelt Niall.

Ich haue mit meiner geballten Faust auf den Tisch. „Sie ist meine Frau. Was auch immer sie tut, ist allein meine Angelegenheit."

Mein Vater erhebt sich. „Giulio hat recht. Hier wird viel zu oft über Ekaterina Romano sinniert." Er betont ganz besonders ihren neuen Nachnamen. „Aber sie ist jetzt Giulios Frau und das betrifft nur ihn. Was Philadelphia angeht, teile ich Maghnus Meinung, wenn auch aus anderen Gründen. Die

Familien halten in jedem Fall zusammen. Sollte einer von uns angegriffen werden, üben wir alle zusammen Rache – so ist der Pakt. Trotzdem halte ich einen Angriff zum jetzigen Zeitpunkt für unklug. Wir wissen zu wenig darüber, wie die Wasilijews aufgestellt sind und wen sie eventuell noch als Verbündeten haben."

„Das kann nicht dein Ernst sein?", werfe ich ein, doch mein Vater unterbricht mich mit einem Handzeichen.

„Wir werden weitere Männer nach Philadelphia schicken, um sie auszukundschaften, und bevor wir irgendeinen Angriff wagen, werden wir unsere eigene Stadt wieder unter Kontrolle bringen. Ich will von jedem Clan mindestens fünfzig Männer auf den Straßen – alle in Zweiterteams und alle bei klarem Verstand." Seine letzten Worte richtet er gezielt an die Iren. „Und ansonsten will ich, dass New York Stärke beweist und alles weiterläuft wie geplant. Die Geschäfte gehen weiter, die Clubs bleiben geöffnet und der Winterball wird wie gewohnt stattfinden."

Alle verlassen das Hinterzimmer. Als Luca und ich gehen wollen, hält unser Vater seine Hand hoch. „Giulio, Luca – auf ein Wort." Giovanni, unser Consigliere, lehnt breit grinsend an der Wand und pafft eine Zigarre. Ich hasse es, dass dieser Kretin mittlerweile sogar bei unseren Privatgesprächen dabei ist. Eines Tages wird er mir das noch büßen. „Was stimmt mit dir nicht, Giulio? Du zweifelst meine Entscheidungen an? Du zweifelst mich an – öffentlich?"

Die Angst vor meinem Vater habe ich schon vor langer Zeit verloren. Rein körperlich bin ich ihm längst überlegen, was aber natürlich nichts bedeutet, da er einfach über mir steht und jedem befehlen könnte, mich einfach abzuknallen. So weit würde er natürlich nicht gehen – nicht ohne Grund zumindest. Aber hier geht es längst nicht mehr nur um mein eigenes Leben, das ich jederzeit bereit wäre zu geben. „Bei allem

Respekt, wir können uns diese Angriffe nicht mehr ewig bieten lassen, und es könnte schon bald zu spät sein."

„Zu spät für was?", bemerkt Giovanni spitz. „Oder soll ich fragen, für wen?"

Mein Vater beäugt ihn grinsend. „Ich wollte Maghnus nicht vor allen in die Karten spielen, aber es scheint, als hätten die Wasilijews in erster Linie wirklich Ekaterina auf dem Schirm. Es sind Russen, die einen übermäßig ausgeprägten Sinn für Dramen haben. Sie könnten die Iren angreifen oder Igor direkt, stattdessen schießen sie sich auf dieses Mädchen ein, um sich an Igor zu rächen, nur weil Aleks sie ihnen in seinem Wahn zugesichert hat."

„Darf ich dich daran erinnern, dass sie beim Einschießen, wie du es so schön nennst, deine Tochter verletzt haben?" Lucas Stimme verursacht selbst mir eine Gänsehaut.

Unser Vater verzieht keine Miene. „Jeder hier hat seine Bürden zu tragen, Luca. Das solltest du mittlerweile auch gelernt haben. Dein Bruder hat es, als er diese Russin zur Frau genommen hat. Wir lassen es laufen und warten ab, ob sie sich Ekaterina noch mal nähern."

„Du willst sie als Lockvogel benutzen?" Jeder andere müsste sofort für diesen Gedanken sterben.

„Warten wir einfach ab, was passiert. Im Normalfall wird ihr nichts passieren, und wenn doch, dann ist es ein Verlust, mit dem wir leben können. Igor hat einen Stammhalter, der seinen Namen weitergibt, und für taktische Vermählungen hat er noch die andere Tochter … und du könntest ein zweites Mal heiraten. Ich nehme an, du hast sie noch nicht geschwängert?"

Wenn ich mir jetzt anmerken lasse, dass mich das total anpisst, dann habe ich verloren. Wenn sie wissen, was Ekaterina mir bedeutet, dann wird sie noch mehr zu ihrem Ziel. Sowohl mein Vater, als auch Giovanni, stehen auf kranke Ideen. Sie stehen auf Spielchen und darauf, dass Menschen daran kaputtgehen – auch wenn es nichts mit dem Geschäft zu tun hat.

Ich erinnere mich noch genau an meinen achten Geburtstag, als ich einen Welpen bekam. Tigre war ein kleiner Golden Retriver und, wenn man so will, meine erste große Liebe. Eines Tages ging Liliana verbotenerweise in Vaters Büro und stieß dabei versehentlich eine Tasse Espresso um. Als er sie dafür bestrafen wollte, nahm Luca die Schuld auf sich. Ich dachte, Vater würde ihn totprügeln, also sagte ich, dass ich es gewesen wäre.

Vater prügelte mich nicht und sperrte mich nicht in den Käfig. An diesem Tag sollte ich lernen, was Verantwortung ist und dass man sofort zu seinen Fehlern stehen muss. Er hielt Luca eine Waffe an den Kopf, wenn ich Tigre nicht töten würde. Luca war sechs und hatte Todesangst. Er flehte mich an, während der Urin seine Hose durchnässte und unser Vater ihn für seine Schwäche auslachte. An diesem Tag lernte ich Verantwortung zu tragen und noch etwas anderes, etwas viel Wichtigeres. Ich lernte, dass Tigre sterben musste, weil ich ihn liebte.

„Man hört, sie betet lieber", sagt Giovanni und befreit mich aus meinen beklemmenden Kindheitserinnerungen.

„Davon hält deine Tochter Mariella nicht besonders viel", provoziert Luca ihn. „Die russische Verräterin, wie ihr sie gerne nennt, hat für gefallene italienische Soldaten gebetet."

„Und wenn schon", schnaubt Giovanni. „Die Gebete der russischen Hure werden ohnehin nicht da oben ankommen."

Ich bin so schnell bei ihm und habe seinen Hals gepackt, dass er mich nicht einmal kommen sieht. Er keucht und sabbert, während seine Kehle nachgibt und er panisch um Luft ringt. „Ich will nicht noch einmal sagen müssen, dass du nur Consigliere bist und kein Boss. Dass ich dir übergeordnet bin und dass auch meine Frau über dir steht, Giovanni." Mein

Vater steht direkt neben uns. Er unternimmt rein gar nichts, um seinen obersten Berater zu befreien. Giovannis Ringen nach Luft wird unregelmäßiger, angestrengter. Aus seinem Mund kommen immer wieder dicke Tropfen Speichel geschossen, die mir den Ärmel meines Hemdes ruinieren. „Noch ein Wort gegen meine Frau und du wirst sterben." Dann entlasse ich ihn mit einem Ruck, und er prallt mit seinem Hintern auf den Boden, während er schwer nach Luft ringt.

Mein Vater lächelt. Er liebt Gewalt.

Luca lächelt. Er hasst Giovanni genauso sehr wie ich.

Und ich lächle, als ich nach einer Serviette von der Bar greife und seine Sabberspuren von meinem Hemd wische. Giovanni Rizzo wird bei passender Gelegenheit sterben, soviel steht fest.

„Der Alte ist übergeschnappt! Ich glaube, Rizzo fickt sein perverses Hirn noch zusätzlich", sagt Luca, während wir hinunter in den Keller gehen.

„Das ist er. Jeder sieht nur die Probleme, die unmittelbar seine eigene Familie betreffen. Niemand erkennt, dass das, was den einen betrifft, immer in Wechselwirkung mit den anderen steht. Der Frieden ist für den Arsch."

„Ihn interessiert es einfach nicht, solange er nicht selbst draufgeht. Aber irgendwann fickt es hier jeden, glaub es mir."

„Das wird es jedenfalls, bevor ich zulasse, dass Ekaterina etwas passiert."

Luca zieht belustigt eine Braue hoch. „Sie hat hier bald jeden bei den Eiern."

„Was soll das wieder heißen?"

„Ihr Gebet hat sich herumgesprochen wie ein Lauffeuer. Die, die dabei waren, liegen ihr quasi zu Füßen, nachdem sie vor unseren toten Kameraden auf dem Fußboden im Dreck gekauert hat. So was hat es noch nie gegeben. Und es war deine beste Idee überhaupt, es ihr gleichzutun."

Ich weiß, dass Ekaterina es bei uns von Anfang an nicht leicht hatte. Dass ihre Gebete sie aber in der Gunst der Männer haben steigen lassen, ist mir neu, was daran liegen mag, dass ich nichts auf Getratsche gebe. Ich selbst habe noch nie für einen meiner toten Soldaten gebetet. Niemals wäre ich auf die Idee gekommen. Es ist nicht üblich, und ich habe es so auch nie gelernt. Aber dass Ekaterina dort auf dem Boden gekniet hat, hat mich berührt. Sie hat mich in die Knie gezwungen. „Ich wollte ihr eigentlich nur vom Boden aufhelfen."

„Ist das so, Giulio?" Luca ist ein scharfer Beobachter, und ich vertraue ihm. Aber er weiß schon zu viel über meine Verbindung zu Ekaterina, als es gesund für uns alle ist. „Seit du gebetet hast, würden unsere Soldaten für dich sterben."

„Das hätten sie vorher auch getan."

„Es ist ein Unterschied, ob man für jemandem in den Tod geht, weil man Angst vor ihm hat oder ob man es aus Respekt tut."

„Respekt ist auch nur eine Form von Angst."

„Nicht immer, Giulio. Wir haben es nur nie anders gelernt, aber es ist nicht immer so."

Lucas Gesicht verzieht sich zu einer Fratze, als wir den Keller erreichen und er den an ein Kreuz geketteten Fahrer der Verfolgungsjagd sieht. Für ihn ist jedes Eagles-Mitglied indirekt Lilianas Vergewaltiger, auch wenn er diesen schon längst getötet hat. Der Typ hat einen Knebel im Mund, und es dringt nur ein ersticktes Schreien zu uns herüber. Deswegen ist er auch geknebelt, denn dieser Bastard schreit zu viel. Seiner Kutte nach ist er Prospect, also noch kein volles Clubmitglied, und wenn ich mir seine Furcht anschaue, wäre er wohl auch nie ein gutes geworden. Luca geht zu ihm und versetzt ihm einen Faustschlag. „Der Typ ist mir einfach zu laut."

„Prospect, hm? Man merkt, dass du noch nicht lange dabei bist. Du bist viel lauter als die anderen.“ Ich beäuge die ordentlich aufgereihten Folterinstrumente, die Luca gerne benutzt. „Weißt du, Prospect. Wenn ich mich so umsehe, habe ich gar keine Lust, dich foltern zu lassen. Ihr ermüdet mich – alle von euch.“ Durch seinen Knebel murmelt er irgendeinen unverständlichen Mist, wahrscheinlich bettelt er um sein unnützes Überleben. „Aber Fakt ist nun mal, dass du mich und meine Frau verfolgt hast, und wenn es um meine Frau geht, kenne ich keine Gnade.“ Ich nehme eines von Lucas Jagdmessern. „Du musst sterben – und zwar langsam.“

KAPITEL ZWEIUNDDREIẞIG

EKATERINA

Es ist mitten in der Nacht, als ich durch das gleichmäßige Rauschen des Wassers geweckt werde. Giulio war seit der Verfolgungsjagd gestern die ganze Zeit unterwegs. Selbst für seine Verhältnisse ist das viel. Er steht vor dem Waschbecken und stützt sich ab. Es sieht aus, als würde er einfach nur dem Wasser beim Fließen zusehen. Als ich aufstehe und ins Bad gehe, bemerke ich, dass sein Hemd voller Blut ist. Seine Arme und Hände sind ebenfalls voller getrocknetem Blut, und sein Gesicht weist auch Blutspritzer auf. „Oh, Giulio." Er zuckt nicht zusammen. Natürlich hat er mich vorher schon bemerkt.

„Ist nicht meins." Er versucht, das getrocknete Blut von seinen Händen zu waschen.

Ich nehme das große Stück italienische Rosenseife. „Lass mich dir helfen."

Er sagt nichts, lässt mich aber machen, als ich den Schaum von meinen Händen auf seine blutigen Finger, Handflächen und Unterarme einmassiere, bis sich das getrocknete Blut langsam löst. „Ist es von dem Fahrer, der uns verfolgt hat?"

„Ja."

„Ist er tot?"

Er nickt. Ein Lächeln huscht über meine Mundwinkel. Es ist so falsch, und dennoch kann ich es nicht verhindern. „Hast du ihn getötet?"

Jetzt sieht er mir in die Augen. „Ja."

Ich muss an die Verfolgungsjagd denken. Daran, dass es jederzeit hätte mit uns zu Ende gehen können. An die vielen Unschuldigen, die auf der Interstate unterwegs waren und jederzeit einen Unfall hätten haben können. An die Soldaten, die uns helfen wollten und sterben mussten. „Danke. Lass uns das abwaschen, Giulio."

Er sieht mir dabei zu, wie ich einen Knopf des Hemdes nach dem anderen öffne. Giulio sieht nie einfach nur zu. Giulio macht immer etwas, er ist immer aktiv und nie einfach bloß Zuschauer oder stiller Teilnehmer, sondern kontrolliert jede Situation. Doch heute steht er einfach nur still da und lässt es zu, dass ich ihn ausziehe. Ich streife mein Nachthemd ab und schiebe ihn in die Dusche. Ich verteile Duschgel auf einem dicken Waschlappen und schäume seinen Oberkörper damit ein. Als ich vor ihm auf die Knie gehe, denke ich kurz, dass er gleich meinen Kopf in den Nacken zerrt und mir seine Länge bis in die Kehle schieben wird, aber das tut er nicht. Giulio steht einfach nur vor mir und schaut mich an, während ich das getrocknete Blut aus jeder seiner Poren wasche. Dann schlinge ich um jeden von uns ein Handtuch und trockne ihn ab. „Komm, wir gehen ins Bett."

Er setzt sich und zieht eine silberne Beretta aus seiner Jacke, die er zuvor unordentlich auf das Bett geschmissen hat. Er dreht den Lauf zu sich und hält sie mir entgegen. „Tu es."

„Giulio, was …"

„Tu es." Ich weiß nicht, was vorgefallen sein muss, dass er meint, mir die Gelegenheit geben zu müssen, mich von ihm zu befreien. Ich starre auf die Pistole, bevor ich einige Schritte zurückgehe und sie gesichert in der oberen Schublade der Kommode verstaue.

„Nein."

„Wieso nicht? Ich weiß, dass du all das hier nie wolltest, dass du mich nie wolltest."

„Manchmal ändern sich die Dinge, die wir wollen."

Ich lösche das Licht, bis uns die Dunkelheit verschlingt. Ich habe keine Angst mehr, denn wenn man das Monster, vor dem man sich immer fürchtete, zu lieben lernt, dann kann einem auch die bloße Dunkelheit nichts mehr anhaben. Er zieht mich in seine starken Arme. Obwohl ich ihn nicht sehen kann, weiß ich, dass wir uns ansehen. Und es ist fast so, als würden wir im Dunkeln viel mehr sehen können, als es bei hellstem Sonnenschein möglich ist. „Warum tust du das für mich? Du hasst mich."

„Ich hasse dich nicht. Die Frage ist doch eher, warum hast du das für mich getan?"

Es dauert, bis er endlich reagiert. „Was meinst du?"

„Warum ich? Keela hat mir erzählt, dass du mich nicht hättest heiraten müssen. Sie sagte, du warst es, der unsere Verbindung vorgeschlagen hat. Deswegen frage ich mich, warum du mich wolltest, Ich war schon einmal verlobt, und alle dachten, ich sei eine Verräterin und hätte mich Aleks hingegeben."

„Du bist keine Verräterin, Principessa. Ich wusste außerdem, dass du nicht mit Aleksandr geschlafen hast."

„Trotzdem. Du hättest Oksana haben können, und sie hätten mich getötet. Es wäre mit ihr viel einfacher für dich gewesen. In jeder Hinsicht. Also, warum ich?"

Eine gute Minute lang hört man nur, wie wir atmen. „Weil du mich als Einzige jemals so angesehen hast. Meine Mutter hat Angst vor mir, seit ich zwölf bin. Seit ich in der Familie bin, sieht mich jeder nur mit dieser Panik in den Augen an. Ich sehe nur Panik und Abscheu oder anerkennenden Respekt, der aber eigentlich auch nur eine Mischung aus Panik oder Abscheu ist. Und dann hast du dagesessen, inmitten dieser ganzen Mafiabrut, als wäre nicht jeder von ihnen für sich genommen die Ausgeburt des Bösen. Und du hast mich angesehen, als wäre ich ein ganz normaler Junge und du nur ein ganz normales Mädchen."

„Du erinnerst dich daran?" Ich hatte nie angenommen, dass Giulio sich noch ansatzweise an unser Kennenlernen erinnert oder dass es ihm etwas bedeutet hätte.

„Sí, Principessa. Das war einer der besten Momente meines Lebens."

In mir fängt alles an zu kribbeln. „Was war der beste?"

„Ich bin mir nicht sicher. War es, als ich mir deinen ersten Kuss gestohlen habe? Oder war es der Moment, als mir klar wurde, dass du plötzlich erreichbar für mich bist?" Das Kribbeln wird noch stärker und löst geradezu ein Feuer in meinem Bauch aus. „Vielleicht war es aber auch der Moment unserer Hochzeit, als du unwiderruflich mir gehörtest. Oder die Hochzeitsnacht, als jeder meiner Träume, die mich jahrelang gequält haben, Wirklichkeit wurde. Ich war immer neidisch auf ihn." Seine Stimme ist leise und träge, so als wäre er schon halb eingeschlafen. „Ich wünschte, du könntest mich nur ein einziges Mal so ansehen, wie du ihn all die Jahre angesehen hast."

„Ich werde dich nie so ansehen können, wie ich Aleks angesehen habe, weil ich ihn nie geliebt habe", flüstere ich ihm zu, als er längst eingeschlafen ist und mein Geheimnis nicht hören kann.

Die nächsten Wochen vergehen im gleichen Trott. Liliana bringt mir weiterhin Italienisch bei, und Leonardo folgt mir auf Schritt und Tritt. Ich verbringe die Tage mit meinen Freunden, die Nächte hingegen gehören nur Giulio und mir. Nach seinem Geständnis gab es keine weiteren Gefühlsbekundungen mehr seinerseits, was ich aber auch nicht erwartet habe. Kein Mann in unserer Welt spricht über solche Dinge. Kein Mann in unserer Welt fühlt solche Dinge.

Es ist ein ganz gewöhnliches Dinner im Anwesen der Romanos, nur dass heute Chiara, die Tochter eines höheren Captains, achtzehn wird. Deswegen geht das Dinner in eine große Party über. Chiara war in meinem Jahrgang, allerdings hatte ich nie besonders viel mit ihr zu schaffen, was daran liegen könnte, dass sie immer mit Mariella zusammen war.

Nach dem Dinner bilden sich Grüppchen. Während die älteren Generationen an der langen Tafel des Speisesaals verweilen und die Männer in lautstarke Gespräche verfallen, kapseln sich die jüngeren Clanmitglieder ab und gehen in den Salon. Das große Sofa wurde etwas zur Seite geschoben, und in der Mitte des Raumes ist jetzt eine Tanzfläche. Drum herum wurden mehrere Stehtische aufgestellt, und es treffen die ersten Gäste ein.

Keela köpft eine Flasche Champagner und schenkt jedem von uns ein Glas ein. Zusammen mit Oksana, Emilia und Liliana stoßen wir an – nur nicht auf das Geburtstagskind. „Wie sehr ich diese Höflichkeitseinladungen liebe." Keela leert ihr Glas in einem Zug.

„Ich bin froh, dass wir meinen Achtzehnten nur unter uns gefeiert haben", sage ich und bemerke sofort, wie sich Liliana neben mir versteift. „Entschuldige. Ich habe nicht nachgedacht, Lili."

„Schon in Ordnung. Die Wahrheit ist, dass ich an alles, was zwischen der Party und dem Moment, in dem Luca in mein Zimmer kam, geschah, immer noch keine Erinnerung habe. Es ist ein riesiges schwarzes Loch. Ich will einfach weitermachen und normal sein. Ich will leben, ohne dass diese Nacht alles dominiert.“ Liliana hat mit niemandem von uns über das gesprochen, was ihr in den Hamptons passiert ist. Mir musste sie auch nichts sagen. Ich habe ihre Verletzungen und das viele Blut gesehen. „Es ist Fluch und Segen zugleich, dass ich mich an nichts erinnern kann. Segen, weil ich keine Erinnerungen habe, aber Fluch, weil ich genau weiß, dass mir etwas Schreckliches widerfahren ist und ich es einfach nicht verarbeiten kann.“

„Hast du mal mit jemandem gesprochen, der sich damit auskennt?“, fragt Oksana.

„Die Familie hat keine Psychologen, und zu jemandem von außerhalb würden sie mich niemals lassen.“

„Wenn du reden willst, kannst du zu uns allen kommen. Jederzeit“, bietet Emilia ihr an, auch wenn keine von uns jemals eine richtige Therapie ersetzen kann.

„Danke, ich weiß jetzt, dass ich auf euch zählen kann. Aber jetzt lasst uns bitte das Thema wechseln und ein bisschen Spaß haben. Das tut uns allen gut.“

Die Party nimmt an Fahrt auf, und neben den Spirituosen finden auch die üblichen Drogen den Weg zu den Gästen. Nach den Erfahrungen der letzten Monate bleibe ich allerdings lieber bei meinem Martini und dem einen oder anderen Glas Champagner. Die meiste Zeit tanze ich mit Keela, und wir genießen einfach einen Moment Unbeschwertheit. Luca tanzt mit Liliana und lässt sie nicht aus den Augen, was er wohl nie wieder auf einer Party tun wird. Giulio steht mit Riccardo an einem der Tische und ist heute deutlich ausgelassener als sonst. Die beiden trinken Sambuca und unterhalten sich lautstark. Ich beobachte ihn immer wieder verstohlen, wie heiß er aussieht, wenn er ganz ungezwungen ist. „Du sabberst gleich“, neckt Keela mich. „Aber das würde ich an deiner Stelle wohl auch. Und jetzt verrate mir endlich, ist Giulio überall so groß?"

„Keela! Wirst du jemals damit aufhören?"

„Niemals. Lass uns lieber auch so einen brennenden Sambuca trinken."

„Habe ich hier Sambuca gehört?" Luca dreht sich zu uns.

„Sí, Signor." Keela zwinkert ihm zu.

Wir verlassen die Tanzfläche und stellen uns an einen der freien Tische. Ausgerechnet neben das Geburtstagskind und Mariella, die mich ganz unverhohlen von Kopf bis Fuß mustert. Allein für diesen unverschämten Blick sollte sie aus dem Haus gejagt werden.

„Ich besorge uns die Flasche von Giulio und Riccardo." Luca zieht Lili hinter sich her.

Gedankenverloren beobachte ich das rege Treiben, während Keela Nachrichten auf ihrem Smartphone checkt. Und dann höre ich sie am Nachbartisch auf Italienisch reden. Sie tun es in ganz normaler Lautstärke und ohne auch nur den kleinsten Hauch Respekt, um es außerhalb meiner Reichweite zu tun.

Ich. Verstehe. Wirklich. Jedes. Verfluchte. Wort.

„Gott, schau dir nur dieses Kleid an. Als wäre sie was – heiß oder so?"

„Ein schönes Kleid macht noch lange keine richtige Frau aus einer russischen Verräterin." Chiara lacht. „Ob er seinen Schwanz überall reinstecken darf?"

„Vermutlich ausschließlich in ihren russischen Arsch, damit Giulio nicht merkt, wie abgenutzt ihre Muschi von Aleks ist. Aleksandr hatte wirklich einen dicken Schwanz – das einzig Gute, was Russland je hervorgebracht hat, außer Wodka natürlich." Ich wusste immer, dass Aleks Sex hat. Nur wusste ich nicht, dass er es sogar mit Mariella getrieben hat. Ich wusste vieles nicht von Aleks.

„Deswegen wird sie auch nicht schwanger. Die ganze Familie rechnet täglich mit der Nachricht, weil Giulio immer so unersättlich war, aber in dem Körper eines Kindes bleibt wohl nichts haften. Sieh dir ihre schmalen Hüften an, da passt niemals ein Stammhalter durch – nicht bei seinen Genen." Chiaras schrilles Lachen ertönt wieder. „Ob sie weiß, dass Aleks dich kurz vor seinem Tod gefickt hat?"

„Ob sie weiß, dass ich Giulio kaputtgefickt habe? Sein Schwanz war so oft in mir, dass sie mich heute noch auf ihm schmecken muss, wenn sie ihn lutscht."

Luca kommt mit Liliana, Giulio und Riccardo zu uns herüber. „Den Sambuca haben die Alkoholiker ausgetrunken. Leonardo holt Nachschub, aber wir haben Tequila zum Überbrücken." Er stellt eine Flasche und Salz auf den Tisch und legt drei Zitronen und eines seiner geliebten Jagdmesser daneben. Hier wird kein Unterschied zwischen Zitronen und der Zunge eines Verräters gemacht. Ich greife es an der Klinge und halte den Griff nach oben, bevor ich mich zum Nebentisch umdrehe.

Ich habe Sergej und Aleks oft dabei beobachtet, wie sie als Kinder mit ihren Messern geübt haben. Obwohl beide immer sagten, es sei nichts für Mädchen, ließen sie mich heimlich das ein oder andere Mal mitspielen – denn damals war es für mich noch ein Spiel. Heute ist es längst keines mehr.

Mariellas Gesicht ist Gold wert, weil sie keine Ahnung hat. Gar keine Ahnung. Und ich weiß genau, dass alle Augen um uns herum plötzlich auf mir liegen. In Erwartung eines Wortgefechts tippt sie mit ihren langen, perfekt manikürten Fingern auf die Tischplatte, als ich Lucas Messer mit aller Kraft durch ihren Handrücken ramme. Ihr spitzer Schrei durchbricht die Musik im Raum, und so ziemlich jeder, der es nicht schon vorher getan hat, starrt jetzt in unsere Richtung.

Ich grinse sie an und spreche in perfektem Italienisch zu ihr, während sie sich heulend zusammenkauert.

„Ich habe dir schon einmal gesagt, dass du die Gastfreundschaft meines Mannes nicht überstrapazieren solltest, Mariella. Ich weiß nicht, ob es irgendeine Öffnung an deinem Körper gibt, die noch jungfräulich ist, aber ich bin mir sicher, dass es deinen Vater brennend interessieren würde, bevor er dich an den nächstbesten Unteroffizier verheiratet." Ihr Blick gleitet immer wieder zwischen mir und ihrer blutüberströmten Hand hin und her. „Aber für den Moment bist du noch hier und solange du uns noch mit deiner Anwesenheit entehrst, lass dir gesagt sein, dass wir in Russland lernen, wie man ein Messer benutzt. Beim nächsten Mal verlierst du mindestens einen Finger, Mariella."

Giovanni Rizzo stürmt aus dem Speisesaal und führt sie aus dem Raum. Es ist totenstill. Niemand der anderen Gäste hilft Mariella, und niemand kümmert sich um das, was ich getan habe. Es ist so, wie Luca gesagt hat. Ich stehe über ihr, und niemand würde es wagen, meine Handlungen ihr gegenüber anzuzweifeln. Erst recht nicht, wenn Giulio neben mir steht und zufrieden bis über beide Ohren grinst.

Ich wische die blutige Klinge an meinem Kleid ab, was einen wirklich unschönen Fleck auf dem glitzernden Stoff hinterlässt, bevor ich die Zitrone achtel. Dann lecke ich das Salz von meinem Handrücken, leere mein Glas und beiße in die Zitrone, wobei ich schwören könnte, das metallische Aroma von Mariellas Blut auf der Zunge zu schmecken.

KAPITEL DREIUNDDREISSIG

EKATERINA

„Gott, ich wünschte, ich wäre dabei gewesen, als du Mariella das Messer durch die Hand gejagt hast.“ Leonardo sieht aus dem Fenster, während ich uns durch den Stadtverkehr manövriere. Ich habe meine Führerscheinprüfung bestanden und zwinge ihn weiterhin, mit mir die Straßen unsicher zu machen.

„Darüber wird immer noch geredet?“ So wie ich hörte, ist Mariellas Hand in den letzten Wochen wieder gut verheilt. Einzig eine Narbe wird sie immer daran erinnern, dass sie sich nicht alles erlauben kann.

„Sí. Es ist nicht unbedingt üblich bei uns Italienern, dass eine Frau sich auf diese Weise Respekt verschafft.“

„Bei uns Russen auch nicht.“

„Es ist ungewöhnlich, dass eine Frau diese Art von Stärke zeigt. Du bist ungewöhnlich, Ekaterina.“

„Und jetzt zerreißen sich alle ihre Mäuler, weil ich die arme Mariella zurechtgewiesen habe?"

„Du hast keine Ahnung, oder? Niemand zerreißt sich mehr das Maul über dich. Es ist vielmehr so, dass sie dich dafür respektieren."

„Wirklich?"

Leonardos Handy klingelt. „Sí? Ja, ja – bist du dir sicher? Okay, wir sind unterwegs."

„Schwierigkeiten?"

„Nein, nur noch mehr ungewöhnliche Entwicklungen." Er schüttelt den Kopf. „Dreh gleich um, wir fahren nach Queens."

Giulio und Luca erwarten uns vor einem der Clubs. In großen Lettern prangt der Name Desiderio über der schwarzen Eingangstür. Ich weiß, dass es sich mit Wunsch, aber auch mit Lust übersetzen lässt, und frage mich, ob Giulio es wirklich fertigbringt, mich in einem seiner Bordelle zu treffen. Der kalte Wind weht mir die Haare von den Schultern. Ich ziehe den Kaschmirschal etwas enger und stelle den Kragen auf. Giulio nimmt mich in seine Arme. „Ist dir kalt, Principessa?"

„Ein wenig. Was machen wir hier?"

Das Misstrauen muss mir deutlich anzusehen sein. Als Giulio zwischen mir und dem Club hin und her schaut, fängt er an zu lachen. „Nicht das, Ekaterina." Er flüstert mir so zu, dass Leonardo und Luca es nicht hören können. „Ich würde deinen Körper niemals entehren, in dem ich dich in einem der Bordelle nehme." Wir folgen Leonardo und Luca langsam in den Club. „Es ist kein gefährliches Treffen, nur eine interne Angelegenheit. Es ist übrigens Ruhetag."

Das Erdgeschoss besteht aus einer Art Tabledancebar – so würde ich es aus Fernsehaufnahmen zumindest einordnen. Ein langer Bartresen nimmt die Seite des Raumes ein, während auf der anderen Seite mehrere Sitzecken aus rotem Leder zu finden sind. In der Mitte sind drei kleinere Bühnen aufgebaut, auf denen jeweils eine Poledancestange angebracht ist. Dann durchqueren wir einen langen Flur, von dem aus etliche Zimmer abgehen, die allesamt durchnummeriert sind. Ich bin keine Närrin und weiß, dass das hier die eigentlichen Geschäftsräume sind. Am Ende führt eine Treppe in den Keller, dessen Flur komplett schwarz gestrichen ist. Ich will gar nicht wissen, warum dieser Bereich hier noch düsterer ist, als es der ganze Laden ohnehin schon ist. Luca öffnet die hinterste Tür, die zu einem größeren Lager führt. Giulio zieht mich zur Seite, während Luca und Leonardo jemanden begrüßen.

„Was tun wir hier, Giulio?"

„Wir bleiben im Hintergrund, und wenn du gehen willst, dann gehen wir sofort."

Eine schäbige Hängelampe schwingt langsam hin und her und macht bei ihrem Schlenker nach rechts jedes Mal ein knarrendes Geräusch. Direkt unter der Lampe kniet ein Mann, der mir mehr nach Latino als nach Italiener aussieht. Seine Hände sind hinter dem Rücken gefesselt, und zwei Soldaten halten ihn in Position. Sein Mund ist mit einem verdreckten Lappen verbunden. Der Mann schwitzt stark und wimmert. Vor ihm steht ein Mann, der vielleicht fünfzehn oder zwanzig Jahre älter ist als Giulio, aber auf keinen Fall älter als vierzig. Sein dunkles Haar ist zurückgekämmt, und er trägt einen gut sitzenden Maßanzug mit einem dünnen Rollkragenpullover darunter. Alles an ihm schreit Mafia. Neben ihm steht ein Junge, der mitten in der Pubertät sein muss. Ihm scheint die Situation hier nichts auszumachen. Weder, dass er in einem Bordell ist, noch dass vor ihm ein gefesselter und geknebelter Mann kniet. „Was wird das, Giulio?" Eigentlich muss er es mir nicht sagen, aber ich will es von ihm hören. Ich weiß aus detaillierten Beschreibungen, was das hier ist. Dieser Junge wird heute seine Unschuld verlieren.

„Du weißt es, Principessa. Also, willst du gehen?"

„Warum zeigst du mir das?" Mein Blick ist starr auf den Jungen gerichtet, der jetzt von seinem Vater eine Pistole bekommt.

„Ich will keinen Schoßhund, der mir einfach nur das Bett wärmt. Wir werden niemals gleichgestellt sein, aber ich will dich so gut es geht auf Augenhöhe, und das funktioniert nur, wenn du nicht weiterhin blind bist." Ich kann kaum glauben, was er sagt. Bis vor wenigen Monaten wurde ich mit aller Macht von jedem Geschäft der Mafia ferngehalten. Bis vor wenigen Monaten habe ich freiwillig meine Augen davor verschlossen. Bis vor wenigen Monaten konnte ich aber auch noch nicht mit einer Waffe umgehen. Bis vor wenigen Monaten war ich nichts als der besagte Schoßhund. Der Junge richtet die Waffe auf den Kopf des Latinos, schaut aber noch seinen Vater an, der ihm etwas zu murmelt. „Willst du die Augen weiter verschließen, Principessa?"

Die Vorstellung, dass aus diesem Kind heute ein Mitglied der New Yorker Mafia wird, ist unerträglich. Der Junge sieht aus, als würde er jeden Moment einen Fußball herausholen und mit seinen Freunden draußen ein paar Tore schießen. Ich weiß, dass meine Vorstellung nicht der Realität entspricht. Nicht in unserer Welt. Ich weiß, dass dieser Junge schon lange kein Kind mehr ist und am Tag seiner Geburt dazu verdammt wurde, dieses Leben zu führen. Das hier wird nur eine von vielen Stationen sein, die er auf seinem Weg bestreiten muss. Er schaut zu dem Latino und korrigiert die Haltung seines Armes. „Ich habe keine Angst mehr vor der Dunkelheit, Giulio." Und dann drückt der Junge ab.

Ich fahre mit Giulio in seinem neuen Audi, während Leonardo uns folgt und Luca ebenfalls in seinem Aston Martin fährt, der irgendwie aus Giulios Besitz in die Hände seines Bruders übergegangen ist. Wir fahren alle der schwarzen Limousine hinterher, die uns in eine freundliche Wohngegend in Brooklyn Heights führt und halten vor einem Backsteinhaus, das sich perfekt in den ganzen Charme des Stadtteils einfügt. Von hier aus hat man einen perfekten Ausblick auf die Südspitze Manhattans. „Wer ist der Junge?"

„Massimo Marino, der Sohn unseres Cousins Dorian Marino." Mir schwirrt der Kopf von den ganzen Verwandtschaftsbeziehungen, aber ich erinnere mich an den Stammbaum, den Liliana mir gezeigt hat, und kann sie deswegen zuordnen.

„Dorian Marino, der Sohn eures Onkels Eduardo?"

Giulio grinst. „Sí."

Wir steigen aus und folgen Dorian und Massimo in ihr Haus. Eine Frau kommt uns entgegen. Sie sieht Massimo an, als würde sie ihn am liebsten in die Arme schließen, tut es aber nicht. Man muss kein Genie sein, um zu erkennen, dass es sich bei ihr um Massimos Mutter Loretta handeln muss, die sich soeben endgültig von ihrem Kind verabschiedet hat. Ich hoffe wirklich, dass ich niemals in diese Situation komme. Dann fällt ihr Blick auf uns. „Benvenuto." Sie winkt uns alle durch in den Salon ihres dreistöckigen Stadthauses. Loretta kommt mit einer Flasche Martini und mehreren Gläsern zurück.

Giulio räuspert sich. „Ihr müsst euch nicht so viel Mühe machen, wir wollten nur den Rest woanders als im Desiderio besprechen."

„Doch, wir müssen anstoßen. Trinkt Ekaterina noch Alkohol?", fragt Dorian an Giulio gewandt.

„Sie trinkt. Sprechen kann sie auch – Englisch, Russisch und Italienisch." Ein Grinsen umspielt Giulios Lippen. „Du darfst sie also ansprechen. Ekaterina kann dir selbstständig antworten."

„Verzeihung", sagt Dorian. Vielleicht war es einfach nur Macht der Gewohnheit, mich zu übergehen. „Ich hörte schon von deinen Italienischkenntnissen. Wer hat dich unterrichtet?"

„Meine Schwägerin Liliana."

„Ihr Unterricht muss hervorragend gewesen sein. Wie man hört, setzt du deine neu gewonnenen Fähigkeiten großzügig ein."

Luca räuspert sich. „Falls du damit ihre Messerattacke auf die Nichte deiner Schwägerin meinst, so sei dir gewiss, dass Mariella eigentlich drastischere Maßnahmen verdient hätte. Ekaterina war zu gnädig." Ich durchforste den Stammbaum in meinem Hinterkopf und tatsächlich, Dorians Bruder ist mit Tiara Rizzo, Giovanni Rizzos Schwester, verheiratet. Sie hängen einfach alle miteinander zusammen, was auch erklärt, wieso Giulio die Rizzos nicht so schnell loswird. Es ist ein riesiges Geflecht, in dem jeder mit jedem verbandelt ist. Nur unsere New Yorker Clans nicht, außer die Romanos mit den Markows – durch mich und Giulio.

Dorians Blick gleitet zu Loretta. „Wir wissen, wie es um Mariella bestellt ist. Das Mädchen ist unberechenbar – wild und nicht zu bändigen. Obwohl meine Schwägerin aus der Rizzo-Familie stammt …"

„Was mein Mann sagen will …", unterbricht Loretta ihn. „… ist, dass Mariella eine verwöhnte Göre ist. Und jetzt Schluss mit diesem Thema und lasst uns auf Massimo anstoßen." Sie verteilt die Gläser, und auch Massimo bekommt einen Martini. Er hat vor gerade einmal einer Stunde einen Mann erschossen, und der Martini im Nachgang wird noch das Harmloseste sein, was ihm die nächste Zeit begegnen wird.

„Bekomme ich auch ein Glas?“ Es ist eine hohe Stimme, die wie ein Glockenspiel den Raum flutet und Giulio in seiner Haltung gefrieren lässt. Ein Mädchen, das etwas jünger ist als Massimo, betritt den Raum und setzt sich zu Loretta. Giulio löst sich neben mir aus seiner verkrampften Haltung, ist aber immer noch etwas steif.

„Aber Gianna, du bist noch zu jung für einen Drink“, sagt Loretta. Im Gegensatz zu Massimo ist Gianna nicht das Abbild von Dorian und Loretta. Während beide Elternteile dunkle Haare haben, die Massimo abbekommen hat, so wie er die gleichen braunen Augen seiner Eltern trägt, hat Gianna rotes Haar und blaue Augen.

Das Mädchen schmollt und zieht einen Flunsch, und während seine blauen Augen durch die Runde schweifen und sie auf Giulios schwarze Iriden treffen, die sie mit einer ganz besonderen Intensität betrachten, öffnen sich meine Augen zum ersten Mal richtig und ich sehe Giulio ganz klar, denn er hat mich mit zu diesem Initiationsritus genommen, um mir Gianna Bianchi zu zeigen – das Mädchen, das er am Leben ließ.

Wir sind auf der Rückfahrt, und bisher haben wir kein einziges Wort miteinander gewechselt.

Ich weiß es.

Er weiß, dass ich es weiß.

Giulio hat das jüngste Bianchi-Kind nicht getötet. Er wusste, dass neben dem Mord an Aleks der Mord an Gianna ausschlaggebend für mich war, ihn zu verachten. Und mich selbst dafür zu verachten, ihn so sehr zu wollen. Und mich selbst dafür zu hassen, dass ich mich in ihn verliebt habe. Giulio wusste all das – natürlich mit Ausnahme meiner Verliebtheit – und hat mir trotzdem nicht gesagt, dass Gianna am Leben ist. Wieso nicht?

„Frag“, fordert er mich auf.

„Giulio …“

„Los, frag schon.“

„Wieso hast du es mir nicht einfach gesagt?“

„Einfach?“

„Ja. Ein Wort von dir und es wäre mir nicht so schwergefallen. Besonders nachdem du mir alles über den Verrat erzählt hast. Du hättest es die ganzen Monate deutlich leichter haben können.“

„Nichts in unserer Welt ist einfach, Principessa.“

KAPITEL VIERUNDDREISSIG

GIULIO

„Sì, Luca?“ Aus Erfahrung weiß ich, dass es selten etwas Gutes bedeutet, wenn man mich aus dem Tiefschlaf klingelt. Ekaterina liegt neben mir, und ich kann nicht anders, als meine Finger durch ihre seidigen Strähnen zu ziehen und das Gefühl zu genießen, dass sie nur mir gehört.

„Die Callaghans wurden angegriffen.“

Sofort sitze ich kerzengerade im Bett. „Wann?“

„Sie wollten wie geplant die Waffenlieferung für die Brasilianer aus der Stadt schaffen. Plötzlich ist den Iren ihr ganzes Lager um die Ohren geflogen.“

„Tote?“

„Niall war allein da und ist verletzt. Natürlich musste es ihn erwischen und nicht Maghnus – so ein Glück ist uns wieder nicht gegönnt gewesen.“

„Schade.“ Maghnus nervt zwar extrem, allerdings weiß ich nicht, ob Niall mit seiner Koksbirne weniger Störfaktor wäre. „Verluste?“

„Du verstehst nicht ganz. Die komplette Lagerhalle in Brooklyn ist ein verdammter Schweizer Käse. Die waren vorbereitet und haushoch in der Überzahl. Von den zwanzig anwesenden Iren sind inklusive Niall nur vier übriggeblieben – davon keiner unverletzt. Und die Waffen sind weg."

„Verflucht!" Die Brasilianer haben schon einen horrenden Anteil im Voraus gezahlt und Maghnus, dieser sture Vollidiot, hat diese Gelder bereits nach Irland fließen lassen. Wenn die Callaghans jetzt nicht liefern können oder das Geld zurückzahlen, gibt es Krieg – natürlich gegen alle New Yorker Familien.

„Du solltest vielleicht den Hintern aus dem Bett heben und herkommen."

„Bin schon unterwegs."

Das irische Lagerhaus in Brooklyn ist normalerweise eine Fleischfabrik. Der ganze Laden stinkt nach toten Viechern und Blut, nur dass es heute kein Rinderblut ist, das sich den Weg in die Abflüsse auf dem gekachelten Boden bahnt. „Wo ist er?", frage ich Luca, der gerade damit beschäftigt ist, die Aufräumarbeiten zu beaufsichtigen.

„Er ist hinten im Büro und wartet auf seinen Alten."

„Dass wir eher hier sind als Maghnus, sollte ihm vielleicht zu denken geben."

„Dass die Callaghans jetzt auch auf der Abschussliste der Wasilijews stehen, sollte ihm noch mehr zu denken geben."

„Ist es sicher, dass es die Russen waren und es sich um keine Falle der Brasilianer handelt?" Ich will Maghnus ungern Raum für Spekulationen bieten.

„Möglich ist alles, aber einer der toten Angreifer trägt ein Tattoo mit kyrillischen Zeichen und ein ziemlich großes W."

Luca folgt mir in den hinteren Teil des Betriebes, wo sich ein heruntergekommenes Büro befindet. Niall hängt wie der letzte Lappen auf einem Schreibtischstuhl, der seine besten

Jahre lange hinter sich hat. Sein Hemd ist voller Blut und am Oberarm zerrissen. Er hat eine offen klaffende Fleischwunde, die eine hässliche Narbe hinterlassen wird. „Dieser verdammte Wichser hat mein Tattoo versaut." Tatsächlich ist von dem Familienwappen der Callaghans, dem vierblättrigen Kleeblatt mit den vier kleinen Cs, nicht mehr viel zu erkennen. Er beugt sich über den dreckigen Tisch und zieht eine ordentliche Nase Koks. „Glotzt nicht so blöde. Das ist gegen die Schmerzen."

Ich fange an zu lachen. „Sicher!"

„Du siehst scheiße aus", bemerkt Luca, setzt sich auf einen der schmutzigen Stühle und zündet sich eine Zigarette an. „Nicht, dass du je gut ausgesehen hättest, aber du siehst wirklich miserabel aus."

„Wie sollte ich denn deiner Meinung nach aussehen, nachdem ich von einer Horde Russen über den Haufen geschossen wurde und sie meine Ware mitgenommen haben? Gib mir lieber eine Kippe und verschone mich mit albernen Beautytipps."

Ich werfe ihm meine Schachtel Zigaretten zu. „Bring deinen Vater dazu, dass er Philadelphia hochnehmen will."

„Leichter gesagt als getan." Er sackt erschöpft gegen die Lehne. „Mein alter Herr ist einfach tierisch angepisst."

„Und dass die Wasilijews seine Waffen haben, wird ihn noch mehr anpissen. Wir hätten direkt nach dem Winterball im letzten Jahr handeln und dieses Nest in Philadelphia ausräuchern müssen."

„Wisst ihr, was das Problem ist?" Niall bläst den Rauch in Richtung der, vor lauter Nikotin schon ganz gelben, Decke. „Die Wasilijews haben hier jemanden. Aber nicht irgendwen, sondern jemanden, der ziemlich rumkommt." Wir wissen ganz sicher, dass sie hier jemanden haben. Ich hatte auch schon den Verdacht, dass es sich dabei nicht bloß um einen der

Türsteher aus den Clubs handelt. Aber mit diesen Informationen gehen wir vorsichtig um und haben bisher keinem der anderen Clans davon berichtet. „Und ich sage euch, ihr Kontaktmann ist keine einfache Wache. Es muss jemand sein, der über die Dinge informiert ist."

„Ich weiß."

Luca sieht angespannt aus. „Wir müssen mit diesem Wissen sehr vorsichtig sein."

„Sie werden sich alle gegenseitig beschuldigen." Nialls Wunde blutet den schäbigen Stuhl voll. „Jeder von uns wusste von dem Transport heute."

„Und jeder wird auf jeden losgehen. Sie werden die Markows beschuldigen, weil sie Russen sind. Sie werden uns beschuldigen, machthungrig zu sein, und sie werden sogar die Iren beschuldigen, einfach alles vorgetäuscht zu haben, um das Bündnis zu schwächen. Dabei bemerkt keiner, dass die Wasilijews genau das wollen, weil wir in Zwietracht leichter angreifbar sind."

„Du solltest am Ende des Tisches sitzen." Es wundert mich, dass Niall das so sieht. „Dein Vater wird uns mit seiner Hinhaltetaktik noch alle umbringen."

„Wir sollten langsam los. Er erwartet uns mit Sicherheit schon", bemerkt Luca.

Ich klopfe auf die ranzige Tischplatte, bis Niall mich ansieht. „Wir sehen uns heute noch."

„Sicher."

„Und Niall?"

„Ja?"

„Dein Arm sieht wirklich nicht gut aus. Lass das nähen."

Als ich nach einer Unterredung mit meinem Vater zurück in meine Wohnung komme, stehen die Fenster des Schlafzimmers weit offen und kalte Luft strömt in den Raum.

Ich streife meine Schuhe und mein Hemd ab und öffne leise die Tür zum Bad. Ekaterina steht in der Dusche und summt vor sich hin. Der zarte Schaum rinnt ihren perfekten Körper herunter und umschmeichelt jede ihrer Kurven.

Einerseits wirkt sie zart und zerbrechlich, doch auf der anderen Seite ist sie stärker, als man es auf den ersten Blick vermutet. Sie war nie dazu gedacht, andere Frauen zurechtzuweisen und mit Messern zu attackieren oder den Wagen in einer Verfolgungsjagd zu fahren. Sie war nie dazu gedacht, aus ihrer Nebenrolle im Hintergrund hervorzutreten, und doch macht sie sich ausgezeichnet darin, die Hauptrolle neben mir zu bekleiden.

Sie singt jetzt etwas lauter und dreht sich zu mir um. Kurz erschreckt sie sich, als ich ihr ein Handtuch reiche. „Danke." Sie wickelt sich in den dicken Frotteestoff. „Wo warst du heute früh?"

Ich tupfe vorsichtig ihr Gesicht trocken, und sie schließt entspannt die Augen. Ich überlege gar nicht erst, ob ich ihr eine erfundene Geschichte auftische. „Die Callaghans wurden bei den Vorbereitungen für einen Waffentransport überfallen."

„Waren es wieder die Wasilijews?"

„Ja. Sie müssen jemanden in der Stadt haben, der sie mit Informationen versorgt. Von dem Transport heute Nacht wusste nicht jeder."

„Ein Verräter." Ihre Augen weiten sich. „Werdet ihr sie angreifen?"

„Nein. Noch nicht – nicht, solange mein Vater nicht seine Zustimmung gibt."

„Einerseits ist es seltsam, dass er es zulässt, dass ein fremder Clan ihm in seiner Stadt so auf der Nase herumtanzt. Andererseits will ich nicht, dass du nach Philadelphia gehst."

„Machst du dir etwa Sorgen, dass du Witwe werden könntest?"

In ihren grauen Iriden liegt der pure Ernst. „Ja."

„Du sorgst dich um einen Mörder?"

„Ich sorge mich um dich, Giulio."

Ich drücke meine Lippen auf ihre Stirn. „Ich habe dich schon viel zu sehr verdorben und das in so kurzer Zeit."

„Möglich. Vielleicht wirkst du aber nicht mehr ganz so verdorben auf mich, weil ich jetzt erkannt habe, wie verdorben die Welt um mich herum wirklich ist."

„Du meinst, der Kontrast ist nicht mehr so stark?"

„Ja, vielleicht ist es so."

„Ist zwischen uns alles in Ordnung?" Seit dem Besuch bei den Marinos waren wir uns zwar körperlich nah, aber unsere Gespräche waren immer eher oberflächlich, als würde sie mich wegen dieser Geschichte auf Distanz halten.

„Ich denke schon", antwortet sie zögerlich.

„Und jetzt noch mal die Wahrheit."

Sie verdreht die Augen. „Ich verstehe es einfach nicht."

Ich fange an, ihre Schultern und Arme abzutrocknen, und stelle mit höchster Genugtuung fest, wie sich auf ihrem Körper eine feine Gänsehaut bildet. „Es sind Geschichten wie diese, die in unserer Welt bestimmen, wer du bist. Es sind diese Geschichten, die dich zu einer Legende werden lassen – ob tot oder lebendig. Mein Vater ist ein Sadist. Wir sind alle Mörder und zu schrecklichen Dingen fähig, aber unterscheiden uns in einem Punkt von meinem Vater."

„Er tut es aus Vergnügen?"

„Sí. Natürlich gibt es Momente, in denen es aus Rache guttut, jemandem wehzutun. Zum Beispiel, als wir Lilianas Vergewaltiger getötet haben oder als ich den Bastard abgeknallt habe, der dich im Club entführen wollte. Aber meinem Vater bereitet es jedes Mal Vergnügen, selbst wenn er nur zusieht."

„Das ist fürchterlich."

„Sein größtes Vergnügen war es, Luca und mich abzurichten. Erst war es immer nur ich und zu der Zeit setzte er mich damit unter Druck, Luca mit den gleichen Maßnahmen zu erziehen. Irgendwann kam Luca aber nicht mehr um die Dinge herum und wurde mit den gleichen Mitteln geformt." Ich streiche mit dem Handtuch über ihre vollen Brüste und tupfe ihren flachen Bauch ab. „Du hast gesehen, wie der Initiationsritus abläuft. Es ist nicht so, als hätte man eine Wahl. Ich wusste, dass ich sterben würde, wenn ich mich weigerte. Ich musste es mit dem Messer tun, weil er sich daran ergötzt hat, wie ich mich dabei kontrollieren musste, um mich nicht zu übergeben. Dann sah ich sie …" Ekaterina versteift sich. „Er nahm nur mich und Luca mit ins Kinderzimmer. Sie lag in ihrem Bettchen und war winzig. Ich wusste, dass es meinen Tod bedeutet, wenn ich sie leben lasse. Trotzdem habe ich mich geweigert, sie zu töten."

„Du hättest sie niemals verletzt." Ich hasse es, sie schon wieder enttäuschen zu müssen.

„Ich weigerte mich und dann schnappte er sich Luca. Lucas Leben war immer sein Druckmittel, wenn ich nicht spurte."

„Was ist dann passiert?"

„Ich hielt ihr das Messer an die Kehle, doch im letzten Moment schubste er mich weg. Er lachte mich aus und sagte, ich sei ein Monster, weil ich ein Baby für ihn getötet hätte und niemand so etwas machen würde."

„Du hast es aber nicht getan, Giulio."

„Aber ich hätte es getan, Principessa."

Ekaterina nimmt mein Gesicht in ihre Hände. „Aber nur, um Luca zu retten. Dein Vater ist das wahre Monster."

„Dass sie lebt, ändert nichts an dem, was ich bin."

„Warum diese Lüge?"

„Weil er es so wollte. Weil er wollte, dass die Menschen mindestens so viel Angst vor mir haben, wie sie sie ihm entgegenbringen. Zum einen ist Respekt in unseren Kreisen ein hohes Gut. Respekt stellt die Macht sicher, aber oft auch das Überleben. Außerdem hat er sich daran ergötzt, dass meine Mutter mich nie wieder mit der gleichen bedingungslosen Liebe ansehen konnte, wie sie es vor dieser Tat getan hat. Er wusste, dass das die wohl größte Strafe für mich ist.“ Nach dem Bianchi-Mord konnte meine Mutter mich nie wieder richtig lieben. Nicht mehr so wie davor. Sie nannte mich vorher immer cuore mio – mein Herz. Das tat sie danach nie wieder.

„Du hättest es mir trotzdem sagen können. Ich verrate dich nicht.“

„Ich vertraue dir“, flüstere ich ihr leise die drei am meisten geheuchelten Worte der Mafiawelt zu und meine doch jedes davon ernst.

„Ich vertraue dir auch, Giulio.“

Auch wenn sie mir vertraut, sie immer mehr Teil unserer Welt wird und wir uns aufeinander verlassen können, so weiß ich auch, dass sie mich dennoch niemals lieben können wird. Also besinne ich mich auf den Teil zwischen uns, der dem am nächsten kommt und der keinerlei Worte bedarf und küsse sie hart.

Es ist ein süßer Schmerz, ihr so nahe zu sein und sie als Einziger so zu haben, aber dennoch zu wissen, dass sie niemals ganz und gar Mein sein wird, weil ich diesen einen, letzten Teil von ihr niemals besitzen werde. Liebe kann man nicht mit Gewalt entreißen, sondern immer nur bereitwillig schenken. Und weil ich nur Gewalt kenne, wird dieser Teil für immer vor mir verborgen bleiben.

Ekaterina stöhnt laut, als ich sie gegen die Wand mit dem feinen Mosaik aus grauen Kacheln drücke, die bestimmt ein paar Abdrücke auf ihrem makellosen Rücken hinterlassen, mir den Weg über ihre Brüste nach unten küsse und dann ihr Bein über meine Schulter lege, um mich ausgiebig mit ihrer feucht glitzernden Pussy zu beschäftigen. Ich könnte sie den ganzen Tag schmecken und meine Zunge tief in ihr vergraben. Sie krallt sich in meinen Haaren fest, während ich an ihrer Klitoris sauge und zwei Finger in ihren warmen Körper schiebe. Ihre Muskeln klammern sich fest um meine Finger, und ich weiß genau, dass es nicht mehr viel braucht, um sie an ihre Grenze zu bringen. Ihre seidige Feuchtigkeit umströmt mich, während ich meine Zunge wieder und wieder gegen ihre empfindliche Perle schiebe.

Jetzt ist keiner dieser Momente, ihr wehzutun. Jetzt ist einer dieser Momente, in denen ich sie anbete. Ich schiebe meine Zunge tief in ihren süßen Mund. Soll sie nur schmecken, wie perfekt sie ist. Während unsere Zungen miteinander spielen, zerre ich die Knöpfe meiner Jeans auf. Ich hebe Ekaterina an und pinne sie wieder gegen die Kacheln, während ich mich mit einem festen Ruck in sie hineinschiebe. Sie keucht auf, als ihre Enge mich umschließt, und ihre Lider flattern. Ihre kurzen Fingernägel graben sich tief in meine Schultern, während sie ihren Kopf in den Nacken legt und ihre Unterlippe zwischen ihre Zähne zieht. Sie ist so atemberaubend schön – immer, aber eben am meisten, wenn ich in ihr bin und sie zum Höhepunkt kommt. Ich ziehe mich ein ganzes Stück aus ihr heraus, nur um dann wieder fest in sie hineinzustoßen. „Nicht aufhören, Giulio."

„Du fühlst dich so perfekt an", flüstere ich ihr ins Ohr, als ich immer wieder tief in sie eindringe und sie mich fest umklammert. „Du bist mein Himmel, Ekaterina." Und dann kommt sie so heftig, dass ich gar nicht anders kann, als ihr kurze Zeit später zu folgen.

Ich bin immer noch in ihr, als ihr Puls sich normalisiert. Niemals hätte ich gedacht, dass es so zwischen uns werden könnte. Dass sie mich so wollen und ich ihr diese Art von Sex geben könnte. Dass ich diese Art von Sex lieben könnte. Sie lehnt ihre Stirn an meine und betrachtet neugierig meine Augen.

„Cielo mio“, flüstert sie mir zu, dass ich auch ihr Himmel bin. „Cuore mio, Giulio.“

Und ich schwöre, mein Herzschlag setzt einmal aus, als sie mich so nennt, wie meine Mutter es früher getan hat. Für einen winzigen Moment erlaube ich mir wieder, der Junge zu sein, der ich war, bevor mein Vater mich mit all seinen Brutalitäten in meine Rolle zwang und lasse sie diesen Teil von mir sehen. Sie wird das, was hier passiert ist, für sich behalten, und ich auch. Denn wenn man niemandem sagt, was man wirklich liebt, dann wird keiner versuchen, es einem wegzunehmen.

KAPITEL FÜNFUNDDREISSIG

EKATERINA

Ich weiß nicht, ob es gut war, ihm so viel von meinem Gefühlsleben preiszugeben. Giulio ist und bleibt ein riesiges Rätsel für mich, und egal wie gut ich in einem Moment denke, zu ihm durchzudringen, ist es im nächsten Augenblick schon wieder so, dass ich ihn nicht verstehen kann.

Er hat mir zwischendurch immer den Eindruck vermittelt, dass ihm auch über die Zweckmäßigkeit unserer Verbindung hinaus etwas an mir liegt. Oft genug hatte ich deutlich das Gefühl, als wäre er enttäuscht, dass ich ihn nicht lieben könnte. Es waren immer kleine Häppchen wie etwa, dass ich ihn nie ansehen könnte, wie ich Aleks angesehen habe. Dass er mich ausgewählt hat, weil ich ihn als kleines Mädchen mit anderen Augen gesehen habe. Dass er mich schon lange wollte. All das hat mich dazu ermutigt, ihm zu sagen, dass er mein Herz ist, nachdem er mir die Geschichte über sich und Gianna Bianchi erzählt hat.

Natürlich hat er darauf überhaupt nicht reagiert, und deshalb fühle ich mich seit zwei Wochen wie eine komplette Idiotin. Es ist nicht so, als wäre es jetzt komisch zwischen uns oder angespannt. Eigentlich läuft alles wie immer, außer dass wir nicht darüber reden. Giulio ignoriert diesen Gefühlsausbruch, und ich traue mich nicht, ihn darauf anzusprechen. Und das macht mich nervös.

So kommt es, dass ich heute mit Keela in einer der exklusivsten Boutiquen Manhattans für Abendmode bin, wir den ganzen Nachmittag eine Robe nach der anderen anprobieren, aber ich trotz Keelas Humor, des servierten Champagners, der erlesenen Schweizer Trüffeln, trotz all der wunderschönen Kleider und den eifrigen Bemühungen der Verkäuferinnen einfach nicht richtig entspannen kann und übel gelaunt bin.

„Das silberne Kleid mit der kleinen Schleppe und den Strasssteinchen am Rücken stand dir ganz hervorragend." Keela leert ihre Sektflöte abermals. Es grenzt an ein Wunder, dass sie noch stehen kann. „Ich weiß gar nicht, warum du dich heute so schwer damit tust."

Ich betrachte meinen Po in dem blassrosa Kleid mit Korsage und Tüllrock. Ich sehe aus wie ein geplatzter Marshmallow. „Ich finde auch, dass das silberne Kleid besser als dieses hier war, aber ich habe letztes Jahr schon Silber getragen."

„Hey, reiß dich mal ein bisschen zusammen. Ich wollte hier noch weiterhin meine Kleider kaufen, und du hast an allem etwas auszusetzen. Außerdem ist es dein erster Ball als Romano, und da solltest du ganz besonders schön aussehen, also such dir endlich etwas aus. Ich will nicht den ganzen Tag hier verbringen."

„Mir ist es gleichgültig." Mir war es noch nie so wichtig gewesen, schön auszusehen wie zu diesem Anlass, aber ich will es vor Keela nicht zugeben. Nicht einmal zu meiner

Hochzeit. Aber da war ich auch noch nicht Hals über Kopf in Giulio verliebt – oder halt – wem will ich eigentlich etwas vormachen? Ich war wahrscheinlich auch schon in ihn verliebt, wollte es aber nicht wahrhaben und habe es zusammen mit meinen zwiespältigen Gefühlen verdrängt.

„Du verhältst dich aber nicht so, als wäre es dir gleichgültig. Du verhältst dich sogar ziemlich zickig. Hast du deine Periode oder bekommst du etwa einen Miniatur-Giulio? Falls Letzteres zutrifft, würde ich mich in zwanzig Jahren gerne als Braut zur Verfügung stellen."

„Du bist verrückt, Keela."

„Oh làlà", summt sie schwungvoll. „Ich wäre eine knackige Milf." Jetzt muss ich auch losprusten. Keela ist einfach viel zu witzig, als dass ich den ganzen Nachmittag ernst bleiben könnte.

„Weder noch." Keela weiß nichts von der Hormonspritze, die ich regelmäßig bekomme und die dafür sorgt, dass neben einer Schwangerschaft auch meine Regel ausbleibt. „Ich bin einfach angespannt."

„Was ist wieder los bei euch?"

Ich vertraue Keela, kann ihr aber unmöglich von Giulio und Gianna Bianchi erzählen. Ebenso wenig will ich aber zugeben, dass ich mich in Giulio verliebt habe und noch viel weniger will ich mir vor ihr die Blöße geben, dass ausgerechnet ich unter akutem Herzschmerz leide, weil Giulio meine Liebe nicht erwidert. „Es ist der Winterball. Du weißt doch, dass mich diese Veranstaltung immer nervös macht."

„Ja schon, aber nicht so. Sicher, dass du nicht doch schwanger bist?"

Ich verdrehe die Augen. „Ja – ganz sicher. Würde ich sonst mit dir trinken?"

„Auch wieder wahr. Weißt du, was ich glaube?"

„Keine Ahnung. Wie ich dich kenne, lässt du mich in den nächsten drei Sekunden daran teilhaben."

Sie lacht. „Ich glaube, du stehst auf ihn."

„Nachdem du mich so oft wie sonst niemand auf unser Sexleben angesprochen hast und ich dir mehr Details genannt habe als Oksana, sollte es kein Geheimnis mehr sein, dass ich ihn attraktiv finde."

„Das meinte ich nicht. Ich meinte damit, dass du dich in ihn verliebt hast. Ich beobachte dich seit Wochen, und das, was ich sehe, ist nicht mehr die kleine Ekaterina, wie sie über Jahre hinter ihrem ach so tollen Aleks hergedackelt ist. Ich sehe eine junge, selbstbewusste Frau, die aufgeblüht ist wie über all die Jahre nicht. Allein schon das, was du mit Mariella gemacht hast, war der totale Wahnsinn. Obwohl Giulio die Dunkelheit ist, hat er es geschafft, dass du heller strahlst als je zuvor. Wie hättest du dich also nicht in ihn verlieben sollen?"

„Ich nehme das silberne Kleid", rufe ich der Verkäuferin zu, die sofort freudestrahlend den Bügel greift und mit der Robe davoneilt. Ich will hier nur noch weg, weil ich kein besseres Kleid mehr finden werde und weil Keela recht hat.

Auch wenn er mich zu dem Leben an seiner Seite gezwungen hat, hätte Giulio mich weder brechen können, um wirklich seine Frau zu werden, noch hätte er mich mit teuren Geschenken, ausgedehnten Shoppingtouren oder sonstigem Luxus kaufen können. Ich wurde zur Frau an seiner Seite, weil er mir etwas gegeben hat, was mir bisher niemand in unserer Welt geben konnte. Giulio schenkt mir sein Vertrauen, seinen Respekt. Giulio nimmt mich ernst. Giulio sieht mich.

„Sind wir dann fertig?"

„Wir sind fertig, und ich habe recht." Ich eile in Richtung des Ausgangs, wo Leonardo und Callan auf uns warten. Bevor ich in Hörweite der beiden komme, hält Keela mich fest. „Du musst nicht die Flucht vor mir ergreifen. Ich bin deine Freundin, nicht dein Feind."

Ich atme tief durch. „Das weiß ich."

„Ich würde dich niemals deswegen verurteilen, Ekat. Ich hab dich lieb und will einfach nur für dich da sein. So machen Freundinnen das. Deswegen gebe ich dir jetzt genau fünf Minuten, in denen ich nicht die mutige und unbesiegbare Keela Callaghan bin, sondern einfach eine andere Frau. Also, was ist los?"

„Erzähl keinem davon, bitte."

„Niemandem. Versprochen. Ich schwöre bei meinem Leben, dass du mir vertrauen kannst. Wir beide und Natascha sind doch unzertrennlich und müssen für immer zusammenhalten."

„Danke." Ich wünschte auch, Natascha wäre jetzt hier. Sie ist eine sehr gute Zuhörerin, auch wenn man das unter ihrer oberflächlichen Fassade nicht vermuten würde.

„Erzählst du mir jetzt, wo das Problem liegt?"

Ich kämpfe gegen die Tränen an. „Ich bin der größte Trottel. Ich habe ihn so sehr verabscheut, und jetzt bin ich verliebt in ihn und am Boden zerstört, weil er meine Gefühle nicht erwidert. Ist das nicht das Armseligste und Lächerlichste, was du je gehört hast?"

„Das ist weder armselig noch lächerlich. Das ist nur Liebe, nicht mehr und nicht weniger. Aber hat er dir das so gesagt? Hat er gesagt, dass er dich nicht liebt?"

„Ich weiß es doch auch nicht. In einem Moment sagt er mir, dass es zwischen uns niemals Liebe geben wird, und im nächsten ist er wütend, weil er denkt, ich liebe Aleks. Dann sagt er diese ganzen schönen Sachen, und wenn ich etwas davon erwidere, kommt kein Ton mehr über seine Lippen. Giulio ist einfach versteinert, und ich sollte mich endlich damit abfinden."

Ihr Blick wird mitfühlend. „Liebe ist das tödlichste Gefühl in unserer Welt. Es macht einen angreifbar, und niemand will angegriffen werden."

Einige Tage später wird die Stadt pünktlich zum Winterball von einer dicken Schneeschicht überzogen. Ich stehe auf dem Balkon und blicke auf den wie mit Puderzucker bestäubten Park, der von den Tausenden Lichtern der Stadt jede Nacht erleuchtet wird. Ich liebe es, wie der Schnee sich über Rasenflächen, Büsche und Bäume legt und aus den alltäglichsten Dingen ganz neue Kunstwerke schafft. Die Nacht ist klar, und in Connecticut wären heute die perfekten Bedingungen, um auf den Dachboden zu gehen und in den Himmel zu schauen. „Du könntest hier auch eines haben. Wir könnten hier auf dem Balkon ein Teleskop aufstellen."

Er hat es wieder einmal geschafft, meine Gedanken zu lesen, und kann sich noch an unsere Unterhaltung vom letzten Ball erinnern. „Es ist hier viel zu hell. Die Lichter der Stadt würden dabei nur irritieren."

„Und in den Hamptons?"

„Dort wäre es möglich."

Er schlingt von hinten seine Arme um mich. „Es ist morgen ein Jahr her. Du bist seit Tagen … zurückhaltender? Distanzierter? Ich weiß es nicht genau."

„Hm", erwidere ich verlegen.

„Sag es mir, Principessa."

„Es ist nur der Winterball. Ich bin immer nervös, bevor wir alle zusammenkommen." „Und ich hasse es, dass du mich nicht liebst", füge ich in Gedanken hinzu. „Ich hasse es so sehr, dass ich nicht schlau aus dir werde und dass es eigentlich falsch ist, dich zu lieben, ich aber keine andere Wahl habe."

„Du hasst es, wieder in dieses Haus zu müssen, wieder auf dieses Fest zu gehen und dort zu feiern, während du seinen

Tod betrauerst und an seinem Todestag ausgerechnet mit seinem Mörder tanzen musst." Er streicht meine Haare zur Seite und küsst meinen Hals. „Ich weiß, dass dir das morgen alles abverlangt. Ich weiß, dass ich dir alles abverlange, und trotzdem kann ich nicht damit aufhören. Ich könnte dich nie loslassen. Dazu bin ich viel zu egoistisch."

„Ich trauere schon lange nicht mehr um Aleks. Er hat mich verraten."

„Und dennoch wirbelt diese Veranstaltung wieder all deine Gefühle auf. Das, was du für ihn empfunden hast und den Hass für mich, weil ich ihn umgebracht habe." Ich muss lachen und gleichzeitig läuft eine Träne über meine Wange. Er dreht mich zu sich und fängt die Träne mit seiner Fingerspitze auf. Sein Gesicht ist schmerzverzerrt. „Du musst nichts sagen. Ich weiß, was er dir bedeutet hat. Ich weiß, wie du ihn immer angesehen hast."

In meiner Brust breitet sich ein Schmerz aus, als hätte mich jemand zerbrochen. „Und wie sehe ich dich an, Giulio? Wie kannst du immer noch denken, dass ich dich hasse? Wie kannst du übersehen, was du für mich bist?"

„Ich könnte niemals seinen Platz einnehmen. Egal, was ich sage oder mache. Ich weiß, dass du mich nie so ansehen wirst."

„Nein, du wirst nie auf seinem Platz sein. Und ich werde dich auch nie ansehen können, wie ich ihn angesehen habe." Vorsichtig streiche ich ihm eine Strähne aus dem Gesicht, in der sich einige Schneeflocken verfangen haben. Er ist so schmerzhaft schön, obwohl seine Miene undurchdringlich und voller Bitterkeit versteinert ist. Er will, dass ich ihn liebe. Und ich will nicht mehr, dass er wegen mir so mit sich kämpft, genauso wie ich nicht mehr gegen Giulio oder meine Gefühle kämpfen will. „Weil ich ihn nie geliebt habe, Giulio… Ich liebe dich, cuore mio." Er erstarrt zu Eis, genau wie eines der Kunstwerke im Garten. Wie soll jemand wie er auch mit solchen Dingen umgehen? Was ist Liebe schon für ihn? „Ist schon gut. Ich erwarte nichts von dir, wirklich nicht. Ich weiß, wie das bei uns abläuft."

„Wieso denkst du, dass du nichts von mir zu erwarten hättest?"

Ich schlucke meine Tränen herunter. „Weil ich weiß, dass für dich keine Liebe zwischen uns entstehen kann. Weil ich weiß, dass Liebe nichts für Menschen wie dich ist."

„Nein, für mich kann keine Liebe zu dir entstehen." Er zieht mich ein Stück näher an sich heran und lacht leise. Giulio lacht mich einfach aus. Meine ganze Vorstellung scheint ihn dermaßen zu belustigen, dass er sich nicht mehr beherrschen kann. „Weil ich dich liebe, seit ich dreizehn bin. Weil ich dich liebe, seit du dich an diesen Tisch in der Cafeteria gesetzt hast und als Einzige nicht in Panik ausgebrochen bist, als unsere Blicke sich trafen. Ich liebe dich, seit du mir gezeigt hast, was Freundlichkeit ist. Es kann keine Liebe zu dir entstehen, weil sie schon die ganze Zeit da war."

KAPITEL SECHSUNDDREISSIG

EKATERINA

Obwohl unsere Lippen schon tausende Male aufeinanderlagen und ich auch gar nicht mehr zählen kann, wie oft wir uns berührt haben, fühlt es sich jetzt ganz anders an. So als wären wir das erste Mal nackt, obwohl wir noch komplett angezogen sind. Sobald wir in unserem Schlafzimmer sind, geht ein Kleidungsteil nach dem anderen zu Boden. Als uns endlich keine Barriere mehr voneinander trennt, schiebt Giulio mich rücklings aufs Bett. Seiner Kehle entkommt ein lautes Knurren, als er meine Beine auseinanderschiebt und sieht, wie feucht ich bereits bin.

Seine Augen sind schwarz vor Verlangen, als er sich zwischen meinen Beinen positioniert und seine Zunge durch meine nassen Falten gleitet. Giulio leckt mich in den Himmel. „Gott“, schreie ich ihm entgegen und bäume mich unter ihm auf, als er so fest an meiner Klitoris saugt, dass die Grenze zwischen Lust und Schmerz verschwimmt. Es ist zu viel – mal wieder. Als der Orgasmus mich überrollt, küsst Giulio sich den Weg zu meinem Bauchnabel herauf und zieht gemächlich einen Kreis mit seiner Zunge darum, bis ich leise auflachen muss. „Ich muss dich jetzt spüren."

Quälend langsam, als hätte er alle Zeit der Welt, zieht er seine Spur aus heißen Küssen über meinen Bauch, gibt sich dem kleinen, herzförmigen Muttermal an meinem Rippenbogen ganz besonders hin, bevor er sich der Rundung meiner Brüste widmet und dann – endlich – an einem meiner Nippel saugt, bis ich mich unter ihm winde. „Geduld ist eine Tugend, Ekaterina."

Mein Atem geht jetzt stoßweise, und ich bereue es ein wenig, dass ich so schrecklich unsportlich bin und mir sogar bei seinen Liebkosungen die Kondition ausgeht. „Seit wann hast du Geduld?"

Giulios Augen blitzen. „Habe ich nicht." Und dann spüre ich seine Härte endlich an meinem Eingang. Anders als sonst, schiebt er sich nicht mit einem festen Ruck in mich, sondern arbeitet sich Stück für Stück in meinen Körper vor. Er lässt sich dabei so viel Zeit, wie in unserer Hochzeitsnacht und betrachtet mit voller Konzentration mein Gesicht.

Eine gefühlte Ewigkeit verharren wir einfach so ineinander und sehen uns an, bis er sich endlich ganz in mich hineinschiebt und mich jeden Millimeter seiner Länge spüren lässt. Ich liebe es, wenn er so mit mir zusammen ist. Ohne jede Eile und so, als wäre ich das Kostbarste auf der ganzen Welt. Es lässt mich genauso perfekt fühlen, wie die Momente, in denen er grob und leidenschaftlich ist. Endlich stößt er tief in mich und trifft diesen einen Punkt. Seine Lippen legen sich wieder auf meine, als er sich mein Bein über die Schulter legt und noch tiefer in mich eindringt. Immer wieder trifft seine Spitze auf diese eine Stelle in mir und lenkt mich mit jedem langsamen Stoß ein Stückchen mehr in Richtung Höhepunkt. „Mehr, Giulio", hauche ich in seinen Mund hinein.

Er lässt von meinen Lippen ab und sieht mir wieder tief in die Augen, während unsere Nasenspitzen sich berühren. „Sag es noch mal."

„Ti amo, Giulio." Er zieht mein anderes Bein ebenfalls nach oben und legt es sich über die Schulter, bis er sich tief in mich schieben kann. Ich keuche laut auf, weil mir im ersten Moment fast die Luft wegbleibt. Dann findet er endlich den Rhythmus, den wir beide so sehr lieben und so dringend brauchen. Als Giulio kommt und mich mit sich reißt, schreit er diesmal nicht laut. „Ich liebe dich, Ekaterina", flüstert er mir stattdessen so leise zu, dass es außer uns niemand im Haus mitbekommt.

Es ist bereits mitten in der Nacht, als wir mit einer Flasche exquisitem Wodka in der überdimensionalen Badewanne liegen und die Spuren unserer vorherigen Eskalation von uns spülen. „Seit wann Wodka?"

Er hält mir das Glas an die Lippen. „Ich hatte schon immer eine Schwäche für Wodka – und Russinnen."

„Was hättest du getan, wenn er uns nicht verraten hätte?"

Normalerweise ist es immer angespannt, wenn wir über Aleks sprechen, aber diesmal bleibt er gelassen. „Ich hätte weitergemacht. Vermutlich ziemlich unzufrieden und vermutlich auch mit dem ein oder anderen Versuch, dir näherzukommen, als es sich für mich gehört hätte."

„Du hättest also zugelassen, dass ich ihn heirate?"

„Viele Möglichkeiten, um das zu verhindern, hätte ich nicht gehabt. Die Verbindung hätte keinen wirklichen Vorteil für eure Familien gehabt, und sie war schon vor dem Frieden beschlossen. Mein Vater hätte es natürlich verhindern können."

„Und das hätte er nicht für dich getan?"

„Natürlich nicht. Ganz besonders nicht, wenn ihm aufgefallen wäre, welches Interesse ich wirklich an dir habe. Mein Vater willigte nur ein, weil es die schnellste Lösung war und weil er deinen Vater durch dich in der Hand hat … und er fand die Vorstellung amüsant, dass ich dich quälen könnte."

Bei seinen letzten Worten versteift er sich doch hinter mir. Ich drehe mich um und lege mich auf ihn, bis ich mein Kinn auf seiner harten Brust abstützen kann und wir uns in die Augen sehen. „Was hat er dir angetan?"

„Die Liste ist lang. In der normalen Welt würde man wohl von massiver Kindesmisshandlung sprechen, körperlich wie auch psychisch. Neben den gängigen Erziehungsmethoden der Mafia, wie Schlägen, Prügel oder stundenlangem Stillsitzen in seinem Büro, hat er auch härtere Strafen genutzt, zumindest bei Luca und mir. Bist du dir sicher, dass du das hören willst?"

Ich bin mir sicher, dass ich es schrecklich finden werde und es mir einige Albträume bescheren wird. Ich bin mir aber ebenso sicher, dass ich ihn liebe und es wissen muss. „Ganz oder gar nicht, Giulio. Aber ich habe entschieden, dass ich es hören möchte."

Er bettet seine Hände auf den Rundungen meiner Pobacken. „Er hat ein Faible für Brandwunden. Er hat gerne seine Zigarren auf uns ausgedrückt. Und er mag Schnitte. Mein Vater liebt sein Messer. Er schnitt uns nie lebensgefährlich, aber gerne oberflächlich und so fein, dass sie tagelang gebrannt haben. Außerdem hat er mich eingesperrt."

„In deinem Zimmer?"

Er lacht bitter. „Die Rizzos haben früher Hundekämpfe organisiert. Die Hunde wurden in Käfigen gehalten, gerade einmal einen Quadratmeter groß und vielleicht einen Meter hoch. Mein Vater meinte, dass er mich halten müsse wie einen Hund, wenn ich mich wie ein undressierter Köter benehme."

Ich spüre deutlich die Tränen in meinen Augen brennen, wenn ich mir einen kleinen schwarzhaarigen Jungen vorstelle, der zusammengekauert in einem Käfig hockt. „Der Käfig stand im Keller. Es war immer ziemlich kalt dort. Ich musste mich bis auf die Unterhose ausziehen und dort tagelang bleiben."

„Tage", wiederhole ich erschrocken.

„Ja, Tage. Tage ohne Essen, oft auch ohne Wasser und ohne Toilette. Er fand es außerdem ziemlich unterhaltsam, wenn er mir Leichen vor den Käfig gelegt hat, damit ich lerne, mich beim Anblick von Toten nicht mehr zu übergeben. Ich habe nicht selten zwei Tage zusammen mit Leichenteilen im Keller verbracht, während ich in meinem eigenen Erbrochenen und Urin gesessen habe und den Verwesungsgestank ertragen musste." Das ist absolut barbarisch und hat auch nichts mit den gängigen Methoden der Mafia zu tun, um neue Mitglieder aufzunehmen. Tommasos Methoden dienten einzig der Befriedigung seiner sadistischen Neigung, dessen bin ich mir sicher.

„Deswegen hast du Angst in Aufzügen."

„Ich habe keine Angst. Ich fühle mich nur nicht wohl. Du weißt davon?"

Ich nicke ihm zu. „Als wir im Marino Tower essen waren, ist es mir schon aufgefallen. Du hast bei jedem Stockwerk hart geschluckt."

„Du bist eine sehr gute Beobachterin, nicht nur in puncto Sternenhimmel."

„Was war mit deiner Mutter?" Ich weiß, dass die meisten Frauen kaum Möglichkeiten an der Seite eines Tyrannen haben.

„Sie hat mir oft heimlich Wasser oder etwas zu Essen gebracht, wenn er weg war. Nach meinem zwölften Geburtstag hat sie mir nicht mehr geholfen."

„Wegen des Mordes an den Bianchis?"

„Sí, bellezza. Sie wusste immer, was aus mir werden würde, aber mit einem Kind, das ein anderes Kind getötet hat, konnte sie nicht leben. Es war so, als wäre ich während des Initiationsritus für sie gestorben."

„Sie weiß nicht, dass Gianna lebt?"

„Nein. Nur die Zeugen von damals und jetzt du. Dorian lebte zu dem Zeitpunkt in Las Vegas und hielt seine Familie dort auch schon ziemlich bedeckt. Er nahm Gianna mit, und als er Jahre später mit seinen Kindern nach New York kam, brachte das niemand mehr in Verbindung. Wir erzählten es niemandem. Keiner durfte es wissen, auch meine Mutter nicht." Ich weiß, dass ich niemandem davon erzählen darf. Giulio braucht diesen Schutzschild aus Angst und Panik um sich herum. So sehr ich seinen Vater auch für all das hasse, was er seinen Söhnen angetan hat, weiß ich trotzdem, dass diese grausame Geschichte Giulio eine Menge Respekt einbringt. Respekt ist oft das Einzige in unserer Welt, das einen überleben lässt.

„Ich will deine Mutter nicht verurteilen. Ich kann mir nur vorstellen, wie das Leben an der Seite deines Vaters sein muss. Allerdings hätte sie dir trotzdem helfen müssen. Sie ist deine Mutter, egal, was du getan hast. Du warst selbst noch ein Kind und hattest keine Wahl. Durch ihr Verhalten strafte sie dich nur noch mehr."

Er hält inne. „Was würdest du tun, wenn ich unserem Sohn dasselbe antäte?"

„Ich würde versuchen, dich zu töten", sage ich, ohne zu zögern. Einen Moment herrscht absolute Stille zwischen uns.

Er lächelt. „Nichts anderes hätte ich erwartet."

„Du flippst nicht total aus?"

„Nein. Würde es je so kommen, würde ich wollen, dass du mich tötest."

„Was ist mit unserem Gespräch in den Hamptons? Du sagtest, du würdest es genauso machen wie dein Vater."

„Ich sagte auch, dass ich ein Baby ermordet habe. Ich sagte auch, dass es niemals Liebe zwischen uns geben würde und ich dir niemals trauen könnte."

„Du hast mich belogen?"

„Ein bisschen. Vertraut habe ich dir zu diesem Zeitpunkt wirklich nicht, wie auch? Ich traue dir erst, nachdem du mich zweimal erschießen wolltest und es nicht getan hast. Selbst als ich es dir beim dritten Mal angeboten habe, hast du die Chance nicht ergriffen. Außerdem bist du nie an deine Waffe im Schlafzimmer gegangen, die dein Bruder dir zugeschoben hat."

Ein kalter Schauer läuft über meinen Rücken. „Du weißt davon?"

Er zuckt mit den Schultern. „Natürlich. Eine Waffe zu besitzen und sie wirklich zu benutzen, sind aber zwei verschiedene Dinge."

Ich sage ihm nichts davon, dass ich sehr wohl eine Waffe benutzen könnte. Ich kann Sergej unmöglich die Verantwortung dafür tragen lassen und ihm nach allem, was er für mich riskiert und getan hat, in den Rücken fallen. „Ich hätte es nicht getan, Giulio. Die Waffe war immer nur meine Versicherung, für den Fall der Fälle. Sergej konnte mir einfach nicht den Wunsch abschlagen. Ich war voller Angst und er voller Sorge um seine kleine Schwester."

„Ich weiß schon lange von der Waffe und wusste die ganze Zeit, dass sie von Sergej kommt. Wenn ich ihn dafür hätte bestrafen wollen, hätte ich es schon längst getan." Er sieht mich eine Weile an und fährt mit den Fingern die Konturen meines Gesichtes nach. „Du weißt, dass alles, worüber wir heute gesprochen haben, unter uns bleiben muss?"

„Ich werde niemandem ein Sterbenswörtchen verraten."

„Auch nicht, dass ich dich liebe, Principessa." Ich schlucke einen bitteren Kloß herunter, nicke aber. Er fasst mein Kinn und zwingt mich, ihn anzusehen. „Du musst das verstehen. Liebe ist das Gefährlichste überhaupt in unserer Welt. Du warst als Markows Tochter schon eine Zielscheibe und bist es immer noch. Wenn herauskommt, dass ich dich liebe, wird jemand versuchen, dich mir wegzunehmen."

„Dein Vater?"

„Zum Beispiel, aber das wird nie passieren. Verstehst du das, Principessa?" Ich nicke eifrig, auch wenn ich weiß, dass Tommaso der mächtigste Mann in New York ist und jederzeit einen Weg finden würde, mich zu töten. „Das wird niemals passieren, Ekaterina. Ich habe schon für dich getötet und ich würde es jederzeit wieder tun – ausnahmslos jeden." Und ich weiß, dass er es ernst meint. Viele Männer sagen, dass sie für eine Frau sterben oder töten würden, einfach nur um sie einzulullen, aber bei Giulio ist es die volle Wahrheit.

KAPITEL SIEBENUNDDREISSIG

EKATERINA

Gedankenverloren streiche ich über den glänzenden Stoff der silbrig schimmernden Abendrobe, die auf dem Bügel hängt und auf mich wartet, als mich zwei starke Arme umschließen und eine forsche Hand den Weg zu meiner nackten Brust findet. „Du folterst mich mit deinem Anblick."

„So schlimm?"

Er drückt seine Körpermitte an meinen Rücken. „Es ist verdammt schwer, wenn du hier nackt rumläufst."

„Ich ziehe mich jetzt an, dann bist du erlöst."

Giulio wirbelt mich zu sich herum. „Ich hasse es, wenn deine Haare zu diesen Knoten gebunden sind. Ich kann es nicht erwarten, dir später deine Frisur zu lösen und dich zu vögeln. Es ist eine Schande, deine Vollmilchschokolade zu verstecken."

„Vollmilchschokolade?"

„Sì. Deine Haare haben die gleiche Farbe."

Ich will mein Kleid überstreifen, als er mich erneut an sich zieht. „Ich würde jetzt nichts lieber als nackt bleiben, aber wir müssen wirklich los."

„Komm."

„Ich kann nicht nackt gehen, das ist dir bewusst, oder?"

Er deutet auf unser Bett, auf dem eine große Schachtel mit einer roten Schleife liegt. „Du wirst nicht nackt gehen." Unter etlichen Lagen von feinem Seidenpapier kommt ein Paar goldener High Heels zum Vorschein. Ich entferne die nächste Lage Papier und mir verschlägt es regelrecht die Sprache. Ich ziehe die bodenlange Abendrobe mit langen Ärmeln, einem tiefen V-Ausschnitt und noch viel tieferem Rückenausschnitt aus der Schachtel und halte sie an meinen Körper. Das Kleid ist aus kostbarem Stoff gefertigt und über und über mit schimmernden und funkelnden goldenen Schmucksteinchen besetzt. Es ist absolut umwerfend. „Silber ist für Prinzessinnen, Ekaterina. Du bist aber keine Prinzessin mehr. Du bist jetzt meine Königin, und Königinnen tragen Gold."

„Es ist perfekt, Giulio. Danke."

„Du bist perfekt."

Ich stelle mich auf meine Zehenspitzen, bis unsere Lippen sich endlich berühren. „Ich liebe dich."

„Ich liebe dich, amore della mia vita." Er entlässt mich aus seiner Umarmung. „Und jetzt zieh dein Kleid an."

Anders als sonst lässt sich Giulio heute ausnahmsweise auch einmal chauffieren. Als wir über den vollen Parkplatz fahren und Leonardo uns direkt vor dem Eingang absetzt, rechne ich jeden Moment damit, dass mich Erinnerungsfetzen oder schlechte Gefühle einholen, weil ich zuletzt vor einem Jahr, an Aleks' Todestag, hier war, doch da ist nichts. Es fühlt sich nicht falsch an, dass ich jetzt an Giulios Arm, Seite an Seite mit Aleks' Mörder, diese geschichtsträchtigen Hallen betrete.

Ich spüre die Blicke, die auf uns gerichtet sind. Wirklich jeder starrt uns an, und viele der Frauen tuscheln. Jeder will einen Blick auf die Frau erhaschen, die mit dem Mörder ihres ersten Verlobten verheiratet wurde. Die alte Ekaterina würde jetzt ihren Blick senken. Sie würde sich in den Jackenärmel ihres Begleiters krallen und ihre Tränen unterdrücken. Die alte Ekaterina würde im Stechschritt durch den Saal rennen und auf die nächstgelegene Terrasse flüchten, um den unangenehmen Blicken zu entkommen. Die neue Ekaterina tut nichts dergleichen. Ich hebe mein Kinn und werfe den ganz besonders neugierig starrenden Leuten und den laut und deutlich hörbaren Tratschtanten gezielte Blicke zu. Und als wäre ich nicht Ekaterina, sondern Giulio höchstpersönlich, drehen sie sich umgehend weg, weichen meinen Blicken aus oder halten inne weiterzusprechen. Zum ersten Mal in meinem Leben sehe ich in ihren Augen so etwas wie Respekt. Giulio beobachtet die Szene, während wir Platz nehmen. „Die Hälfte von ihnen ist vermutlich irritiert, dass du überhaupt noch lebst."

„Schon vergessen, dass ich auch dachte, du würdest mich bei erstbester Gelegenheit erschießen?"

„Du bist viel zu schön, um erschossen zu werden. Ich hätte dich eher für alle Zeiten eingesperrt, damit niemand außer mir dein Licht zu Gesicht bekommt … und natürlich um dich zu vögeln, wann und wo ich will."

„Hör auf!"

„Ich bin mir sicher, wenn ich jetzt unter dein Kleid gleite ..." Giulio schiebt den feinen Stoff beiseite und fährt mit den Fingerspitzen meinen Oberschenkel hinauf. „… bist du schon bereit für mich."

„Lass es." Meine Stimme ist viel zu heiser, als dass er das Gesagte wirklich ernst nehmen könnte.

Ein diabolisches Grinsen überzieht seine Lippen, und ich stoppe seine Hand gerade noch, bevor er in die Nähe meines Höschens kommt. „Sie sehen uns alle an."

„Sie sehen dich an, weil du eine Göttin bist und mir gehörst."

Luca räuspert sich laut, als er Liliana zum Tisch führt. „Ich dachte, ich mache uns lieber bemerkbar, bevor es peinlich wird. Immerhin besitzt Ekaterina zumindest Anstand."

Giulio verdreht die Augen. „Was verstehst du von Anstand? Ich sollte dich wirklich zu unseren Onkeln nach Italien schicken."

„Solange er lebt ..." Luca nickt in Tommasos Richtung. „Kannst du mich nicht einfach so abschieben. Und wenn er den Löffel abgibt, brauchst du mich zu sehr."

Liliana fängt herzlich an zu lachen. „Als ob er dich loswerden wollte."

Nachdem Tommaso eine kleine Ansprache gehalten hat, wird der erste Gang serviert. Es gibt verschiedene Antipasti, und ich könnte schwören, meinen Vater drei Tische weiter weinen zu hören. „Wenn ich all das esse, platzt mein Kleid", sagt Emilia.

Liliana lacht. „Stell dich nicht so an, es sind doch nur Häppchen."

„Im Vergleich zu einem russischen Menü sind es wirklich nur Häppchen", mischt sich Oksana ein, obwohl wir bei Tisch zu Hause nie richtig zugeschlagen haben, weil es nicht damenhaft genug gewesen wäre und unsere Mutter uns bei jeder Gabel mit Blicken gestraft hat. „Wann geht die Party endlich los?"

Giulio wirft einen Blick auf seine Uhr. „Er wird gleich die Tanzfläche eröffnen. Danach könnt ihr machen, was ihr wollt."

Tommaso und Giulios Mutter Alessandra machen eine letzte Drehung im Takt der Musik, bevor die anderen Paare die Tanzfläche betreten. Mir wäre eigentlich danach, jetzt zu gehen, aber Giulio kann nicht einfach schon verschwinden und ich natürlich auch nicht. Er zieht mich mit sich auf das Parkett, und wir bewegen uns zur Musik. Als ich Oksana gute fünf Meter neben uns mit Niall tanzen sehe, bekomme ich fast einen Hustenanfall. Niall ist auch heute ziemlich zugekokst, was meiner Schwester vermutlich herzlich egal ist.

Ein neues Lied setzt ein. Es ist das gleiche Lied, das letztes Jahr gespielt wurde, als ich zum letzten Mal mit Aleks getanzt habe. Ich schließe die Augen und lasse es zu, dass Giulio mich näher an sich zieht. Er weiß, woran ich mich jetzt erinnere, und er gewährt mir diesen Augenblick. Ich weiß noch genau, wie Aleks mich angesehen hat, als wir zusammen über das Parkett geglitten sind. Wie er gelacht hat und wie seine muskulösen Arme mich in Position gehalten haben. Wenn ich tief einatme, erinnere ich mich noch genau an seinen Duft, der mir seit meiner Kindheit immer so vertraut war. Ich erinnere mich an das Gefühl, wie sich seine Hände auf meinem Körper angefühlt und wie wir uns bis zum letzten Moment festgehalten haben.

Obwohl ich Aleks heute zutiefst verabscheue, lasse ich diese Erinnerung zu, um in Gedanken noch mal Abschied von ihm zu nehmen und ihm an seinem Todestag etwas Respekt entgegenzubringen. Nicht dem Aleks, mit dem ich verlobt gewesen war, aber dem Aleks, der als Kind verstecken mit mir gespielt hat. Ich bin so vertieft in diesen Moment, dass ich den Schuss gar nicht ins Hier und Jetzt einordne, sondern ganz dem Gedankenkino in meinem Kopf zuschreibe.

Giulio spannt den Hahn.

Giulio drückt ab.

Fehlschuss.

Dabei ist es gar kein Gedankenkino. Es ist nicht Giulio, der schießt. Es ist auch kein russisches Roulette und kein Fehlschuss, sondern die bittere Realität.

„Runter!“ Giulio begräbt mich unter sich. Von allen Seiten dringen verzweifelte Schreie zu uns. Frauen- und Männerstimmen vermischen sich zu einem einzigen panischen Durcheinander, als immer wieder Schüsse fallen, Holz zersplittert und Kristall zu Boden geschmettert wird.

Es ist das pure Chaos, das um uns herum ausbricht. Giulio schießt um sich. Er zerrt mich auf die Füße, bis ich geduckt neben ihm laufe und unter einem der Banketttische Platz finde. Zwischen den vielen Gästen rennen von allen Seiten verschrobene Typen hindurch. Ich muss das Zeichen auf ihren Kutten nicht sehen, um zu wissen, dass es die Eagles sind. Es stürmen aber auch andere Männer durch den Saal. Sie sind schwarz gekleidet und schreien sich ab und an einige Worte auf Russisch zu. Zusammen mit den Eagles sind es unglaublich viele. Das hier ist die reinste Katastrophe. „Versteck dich hier. Wenn du eine Möglichkeit siehst zu fliehen, dann tu es.“ Giulio drückt mir eine Waffe in die Hand.

„Warte“, rufe ich ihm zu, als er einem der Wasilijews direkt zwischen die Augen schießt. Ich erschrecke mich fast zu Tode, als jemand unter dem Tisch nach meinem Bein greift und schaffe es gerade noch so, meinen Tritt zu stoppen, um Oksana nicht mitten ins Gesicht zu treffen. „Bist du wahnsinnig?“

„Bring sie hier weg, Ekaterina. Sie wird es ohne deine Hilfe nicht rausschaffen. Verschwindet einfach von hier.“ Giulio spricht mit uns, beachtet aber nur die Angreifer.

„Es sind zu viele, Giulio. Das hier ist der reinste Albtraum, wir müssen hier weg.“

„Ich muss das hier regeln, Principessa. Ich verspreche dir, dass ich dich holen komme.“

„Unsere Mutter ...“

„Ist zusammen mit Maksym auf dem Weg zu unserer Villa in Connecticut“, unterbricht Oksana mich. „Sergej hat es mir gesagt, bevor er mich unter den Tisch geschoben hat.“

„Wir bringen das hier unter Kontrolle“, sagt Giulio in aller Ruhe. „Ich hole dich, sobald ich kann.“ Er schießt den Weg durch den Ballsaal frei, bis er neben Niall hinter einem riesigen Verstärker Deckung findet.

Oksana krabbelt weiter, bis sie direkt neben mir kauert und mich in ihre Arme zieht. „Wir werden alle sterben.“ Ihr hübsches Gesicht ist tränenüberströmt und ein bisschen erinnert sie mich an mich selbst, bevor ich mich an all das hier gewöhnt habe. Bevor die Dunkelheit Teil meines Lebens wurde.

„Psst. Wir werden heute nicht sterben.“ Viele der Frauen haben sich genau wie wir unter den Tischen versteckt oder anderweitig Deckung gefunden. Die Tanzfläche gleicht jetzt einem Friedhof. Ich weiß nicht, wie viele Menschen dort verteilt auf dem Boden liegen. Es sind Männer, aber nicht nur unsere Feinde, sondern auch Soldaten und Captains der Clans. Es sind Frauen, auch viele derer, die vor wenigen Stunden noch angeregt über mich getuschelt haben und jetzt blutüberströmt und leblos daliegen. „Oksana, wir müssen hier raus.“

„Ich weiß. Niall hat mir den gegeben, bevor Sergej mich von ihm weggerissen hat.“ Sie hält einen Autoschlüssel mit einem roten Fuchsschwanz hoch und lacht. „Als ob ich einfach von hier wegfahren könnte.“

„Du nicht, aber ich.“ Von unserem Tisch aus bis zur Tür, die aus dem Ballsaal führt, sind es gute zehn Meter. Danach haben wir noch das Foyer zu durchqueren und müssen über den Parkplatz. „Verdammt. Wir werden es nie lebend bis zum Parkplatz schaffen.“

„Nicht, wenn wir den normalen Weg nehmen. Komm mit." Ich folge Oksana, die wenige Meter neben unserem Tisch hinter dem Bartresen verschwindet, während die Kugeln über uns hinwegfliegen. „Emilia", ruft meine Schwester erleichtert und fällt ihrer Freundin in die Arme, die sich hinter dem Tresen versteckt hat.

„Zwei Doofe, ein Gedanke", erwidert diese. „Wir müssen hier weg."

„Wo ist Liliana?", frage ich aufgeregt.

„Bei Luca. Sie haben getanzt, als die Wasilijews angriffen. Luca hat Lili und unsere Mutter zusammen mit Antonio weggeschafft."

„Wie sollen wir hier rauskommen?"

Die beiden Mädchen blicken sich verschwörerisch an, und ich folge ihnen über eine schmale Treppe in den Keller. Emilia deutet auf einen Lichtschacht. Oksana schiebt einige Weinkisten unter das Fenster. Mit einem gekonnten Handgriff öffnet sie die beiden Scharniere und schiebt sich durch die schmale Öffnung nach oben. „Nach dir, du hast die Knarre und den Autoschlüssel", bittet mich Emilia, und ich hieve mich ebenfalls ins Freie.

Hinter einer der zu Säulen geschnittenen Hecken halten wir in der dunklen Umgebung nach Angreifern Ausschau, aber außer uns ist seitlich des Hauses niemand. Wir schaffen es unbemerkt bis zum großen Parkplatz, auf dem das gleiche chaotische Treiben herrscht wie im Jahr zuvor. Menschen rennen wirr durcheinander. Meist sind es Bodyguards, die versuchen, aufgebrachte und völlig aufgelöste Mafiagattinnen in die Autos zu bekommen und zu beruhigen. Immer wieder fallen Schüsse, weil zwischen dem ganzen hysterischen Chaos auch Angreifer umherlaufen, die auf alles zielen, was sich bewegt. Wie eine kleine Kette halten wir uns an den Händen, bis wir an Nialls Wagen ankommen. Wenigstens hat er für die kalte Jahreszeit sein rotes Cabriolet gegen einen nicht weniger auffälligen roten Sportwagen getauscht.

„Was ist der Plan?", fragt Emilia, als hätte ich irgendeine Ahnung von diesem ganzen Desaster hier.

„Die werden uns doch nicht einfach fahren lassen", sagt Oksana panisch. „Die werden auf uns schießen."

„Dann hoffen wir, dass Nialls Auto kugelsicher ist." Emilia ist mein einziger Hoffnungsschimmer. „Kannst du mit einer Waffe umgehen?"

„Natürlich nicht."

„Wie weit bist du mit deinen Fahrstunden?"

Sie blickt beschämt nach unten. „Ich war so lange in Italien, und danach war nicht die nötige Zeit."

„Wenn ich fahre, kann ich nicht auch noch schießen. Eine von euch muss mir helfen."

„Herrgott noch mal, du willst, dass ich diese Typen abknalle?", fragt Emilia entsetzt.

„Ich mache es!" Oksana heult, aber ihre Stimme hört sich entschlossen an, also drücke ich ihr die Waffe in die Hand.

„Hör zu, Oksana. Ich werde jetzt Gas geben. Wir fahren von diesem Parkplatz, und sobald uns irgendetwas in die Quere kommt, was für dich nach Biker oder Wasilijew aussieht, wirst du schießen." Sie nickt hastig. Dann gebe ich Gas.

Der Wagen lässt sich auf dem zugeschneiten Grund kaum vernünftig lenken. Oksanas Gekreische ist so dermaßen laut und schrill, dass ich beinahe gar nicht die Kugel höre, als sie direkt vor mir die Windschutzscheibe trifft und im Glas stecken bleibt. Wir sind fast am Tor, als sich einer der Biker auf unseren Wagen wirft und auf der Motorhaube festhält. Mit der Zunge macht er widerliche Bewegungen, als würde er den Wagen ablecken wollen – oder uns.

„Diese Leute sind komplett irre", schreit Emilia. „Oksana, unternimm etwas!"

Ich trete stärker auf das Gaspedal, als wir das Romanoanwesen endlich verlassen und auf die dunkle Landstraße gleiten, aber der Typ krallt sich weiter an dem Lüftungsschlitz und dem Außenspiegel auf Oksanas Seite fest. „Schüttele ihn doch endlich ab, Ekat", schreit Oksana panisch.

„Es liegt Schnee. Wenn ich zu heftig lenke, landen wir im Graben und sterben alle."

„Du musst ihn erschießen", kreischt Emilia von der Rückbank. „Gott, wo ist Keela, wenn man sie braucht?"

„Tu es, Oksana!"

Ich lasse das Beifahrerfenster herunter. „Bist du total irre?", schreit Oksana mich an.

„Schieß jetzt!"

Sie wirbelt mit der Pistole herum, hält sie dann aus dem Fenster und schießt mit geschlossenen Augen. Ich weiß nicht, ob ich über ihre Dummheit heulen oder lachen soll, weil sie dem Biker die Hand weggeschossen hat. Der Typ flucht, als er den Halt verliert und vom Wagen geschleudert wird. Er überschlägt sich mehrfach und kommt hart auf der Fahrbahn auf.

„Wenn du das nächste Mal jemanden erschießen sollst, lass die Augen geöffnet." Dann fangen wir vor lauter Erleichterung an zu lachen, obwohl es nichts zum Lachen gibt.

KAPITEL ACHTUNDDREISSIG

EKATERINA

Ich sitze in Vaters altem Lieblingssessel in unserem Haus in Connecticut und schaue in den verschneiten Garten. Oksana legt mir eine Decke um die Schultern. „Danke."

Sie beugt sich etwas zu mir herunter, damit unsere Mutter und Maksym uns nicht hören können. „Er wird sich schon melden. Giulio ist ..."

„Ein Monster?"

„Er hat seine Momente, aber Monster überleben immer." Ich nicke ihr zu, damit sie sich verzieht. Bisher hat niemand von uns etwas gehört. Ich kenne einige Frauen, die überglücklich wären, wenn ihr Mann bei einem Anschlag ermordet würde. Bis vor wenigen Monaten hätte ich mich selbst noch dazugezählt. Jetzt ist die Vorstellung, Giulio zu verlieren, das Schlimmste überhaupt für mich. Tränen laufen über meine Wangen, als ich ein Motorengeräusch in der Auffahrt höre. „Es ist Sergej."

Ich springe auf und folge Oksana. Sergej scheint unverletzt zu sein, aber man sieht ihm die letzten Stunden deutlich an.

Sein Smoking ist verdreckt, und das weiße Hemd weist Blutspritzer auf. Die sonst stets perfekt frisierten Haare stehen wild in alle Richtungen, und einige seiner hellbraunen Strähnen fallen ihm ins Gesicht. „Bist du verletzt?" Unsere Mutter ist ebenfalls ins Foyer geeilt.

„Nein. Alles bei bester Gesundheit. Die Lage ist wieder unter Kontrolle."

„Was ist mit ..."

„Er lebt", unterbricht mein Bruder mich, während er den Mund zu einem schiefen Grinsen verzieht. „Er ist unverletzt. Vater lebt auch, es hat ihn nur leicht an der Schulter erwischt."

„Was ist mit den anderen?"

„Von den Familien haben alle überlebt. Luca und Sloan wurden angeschossen, sind aber beide nicht in Lebensgefahr und werden bereits geflickt. Keela und Liliana sind unversehrt. Maghnus wurde ein Messer zwischen die Rippen gerammt. Er wird operiert." Emilia entspannt sich augenblicklich, als sie die guten Nachrichten hört.

„Bis auf Iwar Wasilijew wurden alle Angreifer exekutiert", sagt Sergej hart.

„Können wir jetzt nach Hause?", fragt unsere Mutter ihn erleichtert.

„Maksym kann dich und Oksana nach Hause fahren und Emilia bei den Romanos absetzen. Ekaterina soll ich zu Giulio bringen." Maksym nickt Sergej zu und folgt unserer Mutter.

„Ich will mit", sagt Emilia. „Ich möchte nach Luca und Sloan sehen."

„Ich komme mit. Sloan ist auch mein bester Freund." Oksana sieht unseren Bruder erwartungsvoll an.

Sergej verdreht die Augen. „Ich fahre nicht mit zwei nervigen Mädchen und einer hysterischen Ehefrau durch die Nacht. Irgendwann endet auch meine Geduld."

„Komm schon, Sergej", bettelt Oksana weiter. „Emilia und ich stören gar nicht."

„Giulio hat mir den Befehl gegeben, Emilia direkt in die Stadt bringen zu lassen, und dem werde ich mich nicht widersetzen."

„Das ist doch wieder typisch", beschwert sich Emilia. „Gut, dann sieh du eben nach Luca für mich, wenn du eh bei Sloan bist, und schick mir eine Nachricht", bittet sie meine Schwester.

„Ich spreche mit ihm", flüstere ich Emilia zu, bevor sie meiner Mutter und Maksym folgt. Vielleicht kann Emilia noch nachkommen, sobald ich Giulio die Lage schildere.

„Fahren wir nicht zurück zum Herrenhaus?" Sergej biegt Richtung Stadt ab.

„Sie haben Iwar nach Queens gebracht. Dort ist es sicherer, und er wird nur von den Nötigsten verhört."

Oksana hat sich auf die Rückbank verkrümelt. „Wer sind die Nötigsten?"

Sergejs Blick ist starr auf die Straße gerichtet. „Tommaso, Giulio, Vater und ich. Niall leitet die Aufräumarbeiten im Herrenhaus."

„Warum so wenige?", fragt Oksana. „Ist das nicht gefährlich?"

Ich drehe mich zu ihr um. „Es muss jemanden geben, der den Wasilijews alle Informationen zuspielt. Jemanden, der über alles in New York Bescheid weiß."

„Du meinst einen Verräter?", fragt sie schockiert.

„Er erzählt dir ziemlich viel", stellt Sergej fest.

„Er hat es mir nicht erzählt. Ich habe es geschlussfolgert." Sergej muss nicht wissen, wie nahe Giulio und ich uns stehen.

„Du hast dich bemerkenswert verändert, Ekaterina. Wenn man bedenkt, dass du vor einem Jahr noch wie Oksana warst."

„Hey!“ Oksana zieht einen beleidigten Flunsch.

„Mit sechzehn darf man noch träumen.“ Wer weiß, wie lange sie noch so sein darf. Hier bleibt niemand lange Kind.

Sergej zuckt mit den Schultern. „Wie du meinst.“

Es läuft eine Playlist mit russischen Popsongs, während die verschneite Landschaft um uns herum immer urbaner wird. Als wir die Grenze zu Queens passieren, vibriert Sergejs Handy. „Priwét.“

Obwohl er den Anruf nicht über die Freisprechfunktion angenommen hat und immer noch Musik läuft, erkenne ich die Stimme am anderen Ende der Leitung sofort. Ich würde sie unter Tausenden erkennen und muss den Hörer nicht an meinem Ohr haben oder verstehen, was genau sie sagt, um zu wissen, mit wem mein Bruder telefoniert. Es ist die Art, wie sie spricht, wie ihre Stimme selbst in den dunkelsten Stunden zuckersüß und hell klingt und niemals den Ton der Hoffnung darin verliert.

Sergej telefoniert mit Natascha. Er würgt sie regelrecht ab.

„Mit wem hast du gesprochen?“

Sergejs Mundwinkel zucken nach oben. „Du musst nicht so tun, als wüsstest du das nicht.“

„In Ordnung, Sergej. Sagst du mir, seit wann du Kontakt mit Natascha hast?“ Mir gefällt das nicht. „Sie ist meine Freundin. Ich mache mir seit Monaten Sorgen um sie, weil sie wie vom Erdboden verschluckt ist.“

„Ihr geht es gut.“

„Natascha wurde von den Wasilijews entführt. Wie kann es sein, dass ihr in Kontakt steht?“, fragt Oksana.

Sergej zuckt gleichgültig mit den Schultern. „Sie rief mich eben an.“

„Warum sollte sie ausgerechnet dich anrufen? Wenn sie in Gefangenschaft die Möglichkeit hätte, hier jemanden zu kontaktieren, dann wäre das eigentlich ich. Da bin ich mir ziemlich sicher."

„Wieso sollte sie ausgerechnet dich anrufen?"

„Weil wir Freundinnen sind."

„Freundinnen? Du fickst den Mörder ihres Bruders und du tust es gerne. Warum sollte sie mit dir befreundet sein wollen?" In Sergejs Augen blitzt etwas, das ich nicht ganz zuordnen kann – oder will.

„Was hast du getan, Sergej?"

„Was ich getan habe?" Er biegt in das Industriegebiet ab. „Noch nicht genug, Schwester."

„Was ist mit ihm?", schreit Oksana hysterisch.

Er muss es eigentlich gar nicht aussprechen. Trotzdem kann und will ich es nicht glauben. „Sergej, wir können über alles reden." Er schüttelt den Kopf. „Bitte! Bitte sag mir, dass du das nicht getan hast."

„Ihr beiden habt überhaupt keine Ahnung. Dumme kleine Mädchen – mehr seid ihr nicht. Aufgezogen von dem größten Trottel überhaupt. Unser Vater hätte in Russland kein Jahr als Boss gemacht – nicht mit seiner beschissenen Diplomatie und seinem übertriebenen Drang nach einem erbärmlichen normalen Leben." So habe ich Sergej noch nie erlebt. Er ist voller Hass und Abscheu. „Wisst ihr, es ist doch ganz einfach: Wir waren zwei alte russische Familien in der Stadt. Zusammen hätten wir die Callaghans und die Romanos früher oder später problemlos niedergemetzelt. Dazu hätte Aleks dich nicht einmal heiraten oder ficken müssen – als ob das irgendetwas daran geändert hätte."

„Sergej, was redest du da?"

„Unser Vater musste unbedingt dieses Abkommen schließen. Er hat damit unsere Verbündeten im Stich gelassen. Die Iwanows konnten ihm das nie verzeihen, und ich kann es auch nicht, denn er hat auch mich im Stich gelassen. Hätte er sich mit den Iwanows verbündet, hätte ich mit Aleks an der Spitze gestanden und nicht unter diesem italienischen Abschaum."

„Wir hätten nie halbwegs normal leben können, wenn Vater keinen Frieden geschlossen hätte. Wir wären heute noch in Connecticut. Oksana und ich hätten niemals eine Schule besuchen oder Freundschaften schließen können."

„Scheiß auf eure Freundschaften!", schreit Sergej. „Unser Vater hat uns keine andere Wahl gelassen, als uns mit den Wasilijews zu verbünden, weil kein anderer Clan die Eier hat, sich gegen New York zu stellen."

„Und du meinst, sie lassen dich leben? Du bist ein Markow – sie hassen dich."

„Falsch. Sie hassen nicht die Markows, sondern nur unseren Vater."

„Das stimmt nicht. Sie wollten mich töten. Aleks hätte mich ihnen zum Fraß vorgeworfen."

„Du willst es einfach nicht verstehen, oder? Du warst nie zu etwas anderem gedacht, Ekaterina. Eine Verhandlungsbasis – das bist du. Dazu wurdest du geboren. Du wurdest Aleks angeboten, um den Bund unserer Familien zu stärken. Du wurdest den Wasilijews angeboten und einem Motorradclub weiterversprochen, um Rache an unserem Vater zu nehmen und weil Aleksandr so dumm war und sich hat erwischen lassen, wurdest du an Giulio weitergereicht, um den beschissenen Frieden zu wahren. Im Übrigen sollte die Bombe in deinem Auto in erster Linie Giulio töten und gar nicht unbedingt dich. Dein ganzes Leben besteht nur daraus, an irgendwen weitergereicht zu werden. Ich dachte, du würdest dich wenigstens dieses eine Mal nützlich machen und Giulio abknallen, aber nicht einmal das hast du geschafft." Wir passieren das Tor der Spedition, und in der Ferne erkenne ich Licht in der Lagerhalle. „Du solltest ihn töten. Stattdessen hast du dich in diesen italienischen Bastard verliebt. Aber weißt du was, Ekaterina? Wenn ich hier fertig bin, fliegt ihr zwei Hübschen mit mir nach Russland, und ich liefere euch höchstpersönlich ab."

„Nein", schreit Oksana panisch. „Ich will nicht nach Russland."

„Halt die Klappe, Oksana!", fährt er sie an. „Du bist wirklich noch dümmer und nutzloser als deine Schwester."

Wir fahren in die Lagerhalle und parken neben Vaters Limousine. Einige Meter entfernt stehen Giulio, Tommaso und unser Vater, die unsere Ankunft bemerken. Vor ihnen sitzt Iwar Wasilijew auf einen Stuhl gefesselt und blutet ziemlich übel aus der Nase. „Das ist es dir wirklich wert, Sergej? Wir sind deine Familie."

Er streichelt meine Wange. „Das, liebe Schwester, war es mir wert. Und wenn du für die gesamte Mafia die Beine breit gemacht hättest, wäre es mir das große Finale wert gewesen. Die Damen müssen mich kurz entschuldigen, ich habe eine Kleinigkeit zu erledigen." Sergej knallt die Tür hinter sich zu und läuft zu den anderen. Ich reiße die Beifahrertür auf und schreie, so laut ich kann, aber ich bin zu spät, denn Sergejs Kugel hat bereits den Lauf seiner Waffe verlassen und ihr Ziel getroffen.

KAPITEL NEUNUNDDREISSIG

EKATERINA

Ich starre wie gebannt auf unseren Vater, der leblos zu Boden geht. Die Kugel hat ihn in den Hinterkopf getroffen. Er war sofort tot. Oksanas Schreie aus dem Wageninneren dringen nur wie ein leises Surren in meinen Kopf. Ich kann nicht glauben, dass Sergej unseren Vater getötet hat.

Als ich das mir mittlerweile bekannte Klicken an meinem Kopf höre und Sergejs Arme sich um meinen Körper legen, weiß ich, dass ich die Nächste bin. Wie ironisch, dass ich über Monate dachte, Giulio würde mich töten und mein Bruder wäre der, der mich retten könnte, wo er jetzt derjenige ist, der mir eine Waffe an die Schläfe drückt und mich auf jede erdenkliche Weise verraten hat. „Waffen rüber oder ich knall deine Schlampe ab!"

„Tu es nicht", schreie ich ihm zu, bevor Sergej seine Hand über meinen Mund legt.

„Wieso denkst du, dass ich so sehr an deiner Schwester hänge?"

„Fick dich, Giulio! Du hast dich doch geradezu darum gerissen, sie endlich in deine Finger zu kriegen. Sorry, deine Masche zieht bei mir nicht."

Tommasos Lachen hallt durch die hohe Lagerhalle. „Giulio bedeutet nichts und niemand auf dieser Welt etwas." Dann wendet er sich Giulio zu. „Und jetzt erschieß endlich diese russischen Wichser."

Sergej zieht die Waffe von meinem Kopf und schießt Tommaso in die Kniescheibe, bevor er sie direkt wieder an meinen Kopf drückt. „Merda!", brüllt Tommaso und geht zu Boden. „Wieso hast du ihn nicht erschossen, Giulio?"

„Schnauze jetzt!", schreit Sergej. „Waffen rüber und dann bindet ihr Iwar los."

Tommaso presst seine Hand auf die blutende Schusswunde. „Ich knall euch beide ab!"

„Wann hast du zuletzt wirklich jemanden getötet? Jemanden, der nicht gefesselt oder von deinen Soldaten fixiert wurde?" Sergej lacht über Tommasos erbärmliche Erscheinung. „Wir wissen alle, dass du ohne deine Vollstrecker nichts bist. Der Schrecken, den man dir nachsagt, ist schon lange nicht mehr existent. Du regierst aus der Sicherheit deiner Festung heraus, alter Mann."

„Und du bist nichts als russischer Abschaum, der denkt, mit dieser lächerlichen Aktion ein ganzes Imperium stürzen zu können. Glaubst du wirklich, mein Sohn interessiert sich für das Leben dieser Dirne? Meinst du, eine mehr oder weniger würde ihm etwas ausmachen? Jetzt, wo du Igor abgeknallt hast, ist sie ohnehin wertlos für uns. Die Markows sind genauso tot wie die Iwanows."

„Giulio", fordert Sergej ihn wieder auf. Giulios Blick richtet sich auf mich. Er muss Sergej erschießen und mich sterben lassen. Doch Giulio wäre nicht Giulio, wenn er auch nur einmal berechenbar handeln würde, denn er legt seine Waffe auf den Boden und versetzt ihr einen festen Tritt, bis sie vor meinen Füßen landet.

„Bist du wahnsinnig, Giulio?" In Tommasos Stimme erkenne ich zum ersten Mal Entsetzen. „Das ist doch bloß ein Trick. Dieses Russenpack hält zusammen bis in den Tod. Sie hat mit den Iwanows zusammengearbeitet und jetzt auch mit ihm."

Ich muss das Gesicht meines Bruders nicht sehen, um zu wissen, dass er grinst. „Der Rest und eure Handys." Giulio schiebt ihm zwei weitere Pistolen und ein Messer zu, bevor er seinem Vater die Pistole aus dem Holster an seinem Unterschenkel abnimmt, sie zusammen mit Tommasos geliebtem Jagdmesser und ihren Mobiltelefonen über den Boden kickt. „Und jetzt lass ihn frei." Sergej nickt in Iwars Richtung.

Giulio deutet auf mich. „Habe ich dein Wort, dass Ekaterina nichts geschehen wird?"

„Sie wird vom Auto aus zusehen wie ich dich töte, aber sie wird leben." Jetzt kann ich die Tränen nicht mehr zurückhalten und versuche panisch, Giulio zuzuschreien, dass er ihn nicht freilassen soll, doch Sergejs Hand erstickt jedes Wort.

Giulio löst den Knebel aus Iwars Mund und öffnet die Handschellen. Als dieser seine Hände frei hat, landet seine Faust mitten in Giulios Gesicht, was ein lautes Knacken verursacht. „Blyad!" Iwar spuckt ihm vor die Füße. „Das war für meine verdammte Nase, Spagetthifresser." Dann trottet er gemächlich zu uns herüber und greift sich die Waffen vom Boden. „Sergej, ich dachte schon, du kommst gar nicht mehr."

„Weiber!" Sergej nickt zu Oksana. Dann zerrt er mich zurück zum Auto und stößt mich zu ihr auf den Rücksitz. „Du solltest mir dankbar sein, dass ich dich von diesem italienischen Stück Scheiße erlöse." Er knallt die Tür zu. Sergej versetzt Tommaso einen Tritt in den Magen, und Iwars Lachen ist so laut, dass ich es bis ins Auto hören kann.

„Er hat ihn einfach umgebracht", stottert Oksana. „Er hat unseren Vater ermordet."

„Ich weiß."

„Wie kann er das tun? Er ist doch – war doch – unser Vater. Er war immer für uns da und ..."

„Du musst dich jetzt zusammenreißen, verstehst du? Die Zeit, unsere Verluste zu betrauern, wird kommen, aber nicht jetzt."

„Wie kannst du nur so seelenruhig bleiben, wo er unseren Vater ermordet hat? Bedeutet dir das nichts?" Sie deutet nach draußen. „Wie lange bist du mit ihm verheiratet? Vier Monate? Unseren Vater hatten wir ein Leben lang und …"

„Oksana, verstehst du nicht? Wenn Sergej Giulio umbringt, wird er uns nach Russland verschleppen und dann wird uns niemand mehr retten. Die Wasilijews hatten einen Deal mit den Iwanows, aber niemals, niemals mit den Markows. Sie werden uns alle töten."

Oksanas Gesicht besteht nur noch aus verlaufener Mascara und Tränen. „Und was willst du bitteschön unternehmen?"

Giulio hockt mittlerweile neben Tommaso, während Sergej und Iwar mit dem Rücken zu uns vor den beiden stehen. Ich zucke heftig zusammen, als Sergej mit seiner Waffe ausholt und Giulio damit hart ins Gesicht schlägt.

Ich blicke mich Hilfe suchend im Auto meines Bruders um, aber wie immer ist der Wagen piccobello und wie geleckt. Hier liegt nichts, aber auch rein gar nichts. Unser Bruder ist einer der ordentlichsten Menschen, die ich kenne. Vielleicht muss man so sein, um jedem etwas vormachen zu können. Die Armaturen sind frei von jedem Staubkorn, und auf den Ledersitzen liegt kein einziger Krümel. Die Bedienelemente sind blank poliert, und der Zündschlüssel liegt griffbereit in dem kleinen Fach in der Mittelkonsole.

„Oksana!“

„Was?“

„Er hat den Schlüssel hiergelassen.“

„Na und? Willst du ihn jetzt überfahren?“

„Ja, einen Versuch ist es wert, und wenn es sie nur ablenkt, damit Giulio die Lage unter Kontrolle bekommt.“ Ich klettere nach vorne, schließe die Augen und atme tief durch. Ich muss meinen ganzen Mut zusammennehmen, denn heute wird abermals mit unseren Leben gespielt. Als ich fest entschlossen meine Augen wieder öffne, ruht mein Blick auf dem Handschuhfach. Es liegt Monate zurück, dass wir das letzte Mal in Connecticut waren. Er ist ein Kopfmensch, stets geordnet und stoisch in seinem System. Es wäre reines Glück, aber ich bete, dass mein Bruder das Fach unter der regulären Ablage niemals reinigen lässt und es so ist, wie er damals gesagt hat, dass alles, was einmal dort hineinkommt, für immer darin verschwindet. Ich öffne die doppelte Lade und finde zwischen zwei Tütchen mit Koks, einem vorgedrehten Joint und allerlei bunten Kondomen die silberne Waffe, mit der ich schon einmal ein Leben genommen habe. Ich rutsche auf den Beifahrersitz. „Oksana, komm nach vorne.“

Sie kreischt, als sie die Waffe sieht, quetscht sich dann aber doch auf den Fahrersitz. „Was hast du vor?“

„Ich muss ihm helfen, Oksana.“ Und irgendwie fühlt sich mein Entschluss nach Abschied an. „Rechts ist das Gaspedal, links die Bremse, R ist der Rückwärtsgang und auf D fährst du.“

„Das kann ganz unmöglich dein Ernst sein? Ich bin noch nie gefahren und …“

„Psst!“ Ich drücke ihr einen Finger auf die Lippen. „Wenn ich das kann, kannst du das auch. Du brauchst keine

Verkehrsregeln. Tu so, als wäre das ein Autoscooter, so wie damals, als wir den Jahrmarkt am Pier besucht haben, und sieh einfach zu, dass du hier wegkommst. Lass das Auto bei der ersten Gelegenheit stehen und nimm dann ein Taxi zu Keela."

„Wir könnten auch einfach zusammen fliehen."

„Ich weiß, aber ich kann ihn nicht zurücklassen." Ich küsse sie auf die Wange und öffne leise die Beifahrertür.

Iwar steht etwas abseits des Geschehens und telefoniert, während er Tommaso dabei nicht aus den Augen lässt. Sobald mich jemand bemerkt, bin ich geliefert. Sergej steht direkt vor Giulio und zielt auf ihn. „Du wirst sterben, Giulio, und dein Vater wird dabei zusehen, wie sein Monster verreckt."

„Als ob ihn das interessiert", bemerkt Giulio trocken.

„Aber dich wird es interessieren, dass deine geliebte Ekaterina nach Russland geht und dort in den besten Bordellen unterkommt, während du ihr von der Hölle aus dabei zusiehst."

Ich werfe Oksana einen letzten Blick zu, bevor ich auf Sergej ziele. Es fühlt sich an, als würde ich jeden Moment mit ihm noch einmal erleben. Bilder unserer Kindheit laufen vor meinem inneren Auge ab, als wir in unserem Garten in Connecticut miteinander gespielt haben. Die vielen Feste und Feiern, die unsere Familie veranstaltet hat, und wir Kinder immer mittendrin. Die erste richtige Party, auf die Sergej und Aleks mich mitgenommen haben. Die vertrauten Gespräche, die wir miteinander geführt haben. Ich frage mich, wann daraus ein Theaterspiel geworden ist. Ab wann auch mein Bruder damit begonnen hat, mich zu verraten. Aber am Ende bleibt da nur eins. „Du darfst nicht zögern. Wenn du zögerst, stirbst du!"

Und dann drücke ich ab.

In dem Moment, als das Projektil den Lauf verlässt und Sergej zu Boden geht, dreht Iwar sich in meine Richtung und zielt direkt zwischen meine Augen. So schnell wie die Todesangst in mir aufsteigt und ich mich damit abfinde, jetzt zu sterben, so schnell überschlägt sich mein Herz, als Oksana den Wagen startet und Vollgas gibt. Iwar wird mit einem heftigen Knall von der Motorhaube erfasst und landet einige Meter weiter auf dem Betonboden, während Oksana es nicht schafft zu bremsen und in einen Turm aus Paletten kracht. „Oksana!"

Giulio springt auf und rennt zu Iwar, während ich nur Augen für Oksana habe. Wenn meiner Schwester etwas passiert ist, werde ich mir das nie verzeihen. Aus der zerstörten Motorhaube tritt Qualm aus. Oksanas Oberkörper hängt schlaff über dem Lenkrad, und aus einer Wunde auf ihrer Stirn quillt Blut. Wie die meisten Autos der Mafia verfügt auch dieses über keinen Airbag, da dieser bei einer Verfolgungsjagd und einer Vollbremsung nur hinderlich wäre.

Giulio zielt auf Iwar, der regungslos am Boden liegt, und tötet ihn. Dann kommt er zu mir und schließt mich in seine Arme. „Bist du in Ordnung, Principessa?"

Ich nicke. „Wir müssen Oksana helfen."

Er hilft mir dabei, die Paletten und Kisten von der Fahrertür zu zerren. Obwohl er ziemlich ramponiert aussieht, scheint ihm das nicht das Geringste auszumachen, so als würde er gar keinen Schmerz spüren. Als wir die Tür endlich öffnen können, zieht Giulio Oksana aus dem Wagen. „Sie ist nur bewusstlos. Bei dem Aufprall hat sie sich heftig den Kopf gestoßen, aber das wird wieder."

„Bist du mit deinen russischen Schlampen fertig?", ruft Tommaso, als wir Oksana in das Auto unseres toten Vaters legen. „Ich kann nicht glauben, dass du deine Familie wegen einer russischen Pussy verraten hast. Wir hätten draufgehen können, Giulio. Aber damit ist jetzt ein für alle Mal Schluss.

Wenn das hier vorbei ist, werde ich diese russische Verräterin eigenhändig erwürgen."

„Er wird nie aufhören. Er wird immer weitermachen, bis nichts mehr von uns allen übrig ist. Ich muss dafür sorgen, dass dich niemals jemand anrührt, Ekaterina."

Ich deute auf Sergejs Waffe. „Es ist die gleiche Waffe, mit der er unseren Vater tötete." Giulio bückt sich. Er hält die Waffe genau zwischen uns. Wenn in der Mafia jemand durch einen Schuss stirbt, ist das nichts Besonderes. Natürlich wird ein Schuldiger dafür ausgemacht, aber nicht mit den üblichen Methoden. Niemand hier nimmt Fingerabdrücke oder DNA-Spuren. Niemand hier würde sich gegen Giulios Wort richten. Und das Projektil aus Sergejs Waffe wäre im Zweifel Beweis genug.

„Was wird das, Giulio?", schreit Tommaso.

„Wenn mich jemals jemand fragt, dann werde ich immer sagen, dass es Sergej war, der ihn getötet hat. Er hat unseren Vater getötet und dann ihn. Niemand wird das anzweifeln. Um Oksana kümmere ich mich. Sie war so durcheinander, dass sie selbst nicht mehr genau wissen wird, was passiert ist. Wir sagen ihr, dass Sergej Tommaso tötete, bevor ich ihn erschießen konnte." Ich weiß nicht, wann ich die letzten Brücken zur alten Ekaterina abgebrochen habe. Vielleicht war es in dem Moment, in dem ich meinen Bruder von hinten erschossen habe, um Giulio zu retten. Vielleicht war es aber schon eher, als ich angefangen habe, wirklich Giulios Frau zu sein. Vielleicht war ich in Wahrheit aber auch nie anders und habe mir einfach all die Jahre etwas vorgemacht. Fakt ist, dass ich nicht mehr die bin, die ich vor einem Jahr war. Fakt ist, dass mich der Tod dieses Mannes nicht mehr mitnimmt oder irritiert. Nicht, dass ich je wirklich um Tommaso getrauert hätte. Aber jetzt, nachdem ich weiß, was er seinen Kindern angetan hat, ist er mir egal. Über sein Weiterleben oder sein

Dahinscheiden zu reden ist gleichgültig, und ich würde Giulio niemals ins Gewissen reden, wenn es um ihn geht.

„Es wird sich alles ändern, Ekaterina. Nichts wird mehr so sein, wie du es kennst."

„Ich liebe dich, egal, was passiert."

Ohne zu zögern, jagt Giulio seinem Vater eine Kugel zwischen die Augen. Es ist totenstill in der Lagerhalle. Um uns herum liegen die Leichen meines Vaters, meines Bruders, Giulios Vaters und die von Iwar Wasilijew. Keiner dieser vier Männer war gut. Keiner dieser vier Männer hatte den Tod nicht verdient. Und obwohl ich nicht mehr weinen wollte und es mir nichts ausmachen sollte, weine ich dennoch um meinen Vater und auch um meinen Bruder.

Giulio drückt seine Lippen auf meine. Es ist das beste Gefühl seit Stunden und das einzige, das noch etwas bedeutet. „Du bist frei", flüstere ich ihm zu.

„Ich werde niemals frei sein. Ich bin jetzt frei von ihm, aber es wird andere Dinge geben, die mich für immer fesseln." Seine Stimme ist rau. Sein Blick ist starr auf die Leichen vor uns gerichtet.

„Wir werden das schaffen."

Er lächelt schwach. „Die Möglichkeiten haben sich geändert. Zumindest für dich."

„Wie meinst du das?"

„Geh."

Ein ungutes Gefühl macht sich in meinem Bauch breit. „Du machst mir Angst."

„Keine Angst, Ekaterina. Du brauchst dich nicht mehr vor der Dunkelheit fürchten." Er zieht mich wieder an seine Brust und drückt mir einen Kuss auf die Stirn. „Du kannst frei sein. Geh."

„Giulio, ich verstehe dich nicht." Tränen steigen mir in die Augen, und ich weiß nicht, warum.

„Nimm eines der Autos und fahr einfach los. Mit meiner Hilfe kannst du unsere Welt verlassen. Du könntest ein ganz normales Leben führen. War es nicht das, was du immer wolltest? Ein kleines bisschen Normalität?“

„Ich liebe dich. Ich könnte dich niemals verlassen.“

„Und weil ich dich liebe, lasse ich dich frei. Du musst wirklich gehen, Ekaterina. Du hast nur diese eine Chance, also sei nicht dumm und geh, bevor ich es mir anders überlege.“

KAPITEL VIERZIG

EKATERINA

ZWEI MONATE SPÄTER

Die schneidende Kälte Russlands, die sich sofort tief in das Fleisch drängt und bis auf die Knochen ausbreitet, ist kein Vergleich zu den winterlichen Temperaturen in New York. Die Mütze und der dicke Mantel schützen mich gut, verhindern aber trotzdem nicht, dass die Minusgrade sich durch die dünne Haut meiner Wangen fressen.

Es hat einige Zeit gedauert, mich an meinen neuen Namen zu gewöhnen, zumindest dann, wenn ich mich vorstelle oder für meine Kreditkarte unterschreiben muss. Aber ich komme zurecht. Zum ersten Mal in meinem Leben bin ich wirklich auf mich allein gestellt. Manchmal ist das Gefühl erhaben, mich von meinem Leben als Mafiatochter abgesetzt zu haben, aber oft hat es einen bitteren Beigeschmack, weil ich Einsamkeit nicht gewohnt bin.

Ich wähle einen Platz in einer der hinteren Sitznischen des Lokals. Am Fenster und in der Mitte des Gastraumes mag ich nicht mehr Platz nehmen. Manche Dinge werden einfach zur Gewohnheit. „Möchten Sie einen Tee?"

„Gerne." Außer mir ist nur ein weiterer Mann zu Gast hier. Er sitzt an einem der runden Tische in der Mitte des Raumes und trinkt einen Tee, während er eine Tageszeitung liest. „Spasiba." Die Kellnerin bringt schwarzen Tee zusammen mit einem kleinen Gläschen Kirschkonfitüre.

„Wieder der Tisch im letzten Winkel. Manche Dinge ändern sich wohl nie." Ich muss lächeln, als ich die Stimme höre, die mich seit meiner Kindheit begleitet hat und die ich so viele Monate schmerzlich vermisst habe.

„Priwét, Natascha." Die Kellnerin eilt hastig zu unserem Tisch und bringt eine zweite Tasse.

„Du hast dir die beste Jahreszeit ausgesucht, um mich zu besuchen. Vielleicht brauchtest du mal wieder richtige Kälte, um dich auf deine Wurzeln zu besinnen."

„Es tut gut, wieder hier zu sein. Ich war in den letzten Jahren viel zu selten in Russland."

„Ich war überglücklich, als du mich kontaktiert hast. Überrascht, aber überglücklich. Du gehörst einfach hierher – zu uns."

„Es war schwer, dich zu erreichen. Ich bin schon länger in der Stadt."

„Weißt du, nach allem was vorgefallen ist ... Es dauerte seine Zeit, bis sie alles überprüft hatten. Und es dauerte seine Zeit, bis sie sich sicher waren, was deine Aussagen betrifft."

„Verstehe."

„Ich habe immer an dich geglaubt, Ekaterina."

„Danke. Es tut gut, dass zu hören und einfach wieder jemanden zu haben."

„Es muss schrecklich gewesen sein, so ganz auf sich gestellt.“

Ein bitteres Gefühl breitet sich in meinem Bauch aus. „Es ging. Es musste sein. Wie ist es dir hier ergangen?“

„Sie haben mich nie fallen lassen und sich an ihr Versprechen gehalten. Die Hochzeit mit Michail ist für diesen Sommer angedacht.“ Sie hebt ihre Hand und wackelt mit dem Ringfinger, an dem ein großer goldener Diamantring steckt. Natascha heiratet also den verbliebenen Sohn der Wasilijews. „Sie sorgen für mich, und sobald Mutter hier ist, wird man sich auch um sie kümmern.“

„Und du meinst, sie werden mir nichts tun?“

„Weil du eine geborene Markow bist oder weil du Giulio heiraten musstest?“ Sie lächelt mich mitleidig an.

„Beides.“

„Du solltest für die schlechten Entscheidungen deines Vaters bezahlen, doch am Ende ließ Sergej Igor dafür sterben. Es ist genug Blut geflossen. Sergej war ein Markow und fand Platz am Tisch der Wasilijews. Es zeigt deine Loyalität über den Tod hinaus, dass du hier bist.“ Sie lächelt mich an. „Und was deine Ehe mit Giulio angeht, hattest du nie eine Wahl. Es war ein Kollateralschaden, den du tragen musstest, aber das macht keine Verräterin aus dir. Du bist nach all dem hergekommen und suchst Trost bei Mütterchen Russland. Das ist alles, was zählt.“

„Und das sehen hier alle so?“

„Du wirst natürlich mit ihm sprechen müssen. Er entscheidet am Ende über alles, aber ich denke, deine Chancen stehen gut.“

„Wann kommt er?“

Sie lehnt sich etwas weiter über den Tisch, bis ich ihren warmen Atem auf meiner Wange spüren kann. „Er ist schon hier.“

Der Mann an dem anderen Tisch faltet seine Zeitung und deutet auf den Platz vor sich. Seine ergrauten Locken sind kurz geschnitten, und der Dreitagebart rundet sein markantes Aussehen ab. Jaroslaw Wasilijew gibt Natascha mit einem einfachen Fingerzeig zu verstehen, dass sie sich von ihrem Platz zu erheben hat und uns allein lassen soll. Sie nickt ihm respektvoll zu und setzt sich einige Tische weiter. Im Augenwinkel sehe ich noch den russischen Liebesroman, den sie aus ihrer Tasche zieht und zu lesen beginnt. Ja, manche Dinge ändern sich wohl nie.

„Ich hätte nicht gedacht, dich heute zu treffen."

„Wieso nicht? Seid ihr Amerikanerinnen nicht spontan?"

„Bin ich keine Russin?"

„Das wird sich zeigen."

„Ich hätte nicht gedacht, dich an einem öffentlichen Ort zu treffen. Ohne Wachen."

„Hier regeln wir unsere Angelegenheiten noch persönlich. Meinst du, ich werde mit zwei kleinen Mädchen nicht allein fertig?"

Ein Lächeln huscht auf meine Lippen. „Natürlich."

„Entweder bist du sehr gerissen oder sehr dumm, dass du nach allem, was passiert ist, ausgerechnet hier Zuflucht suchst." Er faltet seine Hände auf dem Tisch.

„Meine Familie ist tot."

„Deine Mutter und deine Schwester leben. Der Platz deines Vaters wird bald neu besetzt. So allein wärst du also nicht gewesen." Natürlich haben sich die Wasilijews auf mich vorbereitet. Natürlich wissen sie eigentlich schon alles, aber nicht aus meinem Mund. Mir war klar, dass ich persönlich verhört werden würde.

„Sergej und Aleksandr waren meine Familie." Seine Augen durchbohren mich förmlich, aber ich lasse mich nicht durchbohren. Nicht mehr. „Ich habe sie geliebt."

„Und dennoch hast du dabei zugesehen, wie beide getötet wurden. Von ein und demselben Mann – deinem Mann, mit dem du das Bett geteilt hast."

Giulio hat meine Tat verschleiert und Sergejs Tod auf sich genommen. Alles, was sich vor zwei Monaten ereignet hat, wurde rückwirkend komplett anders dargestellt. Oksana war durch den Aufprall stark verwirrt und kann sich nicht mehr richtig an den Tathergang erinnern, weswegen sie Giulios Schilderung nicht widersprach. Mehr Zeugen gibt es nicht, denn ich bin seit diesem Tag tot, gestorben in einem brennenden Wagen, als ich nach Oksanas missglücktem Fluchtversuch ebenfalls versucht habe, aus der Lagerhalle zu fliehen.

„Meine Ehe mit Giulio war nie der Plan, aber ich glaube nicht, dass sie euch sonderlich ungelegen kam."

Sein Grinsen wird anzüglich und immer breiter. „Nein, kam sie nicht. Du warst eine willkommene Ablenkung für ihn."

„Kann ich hierbleiben? Bei Natascha?"

„Sag mir, wieso du hier sitzt – lebendig und bei bester Gesundheit?" Das Lächeln auf seinen Lippen erlischt. „Niemand, wirklich niemand wird lebend aus der Familie entlassen. Also, Ekaterina, wie bist du entkommen?"

„Am Ende ließ er mich einfach gehen."

„Niemand lässt seine Frau einfach so gehen. Eine wie dich schon gar nicht."

„Er tat es aber."

Es ist totenstill, als plötzlich Jarowslaws Fäuste auf den Tisch knallen. „Aber wieso, Ekaterina? Die Frage ist, wieso? Wir haben alles überprüft und wieder überprüft, und jedes deiner Worte entspricht der Wahrheit. Sergej hat euren Vater und Tommaso getötet, bevor Giulio dann Sergej und meinen Sohn Iwar erschossen hat. Oksana, die währenddessen versuchte, mit dem Auto eures Bruders zu fliehen, wurde während des Fluchtversuches verletzt und war bewusstlos. In einem anderen brennenden Wagen fand man später eine Frauenleiche auf dem Fahrersitz, die du sein sollst, Ekaterina. Du bist seit November letzten Jahres offiziell tot, und doch sitzt du hier quicklebendig und erzählst mir, dass Giulio Romano dich einfach so hat gehen lassen – nein, dir sogar noch dabei geholfen haben soll, deinen Tod zu inszenieren, und ich frage mich wirklich, wieso?"

Ich sehe ihm in die Augen. „Aus Liebe."

„Was?"

„Er ließ mich gehen, weil er mich liebt."

Jaroslaw sieht mich fassungslos an, bevor er lauthals zu lachen anfängt. Sein Lachen ist so laut und kehlig, als würde ein Löwe im Zoo brüllen. „Das kann ich nicht glauben. Aus Liebe. Er ließ dich aus Liebe gehen."

„Wieso kannst du es nicht glauben?"

Er schüttelt den Kopf. „Wieso sollte ausgerechnet er dich lieben? Monster lieben nicht."

„Ich wurde mein ganzes Leben darauf vorbereitet, die perfekte Frau zu sein. Mir wurde gezeigt, wie ich mich kleiden, frisieren und schminken soll. Wie ich mich zu benehmen habe und verhalten muss. Mir wurde beigebracht, einen Mann um den Finger zu wickeln. Ich wusste immer ganz genau, wann ich was sagen muss. Wann er stark war und ich ihm schmeicheln musste, wann er schwach war und meinen Trost brauchte. Wieso hätte Giulio mich also nicht lieben sollen? Wieso sollte sich ein Monster nicht der Liebe hingeben, wo ich ihm bereitwillig alles von mir gegeben habe?"

Jaroslaw verschränkt die Arme vor der massigen Brust. Eine Weile schweigen wir einfach, doch irgendwann fängt er an zu nicken. „Du hast recht, euch Mädchen kann niemand widerstehen. In gewisser Weise seid ihr vielleicht gefährlicher als mein stärkster Soldat. Aber eines muss ich noch wissen, Ekaterina. Er hat dir diese neue Identität und damit die Möglichkeit gegeben, frei zu sein. Warum ausgerechnet kommst du von allen Orten dieser Welt hierher? Warum kommst du zu mir?"

Ich beuge mich ganz nah zu ihm herüber, bis ich sein Aftershave riechen kann. „Weil Blut immer nur mit Blut beglichen werden kann." Im gleichen Moment, in dem die Worte meine Lippen verlassen, lässt eine Kugel das Schaufenster in tausend Scherben zerbersten. Sie trifft Jaroslaw in die Schläfe. Er ist sofort tot.

Noch bevor Natascha ihre Waffe ziehen kann, habe ich bereits geschossen. Ich weiß, dass sie nur noch wenige Augenblicke zu leben hat. Ich streife mir meinen Mantel über, ehe ich den letzten Schluck Tee trinke und der Kellnerin ein Trinkgeld von umgerechnet fünftausend Dollar auf den Tisch lege. „Spasiba."

Dann gehe ich zu Natascha, die mittlerweile vom Stuhl auf den Boden gerutscht ist und Blut speit. Ich hocke mich zu ihr und streiche ihr helles Haar aus dem Gesicht. Ihre Lippen beben. Mit ihrem Finger winkt sie mich heran, und ich gewähre meiner Kindheitsfreundin ihren letzten Wunsch.

Die Worte sind kaum zu verstehen und unglaublich leise, aber ich höre sie dennoch. „Er lebt", flüstert sie mir zu, bevor ihr Körper erschlafft und sie stirbt. Ihre Worte verunsichern mich, aber jetzt ist nicht die Zeit, um mich dem hinzugeben. Ich ziehe Aleksandrs Verlobungsring aus meiner Manteltasche und lege ihn in ihre Hand.

Auch als ich schon einige Straßen weiter bin, ertönen keine Sirenen. Niemand würde die Polizei rufen, wenn Jaroslaw Wasilijew und seine zukünftige Schwiegertochter tot aufgefunden werden. Solche Dinge werden auch hier intern geregelt.

Als sich die warme Hand um meine schlingt und wir entlang der Newa laufen, weiß ich, dass es endlich vorbei ist. „Und ich dachte, ich muss mich noch den ganzen Abend mit ihm unterhalten.“

„Es kommt bei einem guten Schuss immer auf den richtigen Moment an, besonders aus der Entfernung. Außerdem war sein Abgang doch perfekt mit deinen Worten abgepasst – er hatte eine gute Sekunde das Bewusstsein darüber, dass du ihn bezahlen lässt.“ Ich war die ganze Zeit verkabelt, damit Giulio jedes Wort mitverfolgen konnte. Eine seiner vielen Bedingungen.

„Ich weiß.“

Er zieht mich in seine Arme. „Ich weiß, dass du das weißt.“ Dann endlich legt er seine Lippen auf meine und küsst mich. Nicht einmal der eiskalte Wind direkt am Wasser kann dem Kuss etwas von seiner Hitze nehmen.

„Können wir jetzt endlich zum Flugplatz fahren? Hier ist es viel zu kalt.“

„Mich hält hier nichts. Lass uns nach Hause zurückkehren, Giulio.“

KAPITEL EINUNDVIERZIG

EKATERINA

Das sanfte Rauschen der Wellen ist das einzige Geräusch, das die Dunkelheit untermalt. Es ist eine dieser unglaublich perfekten Nächte, die komplett klar und ohne jedes Wölkchen am Himmel sind und mir die ideale Sicht auf den Sternenhimmel ermöglicht. Ich spüre ihn schon hinter mir, bevor ich seine eleganten Schritte oder seinen Duft wahrnehmen kann. „Suchst du mich?"

„Immer, Principessa."

„Ich komme gleich rein."

„An wen habe ich dich heute Nacht verloren? Herkules?"

„Nein." Ich lehne mich etwas nach hinten, bis mein Kopf auf Giulios Schulter ruht. „Heute Nacht ist es Orion."

„Orion, so?"

Ich deute auf mein Teleskop. Giulio beugt sich über mich und sieht hindurch. „Es ist kein besonders großes Sternbild. Dennoch ist es eines der markanten Sternbilder des Winterhimmels."

„Und obwohl es so klein ist, ziehst du es mir vor?"

„Niemals."

„Doch. Jede Nacht bist du hier draußen. Dabei sollte das hier doch ein kleiner Vorgeschmack auf unsere Flitterwochen werden." Giulio hat mir nach Tommasos Tod einen richtigen Honeymoon versprochen. Weil es jetzt noch so kalt ist und sich ein Italienaufenthalt nicht wirklich lohnt, sind wir nach dem ganzen Trubel der letzten Monate jetzt schon für ein verlängertes Wochenende in die Hamptons geflüchtet.

„Dann hättest du mir das hier nicht geben dürfen." Ich deute auf das teure Teleskop vor mir. „Du wusstest, dass mich das nachts ablenken würde. Außerdem ist es nicht so, dass wir tagsüber nicht die meiste Zeit im Bett verbringen würden."

„Ich wusste ja nicht, wie sehr dich dieses Ding ablenken würde."

Er zieht mich vom Stuhl, direkt in seine Arme. Bevor ich das Gleichgewicht auf meinen Füßen finden kann, hat Giulio mich schon über seine Schulter geworfen und lässt seine flache Hand auf meinen Po knallen. „Hey, wofür war der denn?"

„Dafür, dass du dich von etwas anderem einnehmen lässt als von mir."

Er legt mich auf das Bett. Eilig streift er mir den Mantel über die Schultern. Endlich finden seine Lippen meine und verschließen meinen Mund mit einem gierigen Kuss. Ich will ihn näher an mich ziehen, aber Giulio schüttelt langsam den Kopf. „Nicht so eilig, Principessa."

„Du verführst mich und lässt mich dann hängen?"

„Niemals." Er öffnet den Knopf meiner Jeans und zieht sie mir zusammen mit der dicken Strumpfhose und dem Slip von den Beinen. „Nur Nachteile, diese Hosen."

„Für ein Kleid ist es etwas kalt draußen."

„Ein Grund mehr für dich, einfach mit mir im Bett zu bleiben."

„Als ob du für alle Ewigkeiten mit mir hier liegen könntest."

„Kann ich nicht. Deswegen ist es umso wichtiger, dass wir dieses Wochenende voll und ganz auskosten."

Ich zucke betont gleichgültig mit den Schultern. Ich weiß genau, wie ich ihn ärgern kann. „Ich warte."

„Zieh dich weiter aus, Ekaterina", sagt er in scharfem Tonfall, der keinen Protest zulässt.

Ich befreie mich aus meinem weißen Wollpulli und dem schlichten BH. „Und nun?"

Seine dunklen Augen gleiten über meinen nackten Körper und allein das Wissen darum, wie er jeden Zentimeter von mir in sich aufsaugt, beschert mir schon ein wohliges Kribbeln zwischen den Beinen. Er setzt sich auf einen der Sessel und stützt seine Arme auf den Lehnen ab. „Und nun will ich, dass du dich anfasst."

„Wie bitte?" Es ist nicht so, als hätte ich mich nie selbst berührt. Allerdings war das vor meiner Zeit mit Giulio und irgendwie ist das etwas anderes. Ich gehöre nicht zu den sonderlich religiösen Menschen, die Selbstbefriedigung als Sünde betrachten, und selbst wenn, wäre das wohl kein Vergleich zu all den anderen Sünden, die ich im letzten Jahr begangen habe. Trotzdem ist es irgendwie… ja was eigentlich?

„Komm schon, Principessa. Ich habe dir bereits gesagt, dass ich dich dabei beobachten will." Ich erinnere mich zu gut an unsere Hochzeitsnacht. Allerdings dachte ich, dass das eher so dahergesagt gewesen wäre.

„Ich weiß nicht, Giulio."

In dem Moment, in dem er die Röte auf meinen Wangen realisiert, werde ich gefühlt noch röter, weil ich mich dafür schäme, dass ich mich schäme und das eigentlich totaler Blödsinn ist, weil er mich schon aus ganz anderen Perspektiven gesehen hat. Ja, ich wage sogar zu behaupten, dass Giulio jeden Winkel meines Körpers kennt. „Ich will dir dabei zusehen, und es gibt überhaupt keinen Grund für falsche Scham.“ Er steht wieder auf, beugt sich über mich und schiebt meine Knie ein Stück auseinander, bis er freie Sicht zwischen meine Beine hat. „Und es macht dich mehr an, als du zugeben willst.“

„Sollte das nicht etwas sein, das man im Verborgenen tut? Wenn man nicht zusammen ist?“

„Ekaterina, was von deinem Körper ist denn noch verborgen für mich?“ Er schiebt meine Beine noch ein Stück weiter auseinander und platziert einen hauchzarten Kuss auf die Innenseite meines Oberschenkels. „Nichts von dir ist verborgen für mich. Ich habe gesehen, wie du gemordet hast, Principessa. Für mich. Nichts von dir bleibt mir verborgen. Ich kenne alles von dir.“

Er hat recht. Giulio hat so ziemlich alles von mir gesehen. Und obwohl er meinen ganzen Körper in und auswendig kennt, ist das nur ein kleiner Teil dessen, was er von mir gesehen hat. Giulio kennt die dunkelsten und verwerflichsten Winkel meiner Seele.

Sein Atem geht genauso schwer wie meiner, und als ich eine Hand über meine Brüste gleiten lasse, könnte ich schwören, dass sein Puls sich ebenfalls beschleunigt. Ich habe keine Ahnung, wie ich ihm eine gute Show liefern kann. Wirklich gar keine Ahnung. Aber wie ich Giulio kenne, ist es auch nicht das, worum es ihm dabei geht. Also mache ich einfach das, was ich gemacht habe, als ich vor unserer Hochzeit an ihn dachte.

Meine Nippel verhärten sich unter meinen Berührungen und eine Gänsehaut überzieht meinen Körper. Schon nach wenigen Liebkosungen will ich viel mehr und zerfließe fast, aber diesmal liegt es nicht nur an meinen eigenen Händen. Es ist das Bewusstsein darüber, dass er mir dabei zusieht und jede noch so kleine Bewegung registriert, als wäre das hier ein oscarverdächtiger Kinofilm. Giulio starrt mich geradezu an und nichts, aber wirklich nichts, ist heißer als sein Blick in diesem Moment. Ich lasse meine Hand zwischen meinen Brüsten über meinen Bauch nach unten wandern und schiebe meine Fingerspitze zielstrebig zwischen meine feuchten Lippen.

Ihm entfährt ein tiefes Knurren, als seine Augen meiner Hand folgen. „Weißt du, wie unglaublich schön du dabei aussiehst?“ Er zieht seinen grauen Rollkragenpullover aus. Ich drücke etwas fester gegen meinen Kitzler und bäume mich unter meiner eigenen Berührung auf, wie ich es sonst nur unter Giulios Körper tue. Wenn er mich dabei beobachtet, ist es um Welten anders als allein. Als ich zwei Finger in meine Öffnung führe, scheint er auch zu bemerken, dass die Soloeinlage von mir nicht ausreichend ist, um uns beiden Erfüllung zu schenken, und drängt sich endlich zwischen meine Beine.

Ich schiebe seine bereits geöffnete Jeans, samt Boxershorts nach unten. Ohne Vorwarnung schiebt er mit einem harten Stoß seine komplette Länge in mich, und ich genieße das perfekte Gefühl des Verschmelzens unserer Körper.

Ich folge Giulio auf den Balkon, als er eine Zigarette raucht. Er legt einen Arm um mich und zieht mich eng an sich. „Ich will nicht, dass du frierst.“

„Ich bin keine Mimose.“

„Das ist mir schon aufgefallen, Principessa.“

Er verkrampft sich ein bisschen neben mir. „Was ist los?“, will ich wissen.

„Ich frage mich nur, ob ich damit zu weit gegangen bin?“

„Das fragst du mich, nachdem du mir dabei zugesehen hast, wie ich mich vor deinen Augen selbst befriedigt habe?“

„Das meinte ich nicht. Ich meinte, als ich vorhin von dir als Mörderin gesprochen habe."

Ich schmiege mich enger an ihn. „In dem Moment kam es mir nicht wie eine Grenze vor, aber jetzt wo du es sagst, ist es vermutlich nicht ganz üblich, beim Vorspiel über derartiges zu sprechen. Vielleicht sind wir einfach ein bisschen verrückt?"

„Das sind wir zweifelsohne. Ich meinte eher, dass ich es nicht hätte erwähnen sollen. Das ist nichts, worüber du gerne nachdenkst."

„Ich habe meinen Frieden damit geschlossen."

„Er war dein Bruder, und sie war eine gute Freundin. Du hättest nie in die Situation kommen dürfen."

Sergej habe ich in Notwehr erschossen, um Giulio das Leben zu retten, und auch Natascha musste ich töten, denn sie hätte keine Sekunde gezögert, mich zu erschießen. Alles andere in Russland war hingegen geplant. Giulio wäre ohne mich niemals an das Oberhaupt der Wasilijews herangekommen und hat sich nach endlos langen Diskussionen darauf eingelassen, dass ich mich als Lockvogel an Natascha wende. Er hat jede Sekunde dieser Zeit gehasst und hasst es jetzt noch, dass ich für ihn zur Mörderin geworden bin – wie er zumindest denkt.

Ich hingegen denke, dass es eines Tages so oder so dazu gekommen wäre. Diese Welt ist zu dunkel, als dass sie nicht jeden, der in ihr lebt, eines Tages ganz und gar verschlingen würde. Ich drehe mich in seiner Umarmung um und lege meinen Kopf in den Nacken, bis unsere Augen sich treffen. „Und ich würde jederzeit wieder töten, um dein Leben zu retten."

„Daran zweifle ich keine Sekunde. Denkst du noch oft an ihre letzten Worte?"

„Wie könnte ich sie jemals vergessen?"

„Du machst dir zu viele Gedanken darum. Sie lag im Sterben und wollte dir mit letzter Kraft noch eine Portion Angst und Ungewissheit mitgeben." Seit Nataschas Tod muss ich immer wieder daran zurückdenken. Ich kannte sie mein ganzes Leben lang und bin mir eigentlich sicher, dass sie diese Worte nicht umsonst gewählt hat. Andererseits kannte ich Tascha wohl niemals wirklich – ebenso wenig, wie ich Aleks oder meinen eigenen Bruder je richtig gekannt habe.

„Vermutlich hast du recht damit." Ich weiß, was für ein riesiges Fass ich mit meinen wilden Spekulationen aufmache und dass diese Information alles andere als harmlos ist – selbst, wenn sie nicht der Wahrheit entspricht. Aus diesem Grund haben Giulio und ich uns geschworen, niemandem davon zu erzählen und behalten diesen Teil unserer Reise für uns.

„Ich habe ihn umgebracht. Er ist zweifelsfrei tot. Er starb auf die gleiche Weise wie seine Schwester. Ein glatter Lungendurchschuss." Mein Blick schweift in den klaren Sternenhimmel über dem Ozean und klammert sich an das einzig wahrhaft Beständige in dieser Welt, nämlich die Bilder, die von den Sternen gezeichnet werden. „Principessa, komm rein. Die Nacht gehört uns, nicht den Sternen."

Ich lasse mich von Giulio mit in unser Schlafzimmer ziehen und versuche, meine Gedanken hier draußen zu lassen. „Du hast recht, die Nacht gehört nur uns."

„Ich weiß jetzt übrigens, welcher der Beste all meiner Momente gewesen ist", sagt er, als wir ein wenig später, eingetaucht in die Dunkelheit, im Bett liegen.

„So?"

„Sí, Principessa. Es ist jener Moment, in dem du mir sagtest, dass du mich liebst."

Ich beuge mich vor und küsse ihn. „Ich liebe dich, Giulio."

EPILOG

LUCA

„Bist du soweit?“

Giulio zieht gedankenverloren an seiner Kippe. Wie immer macht er sich mehr Gedanken, als es gesund für ihn ist. Er macht ein regelrechtes Theater aus seiner neuen Aufgabe, diese kleine Dramaqueen. „So weit, wie man eben sein kann.“

„Ich fand die zwei Monate auf deinem Platz gar nicht so schlimm.“

„Du musstest ja auch nur den Platzhalter spielen und das Tagesgeschäft weiterführen.“ Natürlich ist es wieder typisch für Giulio, meine Aufgaben runterzuspielen. Er ist und bleibt ein ewiger Saubermann, und nur Saubermänner machen ihre Sache eben so richtig gut und sauber. Als wäre es ein riesiger Spaß gewesen, ihn direkt nach dem Ableben unseres Alten zu vertreten, wo er sich noch gar nicht als neuer Boss etabliert hatte. Als wäre es verdammt spaßig gewesen, in den Schuhen meines Bruders zu stecken. War es nämlich nicht.

Nachdem unser Alter abgedankt hat – ich hoffe wirklich, dieser Wichser schmort in der Hölle – und ich Giulio dabei geholfen habe, den Tod seiner kleinen Russin zu inszenieren, damit er gemeinsam mit ihr nach Russland reisen und sie dort als Lockvogel benutzen konnte, um das Oberhaupt der Wasilijews kaltzumachen, und Giulio seinen Platz eingenommen hat, hat mein Bruder den Wichser Giovanni Rizzo direkt von seinem Amt als Consigliere enthoben und mir die Ehre zuteilwerden lassen, ab jetzt diesen Posten zu bekleiden. Wäre er nicht mein Bruder und würde ich nicht irgendwie an diesem verdammten Pedanten hängen, hätte ich mich nie im Leben darauf eingelassen, seine rechte Hand zu werden, denn die Rolle als Zweitgeborener, von dem nicht ganz so viel Disziplin erwartet wird, stand mir ziemlich gut. Ausgesprochen gut sogar.

„Du tust gerade so, als wäre das Tagesgeschäft etwas Einfaches."

„So meinte ich das nicht. Ich weiß, dass du deine Sache hervorragend gemacht hast."

Ich schnippe meinen Zigarettenstummel vom Balkon. Vielleicht landet er in Mariellas Rotwein, den sie gerne auf der Terrasse säuft, bevor sie sich das nächste Opfer sucht. „Besonders wenn man bedenkt, dass ich die Callaghans bei ihren Verhandlungen mit den Brasilianern unterstützen musste. Ich hasse solch eine komplizierte Scheiße, und grundsätzlich ist alles, was mit diesen Kobolden zu tun hat, kompliziert." Die Waffen, die die Wasilijews bei dem Überfall auf die Iren gestohlen haben, konnten wir bisher nicht zurückbekommen. Ich muss die Brasilianer zusammen mit Maghnus und Niall hinhalten, bis wir eine zufriedenstellende Lösung für alle finden. Die Peireiras warten schon lange auf die passende Gelegenheit, um Wurzeln in New York zu schlagen. Das könnte sich als eine solche Gelegenheit für sie herausstellen, und wir müssen alles tun, um das zu verhindern.

Giulio räuspert sich. „Du könntest den Laden auch allein übernehmen."

„Ist das ein Angebot?"

„Ich war nie scharf darauf, Boss zu werden, das weißt du genau."

„Und ich möchte nicht in deiner Haut stecken." Uns wurde die Stellung unseres Vaters nie schmackhaft gemacht, sondern immer nur als eine weitere Bestrafung verkauft. Einer der wenigen Punkte, bei denen unser Alter ehrlich gewesen ist. Ich will Giulios Platz auf gar keinen Fall.

Der Blick meines Bruders schweift wieder in die Ferne. „Was, wenn es das aus mir macht?"

„Was aus dir macht?"

„Wenn ich so werde wie er?" Giulio philosophiert zu viel. Ein dicker Joint ab und an würde ihm wirklich nicht schaden.

„Du wirst nicht so wie er. Ich glaube nicht, dass unser Vater durch seine Position ein Sadist wurde."

„Aber durch die Hand seines Vaters."

„Du bist durch seine Hand nicht so geworden. Du warst niemals so wie er. Wir beide wissen das ganz genau."

„Und du meinst nicht, dass das nur eine endlose sich immer wiederholende Kettenreaktion ist? Aus Bösem kann nur Böses entstehen, Luca."

Wir sind das Böse. Dafür hat Giulio sich die biederste Tussi der ganzen Mafia geangelt. Ekaterina ist ziemlich öde, aber auch ziemlich rein. Sie ist die pure Unschuld. Müsste ich einen Menschen benennen, der wirklich an einen Engel herankommt, wäre es wohl Ekat. Und dieser Engel ändert alles, denn wenn sie kein Ausgleich ist, dann weiß ich es auch nicht. „Nein, ich denke nicht. Ich denke, die Kette wurde mit Ekaterina unterbrochen. Außerdem bist du es jetzt, der am

Ende des Tisches sitzt. Es liegt in deiner Hand, dass es sich nicht wiederholt."

„Es wird weiter Intrigen und Morde geben. Es wird nie aufhören, ganz gleich, wer die Stadt in seinen Händen hält."

„Nein, wird es nicht." Ich krame nach einer neuen Zigarette. „Aber die Frage ist doch, was du daraus machst. Was wir alle daraus machen."

Das heutige Treffen findet im Hinterzimmer des Bizarro statt. Eigentlich hätte dem Anlass gebührend die Besprechung bei uns im Herrenhaus stattfinden müssen, aber wir kennen den neuen Russen nicht und Giulio traut ihm keinen Fingerbreit über den Weg, auch wenn er ein Markow ist. Vielleicht auch gerade deswegen.

Den Markow-Clan nach Igors und Sergejs Ableben aus der Stadt auszuschließen, kam nie infrage. Dafür leben hier zu viele russische Clanmitglieder und nur Ekat an Giulios Seite hätte die Horde Russen nie unter Kontrolle gebracht. Dafür sind die Russen zu patriarchalisch – ähnlich wie wir Italiener. Die Wahrheit ist also, dass wir wieder einen Russen brauchen, und da Igor nur einen möglichen Nachfolger hatte, der ebenfalls ins Gras gebissen hat, haben die Markows einen Cousin aus Moskau zu uns geschickt.

Als wir ankommen, sind alle anderen bereits anwesend. Maghnus Callaghan ist der einzige Boss seiner Generation, der den Wasilijew-Anschlag überlebt hat. Neben ihm sitzen wie immer Niall und Sloan. Ich setze mich neben Giulio auf Rizzos alten Platz, den ich schäbig angrinse. Ich liebe es, Rizzo explodieren zu lassen. Giovanni Rizzo hat jetzt nur noch einen Posten als Berater und schaut ziemlich angepisst drein, was mir dagegen ziemlich gut gefällt. Außerdem sind jetzt Riccardo und Matteo Marino anwesend, die Giulio ebenfalls dazu geholt hat. Familie kann nie schaden. Zum Glück haben wir davon mehr als genug.

Als mein Blick schräg über den Tisch fällt, treffen meine Augen auf hellgraue Iriden, die mich intensiv mustern. Nichts an ihm wirkt unruhig oder aufgeregt. Alles an diesem russischen Scheißer ist durch und durch geordnet und klar, so als würde er schon ein Leben lang an diesem verdammten Tisch sitzen und die gesamte Situation kontrollieren. Ich sehe ihn zum ersten Mal und weiß jetzt schon, dass es sich um einen noch größeren Pedanten handelt, als Giulio es ist. Dieser Mann hat rein gar nichts von seinem Onkel.

Dieser Mann wird weder zu manipulieren noch erpressbar sein.

Diesen Mann wird nichts und niemand aus der Fassung bringen, soviel sehe ich auf den ersten Blick.

Und als Danik Markow seinen Mund zu einem wissenden Grinsen verzieht, weiß ich, dass er es New York kein bisschen leichter machen wird.

ENDE

PERSONENREGISTER

ROMANO

Tommaso Romano: Boss Romano-Clans (NY), Boss über alle New Yorker Clans, Mann von Alessandra, Vater von Giulio, Liliana, Luca und Emilia

Alessandra Romano (geb. Marino): Tante von Dorian, Matteo und Riccardo Marino, Frau von Tommaso, Mutter von Giulio, Liliana, Luca und Emilia

Giulio Romano: Sohn von Tommaso und Alessandra, zukünftiger Boss der Romanos (NY) und Boss über alle New Yorker Clans

Liliana Romano: Tochter von Tommaso und Alessandra, Schwester von Giulio und Emilia, Zwillingsschwester von Luca

Luca Romano: Sohn von Tommaso und Alessandra, Bruder von Giulio und Emilia, Zwillingsbruder von Liliana

Emilia Romano: Tochter von Tommaso und Alessandra, Schwester von Giulio, Liliana und Luca

MARKOW

Igor Markow: Boss des Markow Clans (NY), Mann von Mascha, Vater von Sergej, Ekaterina und Oksana

Mascha Markow: Frau von Igor, Mutter von Sergej, Ekaterina und Oksana

Sergej Markow: zukünftiger Boss des Markow Clans (NY), Sohn von Igor und Mascha, Bruder von Ekaterina und Oksana

Ekaterina Markow: Tochter von Igor und Mascha, Schwester von Sergej und Oksana, Verlobte von Aleksandr Iwanow

Oksana Markow: Tochter von Igor und Mascha, Schwester von Sergej und Ekaterina

CALLAGHAN

Maghnus Callaghan: Boss des Callaghan-Clans (NY), Mann von Beeven, Vater von Niall, Keela und Sloan

Beeven Callaghan: Frau von Maghnus, Mutter von Niall, Keela und Sloan

Niall Callaghan: Sohn von Maghnus und Beeven, Bruder von Keela und Sloan

Keela Callaghan: Tochter von Maghnus und Beeven, Schwester von Niall und Sloan

Sloan Callaghan: Sohn von Maghnus und Beeven, Bruder von Niall und Keela

IWANOW

Pjotr Iwanow: Boss des Iwanow-Clans (NY), Mann von Sonja, Vater von Aleksandr und Natascha

Sonja Iwanow (geb. Zwetkow): Frau von Pjotr, Mutter von Aleksandr und Natascha

Aleksandr Iwanow: zukünftiger Boss des Iwanow-Clans (NY), Sohn von Pjotr und Sonja, Verlobter von Ekaterina Markow

Natascha Iwanow: Tochter von Pjotr und Sonja, Schwester von Aleksandr

RIZZO

Giovanni Rizzo: Consigliere von Tommaso Romano, Bruder von Tiara Marino (geb. Rizzo), Mann von Lucrezia, Vater von Vito, Mariella, Isabella und Nevio

Lucrezia Rizzo (geb. Moretti): Frau von Giovanni, Mutter von Vito, Mariella, Isabella und Nevio

Vito Rizzo: Sohn von Giovanni und Lucrezia, Bruder von Mariella, Isabella und Nevio

Mariella Rizzo: Tochter von Giovanni und Lucrezia, Schwester von Vito, Isabella und Nevio

Isabella Rizzo: Tochter von Giovanni und Lucrezia, Schwester von Vito, Mariella und Nevio

Nevio Rizzo: Sohn von Giovanni und Lucrezia, Bruder von Vito, Mariella und Isabella

MARINO

Giuseppe Marino: Bruder von Eduardo und Alessandra Romano, Mann von Raphaela (geb. De Luca), Vater von Matteo, Riccardo und Sophia

Raphaela Marino (geb. Mancini): Frau von Giuseppe, Mutter von Matteo, Riccardo und Sophia

Matteo Marino: Sohn von Giuseppe und Raphaela, Bruder von Riccardo und Sophia

Riccardo Marino: Sohn von Giuseppe und Raphaela, Bruder von Matteo und Sophia

Sophia Marino: Tochter von Giuseppe und Raphaela, Schwester von Matteo und Riccardo

Eduardo Marino: Bruder von Giuseppe und Alessandra Romano, Mann von Marina (geb. Conti), Vater von Dorian und Alfonso

Marina Marino (geb. Conti): Frau von Giuseppe, Mutter von Dorian und Alfonso

Dorian Marino: Sohn von Giuseppe und Marina, Bruder von Alfonso, Mann von Loretta, Vater von Massimo und Gianna

Loretta Marino (geb. Giordano): Frau von Dorian, Mutter von Massimo und Gianna

Massimo Marino: Sohn von Dorian und Loretta, Bruder von Gianna

Gianna Marino: Tochter von Dorian und Loretta, Schwester von Massimo

Alfonso Marino: Sohn von Giuseppe und Marina, Bruder von Dorian, Mann von Tiara

Tiara Marino (geb. Rizzo): Frau von Giuseppe, Schwester von Giovanni Rizzo

WASILIJEW

Jaroslaw Wasilijew: Boss der Wasilijews (Sankt Petersburg), Mann von Agata, Vater von Iwar, Michail und Aljana

Agata Wasilijew (geb. Wolkow): Frau von Jaroslaw, Mutter von Iwar, Michail und Aljana

Iwar Wasilijew: Boss der Wasilijews (Philadelphia), Sohn von Jaroslaw und Agata, Bruder von Michail und Aljana

Michail Wasilijew: zukünftiger Boss der Wasilijews (Sankt Petersburg), Sohn von Jaroslaw und Agata, Bruder von Iwar und Aljana

Aljana Wasilijew: Tochter von Jaroslaw und Agata, Schwester von Iwar und Michail

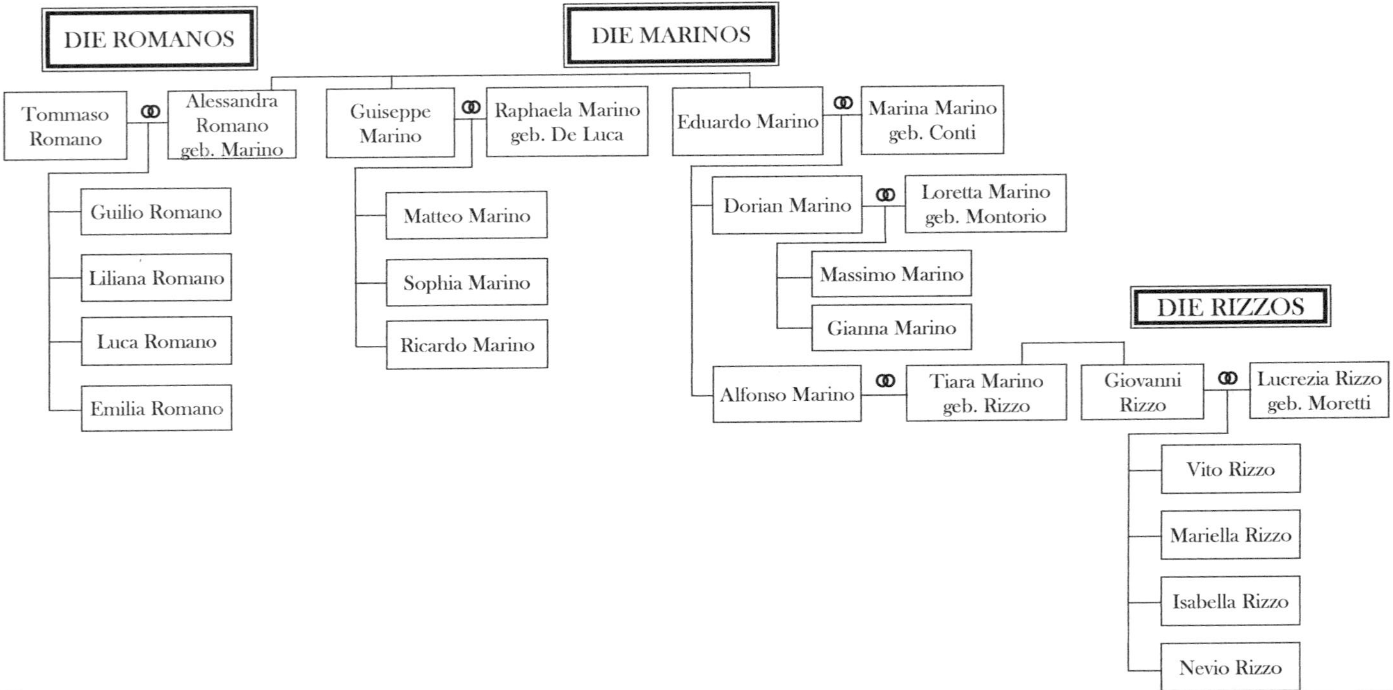
DIE ROMANOS
DIE MARINOS
DIE RIZZOS
Tommaso Romano
Alessandra Romano geb. Marino
Guilio Romano
Liliana Romano
Luca Romano
Emilia Romano
Guiseppe Marino
Raphaela Marino geb. De Luca
Matteo Marino
Sophia Marino
Ricardo Marino
Eduardo Marino
Marina Marino geb. Conti
Dorian Marino
Loretta Marino geb. Montorio
Massimo Marino
Gianna Marino
Alfonso Marino
Tiara Marino geb. Rizzo
Giovanni Rizzo
Lucrezia Rizzo geb. Moretti
Vito Rizzo
Mariella Rizzo
Isabella Rizzo
Nevio Rizzo

DIE MARKOWS

Igor Markow ⚭ Mascha Markow geb. Baronow

- Sergej Markow
- Ekatarina Markow
- Oksana Markow

DIE IWANOWS

Pjotr Iwanow ⚭ Sonja Iwanow geb. Zwetkow

- Aleksandr Iwanow
- Natascha Iwanow

DIE CALLAGHANS

Maghnus Callaghan ⚭ Beeven Callaghan geb. Ryan

- Niall Callaghan
- Keela Callaghan
- Sloan Callaghan

DIE WASILIJEWS

Jaroslaw Wasilijew ⚭ Agata Wasilijew geb. Wolkow

- Iwar Wasilijew
- Michail Wasilijew
- Aljana Wasilijew